박쥐

박쥐

1판 1쇄 발행 2014년 2월 27일 **1판 10쇄 발행** 2024년 8월 1일
지은이 요 네스뵈 **옮긴이** 문희경
펴낸이 박강휘
편집 이승희

발행처 김영사
주소 경기도 파주시 문발로 197(문발동) 우편번호 10881
등록 1979년 5월 17일(제406-2003-036호)
구입 문의 전화 031)955-3100 **팩스** 031)955-3111
편집부 전화 02)3668-3290 **팩스** 02)745-4827 **전자우편** literature@gimmyoung.com
비채 블로그 blog.naver.com/viche_books **인스타그램** @drviche @viche_editors
트위터 @vichebook
ISBN 979-11-85014-44-9 03890 책값은 뒤표지에 있습니다.

비채는 김영사의 문학 브랜드입니다.

박쥐

요 네스뵈 장편소설

문희경 옮김

THE BAT

비채

허공을 향해 날아오르는 것.

날개를 활짝 펼치고 내려와

펄럭이는 망토로 사람의 몸을 단단히 감싸는 것.

'배트맨'에 대하여, 프랭크 밀러

나는 쓰고 싶었다. 무언가를. 무엇이든.

1996년이었다. 밤에는 밴드에서 연주하고 낮에는 증권 중개인으로 일하던 때였다. 지킬 박사와 하이드처럼 이상한 생활이었다. 이제 와 돌아보면 그해를 어떻게 살아냈는지 모르겠다. 아니, 제대로 살아내지 못한 모양이다. 몸은 절실히 잠을 원하는데도 잘 수 없었으니. 결국 나는 잠시 쉬기로 했다. 우선 증권사에 휴가를 내고 밴드에도 잠시 휴식을 청했다.

그리고 오스트레일리아로 떠났다. 왜 오스트레일리아냐고? 그저 오슬로가 아니어서였다.

혹시 심심하면 나 자신에게(그리고 오슬로의 출판사에 다니는 아는 여자에게) 언젠가 써보기로 약속한 소설을 시작할 수 있겠다는 생각도 들었다.

계획한 만큼 오스트레일리아를 둘러보지는 않았다. 그래도 지루하진 않았다.

나는 글을 썼다. 어떤 날은 열여덟 시간을 내리 썼다. 어떤 날은 열두 시간밖에 쓰지 못했다.

나는 시드니 킹스크로스의 작은 호텔방에서 지냈다. 사람들이 마약과 섹스를 찾아 몰려드는 동네였다. 나 역시 중독되었다. 글쓰기 말이다. 약에 취한 사람처럼 쓰는 데에만 매달렸다. 눈을 뜬 순간부터 잠들 때까지 온종일 지치도록 써내려갔다. 약을 구하는 약쟁이처럼 눈에 띄는 것은 모두 훔쳤다. 오스트레일리아의 역사와 술집 문화, 수족관, 오페라하우스, 달링허스트로드의 매춘, 오스트레일리아 박물관의 책에서 발견한 원주민의 구승口承 전통, 전통 예능인과 광대의 공연, 유랑단의 풍물 장터, 바이런베이 일대의 히피운동의 탄생과 지속성, 오스트레일리아의 동성애 문화와 여장남자들, 럭비, 뉴캐슬 외곽의 스카이다이빙 강습.

그러고도 더 많은 것이 모여 나날이 원고가 두툼해졌다. 제목 또한 오스트레일리아 원주민의 전설에서 가져왔다. 박쥐 인간(Flaggermusmannen). 다만, 영문판에서는 제목을 바꿔 달았다.* 유사한 제목에 대한 판권을 다른 데서 소유했기 때문이다. (오스트레일리아 원주민들이 저작권 문제로 날 고소하지는 않을 것이다. 그래도 혹시……)

나는 노르웨이로 돌아왔다. 밴드에는 한동안 마지막 곡이 될 곡을 썼다고 말했다. 증권사에는 중개인으로서 일할 시간이 없다고, 인생이 정신없이 흘러가서 다른 할 일이 생겼다고 말했다. 나는 중독되었으니까(실제로도 이렇게 말했다).

그리고 아는 여자가 일하던 출판사에 원고를 보냈다.

직장도 없이 미래가 어떻게 펼쳐질까 나는 궁금했다.

몇 주 뒤 벨이 울리고 나는 전화를 받는다. "요 네스뵈입니다."

전화선 너머에서 말한다. "대체 이 해리 홀레란 사람이 누굽니까?"

이 책은 1997년 가을에 출간되었다.

2016년 8월 31일, 오슬로에서
요 네스뵈

---

* 영문판 제목은 한국어판과 같은 〈박쥐(The Bat)〉다.

왈라 *walla*

무라 *moora*

버버 *bubbur*

• 본서는 저자 및 저작권사의 공식 인정을 받은 Don Bartlett의 영어판 번역을 바탕으로 번역되었습니다.
• 인명을 포함한 고유명사는 현지 발음을 기준으로 표기하였습니다.
• 모든 주는 옮긴이주입니다.

THE BAT

왈라
walla

1

시드니

뭔가 잘못됐다.

처음에는 여권 심사관이 환하게 웃었다. "안녕하세요, 마잇*?"

"네, 안녕하세요." 해리 홀레는 안녕하지 못했다. 오슬로에서 출발해 런던을 경유하는 비행기를 탄 지 서른 시간이 넘은 데다, 바레인에서 갈아탄 비행기에서도 또다시 지독히 불편한 비상구 옆자리에 앉은 탓이었다. 안전상의 이유로 의자를 다 젖히지 못해서 싱가포르 상공을 지날 즈음에는 허리가 끊어질 지경이었다.

곧 입국심사대 여자의 얼굴에서 웃음기가 가셨다.

여자는 여권을 세심히 뜯어보며 노골적으로 호기심을 드러냈다. 처음에 해리를 기분 좋게 맞아준 이유가 그의 사진 때문인지 이름 때문인지는 알 수 없었다.

"사업차 오셨습니까?"

세계 어디서든 입국심사대에서는 웬만하면 '선생님' 정도는 붙여주는 줄 알았는데, 오스트레일리아에서는 이런 격식을 차린 인사말을 잘 쓰지 않는다는 글을 어디선가 본 것도 같다. 딱히 중요한

* Mate, 오스트레일리아에서 남자를 친근하게 부르는 호칭.

문제는 아니었다. 어차피 해리는 해외여행을 자주 다니거나 격식을 따지는 부류도 아니었으니 그저 한시라도 빨리 호텔방 침대로 들어가고 싶을 뿐이었다.

"네." 해리는 손가락으로 연신 테이블을 두드렸다.

"왜 여권에 비자가 없죠, 선생님?" 여자가 입술을 오므려 못나게 일그러뜨리면서 따지듯 물었다.

가슴이 철렁했다. 대재앙이 코앞에 닥치면 찾아오는 느낌. 그러니까 '선생님'은 아주 심각한 상황에만 붙이는 호칭이었을까.

"죄송합니다, 깜빡했군요." 해리가 중얼거리며 급히 안주머니를 뒤졌다. 특별 비자를 발급해준다더니 왜 보통 비자처럼 여권에 찍어주지 않았지? 뒤에 줄지어 선 사람들 틈에서 희미하게 윙윙대는 워크맨 소리가 들렸다. 비행기 옆자리에서 나던 소리. 테이프 하나를 줄곧 돌려 듣던 사람이었다. 망할 놈의 비자를 어디다 넣었더라? 밤 10시가 다 되었는데 덥기는 왜 이렇게 더운 거야! 머리가 근질거리기 시작했다.

마침내 서류를 찾아 심사대에 올려놓고 겨우 마음을 놓았다.

"경찰이시군요?"

여자는 고개를 들어 해리를 뜯어보았다. 오므렸던 입술은 다시 제자리로 돌아와 있었다.

"노르웨이 금발 아가씨들이 더 살해당하지 말아야 할 텐데요?"

여자는 싱긋 웃으며 특수 비자에 쾅 하고 도장을 찍어주었다.

"흠, 저도 이번이 끝이면 좋겠군요." 해리 홀레가 대답했다.

입국장은 이름이 적힌 팻말을 들고 선 여행사 직원과 리무진 기사들로 북적였지만 홀레라는 이름은 어디에도 보이지 않았다. 택시를 잡으려는 순간, 유난히 펑퍼짐한 코에 까만 곱슬머리인 흑인이 팻말을 가르며 성큼성큼 다가왔다. 옅은 색 청바지와 하와이언 셔츠 차림인 그는 유독 눈에 띄었다.

"홀리 씨 맞죠?" 그가 의기양양하게 말했다.

해리 홀레는 어느 쪽을 택할지 고민했다. 오스트레일리아에 도착하면 처음 며칠 동안은 사람들이 그의 성 'Hole'를 잘못 부를 때 발음을 일일이 바로잡아줄 작정이었다. 몸에 난 구멍과 혼동하는 일이 없도록. 하지만 성스럽게도 홀리Holy라고 불리는 건 그리 나쁘지 않았다.

"앤드류 켄싱턴이에요. 안녕하십니까?" 남자는 씩 웃으며 무지막지하게 큰 주먹을 내밀었다.

정말이지 믹서기만 한 주먹이었다.

"시드니에 오신 걸 환영합니다. 즐거운 여행이 되길 바랍니다." 낯선 사람의 진지한 인사는 마치 20분 전 비행기에서 나올 때 들은 기내방송 멘트처럼 윙윙거렸다. 남자는 낡은 여행 가방을 받아들더니 뒤도 안 돌아보고 출구로 향했다. 해리는 그를 놓치지 않으려고 뒤따랐다.

"시드니 경찰서에서 나오셨습니까?" 해리가 먼저 물었다.

"그럼요, 마잇. 조심해요!"

회전문이 해리의 얼굴을, 코를 정통으로 때렸다. 눈물이 찔끔 났다. 삼류 코미디도 이보다 더 형편없지는 않을 것이다. 해리는 코를 문지르며 노르웨이어로 욕을 내뱉었다. 앤드류가 안됐다는 표정을 지었다.

"문이 참 개떡 같죠?"

해리는 대꾸하지 않았다. 지구 반대편에서는 이런 말에 뭐라고 답해야 하나.

앤드류는 낡은 소형 도요타의 트렁크를 열고 여행 가방을 밀어 넣었다. "운전하시게요, 마잇?" 그가 놀라서 물었다.

정신을 차려보니 해리는 운전석에 앉아 있었다. 물론 오스트레일리아에서는 차들이 빌어먹을 좌측으로 달린다. 조수석에는 서류와 카세트, 잡동사니가 잔뜩 쌓여 있어서 해리는 뒷좌석으로 비집고 들어갔다.

"애버리진이시군요." 차가 고속도로에 진입할 즈음 해리가 말했다.

"예리하시네요, 경관님." 앤드류가 백미러를 흘끔거리며 대답했다.

"노르웨이에서는 당신 같은 분을 오스트레일리아 흑인이라고 부릅니다."

앤드류는 백미러에 시선을 고정했다. "정말요?"

해리는 괜히 찜찜해서 덧붙였다. "저기, 제 말은 당신네 조상은 200년 전 영국에서 건너온 죄수들하고는 상관이 없는 사람들이라는 뜻입니다." 해리는 조금이나마 이 나라의 역사를 안다는 걸 보여주고 싶었다.

"괜찮아요, 홀리 씨. 우리 조상들도 그 사람들보다 조금 먼저 왔을 뿐인걸요. 4만 년 전쯤. 정확히 말하자면요."

앤드류는 백미러를 보고 씩 웃었다. 해리는 당분간 입을 다물고 있기로 했다.

"그렇군요. 해리라고 부르시죠."

"그럴까요, 해리. 난 앤드류입니다."

앤드류는 가는 내내 이야기를 계속했다. 해리를 태우고 킹스크로스로 향하면서, 여기가 바로 시드니의 홍등가이고 마약 거래의 온상이자 이 도시의 모든 암거래가 일어나는 곳이라며 쉴 새 없이 떠들었다. 모든 사건이 1제곱킬로미터 안에 하나 걸러 하나씩 있는 호텔이나 스트립 클럽과 연관이 있는 듯했다.

"다 왔습니다." 앤드류가 불쑥 말했다. 그는 도로 경계석 위로 차를 대고 뛰어내리더니 트렁크에서 해리의 여행 가방을 꺼내주었다.

"내일 봅시다." 앤드류는 이 말만 남기고 차를 타고 가버렸다. 허리가 뻐근하고 시차증이 나타난 지금, 해리는 노르웨이 전체 인구와 맞먹는 인구를 자랑하는 거대한 도시에 혼자 남았다. 그것도 아주 근사한 호텔 크레센트 앞에, 여행 가방 하나 덜렁 들고서. 문 앞에 붙은 호텔 이름 옆에는 별 세 개가 박혀 있었다. 지금껏 오슬로 경찰서장은 직원들의 숙박시설에 딱히 후한 편이 아니었다.

그러나 이번에는 썩 나쁘지 않은 것 같다. 공무원 할인을 받았거나 호텔에서 제일 작은 방이겠지.

그의 생각은 정확히 맞았다.

2

갭파크

해리는 서리힐스 범죄수사국 국장실 문 앞에서 조심스럽게 노크했다.

"들어와요." 안에서 크게 대꾸했다.

키가 훤칠하고 풍채가 좋으며 배가 불룩 나온 남자가 떡갈나무 책상 안쪽 창가에 서 있었다. 숱이 줄어가는 머리카락 아래로 희끗 희끗하고 무성한 눈썹이 덥수룩하게 튀어나와 있었지만, 눈가의 주름만은 웃는 인상을 자아내고 있었다.

"노르웨이 오슬로에서 온 '해리 홀리'입니다."

"앉으시오, 홀리 씨. 이른 시각인데도 아주 쌩쌩하시네. 마약반 친구들은 아직 안 만나셨길 바라오만." 닐 맥코맥이 호방하게 웃었다.

"시차증 때문에 새벽 4시에 눈을 떠서 한숨도 못 잤습니다." 해리가 말했다.

"그럼요, 그럼요. 농담이라오. 한 2년 전에 말이오, 꽤 떠들썩한 부정부패 사건이 있었소. 경찰 열 명이 유죄를 선고받았는데 무엇보다도 마약 거래 혐의가 컸지. 경찰들끼리 말이오. 그런데 그 친구들이 의심을 산 이유가 뭔지 아시오? 그 둘이 정신이 아주 말짱해서, 24시간 내내 깨어 있었지 뭐요. 거참 진짜라니까." 맥코맥은 만족스러운 듯 껄껄대며 안경을 다시 쓰고 앞에 놓인 서류를 획획 넘겼다.

"그래, 잉게르 홀테르, 워킹 비자로 오스트레일리아에 왔던 노르웨이인의 살인 사건 수사를 지원하러 오셨다고. 사진을 보니 금발의 미인이더군. 스물세 살이던가?"

해리는 고개를 끄덕였다. 맥코맥은 진지했다.

"어부들이 왓슨스베이 해변에서 발견했소. 정확히 말하면 갭파크에서. 반라인 채였지. 타박상을 입은 걸로 봐서는 먼저 성폭행을 당한 후 목이 졸려 사망했고, 정액은 검출되지 않았소. 범인은 한밤중에 시신을 공원으로 옮겨 절벽 아래로 던졌지."

국장은 얼굴을 찌푸렸다.

"날씨가 조금만 더 나빴어도 파도에 휩쓸려갔겠지만, 용케도 바위틈에 걸려 있다가 발견된 거요. 아까 말한 대로 정액은 없었지만 질이 생선포처럼 얇게 저며진 채 바닷물에 깨끗이 씻겨 있었소. 덕분에 지문 하나 남지 않았고. 그래도 사망 시각을 대략 추정해보긴 했는데……." 맥코맥은 안경을 벗고 얼굴을 문질렀다.

"헌데 살인자가 없소. 대체 이 노릇을 어쩌면 좋겠소, 홀리 씨?"

해리가 대답하려는데 국장이 말을 잘랐다.

"당신은 그냥 우리가 놈을 잡아들이는 걸 잘 봐뒀다가, 양국의 공조 덕에 이 사건이 얼마나 멋지게 해결됐는지만 노르웨이 언론에 알려주시오. 우리가 노르웨이 대사관이나 사건 관계자의 기분을 상하게 할 생각이 없다는 점만 분명히 하면 된다오. 그걸로 충분하지. 그 외에는 휴가나 즐기면서 그쪽 서장님께 엽서나 한 장 보내시오. 참, 그분 요즘 어떠신가?"

"잘 지내십니다, 제가 알기론."

"여자분이 참 대단하시지. 여기 와서 무슨 일을 해야 하는지도 잘 들었소?"

"어느 정도는요. 저도 수사에 참여하는 걸로……."

"좋소. 그런 건 다 잊어버리시오. 내가 새 규칙을 알려드리지. 첫째, 이제부터는 내 지시를 따를 것. 내 말만 들으라는 뜻이오. 둘째, 내가 지시하지 않은 일에는 절대 개입하지 말 것. 셋째, 조금이라도 규칙을 어길 시에는 바로 다음 날 첫 비행기로 본국으로 돌아갈 것."

국장은 웃는 얼굴로 의사를 명확히 전했다. '손 떼라, 당신은 여기서 참관인일 뿐이다'라고. 젠장, 수영복이랑 카메라나 챙겨올걸.

"잉게르 홀테르가 노르웨이에서 어디 텔레비전에 나오는 유명인이었다던데."

"조금 알려진 정돕니다. 한 2년 전에 방송에서 어린이 프로그램을 진행했죠. 그전부터도 슬슬 잊히는 중이었고요."

"그런가, 듣자하니 그쪽 신문에서도 이번 살인 사건을 크게 보도한다던데. 벌써 이리로 사람을 보낸 언론사도 있소. 우리가 아는 데까지 말해주기는 했지만 특별한 얘깃거리가 없으니 조만간 흥미를 잃고 돌아갈 거요. 당신이 여기 온 건 기자들도 모르오. 우리가 따로 베이비시터를 붙여줬으니 홀리 씨가 귀찮아질 일은 없을 거요."

"고맙습니다." 해리는 진심으로 고마웠다. 노르웨이 기자들이 침흘리며 어깨너머로 훔쳐보는 건 조금도 반갑지 않았다.

"좋소, 홀리 씨. 작금의 상황을 내 솔직히 말하지. 주지사님께서 말씀하시길, 시드니 시의원들이 이번 사건의 조속한 해결을 원한다고 하오. 다 그렇잖소, 전부 정치와 돈이 얽혀 있는 법이지."

"돈이라뇨?"

"흠, 올해 시드니의 실업률이 10퍼센트를 넘을 것으로 보이고, 시 당국으로서는 관광객들한테 돈을 최대한 뽑아내야 한단 말이오. 시드니 올림픽은 목전에 와 있고 스칸디나비아 관광객들도 늘어나는 마당에 살인 사건, 게다가 미제 사건이 남아 있다면 홍보에 악영향을 미치지 않겠소? 그래서 우리는 모든 조치를 취하고 있소. 형사를 넷이나 배정하고 경찰 자원을 최우선으로 끌어다 쓸 수 있는 권한을 넘겨줬소. 컴퓨터든 과학수사팀이든 연구원이든. 뭐든 다."

맥코맥은 서류 한 장을 꺼내 얼굴을 찌푸리며 들여다보았다.

"원래는 왓킨스가 파트너인데 특별히 앤드류 켄싱턴과 같이 일하고 싶으시다니, 나야 거절할 이유가 없군."

"제가 알기론 전 아직……."

"켄싱턴, 좋은 친구요. 원주민 수사관들 중에서 켄싱턴만큼 제대로 자리 잡은 사람도 드물지."

"그런가요?"

맥코맥은 어깨를 으쓱했다. "실상이 그렇다오. 음, 홀리 씨. 다른 용건이 있으면 언제든 찾아오면 될 테고. 질문 있소?"

"그냥 형식적인 문제입니다만, 국장님. 여기서는 윗사람을 부를 때 '국장님' 하고 존칭을 붙이는 게 맞는지, 아니면 제가 너무……."

"형식적이다? 딱딱하다? 그런 면이 없지 않지. 하지만 난 좋소. 그렇게 불러주면 내가 여기서 정말로 대장이 된 느낌이니까." 맥코맥은 껄껄 웃으며 손에 힘을 꽉 주어 악수를 하면서 회의를 끝냈다.

"1월은 오스트레일리아의 관광 시즌이에요." 서큘러키 주변의 번화가로 들어서면서 앤드류가 말했다.

"사람들이 몰려들어 시드니 오페라하우스를 구경하고 배를 타고 항구도 둘러보고 본다이비치에서 여자들을 감상하지요. 일하러 오셨으니 안됐네요."

해리는 고개를 저었다. "괜찮아요. 어차피 바가지나 씌우는 관광지는 질색이라."

뉴사우스 헤드로드로 접어들자 도요타가 속도를 올려 동쪽의 왓슨스베이로 향했다.

"시드니 이스트사이드는 런던 이스트엔드하고는 딴판이에요." 부유층 저택이 줄줄이 늘어선 거리를 지나면서 앤드류가 설명했다. "여긴 더블베이라는 동네예요. 다들 더블페이Double Pay라고 부르지만."

"잉게르 홀테르는 어디서 살았습니까?"

"남자친구하고 뉴타운에서 잠깐 살다가 헤어지고 나서는 글리브에 있는 작은 원룸으로 옮겼어요."

"남자친구?"

앤드류는 어깨를 으쓱했다. "오스트레일리아 출신의 컴퓨터 엔지니어인데, 2년 전에 잉게르가 휴가차 놀러왔을 때 만난 남자예요. 범행 시각에 알리바이가 있는 데다 딱히 살인범으로 볼 만한 부류는 아니지만, 그래도 또 누가 압니까, 안 그래요?"

그들은 시드니의 흔한 공원 중 하나인 갭파크 아래에 차를 세웠다. 바람에 깎인 듯 가파른 돌계단으로 이어진 공원은, 북쪽으로는 왓슨스베이 위로 높이 펼쳐져 있고 동쪽으로는 태평양에 면해 있었다. 차 문을 열자 뜨거운 공기가 훅 끼쳤다. 큼직한 선글라스를 쓴 앤드류는 꼭 흐느적거리는 포르노 스타 같았다. 오늘따라 몸에 착 달라붙는 옷을 입어서일까. 어깨가 떡 벌어진 흑인이 그런 차림으로 길을 따라 어슬렁어슬렁 걸으며 전망대로 올라가는 모습이 살짝 우스꽝스러웠다.

해리는 주변을 둘러보았다. 서쪽으로는 하버브리지가 있는 시내가, 북쪽으로는 왓슨스베이 모래밭과 요트가 펼쳐져 있었다. 그 너머로 신록이 우거진 왓슨스베이의 북쪽 주택가 맨리가 보였다. 동쪽으로는 지평선이 휘어지며 다채로운 파란색 스펙트럼을 뿜어냈다. 그들 정면으로는 깎아지른 절벽이 서 있고 까마득한 저 밑으로 긴 여행을 마친 파도가 우레 같은 소리를 내며 부서졌다.

등줄기를 따라 땀이 흘렀다. 날이 이렇게 뜨거운데도 소름이 돋는다.

"여기서 태평양이 보여요, 해리. 다음 정거장은 뉴질랜드, 바닷길로 한 2000킬로미터쯤 가면 나와요." 앤드류가 절벽 끝에서 걸쭉한 덩어리를 뱉으며 말했다. 그들은 눈으로 덩어리를 쫓으며 바람에 다 흩어질 때까지 한참이나 바라보았다.

"그 여자, 떨어질 때 살아 있지 않아서 다행이에요." 앤드류가 말했다. "떨어지면서 절벽에 수도 없이 부딪혔을 테니. 살덩이가 큼직하게 떨어져 나간 상태였거든요."

"죽은 지 얼마 만에 발견됐습니까?"

앤드류가 얼굴을 찡그렸다. "검시관 말로는 48시간이라는데. 헌데 그자가……."

앤드류는 엄지를 뒤로 향하게 해서 입 앞으로 올렸다. 해리는 고개를 끄덕였다. 검시관이 술고래라는 뜻이었다.

"추정 시간 범위가 너무 넓어서 신뢰가 안 가는군요?"

"여자가 금요일 오전에 발견됐으니까 수요일 밤 사이에 사망한 걸로 생각하고 있습니다."

"여기 무슨 단서라도?"

"보시다시피 여기는 차를 저 아래 세워야 하고 밤에는 조명도 없는 데다 인적도 뜸한 편이에요. 목격자도 나타나지 않았고, 솔직히 목격자가 있기나 할까 싶어요."

"그럼 이제 우린 뭘 하죠?"

"우리야 위에서 시키는 대로 해야죠. 식당에 가서 경찰서의 접대비나 조금 축내면 됩니다. 어쨌든 반경 2000킬로미터 안에서는 당신이 노르웨이 경찰의 최고위급 대표니까. 적어도 2000킬로미터 안에서는요."

앤드류와 해리는 새하얀 식탁보가 깔린 테이블 앞에 앉았다. 왓슨스베이의 끄트머리에 위치한 도일스 시푸드 레스토랑은 식당 앞에서 바다까지 길게 백사장이 펼쳐져 있었다.

"진짜 기막히게 아름답지 않습니까?" 앤드류가 말했다.

"그림엽서 같네요." 아이들이 모래성을 쌓고 있는 모래밭 너머로 깊고 푸른 바다와 울창한 초록빛 언덕이 병풍처럼 둘러쳐져 있고, 저 멀리 시드니의 자랑인 스카이라인이 장관을 이뤘다.

해리는 가리비와 태즈메이니아 송어를 골랐고 앤드류는 오스트레일리아 넙치를 골랐는데, 물론 해리는 들어본 적도 없는 음식이었다. 앤드류는 '이 음식하고 궁합이 맞는 술은 아니지만 화이트와인인 데다 맛도 훌륭하고 예산에 딱 맞다'며 샤르도네 로즈마운트

25

한 병을 주문했다. 그러나 해리가 술을 마시지 않는다고 말하자 조금 놀란 얼굴이었다.

"퀘이커 교도인가요?"

"아뇨, 그런 건 아닙니다."

도일스는 가족이 운영하는 오래된 식당이며 시드니 최고의 레스토랑 중 하나라고, 앤드류가 일러주었다. 성수기라 손님이 가득 들어찬 탓에 웨이터하고 눈도 맞추기 힘들었다.

"이 집 웨이터들은 명왕성 같아요. 주위를 맴돌다 21년에 한 번씩 나타나고, 그때도 맨눈에는 보이지 않으니까."

해리는 별로 화가 나지 않았고 그냥 의자에 기대앉아 만족스러운 한숨을 쉬었다. "음식 하나는 기가 막히네요. 정장을 빼입고 올 만한 곳이에요."

"그렇기도 하고 아니기도 해요. 보시다시피 여기선 꼭 정장을 차려입진 않아요. 나야 뭐 이런 데 올 땐 청바지랑 티셔츠는 피하는 쪽이지만. 생긴 게 이래서 입성에 정성을 들여야 해요."

"무슨 뜻이에요?"

앤드류는 해리를 빤히 쳐다보았다. "이 나라에서 애버리진은 지위가 그리 높은 편이 아니거든요. 짐작하시겠지만. 오래전에 영국인들이 '원주민들은 술과 재산 관련 범죄에 취약하다'고 보고했어요."

해리는 관심을 보이며 귀를 기울였다.

"우리 같은 사람들은 유전자가 그렇게 생겨먹었다고 본 거죠. '저들이 잘하는 거라고는 디제리두*를 불면서 듣기 싫은 소음이

---

* 1~2미터 길이의 원통 모양의 애버리진 전통 악기로, 트럼펫을 불듯 연주한다.

나 내는 것뿐이다'라고 누군가가 썼어요. 흠, 이 나라는 다양한 문화가 어우러져서 하나의 통합된 사회를 이룬다고 떠들어대지만, 그게 누구를 위한 통합일까요? 당신네 입장에서는 그런 통합이 이득이겠지만, 그로 인해 원주민들은 점차 눈에 띄지 않게 되었죠.

애버리진들은 오스트레일리아 사회에서 완전히 내몰리고 애버리진의 이해관계와 문화에 영향을 주는 정치적인 토론에서조차 소외당하고 있어요. 오스트레일리아 사람들은 애버리진 미술품을 집 안에 걸어두는 걸로 할 일을 다 한 줄 알죠. 게다가 우리 깜둥이들은 실업자 행렬은 물론 자살률과 범죄 문제에 빈번히 등장합니다. 만약 당신이 애버리진이라면 교도소에 들어갈 확률이 오스트레일리아의 나머지 인구보다 스물여섯 배나 높아요. 잘 생각해봐요, 해리 홀리."

앤드류가 와인을 마저 비우는 동안 해리는 그 문제를 곱씹어보았다. 그러면서 방금 먹은 생선요리가 서른두 해를 살면서 맛본 최고의 음식인 것 같다는 사실도 음미했다.

"그래도 다른 나라에 비하면 오스트레일리아에서는 인종차별이 심한 편은 아니에요. 해가 갈수록 점차 다문화 사회가 되면서 세계 각국의 사람들이 어우러져 사니까요. 레스토랑에 갈 때마다 매번 정장을 차려입는 게 번거로운 일이 된 거죠."

해리는 다시 고개를 끄덕였다. 그런 주제에 관해서는 더 할 말이 없었다.

"잉게르 홀테르가 바에서 일했다고 했죠?"

"네, 그랬어요. 패딩턴 옥스퍼드 가街에 있는 앨버리라는 바예요. 오늘 밤 그 동네를 둘러보려고 했는데."

"지금은 왜 안 되죠?" 해리는 이토록 한가하게 여유를 부리는 걸 더는 참을 수 없었다.

"먼저 그 여자네 집주인을 만나야 하니까요."

명왕성이 예고도 없이 창공에 나타났다.

3

태즈메이니아데빌

글리브포인트로드는 지나치게 번잡하지 않은 아늑한 거리였고, 소박하고 평범한 세계 각국의 전통 레스토랑이 즐비해 있었다.

"여긴 원래 시드니의 보헤미안 지구였어요." 앤드류가 말했다. "나도 1970년대 학창시절에는 이 동네에서 살았어요. 지금도 뇌과학이나 대안적 생활양식에 관해 대화하는 사람들을 위한 전형적인 채식주의 레스토랑이나 레즈비언을 위한 서점 따위가 남아 있죠. 하지만 그 당시의 히피와 LSD 중독자들은 떠났어요. 글리브가 뜨면서 집세도 덩달아 올랐거든요. 솔직히 저도 지금의 경찰 봉급으로 이 동네에 계속 살 수 있을지 의문이에요."

그들은 오른쪽으로 돌아서 헤리퍼드 가를 따라 걷다가 54호 대문으로 들어갔다. 작고 까만 털로 뒤덮인 짐승이 그들에게 달려와 작고 날카로운 이빨을 드러내며 으르렁댔다. 꼬마 괴물은 잔뜩 화가 난 것 같았고, 관광 안내책자에서 보았던 사나운 태즈메이니아데빌의 모습 그대로였다. '공격적인 녀석이니 당신 목에 매달려서 좋을 것 없다'라고 적혀 있었다. 거의 멸종되었다고 덧붙여놓았는데 해리는 제발 그 말이 사실이기를 바랐다. 녀석

29

이 주둥이를 쩍 벌리고 해리에게 덤벼들자 앤드류가 발을 들어 공중에 뜬 녀석을 걷어찼고, 녀석은 꺅꺅 비명을 지르며 담장 옆 풀숲에 나동그라졌다.

배가 불룩 튀어나온, 방금 자다 깬 것 같은 몰골의 남자가 떨떠름한 표정으로 문간에 서 있었다. 앤드류와 해리는 계단을 올라갔다.

"개는 어쨌소?"

"장미 덤불을 감상하고 있어요." 앤드류가 웃으면서 말했다. "경찰 수사반에서 왔습니다. 로버트슨 씨입니까?"

"예예. 또 무슨 일이요? 아는 건 다 말했는데요."

"자꾸 얘기했다, 얘기했다, 얘기했다고 하시는데…….." 한참이나 정적이 흘렀지만 앤드류는 여전히 미소를 잃지 않았고 그사이 해리는 한쪽 다리에서 다른 쪽으로 체중을 옮겼다.

"죄송합니다, 로버트슨 씨, 매번 같은 질문으로 괴롭히려는 게 아니라, 이분은 잉게르 홀테르 양의 오빠이신데, 폐가 안 된다면 홀테르 양이 쓰던 방을 보고 싶으시다는군요."

로버트슨의 태도가 확 달라졌다.

"아이고, 미안합니다. 몰랐어요……. 어서 들어오시죠!" 그는 문을 열고 앞장서서 계단을 올랐다.

"잉게르한테 오빠가 있는지 몰랐어요. 오빠라고 하니까 왠지 닮은 것도 같네요."

해리는 앤드류 쪽으로 몸을 반쯤 돌린 채 뒤에서 눈알을 굴렸다.

"아주 참한 아가씨인데다 세입자로도 훌륭했어요. 우리 집에서도 그렇고 온 동네의 자랑거리였죠." 로버트슨에게서는 맥주 냄새가 났고 아까부터 발음도 살짝 뭉개졌다.

잉게르의 방은 아무도 손대지 않았다. 옷가지와 잡지, 꽁초가 가득 쌓인 재떨이, 빈 와인병이 여기저기 널브러져 있었다.

"그게, 경찰이 당분간 아무것도 건드리지 말라고 해서요."

"압니다."

"어느 날 밤에 갑자기 들어오지 않더군요. 흔적도 없이 감쪽같이 사라졌어요."

"고마워요, 로버트슨 씨. 진술해주신 내용은 읽었습니다."

"브리지로드와 피시마켓 부근으로는 다니지 말라고 일러뒀건만. 그쪽은 으슥한 데다 깜둥이랑 짱깨들이 많아서……" 로버트슨은 앤드류 켄싱턴을 보고 흠칫 놀랐다. "미안합니다, 그런 뜻이 아니라……"

"괜찮아요. 이제 가보세요, 로버트슨 씨."

로버트슨은 살금살금 계단을 내려갔고, 부엌에서 쨍그랑 술병 부딪치는 소리가 들렸다. 방 안에는 침대와 책상, 책꽂이 몇 개가 놓여 있었다. 해리는 방 안을 둘러보면서 잉게르 홀테르의 모습을 그려보았다. 희생자 분석, 즉 희생자 입장에서 보는 작업이었다. 순간 텔레비전 화면에서 보았던 장난꾸러기 아가씨, 호의적이면서도 열정적이었던, 순진한 파란 눈을 가진 젊은 아가씨가 떠올랐다.

잉게르는 집에 있는 걸 좋아하는 내향적인 타입은 아니었다. 벽에는 멜 깁슨 주연의 〈브레이브 하트〉 포스터 한 장만 달랑 붙어 있었다. 해리의 기억에 그 영화는 어떤 납득할 수 없는 이유로 아카데미 최우수작품상을 받은 작품이었다. 영화 취향이 후지다고, 해리는 생각했다. 그리고 남자 보는 눈도. 해리는 멜 깁슨이 〈매드 맥스〉 주연을 맡아 할리우드 스타로 급부상했을 때 개인적으로 무척 실망한 사람 중 하나였다.

사진이 한 장 있었는데, 잉게르는 장발에 수염을 기른 젊은 남자들과 함께 알록달록한 서부식 집들을 배경으로 벤치에 앉아 있었다. 헐렁한 자주색 원피스를 입은 그녀의 얼굴은 창백하면서도 사뭇 진지했고, 금발머리가 힘없이 얼굴로 흘러내렸다. 그녀와 손을 맞잡은 젊은 남자의 무릎에는 아기가 앉아 있었다. 책꽂이에는 담배쌈지가 있었다. 그 밖에도 점성술책 몇 권과 거칠게 깎아 만든 나무탈이 있었는데 코가 길게 휘어져서 마치 부리 같았다. 해리는 탈을 뒤집어보았다. 가격표에 '메이드 인 파푸아뉴기니'라고 적혀 있었다. 침대와 방바닥에 널려 있는 옷가지 외의 다른 옷들은 작은 옷장 안에 걸려 있었다. 옷이 많지는 않았다. 면 블라우스 몇 장과 해진 외투 한 벌뿐이었고 선반 위에는 커다란 밀짚모자가 놓여 있었다.

앤드류가 책상 서랍에서 담배종이 한 갑을 꺼냈다.

"킹사이즈 스모킹 슬림. 담배를 큼직하게 말았군요."

"마약 같은 건 없었습니까?" 해리가 물었다.

앤드류는 고개를 저으며 담배종이를 가리켰다.

"하지만 재떨이를 뒤지면 분명 마리화나 흔적이 나올 겁니다."

"왜 진작 뒤져보지 않았습니까? 현장 감식반 사람들이 여긴 와보지 않았나요?"

"첫째, 여길 범행현장으로 볼 이유가 없었으니까요. 둘째, 마리화나 좀 피웠다고 수선 피울 건 없다는 거죠. 뉴사우스웨일스는 오스트레일리아의 다른 주에 비해 마리화나에 관대하거든요. 마약과 관련됐을 가능성을 완전히 배제하지는 않겠지만 이번엔 마리화나가 얽힌 사건 같지는 않아요. 다른 약을 했는지 어떤지는 확실히 알 수 없지만. 앨버리에서 코카인과 합성마약이 상당량 돌아다니는 건 알고 있지만, 우리가 만나본 주변인 중에서 그런 얘길 한 사람도 없었고 혈액검사에서도 아무런 단서가 나오지 않았어요. 아무튼 이 여자는 센 물건에 손대지는 않았어요. 주사 자국도 없고. 심한 마약중독자였다면 벌써 알아봤을 겁니다."

해리는 앤드류를 보았다. 앤드류는 헛기침을 했다.

"여하튼 이게 공식 입장입니다. 당신이 도와줄 일이 하나 있다고 들었습니다만."

노르웨이어로 쓴 편지 한 통이었다. '엘리자베스에게'로 시작하는 편지는 얼핏 봐도 쓰다 만 편지 같았다. 해리는 편지를 훑어보았다.

그래, 난 잘 지내. 중요한 건 내가 사랑에 빠졌다는 거야! 그 사람은 그리스 신처럼 잘생겼고 갈색의 긴 곱슬머리와 앙증맞은 엉덩이를 가졌어. 눈빛으로 사랑의 밀어를 속삭이지. 지금 이 순간 날 원한다고, 후미진 담벼락이든 화장실이든 식탁 위든 마룻바닥이든 어디서든 지금 당장 날 원한다고 말해준단다. 이름은 에반스, 서른두 살에 결혼한 사람이고(어머, 깜짝이야) 18개월 된 아주 사랑스러운 아들·탐탐이 있어. 지금 당장은 변변한 직업 없이 이 일 저 일을 하면서 떠돌아다녀.

그래, 뭔가 찜찜한 구석이 있다고 생각하겠지. 나도 알아. 절대 말려들지 않을 거야. 아무튼 당분간은 절대 안 그래.

에반스 얘기는 이만하면 됐고. 나 아직 앨버리에서 일해. 에반스가 어느 날 밤 우리 바에 찾아온 뒤로는 '미스터 빈'이 더는 만나자고 치근대지 않아. 이것도 발전이라면 발전이겠네. 솔직히 요즘도 끈적끈적한 눈으로 계속 내 뒤꽁무니를 쫓아다니기는 하지만. 우웩! 솔직히 나도 지금

하는 일이 지겹지만 좀 더 버텨야 체류비자를 연장할 수 있어. NRK*와 잠깐 얘기를 해봤는데 이번 가을에 텔레비전 시리즈 후속편을 기획하고 있고 내가 원한다면 같이 하자네. 결정, 결정을 해야 해!

편지는 여기서 끊겼다.

---

* Norsk rikskringkasting, 노르웨이 공영 방송국.

4
광대

"어디 가는 겁니까?" 해리가 물었다.

"서커스! 친구 녀석한테 언제 잠깐 들른다고 했거든요. 오늘이
바로 그날이랍니다."

발전소 안에서 소규모 서커스단이 오후 시간대의 무료공연을 하
고 있었다. 앞줄에 듬성듬성 앉은 어린이 관객들이 열렬한 호응을
보냈다. 현대미술관이 들어선 이곳은, 시드니에 전차가 다니던 시
절에는 전차 역사였고 이후에는 발전소로 쓰기도 했던 건물이라
고 앤드류가 일러주었다. 몸이 단단한 소녀 둘이 별로 대단할 것
없는 공중곡예를 막 끝내자 관객들은 친절하게도 열심히 박수를
쳐주었다.

거대한 단두대가 무대로 굴러 들어오고 광대가 함께 등장했다.
광대는 알록달록한 색상의 제복에 줄무늬 모자를 썼는데 분명 프
랑스 혁명에서 영감을 받은 것 같았다. 광대가 무대를 휘젓고 다니
며 온갖 장난을 치자 아이들이 무척 좋아했다. 다음으로 다른 광대
가 백발을 길게 늘어뜨린 가발을 쓰고 무대에 등장했는데 해리는

그 광대가 루이 16세 역할을 하는 거라고 생각했다.

"만장일치로 사형을 선고한다." 줄무늬 모자를 쓴 광대가 대사를 읊었다.

잠시 후 사형수가 처형대로 올라가—여전히 아이들은 즐거워했다—큰 소리로 비명을 지르고 악을 쓴 다음 단두대 칼날 아래 머리를 뉘었다. 잠깐 두둥두둥 북소리가 들리더니 칼날이 떨어지고 해리를 비롯한 모두가 기겁한 사이, 화창한 겨울 아침에 숲 속에서 도끼를 내리치는 듯한 소리와 함께 왕의 머리가 떨어져 나갔다. 가발 쓴 머리통이 떨어져 바구니로 굴러 들어갔다. 조명이 꺼졌다 다시 켜진 순간 머리 없는 왕이 겨드랑이에 머리통을 끼고 스포트라이트를 받으며 서 있었다. 아이들의 박수갈채가 멈출 줄 몰랐다. 조명이 다시 꺼지더니 연기자들이 다시 무대로 나왔고, 뒤이어 서커스 단원 모두가 올라와 인사를 한 후 공연이 끝났다.

관객들이 출구로 몰려나가는 동안 앤드류와 해리는 무대 뒤로 갔다. 배우들은 벌써 임시 분장실로 돌아가 의상을 갈아입거나 분장을 지우고 있었다.

"오토, 여기는 노르웨이에서 온 친구야. 인사 나눠." 앤드류가 큰 소리로 말했다.

한 사람이 그를 향해 고개를 돌렸다. 루이 16세는 분장이 번진 데다 가발을 쓰지 않아서 아까보다는 덜 근엄해 보였다. "흠, 안녕. 인디언 투카잖아!"

"해리, 이쪽은 오토 레흐트나겔이에요."

오토는 우아하게 손을 내밀어 손목을 살짝 비틀었고, 해리가 얼떨떨해하며 손에 살짝 힘을 주고 악수하자 오토는 분하다는 표정을 지었다.

"입은 안 맞춰주나요, 잘생긴 아저씨?"

"오토는 자기가 여자라고 생각해요. 고귀한 가문의 여자." 앤드류가 말했다.

"실없는 소리 그만해, 투카. 오토는 자기가 남자라는 걸 잘 안답니다. 어리둥절한 표정이군요, 잘생긴 아저씨. 혹시 직접 확인해보고 싶은 건가요?" 오토는 카랑카랑한 목소리로 깔깔댔다.

해리는 귓불이 벌겋게 달아오르는 느낌이었다. 인조 속눈썹 한 쌍이 앤드류를 향해 꾸짖듯 파르르 떨렸다.

"자기 친구, 말 못하나 봐?"

"죄송합니다. 제 이름은 해리…… 어…… 홀리예요. 공연이 참 기상천외하던데요. 의상도 훌륭하고. 아주…… 진짜 같았습니다. 그리고 특이해요."

"루이 16세 공연이요? 특이하다뇨? 에이 설마. 유명한 고전인데. 1793년에 실제로 처형이 일어나고 2주 만에 잔다슈스키 광대 가문에서 초연을 했어요. 사람들이 엄청 좋아했죠. 대중은 언제나 공개처형에 열광해요. 미국의 방송국에서 해마다 케네디 암살 장면을 몇 번이나 틀어주는지 알아요?"

해리는 고개를 저었다.

오토는 생각에 잠긴 듯 천장을 보았다. "꽤 많답니다."

"오토는 자기가 위대한 잔디 잔다슈스키의 후계자라고 생각해요." 앤드류가 끼어들었다.

"그래요?" 유명한 광대 가문은 해리가 잘 모르는 분야였다.

"내가 보기에 자기 친구는 우리 얘기를 알아듣지 못하는 것 같아, 투카. 잔다슈스키 집안은 말이에요, 뮤지컬 광대 유랑극단이고,

20세기 초에 오스트레일리아로 들어와 정착했어요. 잔디가 죽은 1971년까지 그 집안은 서커스 공연을 했죠. 내가 잔디를 처음 본 건 여섯 살 때였는데, 그를 본 순간 내가 뭐가 되고 싶은지 알았어요. 지금 그렇게 됐고요."

오토는 분장 속에서 슬픈 광대의 미소를 지었다.

"두 분은 어떻게 아는 사이입니까?" 해리가 물었다. 앤드류와 오토는 서로를 흘낏했다. 해리는 둘이 입을 비죽거리는 걸 보고 실수했다고 생각했다.

"제 말은…… 경찰과 광대…… 썩 어울리는……."

"얘기하자면 길어요." 앤드류가 말했다. "같이 자랐다고 해도 되겠군요. 오토야 내 엉덩이라면 자기 엄마라도 팔아넘길 인간이지만 전 어릴 때부터 이상하게 여자애들한테만 끌리는 이성애자였죠. 분명 유전이나 환경문제하고 관련이 있을 겁니다. 어떻게 생각하나, 오토?"

앤드류는 실실 웃으며 몸을 뒤로 빼서 따귀를 올려붙이려는 오토의 손바닥을 피했다.

"자긴 스타일도 구리고, 돈도 없고 엉덩이도 별로라니까!" 오토가 빽 소리를 질렀다. 해리는 서커스단의 다른 사람들을 둘러보았다. 다들 두 사람의 행동에 개의치 않는 눈치였다. 몸매가 탄탄한 공중곡예사 하나가 해리를 보고 힘내라는 듯 눈을 찡긋했다.

"이따 밤에 해리하고 같이 앨버리에 갈 거야. 너도 갈래?"

"나 거기 안 가는 거 알잖아, 투카."

"이제 그만 이겨내야지, 오토. 인생은 계속되잖아."

"남들 인생은 그렇겠지. 내 인생은 여기서 끝났어, 지금 여기서. 사랑이 죽으면 나도 죽어."

"마음대로 하쇼."

"집에 가서 월도프 밥도 챙겨줘야 해. 먼저 가, 조금 이따 갈 수 있으면 갈게."

"또 봐요." 해리는 오토가 내민 손에 정중히 입술을 댔다.

"이걸 기다렸다니까, 잘생긴 해리."

5

스웨덴 사람

해가 뉘엿뉘엿 넘어갈 무렵 그들은 패딩턴 옥스퍼드 가를 달리다 작은 공터 옆에 차를 세웠다. 간판에 '그린파크'라고 적혀 있었지만, 잔디가 누렇게 시들었고 초록색이라고는 공원 한가운데 서있는 가건물뿐이었다. 애버리진 혈통의 한 남자가 나무들 사이 풀밭에 누워 있었다. 옷이 어찌나 너덜너덜하고 꼬질꼬질한지 검은색이 아니라 회색처럼 보였다. 남자가 앤드류를 보고 손을 들어 인사를 건넸지만 앤드류는 못 본 척했다.

앨버리에는 발 디딜 틈조차 없을 정도로 사람이 많았다. 그들은 유리문을 열고 겨우 비집고 들어갔다. 해리는 몇 초 동안 가만히 서서 눈앞의 광경을 눈여겨보았다. 바 너머로 잡다하게 섞여 있는 손님들은 대부분 젊은 남자들이었다. 물 빠진 청바지를 입은 로커, 정장을 빼입고 머리를 깔끔하게 뒤로 넘긴 여피Yuppie, 염소수염을 기르고 샴페인을 들고 다니는 예술가 타입의 부류, 하얀 이를 드러내고 웃는 잘생긴 금발의 서퍼, 검정 가죽옷 차림의 바이커―앤드류식으로 부르자면 '바이키'― 들이 있었다. 한가운데에 위치한 카운터 위에서는 다리가 긴 반라의 여자들이 깊이 파인 자주색 톱을 입고 쇼를 벌이고 있었다. 여자들은 신나게 뛰어다니며 새빨간 입술을 쩍쩍 벌리면서 글로리아 게이너의 'I Will Survive'를 따라 부르는 시늉을 했다. 쇼에 끼지 않은 여자들은 손님들에게 윙크를 날리며 호들갑스럽게 시시덕거렸다. 교대로 무대에 서는 모양이었다. 해리는 사람들을 밀치고 카운터 쪽으로 다가가 주문했다.

"바로 대령하겠습니다, 금발 아저씨." 로마전사의 투구를 쓴 여자 바텐더가 굵직한 목소리로 장난스럽게 웃으며 말했다.

해리가 맥주와 주스 한 잔을 들고 오면서 앤드류에게 물었다. "이봐요, 이 도시에 남은 이성애자 남자는 당신과 나뿐인 건가요?"

"시드니는 세계에서 샌프란시스코 다음으로 게이 인구가 많은 도시예요." 앤드류가 말했다. "오스트레일리아 오지에서는 성적 다양성을 인정하지 않으니 자연히 전국의 동성애자 청년들이 시드니로 오고 싶어 합니다. 사실 오스트레일리아뿐 아니라 세계 각지의 게이들이 날마다 시드니로 흘러든답니다."

그들은 뒤쪽의 다른 카운터로 자리를 옮겼다. 앤드류가 카운터 안에 서 있는 여자 하나를 불렀다. 여자는 그들을 등지고 있었는데 해리가 평생 본 사람 중에서 가장 빨간 머리카락을 늘어뜨리고 있었다. 치렁치렁한 머리가 딱 달라붙은 청바지 뒷주머니까지 내려오긴 했지만 잘록한 허리와 보기 좋게 둥근 엉덩이를 가리지는 못했다. 그녀가 돌아서자 진주처럼 하얗고 가지런한 치아가 드러났다. 미소 띤 얼굴에는 하늘색 눈동자와 무수히 많은 주근깨가 퍼져 있었다. 이 사람이 여자가 아니라면 이 얼마나 허망한 낭비인가 하고 해리는 생각했다.

"나 기억해요?" 앤드류가 요란한 1970년대 디스코 음악 틈에서 소리쳤다. "잉게르 일로 물어볼 게 있어서 왔어요. 얘기 좀 할 수 있어요?"

빨강머리는 표정이 굳었다. 그녀는 고개를 끄덕이더니 다른 여자에게 카운터를 넘기고 주방 뒤편의 좁은 흡연실로 그들을 안내했다.

"새로운 소식 있어요?" 해리는 더 들어보지 않아도 그녀가 영어보다 스웨덴어를 잘한다는 걸 알 수 있었다.

"전에 어떤 노인을 만났습니다." 해리가 노르웨이어로 말했다. 여자가 놀라서 그를 쳐다보았다. "아마존에서 배를 타던 선장이었어요. 그 노인이 포르투갈어로 세 마디 하는 걸 듣고 스웨덴 사람이란 걸 알아챘어요. 거기서 30년이나 산 사람이었는데도. 그때 저는 포르투갈어라고는 한마디도 몰랐고요."

빨강머리는 처음에는 당황한 얼굴이더니 이내 웃었다. 그녀의 쾌활한 웃음은 마치 어떤 희귀한 산새의 지저귐 같았다.

"진짜 그렇게 티가 나요?" 그녀가 스웨덴어로 물었다. 저음의 차분한 목소리에 'rrr' 발음이 부드럽게 섞여 있었다.

"억양이 있거든요." 해리가 말했다. "억양은 절대로 깨끗이 지워지지 않아요."

"두 분 서로 아는 사이예요?" 앤드류가 미심쩍은 표정으로 둘을 살폈다.

해리는 빨강머리를 쳐다봤다.

"아뇨." 그녀가 대답했다.

참으로 유감이라고 해리는 생각했다.

빨강머리의 이름은 비르기타 엔퀴스트였다. 오스트레일리아에서 4년을 살았으며, 앨버리에서 1년 동안 일했다.

"같이 일하면서 대화를 나누긴 했어도 친하진 않았어요. 잉게르가 평소 자기 얘기를 많이 하는 편은 아니었거든요. 같이 어울려 다니는 무리에 그 친구도 가끔 한 번 끼기는 했지만 저는 그 친구를 잘 몰랐어요. 여기서 일을 시작할 때 뉴타운에서 어떤 남자랑 헤어진 지 얼마 안 됐다고 했어요. 그 친구 신상에 관해서 그나마 자세히 들은 건, 그 남자와의 관계를 너무 오래 끌어서 깊어졌다는 것뿐이에요. 새로 시작할 필요가 있겠구나 싶었죠."

"잉게르가 누굴 만났는지 아십니까?" 앤드류가 물었다.

"잘은 몰라요. 말씀드렸다시피 이야기를 나누기는 했어도 자기 일을 다 말하진 않았어요. 저도 캐묻지 않았고요. 10월쯤엔가 퀸즐랜드에 놀러 갔다가 시드니에서 온 사람들하고 어울렸고, 돌아와서도 연락을 주고받은 걸로 알고 있어요. 거기서 남자를 만난 것 같던데. 어느 날 밤에 그 남자가 여길 찾아왔거든요. 그런데 이런 얘긴 다 해드리지 않았나요?" 그녀가 영문을 모르겠다는 듯 흘깃거렸다.

"압니다, 엔퀴스트 양, 노르웨이에서 온 제 동료가 직접 이야기도 들어보고 잉게르가 일하던 곳도 둘러보고 싶어 해서요. 해리 홀리는 노르웨이 최고의 수사관이니까 저희 시드니 경찰들이 놓친 게 있다면 집어낼지도 몰라요."

해리는 갑자기 사레들린 듯 기침을 했다.

"미스터 빈은 누군가요?" 해리가 조금 경직된 말투로 물었다.

"미스터 빈요?" 비르기타가 어리둥절한 표정으로 그들을 보았다.

"영국 코미디언을 닮았다는…… 그 배우 이름이 로완 앳킨슨이

던가요?"

"아, 그 사람!" 비르기타가 이번에도 산새처럼 웃었다.

지저귀는 듯한 그 소리가 참 듣기 좋다고 해리는 생각했다. 그녀의 웃음소리를 더 듣고 싶었다.

"그 사람은 알렉스라고, 여기 매니저예요. 이따 늦게 출근해요."

"그 사람이 잉게르에게 관심을 보였다고 볼 만한 근거가 있거든요."

"알렉스가 잉게르에게 눈독을 들이기는 했어요, 네, 맞아요. 그런데 잉게르뿐 아니라 여기 여자들을 한 번씩은 귀찮게 쫓아다녔어요. 맞다, 피들러레이*라고, 여기선 그렇게 불러요. 미스터 빈을 쫓아다닌 건 오히려 잉게르였어요. 그 사람이 꽤나 곤란해했고요, 한심하게시리. 나이 서른 넘도록 엄마하고 같이 살면서 아무 데도 안다니는 것 같아요. 그래도 상사로는 아주 괜찮아요. 별로 피해를 주는 것도 없고. 생각하시는 그런 쪽으로는."

"어떻게 알아요?"

비르기타는 콧대 옆을 톡톡 쳤다. "사람이 줏대가 없거든요."

해리는 노트에 받아 적는 척했다.

"그럼 혹시 잉게르가…… 그러니까, 줏대 있는 남자를 알거나 만났는지 아십니까?"

"글쎄요, 여기 오는 남자들은 가지각색이에요. 게이만 오는 것도 아니고, 잉게르한테 관심을 보이던 사람도 꽤 있었죠. 아주 매력적인 아가씨잖아요. 이젠 과거형이지만. 당장 떠오르는 사람은 없네요. 다만……."

---

* 밴조샤크라고도 불리는 오스트레일리아 동남부 해안에 사는 어종.

"네?"

"아니, 아무것도 아니에요."

"보고서에 따르면 잉게르가 살해당한 걸로 추정되는 날 밤에 여기서 근무를 했더군요. 일 끝나고 데이트를 하러 갔는지, 아니면 곧장 집으로 갔는지 아십니까?"

"주방에서 남은 음식을 싸가면서 뚱개 갖다줄 거라고 했어요. 개를 키우지 않는 걸 알기에 어디 가느냐고 물었죠. 집으로 간다고 했어요. 제가 아는 건 이게 다예요."

"태즈메이니아데빌." 해리가 중얼거렸다. 비르기타가 호기심 어린 표정으로 보았다. "집주인이 개를 기르더군요. 무사히 집에 들어가려면 먹이를 던져줘야 했을 겁니다."

해리는 시간 내줘서 고맙다고 말했다. 그들이 일어서려는데 비르기타가 말했다. "앨버리 사람들 모두가 이번 일로 무척 속상해해요. 잉게르 부모님은 어떠세요?"

"많이 힘들어하실 겁니다." 해리가 말했다. "충격이 심하겠죠, 물론. 딸이 여기로 오게 내버려둔 걸 자책하고 계세요. 관은 내일 노르웨이로 갑니다. 장례식장에 꽃을 보내고 싶다면 주소를 알아봐드릴게요."

"고마워요. 아주 친절하시네요."

해리는 다른 걸 물어볼까 했지만 죽음과 장례식 얘기까지 나눈 터라 차마 그럴 수가 없었다. 나오는 길에는 그녀가 보낸 작별의 미소가 그의 망막 위에서 타올랐다. 그 미소는 한동안 거기 남아 있을 듯했다.

"제길." 그는 혼자 웅얼거렸다. "말해? 말아?"

클럽에서는 복장도착자뿐 아니라 여러 손님이 카운터로 올라가서 카트리나 앤드 더 웨이브스*의 노래를 따라 부르고 있었다. 스피커에서 'Walking on Sunshine'이 쿵쿵거리며 흘러나왔다.

"앨버리 같은 데서는 슬픔에 잠기거나 깊이 생각할 여유가 없어요." 앤드류가 말했다.

"다 그렇죠, 뭐." 해리가 말했다. "인생은 계속되니까." 그는 앤드류에게 잠깐만 기다려달라고 말한 뒤 다시 바 안으로 들어가서 손을 흔들어 비르기타를 불렀다.

"미안한데요, 마지막으로 하나 물어볼 게 있어서요."

"네?"

해리는 숨을 깊이 들이쉬었다. 벌써 후회가 밀려왔지만 때는 이미 늦었다. "시내에 타이 음식 잘하는 집 알아요?"

비르기타는 잠시 생각했다. "음, 벤트 가에 하나 있어요. 혹시 어딘지 아세요? 꽤 괜찮다고 들었어요."

"그렇게 좋은 데라면 같이 갈래요?"

잘 안 될 거라고 해리는 생각했다. 더구나 프로답지 않았다. 정말 프로답지 못한 행동이었다. 비르기타는 실망스러운 듯 신음을 냈지만 비집고 들어갈 틈이 보이지 않을 정도는 아니었다. 어쨌든 아직 얼굴에 웃음기가 남아 있었다.

"자주 써먹는 대사인가 보죠, 경관님?"

"꽤 자주."

"잘 먹히던가요?"

"통계상 말입니까? 꼭 그렇진 않아요."

그녀는 웃음을 띤 채 고개를 갸우뚱하면서 호기심 어린 얼굴로

---

* Katrina and The Waves, 1983년에 데뷔한 영국 혼성그룹.

해리를 살폈다. 그러고는 어깨를 으쓱했다.

"안 될 거 없겠죠? 내일 시간 있어요. 9시. 그쪽이 사요."

6

주교

해리는 차 지붕에 파란 등을 붙이고 운전대를 잡았다. 커브를 돌자 바람이 들이쳤다. 스티안센의 목소리. 그리고 침묵. 구불구불한 울타리 기둥. 병실, 꽃다발. 복도에 붙은 빛바랜 사진 한 장. 해리는 벌떡 일어나 앉았다. 또 같은 꿈이었다. 새벽 4시였다. 다시 잠자리에 누웠지만, 생각은 다시 잉게르 홀테르를 죽인 미지의 살인범에게로 흘러갔다.

6시가 되자 그만 일어나도 될 것 같았다. 샤워하면서 정신을 차린 뒤 아침식사를 할 만한 곳을 찾아, 아침 해가 아직 흐릿한 푸르스름한 하늘 아래로 나섰다. 시내 중심가에서 부산한 소음이 들리기는 했지만, 오전의 러시아워가 아직 이곳의 홍등과 까만 마스카라를 칠한 눈까지는 닿지 않았다. 여기 킹스크로스에는 나름의 조악한 매력과 사람 냄새 나는 아름다움이 있었다. 해리는 콧노래를 흥얼거리며 걸었다. 밤새 거나하게 취한 사람들, 무릎담요를 뒤집어쓰고 계단에 쓰러져 자는 남녀, 얇은 옷을 걸치고 새벽 교대 근무 중인 파리한 매춘부 하나 말고는 거리가 텅 비어 있었다.

어느 테라스 카페 앞에서 주인으로 보이는 남자가 호스를 끌어

48

다 인도에 물을 뿌리고 있었다. 해리는 남자에게 미소를 지어 보이며 간단히 아침식사를 하러 들어갔다. 그가 토스트와 베이컨을 먹는 동안 성가신 바람이 냅킨을 흩날리려 했다.

"꼭두새벽에 일어나셨군, 홀리." 맥코맥이 말했다. "좋지. 6시 반에서 11시 사이에 뇌가 팽팽 돌아가니까. 그다음부터는 뇌가 곤죽이되지, 내 생각엔 그렇단 말이오. 여긴 아침엔 조용하지만 9시가 지나면 시끄러워서 2 더하기 2도 계산이 안 됩디다. 안 그렇소? 우리 아들은 꼭 스테레오로 음악을 틀어놔야 숙제가 된다고 하더군. 너무 조용하면 집중이 안 된다나. 이해가 가시오?"

"어……."

"아무튼 어제는 참다 참다 아들 방에 뛰어올라가 망할 놈의 기계를 꺼버렸다오. '이걸 틀어놔야 머리가 돌아간단 말이에요!'라고 바락바락 대들더군. 그래서 내가 남들처럼 평범하게 책을 읽으라고했더니 '사람마다 다르죠, 아빠' 하고 성질을 내지 뭐요. 하긴 그 나이 때가 다 그렇지 뭐."

맥코맥은 잠시 말을 끊고 책상에 놓인 사진을 바라보았다.

"아이가 있소, 홀리? 아직인가? 가끔 내가 무슨 짓을 저질러 놨나 싶을 때도 있소. 한데 숙소는 어느 쥐구멍으로 잡아주던가?"

"킹스크로스에 있는 크레센트 호텔입니다, 국장님."

"킹스크로스면 괜찮지. 홀리 씨 말고도 그 호텔에 묵은 노르웨이사람이 또 있었소. 한 2년 됐나, 노르웨이 주교인지 뭔지 하는 사람이 공식방문으로 왔는데, 이름이 뭐였더라. 아무튼 오슬로 담당자가 킹스크로스 호텔에 방을 잡아줬다오. 그 호텔 이름에 성서적 의미가 담겨 있어서 그랬나 본데, 주교가 수행원들을 이끌고 호텔에 들어섰을 때 닳고 닳은 매춘부 하나가 신부복을 보고 끈적끈적하게 추파를 던졌지 뭐요. 주교는 가방이 올라오기도 전에 체크아웃했을게요."

맥코맥은 눈에 눈물이 고이도록 웃었다.

"그래요, 음, 홀리, 오늘은 용건이 뭔가?"

"잉게르 홀테르의 시신을 노르웨이로 보내기 전에 제가 한번 볼 수 있을까요, 국장님?"

"켄싱턴이 출근하면 시체보관소에 데려가줄게요. 그런데 부검 보고서를 받아보지 않았소?"

"네, 국장님, 그런데……."

"그런데?"

"제 눈으로 시신을 보고 싶습니다."

맥코맥은 창문으로 돌아서며 뭐라고 중얼거렸고, 해리는 수긍의 의미로 알아들었다.

사우스시드니 시체보관소의 지하 안치실은 영상 8도였다. 바깥 기온이 28도인 데 비하면 무척 서늘했다.

"뭐 좀 알아낸 거라도?" 앤드류가 물었다. 그는 오들오들 떨면서 재킷을 단단히 여몄다.

"알아내긴, 그런 거 없어요." 해리가 잉게르 홀테르의 유해를 보면서 답했다. 절벽에서 떨어지고도 얼굴은 비교적 멀쩡히 남아 있었다. 한쪽 콧구멍이 찢어져 벌어지고 광대뼈가 깨져 움푹 패긴 했지만 창백한 시신의 얼굴이 경찰 보고서 사진 속에서 활짝 웃고 있는 젊은 여자와 같은 사람이라는 것에는 의심의 여지가 없었다. 목주위에 시커먼 자국이 보였다. 다른 부위에도 멍 자국과 상처, 깊이 팬 자상이 몇 군데 남아 있었다. 한곳에는 허옇게 뼈까지 드러나 있었다.

"부모가 사진을 보고 싶어 했어요. 노르웨이 대사까지 나서서 보지 않는 편이 나을 거라고 만류했지만 변호사가 고집을 부렸나 봐요. 그런 몰골로 죽은 딸을 어머니한테 보여줘서는 안 되죠." 앤드류가 고개를 절레절레 흔들었다.

해리가 돋보기를 들고 목에 난 멍 자국을 살폈다.

"맨손으로 목을 졸랐군요. 맨손으로 사람을 죽이는 건 결코 쉽지 않아요. 살인자는 힘이 아주 세거나 동기가 뚜렷한 사람일 겁니다."

"아니면 전에 몇 번 해봤던가."

해리가 앤드류를 바라보았다.

"무슨 뜻이에요?"

"피해자 손톱 밑에 피부조직도 없고 옷에서 범인의 모발 하나 나오지 않은 데다, 손마디에 찰과상도 발견되지 않았어요. 단숨에 효과적으로 당해서 저항할 틈이 없었다는 뜻이에요."

"전에 비슷한 사건을 본 적 없습니까?"

앤드류는 어깨를 으쓱했다. "이런 데서 오래 일하다 보면 모든 살인 사건에서 전에 본 비슷한 사건을 떠올리게 되죠."

아니다. 해리의 생각은 달랐다. 오히려 정반대였다. 이런 일을 오래 하다 보면 사건마다 미묘한 차이, 그러니까 사건마다 독특한 차이를 만들어내는 세세한 부분이 보인다.

앤드류가 손목시계를 흘깃했다. "오전 회의가 한 시간 반 뒤에 시작해요. 어서 출발합시다."

수사반을 이끄는 래리 왓킨스 반장은 법조계 경력을 배경으로 고속 승진을 한 인물이었다. 입술이 얇고 머리숱이 적으며, 말할 때는 거추장스러운 수식어나 억양의 변화 없이 매우 효율적으로 말하는 사람이었다.

"달리 말하면 사회생활의 더듬이가 없는 거죠." 앤드류가 딱 잘라 말했다. "아주 유능한 수사관이긴 하지만 시체로 발견된 여자의 부모한테 전화하는 일을 맡길 만한 사람은 아니에요. 게다가 스트레스를 받으면 욕을 해댄다고요."

왓킨스의 오른팔인 세르게이 레비는 말쑥한 옷차림에 머리가 벗어진 유고슬라비아 출신 남자로 검은 염소수염까지 기르니 양복 입은 메피스토*처럼 보였다. 평소 외모에 신경 쓰는 남자에게는 왠지 신뢰가 가지 않는다고 앤드류가 말했다.

"심하게 겉멋이 든 정도는 아니고 그냥 좀 깔끔 떠는 친구예요. 특히 남이 말할 때 제 손톱을 들여다보는 버릇이 있긴 한데 무례하게 굴려고 그러는 건 아니에요. 그리고 점심을 먹고 들어오면 신발을 닦아요. 말이 많진 않아요. 자기 얘기든, 무슨 얘기든."

수사반에서 제일 어린 사람은 용수였다. 작고 비쩍 말랐으며 늘 쾌활했는데, 새 모가지처럼 가느다란 목 위로 늘 웃는 얼굴이었다. 용수의 가족은 30년 전에 중국에서 오스트레일리아로 건너왔다. 그의 부모는 10년 전 용수가 열아홉 살일 때 방문차 중국에 간 후 다시 돌아오지 않았는데, 그의 할아버지는 아들이 '정치적인 일'에 연루되었을 거라 짐작했고 더 깊이 파고들지 않았다. 용수도 끝내 어찌 된 사정인지 알아내지 못했다. 지금 그는 가장으로 조부모와 여동생 둘을 돌보고 하루 열두 시간씩 일하면서도 그중 열 시간은 넘

---

* Mephistopheles, 파우스트 박사와 계약을 맺어 그의 혼을 손에 넣었다고 알려진 악마.

게 웃었다. "썰렁한 농담 아는 거 있으면 용에게 말해봐요. 무슨 얘기든 다 웃어주니까"라고 앤드류가 말한 적이 있었다. 비좁은 회의실에 모두 모였고, 한쪽 구석에는 실내 공기를 순환시킬 용도로 선풍기가 시끄럽게 돌아가고 있었다. 왓킨스가 앞으로 나와 보드 앞에 서서 해리를 소개했다.

"노르웨이에서 오신 동료가 잉게르의 방에서 발견된 편지를 해석했다. 특이사항이 있으면 말해주시죠, 호올?"

"호올-레."

"미안해요, 홀리."

"음, 잉게르가 얼마 전부터 에반스라는 남자를 만난 것 같습니다. 편지에 적힌 대로라면 책상 위에 붙어 있던 사진 속에서 잉게르와 손을 잡고 있는 남자로 추정됩니다."

"저희가 신원을 확인한 바로는─" 레비가 말했다. "에반스 화이트라는 자예요."

"그래?" 왓킨스가 숱 없는 눈썹을 치켜세웠다.

"그 남자에 관해서는 알아낸 게 많지 않아요. 부모가 1960년대 말에 미국에서 건너와 거주허가를 받았어요. 그때는 어려운 일이 아니었잖아요." 레비가 가르치듯 덧붙였다. "아무튼, 폭스바겐 캠핑카를 타고 온 나라를 떠돌면서 채식도 하고 마리화나를 피우고 LSD도 한 모양이에요. 당시엔 흔한 일이었으니까요. 아이 하나를 낳은 뒤 이혼했고, 에반스가 열여덟 살이 되었을 때 그의 아버지는 미국으로 돌아갔어요. 어머니는 힐링과 사이언톨로지, 온갖 신비주의 종교에 빠져들었던 모양입니다. 요즘은 바이런베이 인근 목장에서 크리스털 캐슬이라는 가게를 운영합니다. 거기서 카르마의 구슬이나 태국에서 들여온 자질구레한 물건들을 관광객이나 영혼을 찾는 사람들에게 팔아요. 에반스는 열여덟 살에 오스트레일리아의 젊은이들이 부쩍 많이 하는 일을 시작하기로 마음을 굳혔고요." 레비는 해리를 돌아보고 말했다. "바로 백수생활이죠."

앤드류가 해리 쪽으로 몸을 기울여 나지막이 툴툴댔다. "여기저기 돌아다니면서 서핑이나 하고 국민들 세금으로 인생을 즐기고 싶은 사람들에게 오스트레일리아는 최고의 나라예요. 사회안전망도 최고, 날씨도 최고. 아주 대단한 나라죠." 그러고는 몸을 세워 바로 앉았다.

"현재는 일정한 거주지가 없습니다." 레비가 발표를 이어갔다. "그런데 얼마 전까지는 시드니 외곽 어느 판잣집에서 가난한 백인들하고 지낸 걸로 보입니다. 탐문 과정에서 만난 지인들은 한동안 그 친구를 보지 못했다더군요. 경찰서를 들락거린 적은 없습니다. 그래서 확보한 사진은 열세 살에 찍은 여권사진 뿐입니다."

"대단하군요." 해리가 진심으로 놀란 듯 말했다. "어떻게 사진 한 장하고 세례명만 가지고 그렇게 짧은 시간에 1800만 인구 중 아무 기록도 없는 사람을 찾아낼 수 있습니까?"

레비가 앤드류에게 고개를 끄덕였다.

"앤드류가 사진의 배경으로 찍힌 마을을 알아봤습니다. 현지 경찰서에 팩스를 보냈고, 그쪽에서 이름을 찾아낸 겁니다. 그자가 그쪽 동네에서 어떤 역할을 하고 있다더군요. 이를테면 마리화나 거물급 중 하나라는 뜻이지요."

"아주 작은 소도시이겠군요." 해리가 말했다.

"님빈이라고, 주민이 천 명 조금 넘는 도시예요." 앤드류가 끼어들었다. "유제품 생산을 주업으로 삼던 곳이었는데, 1973년에 오스트레일리아 전국학생연합에서 아쿠아리우스 축제라는 행사를 기획하면서 이곳을 본부로 정했어요."

킥킥대는 소리가 회의실에 퍼졌다.

"축제는 사실 이상주의나 대안적인 생활양식, 자연으로의 회귀와 같은 주제로 열린 행사였어요. 언론에서는 젊은이들이 마약을 하고 무분별하게 성생활을 하는 데 주목했지만요. 축제가 열흘 넘게 이어졌고, 어떤 사람에게는 영원히 끝나지 않았어요. 님빈 부근은 재배 환경이 좋아요. 햇빛 아래 모든 것이 잘 자라죠. 바꿔 말하면, 이제 거기선 낙농이 제일의 산업이 아닐지도 모릅니다. 시내 중심가에 경찰서에서 50미터도 떨어지지 않은 곳에 오스트레일리아에서 가장 개방적인 마리화나 시장이 형성되어 있습니다. LSD 시장까지, 유감스럽게도."

"여하튼." 레비가 말을 받았다. "그 지역 경찰 말로는 최근 님빈에 그자가 나타났다고 합니다."

"사실, 뉴사우스웨일스 주지사가 그쪽에서 선거운동을 시작할 생각이라더군." 왓킨스가 불쑥 끼어들었다. "모르긴 몰라도 연방정부에서 주지사에게 급증하는 마약산업을 어떻게 좀 해보라고 압박을 넣었을 거야."

"맞습니다." 레비가 말했다. "경찰이 정찰기와 헬기를 띄워서 마리화나 농지를 카메라에 담고 있습니다."

"좋아." 왓킨스가 말했다. "그자를 꼭 잡아야겠군. 켄싱턴, 자네가 그쪽을 잘 아는 모양이고, 홀리 자네는 오스트레일리아 구경이 싫지 않겠지. 나는 맥코맥 국장님께 님빈에 전화를 넣어 자네들이 가는 걸 귀띔해달라고 말씀드리지."

7

리스고

그들은 관광객 무리에 섞여 달링하버행 단선궤도 기차를 타고 가다가 하버사이드에서 내려 부두가 보이는 옥외 테라스 자리를 찾았다.

스틸레토*를 신은 긴 다리가 성큼성큼 지나갔다. 앤드류는 눈알을 굴리면서 정치적 올바름과는 거리가 먼 태도로 휘파람을 불었다. 레스토랑에서 두어 사람이 짜증 섞인 눈길로 돌아보았다. 해리가 고개를 절레절레 흔들었다.

"당신 친구, 오토는 어때요?"

"흠, 많이 힘들어해요. 여자 하나 때문에 차였거든요. 양성애자 애인을 두면 결국에는 여자랑 바람나서 떠난다고 그 친구가 그러더군요. 이번에도 잘 견뎌낼 거예요."

해리는 빗방울을 맞고 깜짝 놀랐다. 아니나 다를까, 북서쪽 하늘을 덮었던 짙은 구름이 어느새 코앞에 내려와 있었다.

"어떻게 집 앞이 찍힌 사진 한 장만 보고 님빈인 줄 알았어요?"

---

* 날이 가늘고 예리한 송곳 모양의 검을 본떠 만든, 뒤축이 가늘고 높은 여자 구두.

"님빈이요? 소싯적에 나도 히피였다고 말씀드렸잖아요." 앤드류가 씩 웃었다. "아쿠아리우스 축제를 기억하는 사람 중에 진짜 거기 있었던 사람은 없다고들 하더군요. 흠, 시내 중심가에 있던 집들이 기억나요. 서부시대의 흔한 무법도시 같은 분위기였어요. 환각을 일으키려는 듯 온통 노란색과 자주색으로 칠해져 있었죠. 솔직히 그때는 내가 약을 해서 노랑과 자주로 보였나 했어요. 잉게르의 방에서 그 사진을 보기 전까지는."

점심식사를 마치고 돌아오자 왓킨스가 작전실에서 다시 회의를 소집했다. 용수가 컴퓨터에서 흥미로운 사건 몇 가지를 찾아냈다.

"지난 10년간 뉴사우스웨일스에서 발생한 미해결 살인 사건을 조사하던 중에 이번 사건과 유사한 사건을 네 건 찾아냈습니다. 외딴곳에서 시신이 발견됐는데요, 두 구는 쓰레기 매립지에서 나오고, 한 구는 산기슭 도로변에서 발견되고, 또 한 구는 달링 강으로 떠내려 왔습니다. 아마 강간과 살인은 다른 데서 저지르고 시신을 옮겨서 유기한 것 같습니다. 그리고 무엇보다 중요한 건, 모두 목이 졸린 채 발견됐고, 목 부위에 손가락 모양의 타박상이 있었다는 겁니다." 용수가 활짝 웃었다.

왓킨스가 목청을 가다듬었다. "이쪽도 지켜봅시다. 어쨌든 강간 살인에서 교살이 드문 건 아니니까. 용, 지역 분포는 어떤가? 달링 강이라면 염병할 오지에, 시드니에서 1000킬로미터 이상 떨어진 곳 아닌가?"

"거기까진 운이 따르지 않았습니다, 반장님. 지역에 관해서는 일정한 패턴을 알아내지 못했습니다." 용수는 진심으로 미안한 얼굴이었다.

"음, 교살당한 여자 넷이 10년 동안 여러 주에 흩어져 있다면 그다지……."

"하나 더요, 반장님. 여자들이 모두 금발이었습니다. 그게, 보통 금발이 아니라 아주 밝은 금발, 백발에 가까운 금발이었어요."

레비가 휘파람을 부는 시늉을 했다. 좌중이 조용해졌다.

왓킨스는 여전히 찜찜한 표정이었다. "용, 자네가 계산을 해봐. 통계적으로 유의미한지 알아보고 합리적으로 가능성이 있는지 따져본 다음에 무슨 소란을 피우든지 말든지 하자고. 안전하게 가자면야 오스트레일리아 전체를 다 뒤져야겠지. 미해결 성폭행 사건까지 포함해서. 거기서 뭐라도 하나 건질지 모르니까."

"시간이 좀 걸릴 텐데요. 그래도 해보겠습니다, 반장님." 용수가 다시 웃었다.

"좋아. 켄싱턴, 홀리. 자네들은 왜 아직 님빈에 가지 않았나?"

"내일 아침 일찍 출발하겠습니다, 반장님." 앤드류가 말했다. "최근에 리스고에서 성폭행 사건이 발생해서 그 사건부터 조사해보겠습니다. 관계가 있을지도 모른다는 느낌이 들어요. 지금 막 그쪽으로 출발하려던 참입니다."

왓킨스가 인상을 구겼다. "리스고? 켄싱턴, 우리 지금 한 팀으로 일하는 거 아닌가? 같이 상의하고 조율해야지, 각자 멋대로 돌아다니면 안 되지. 내가 알기론 리스고에서 일어난 성폭행 사건은 언급한 적이 없는데."

"그냥 느낌이 안 좋아서요, 반장님."

왓킨스가 한숨을 쉬었다. "흠, 맥코맥 국장님은 자네한테 무슨 육감 같은 게 있다고 믿나 보더군."

"우리 같은 흑인들은 여러분 같은 백인들보다 영적인 세계를 더 잘 알잖아요, 반장님."

"내 부서에서는 그런 걸 믿고 수사하지 않아, 켄싱턴."

"농담입니다, 하지만 이번 사건에 뭔가 짚이는 게 있어요."

왓킨스가 고개를 저었다. "내일 아침 일찍 비행기나 타라고. 알았나?"

그들은 시드니에서 고속도로에 진입했다. 리스고는 인구 1만 명에서 1만 2000명의 산업도시이지만 해리의 눈에는 중간 크기의 마을 정도로 보였다. 경찰서 앞 기둥 꼭대기에서 푸른 등이 깜빡였다. 서장이 그들을 반갑게 맞아주었다. 뚱뚱하고 턱이 두 겹으로 잡힌 아주 쾌활한 사람으로, 이름이 라르센이었다. 노르웨이에 먼 친척이 있는 사람이었다.

"노르웨이에서 아는 사람 중에 성이 라르센인 사람 있습니까, 마잇?" 서장이 물었다.

"글쎄요, 꽤 되죠." 해리가 대답했다.

"그래요, 저희 할머니 말로는 거기서 아주 큰 집안이라고 하더군요."

"그렇죠."

라르센은 성폭행 사건을 금방 기억해냈다.

"다행히 리스고에서 이런 일이 자주 일어나는 건 아닙니다. 11월 초에 생긴 일이에요. 공장에서 야간근무를 마치고 귀가하던 여성이 후미진 골목에서 붙들려 차로 끌려갔어요. 범인이 여자를 차에 태우고 칼로 위협하면서 달렸는데, 블루마운틴 기슭에서 방향을 바꿔서 외딴 산길로 들어가 뒷좌석에서 강간했어요. 범인이 여자의 목을 잡고 조르던 중에 뒤에서 다른 차가 빵빵댔고요. 뒤차 운전자는 오두막으로 가던 길에 외딴 산길에서 웬 남녀가 사랑을 나누고 있어서 놀라긴 했지만, 또 그래서 굳이 나가보지 않았다더군요. 범인이 차를 옮기려고 운전석으로 가는 틈에 여자가 비명을 지르면서 뒷문으로 빠져나와 뒤차로 달려왔대요. 범인은 다 끝났다고 판단하고 액셀을 밟아 그 길로 달아났고요."

"번호판을 본 사람은 없습니까?"

"없어요. 날도 어두웠고 워낙 순식간에 일어난 일이라."

"여자가 남자를 제대로 봤답니까? 인상착의는요?"

"그럼요. 그게, 조금은요. 말씀드렸다시피 어두웠거든요."

"저희한테 사진이 한 장 있습니다. 혹시 그 여자의 주소가 있습니까?"

라르센은 서류 캐비닛으로 가서 서류를 획획 넘겼다. 숨을 가쁘게 몰아쉬고 있었다.

"그런데요." 해리가 입을 열었다. "그 여자, 금발인가요?"

"금발요?"

"예, 옅은 금발, 백발에 가까운."

라르센이 이중 턱을 덜덜거리며 숨을 더 가쁘게 몰아쉬었다. 그리고 웃었다.

"아닐걸요, 마잇. 그 여자는 쿠리예요."

해리가 앤드류의 얼굴을 살폈다.

앤드류는 천장을 쳐다보았다. "흑인이라고요."

"아주 새까매요." 라르센이 말했다.

"그럼 쿠리는 부족인가요?" 그들이 차를 몰고 경찰서에서 나올 때 해리가 물었다.

"흠, 꼭 그렇진 않아요." 앤드류가 대답했다.

"꼭 그렇진 않다니요?"

"얘기하자면 길어요. 백인들이 오스트레일리아로 건너왔을 때 원주민 75만 명이 여러 부족으로 나뉘어서 흩어져 살고 있었어요. 언어가 250가지가 넘고 그중 몇 개는 영어하고 중국어만큼이나 달랐어요. 지금은 부족이 많이 사라졌죠. 전통적인 부족 구조가 무너지자 원주민들도 좀 더 일반적인 용어를 쓰기 시작했어요. 여기 남동부에 사는 애버리진 집단을 쿠리라고 합니다."

"그런데 왜 피해자가 금발인지부터 확인하지 않았어요?"

"실수예요. 내가 잘못 알았나 봐요. 노르웨이에서는 컴퓨터가 버벅대지 않는답니까?"

"젠장, 앤드류, 이렇게 성과도 없이 아무 데나 찔러볼 시간이 없잖아요."

"아뇨, 있어요. 그리고 당신 기분 풀어줄 시간도 있고." 앤드류가 갑자기 핸들을 오른쪽으로 꺾었다.

"어디 가는 거죠?"

"오스트레일리아 농산물 박람회 보러, 진짜배기로."

"농산물 박람회요? 저녁에 약속 있어요."

"오호? 미스 스웨덴하고 만나기로 했군요? 걱정 마시라고요, 잠깐이면 되니까. 그건 그렇고, 법집행기관에서 나온 사람이 목격자일지 모를 사람과 사적인 관계를 맺으면 어떻게 되는지 아시죠?"

"오늘 저녁 약속도 수사의 일부예요. 당연한 거 아닙니까? 중요한 질문을 할 거니까."

"어련하시겠어요."

8

권투선수

박람회장은 넓게 트인 곳에 있었고 주위에는 공장과 주차장만 드문드문 흩어져 있었다. 트랙터 경주 결승전이 막 끝난 터라 배기가스가 두텁게 내려앉아 있었다. 그들은 대형천막 앞에 차를 세웠다. 시장은 활기가 넘치고 판매대마다 목청껏 손님을 부르는 소리로 떠들썩했다. 다들 맥주 한 잔씩을 손에 들고 만면에 미소를 띠고 있었다.

"축제와 장사가 멋지게 어우러졌죠." 앤드류가 말했다. "노르웨이에 이런 데가 있을 리 없죠."

"음, 거기도 시장은 있습니다. '마르케데르'라고."

"마아아르⋯⋯." 앤드류가 그의 말을 흉내 냈다.

"관두죠."

대형천막 옆에 거대한 포스터 몇 장이 붙어 있고 '짐 치버스 복싱팀'이라는 빨간색 글씨가 큼직하게 적혀 있었다. 그 아래 붙은 복싱팀 선수 열 명의 사진에는 선수별로 이름, 나이, 출생지, 체중이 적혀 있었다. 맨 밑에는 '도전. 해보시겠습니까?'라는 문구가 보였다.

천막 안에서는 청년들이 테이블 앞에 늘어서서 서류에 서명하고 있었다.

"다들 뭐 하는 거예요?" 해리가 물었다.

"지미가 데리고 있는 선수들한테 도전하려고 모인 이 지역 청년들이에요. 이기기만 하면 상금이 꽤 많은 데다 무엇보다도 지역에서 명예를 얻고 이름을 날릴 수 있어요. 지금은, 본인이 신체 건강하고 아픈 데가 없으며, 몸 상태가 급격히 나빠져도 주최 측에 책임을 묻지 않는다는 진술서에 서명하고 있고요." 앤드류가 설명했다.

"어휴, 법적으로 문제가 되지 않습니까?"

"그게……." 앤드류가 머뭇거렸다. "1971년에 금지령 같은 게 떨어져 절차를 조금 바꿨어요. 원래는 짐 치버스가 제2차 세계대전이 끝난 뒤 복싱팀을 이끌고 전국의 랠리와 박람회장을 돌아다녔어요. 그 뒤로 복싱 챔피언이 된 선수들은 대부분 짐 치버스 복싱팀 출신이었어요. 인종은 다양했어요. 중국인, 이탈리아인, 그리스인이 있었어요. 그리고 애버리진까지. 당시에는 자원한 사람이 붙고 싶은 선수를 고를 수 있었어요. 그러니까 당신이 반유대주의자라면 유대인을 선택할 수 있어요. 물론 유대인한테 두들겨 맞을 위험도 크지만."

해리가 허허 웃으며 물었다. "인종 차별만 더 부추기지 않았나요?"

"아마도. 아닐지도 모르고. 오스트레일리아 사람들은 여러 문화 공동체나 인종과 더불어 사는 데 익숙하지만 늘 조금씩 마찰이 있었어요. 길거리보다는 차라리 링 안에서 싸우는 게 낫죠. 애버리진이라도 지미의 팀에서 잘 싸우기만 하면 출신과 상관없이 영웅이

됐어요. 온갖 수모를 당하면서도 일말의 연대감과 명예를 얻었죠. 인종 간의 갈등이 더 심해진 것 같진 않아요. 백인 청년들이 흑인 소년한테 얻어맞았다 해도 미움보다 존경심이 컸으니까요. 오스트레일리아 사람들이 그런 쪽으로는 정정당당한 편이에요."

"꼭 무지렁이 백인 촌부처럼 말하는군요."

앤드류가 웃었다. "거야 뭐, 나도 무례한 오스트레일리아 사내이니까. 오지 출신의 미개인."

"농담 말아요."

앤드류가 더 크게 웃었다.

첫 시합이 시작됐다. 작고 다부진 빨강머리 사내가 글러브를 끼고 친구들에게 응원을 받으며 치버스 팀의 훨씬 작은 선수와 붙었다.

"믹* 대 믹이군." 앤드류가 잘 안다는 듯이 말했다.

"육감이에요?" 해리가 물었다.

"눈이죠. 빨강머리니까 아일랜드인. 센 놈들이네요. 볼만할 겁니다."

"싸워, 조니, 고-고-고!" 응원하던 무리가 외쳤다.

겨우 두 번 더 연호하고 싸움이 끝났다. 조니는 코를 세 번 얻어터지고는 싸울 의지를 잃었다.

"아일랜드 놈들도 한물갔다니까." 앤드류가 한숨을 쉬었다.

스피커가 지글거리고 사회자가 치버스 팀의 로빈 '더 머리**' 투움바와 이 동네 거인인 보비 '더 로비' 페인을 소개했다. 거인이 으르렁대며 로프를 뛰어넘어 링 안으로 올라갔다. 그는 티셔츠를 벗

* Mick, 아일랜드인을 낮잡아 부르는 말.
** Murri, 호주 원주민들이 자신들을 부르는 말.

64

어 털이 무성한 단단한 가슴팍과 울룩불룩한 이두박근을 드러냈다. 흰옷을 입은 여자가 링 옆에서 방방 뛰었고, 보비가 그녀에게 키스를 보내는 사이 조수 둘이 글러브 끈을 단단히 묶었다. 천막 안이 술렁거리고 투움바가 이 로프에서 저 로프로 가뿐하게 움직였다. 투움바는 몸이 꼿꼿하고, 드물게도 흑인이면서 잘생긴 남자였다.

"머리라면?" 해리가 물었다.

"퀸즐랜드 애버리진이에요."

아까 조니를 응원하던 친구들이 되살아나 이제 그들의 합창에 '보비'를 넣으면 되겠다고 깨달은 모양이었다. 공이 울리고 두 선수가 서로 접근했다. 백인 선수는 흑인 선수보다 머리 하나는 더 컸지만, 문외한의 눈에도 흑인 선수의 날렵하고 우아한 움직임에는 상대가 안 돼 보였다.

보비가 앞으로 달려들어 투움바에게 미사일 주먹을 날렸고, 투움바는 흔들흔들 뒤로 빠지면서 주먹을 피했다. 구경꾼들 사이에 탄성이 터져 나오고 흰옷의 여자는 고래고래 악을 쓰면서 응원했다. 보비가 두어 번 허공에 주먹을 날리자 투움바가 미끄러지듯 파고들어 보비의 얼굴에 매우 신중하게 라이트를 꽂아 넣었다. 보비는 어지러운 듯 비틀비틀 두어 걸음 뒤로 밀려났고 수면마취가 된 듯 어질어질해 보였다.

"저 친구한테 200달러 걸걸 그랬나 봐요." 앤드류가 링을 보며 한마디 했다.

투움바는 보비 주위를 돌면서 두어 차례 잽을 날리고 보비가 나무토막 같은 팔을 휘두르자 아까처럼 가볍게 뒤로 빠졌다. 보비가 숨을 헐떡이며 당황해서 소리를 지르는 사이 투움바는 잠시도 한 자리에 머물지 않았다. 관중들이 휘파람을 불기 시작했다. 투움바는 인사하려는 것처럼 손을 들었다가 곧바로 보비의 배에 주먹을 묻었다. 보비는 몸을 숙인 채 링의 한쪽 구석에 웅크리고 서 있었다. 투움바는 몇 걸음 뒤로 물러나 걱정스러운 표정을 지었다.

"끝내버려, 깜둥이 새끼야!" 앤드류가 버럭 소리를 질렀다. 투움바가 놀라 돌아보고는 씩 웃으며 머리 위로 손을 흔들었다.

"가만히 서서 웃지 말고, 어서 할 일이나 해, 멍청이 자식! 네놈한테 돈을 걸었으니까."

투움바가 다시 자세를 잡고 돌아섰지만 결정적인 한 방을 날리려던 순간 공이 울렸다. 두 선수가 각자의 자리로 돌아가는 사이 사회자가 마이크를 잡았다.

흰옷을 입은 여자가 보비에게 쫓아가 한바탕 잔소리를 늘어놓았고, 그사이 조수 하나가 맥주를 건넸다.

앤드류는 짜증을 냈다. "투움바는 사실 저 백인 녀석을 다치게 할 생각이 없어요. 그래도 내가 저런 한심한 자식한테 돈을 걸었다는 사실은 존중해줘야 해요."

"저 사람, 알아요?"

"네, 로빈 투움바, 알죠." 앤드류가 말했다.

공이 다시 울리고 이번에는 보비가 코너에 서서 투움바를 기다렸고, 투움바는 단호한 걸음으로 다가갔다. 보비가 두 팔을 들어 얼굴을 가렸고, 투움바는 온 힘을 실어 주먹을 날렸다. 보비는 뒤로 밀려나 로프에 몸을 걸쳤다. 투움바는 돌아서서 애원하는 표정으로—심판을 겸한—사회자를 향해 경기를 끝내달라는 의사를 전했다.

앤드류가 다시 소리를 질렀지만 이미 늦었다.

보비의 주먹에 투움바가 붕 뜨더니 쿵 하고 천막에 부딪혔다. 투움바가 어질어질한 듯 비틀거리며 일어나자 보비가 허리케인처럼 달려들었다. 강펀치가 곧장 날아들자 투움바의 머리는 탁구공처럼 앞뒤로 흔들렸다. 한쪽 콧구멍에서 가는 핏줄기가 흘렀다.

"에잇! 사기 치고 있네!" 앤드류가 소리를 질렀다. "야 이 자식아, 저딴 녀석한테 쓰러지냐."

투움바가 손을 들어 얼굴을 가리고 물러나자 보비가 쫓아왔다. 보비는 왼팔을 마구 흔들어댄 후 강력한 주먹을 날리고 오른쪽 어퍼컷을 올려붙였다. 관중은 흥분의 도가니였다. 흰옷의 여자는 다시 껑충껑충 뛰면서 보비의 이름을 외치며 새된 소리로 모음을 길게 뺐다. "보오오오……."

사회자가 고개를 절레절레 흔들고 응원하는 무리가 다시 합창을 시작했다. "싸워라, 보비, 고-고-고. 보비, 이겨라!"

"됐어. 끝났어." 앤드류가 풀이 죽어 말했다.

"투움바가 지겠죠?"

"제정신이에요? 투움바가 저 녀석을 죽이려 들 텐데. 오늘 끔찍한 일이 생기지 않기만 바랐단 말이에요."

해리는 다시 집중하며 앤드류가 투움바에게서 무얼 보았는지 살피려 했다. 투움바가 뒤로 넘어가 로프에 걸렸다. 그러나 그는 아무렇지 않은 얼굴이었고, 그사이 보비가 투움바의 복부를 가격했다. 잠시 해리는 투움바가 잠들 거라고 생각했다. 흰옷의 여자는 투움바 뒤에서 로프를 잡아당겼다. 보비는 전술을 바꿔 머리쪽을 노렸지만 투움바는 몸을 앞뒤로 움직이며 스르르 빠져나갔다. 마치 독사 같다고, 해리는 생각했다. 그건 마치…….

코브라!

보비는 주먹을 날리다가 그대로 굳어버렸다. 고개가 반쯤 왼쪽으로 돌아가면서 방금 뭔가 떠오른 표정을 짓더니 눈알이 뒤로 넘어가고 마우스피스가 튀어나오고 피가 가늘게 솟구치면서 코뼈가 부러져 콧대에 생긴 작은 구멍에서도 피가 났다. 투움바는 보비가 앞으로 고꾸라지기를 기다렸다가 다시 주먹을 날렸다. 천막 안이 조용해지고, 보비의 코에 다시 주먹이 날아들면서 뼈가 으스러지는 섬뜩한 소리와 함께 여자가 그의 이름을 마저 외치는 소리가 뒤섞여 들렸다.

"……비이이!"

땀과 피가 섞인 붉은 물보라가 보비의 머리에 후두두 떨어지고 링 한쪽 코너에도 쏟아졌다.

사회자가 뒤늦게 뛰어가 시합이 끝났다는 신호를 보냈다. 천막 안에는 여전히 정적이 감돌았고 흰옷의 여자가 중앙 통로로 뛰쳐나가면서 또각또각 구두 소리만 선명하게 남았다. 여자의 옷에 핏빛 물보라가 튀었고, 그녀의 얼굴에도 보비와 똑같이 놀란 표정이 떠올랐다.

투움바가 보비를 일으켜 세우려 했지만 조수 둘이 그를 밀쳤다. 간간이 박수소리가 나오다 이내 사그라졌다. 사회자가 다가와 투움바의 손을 들어 올리자 휘파람 소리가 커졌다. 앤드류는 절레절레 고개를 흔들었다.

"오늘 이 동네 챔피언인 저 녀석에게 돈을 건 사람도 몇 명은 있을 거요." 앤드류가 말했다. "멍청한 자식! 자자, 우린 돈이나 받고 저 새대가리 녀석이랑 중요한 얘기를 나눕시다!"

"투움바, 야 이눔아. 너 감방 가야 해. 농담 아니야!"

로빈 '더 머리' 투움바가 환하게 웃었다. 그는 얼음을 넣어 둘둘 만 수건을 한쪽 눈에 대고 있었다.

"투카! 아까 그쪽에서 목소리가 들리더라니. 또 도박에 손댔나?" 투움바는 목소리를 낮췄다. 평소 누가 엿들을까 봐 조심하는 사람일 거라고 해리는 생각했다. 유쾌하고 온화한 말투라서, 방금 자기 덩치의 갑절이나 되는 상대의 코를 부러뜨린 사람이라고는 믿기지 않았다.

앤드류가 콧방귀를 뀌었다. "도박? 나 때는 말이야, 치버스 선수에게 돈을 건다고 도박이라고 하지는 않았지. 하긴 지금이야 다 인생무상이지. 저렇게 덩치만 큰 백인 녀석한테 한 방 얻어터질 생각을 하다니. 대체 어쩔 셈이냐?"

해리가 헛기침을 했다.

"아, 참. 내 친구한테 인사해. 이쪽은 해리 홀리. 해리, 이쪽은 퀸즐랜드 최고의 악질 깡패이자 사디스트, 로빈 투움바." 악수를 나누면서 해리는 손이 문틈에 낀 느낌을 받았다. 해리가 신음하듯 "안녕하세요?" 하고 인사를 건네자 상대는 "기분 최고네요, 마잇. 그쪽은 어떻습니까?"라고 말하며 씩 웃었다.

"아주 좋습니다." 해리가 마사지하듯 손을 꾹꾹 누르며 답했다.

오스트레일리아 사람들하고 악수하다가는 손이 남아나지 않을 것 같았다. 앤드류 말에 따르면, 인사할 때 자신이 얼마나 상상을 초월할 정도로 잘 지내는지 말해줘야 한다고 했다. 덤덤하게 '좋습니다, 고마워요'라고 하면 아주 쌀쌀맞은 사람으로 보일 거라고.

투움바는 엄지로 앤드류를 가리키며 말했다. "깡패 얘기가 나와서 하는 말이지만 투카도 한때 짐 치버스 팀에서 복싱을 한 적이 있습니다. 혹시 들으셨어요?"

"아직 제가 모르는 얘기가 꽤 있는 것 같군요…… 음, 투카? 비밀스러운 분이군요."

"비밀스러워요?" 투움바가 웃었다. "방언 같은 소리를 하죠. 그쪽이 알고 싶은 건 투카가 다 말해줄 겁니다. 뭘 물어야 할지 알기만 한다면. 물론 아직 그 얘긴 안 해줬겠죠? 투카가 몹시 위험한 인물이라 치버스 팀에서 빠져야 했던 얘기. 양심에 찔리는 광대와 콧대와 턱뼈가 몇이나 되더라? 이 녀석은 뉴사우스웨일스 최고의 젊은 천재 복서로 불리던 사람이에요. 그런데 문제가 하나 있었어요. 절제를 못 한 겁니다. 자제력이 없었어요. 시합을 너무 빨리 끝냈다고 심판을 때려눕힐 정도였으니까. 심판이 투카의 손을 들었는데도! 이런 게 바로 피에 굶주린 겁니다. 그 일로 집행유예 2년을 받았어요."

"3년 반이다. 어유, 황송해라!" 앤드류가 씩 웃었다. "진짜 새대가리 맞죠? 그 심판 자식은 내가 그냥 쿡 찔렀을 뿐인데 그대로 고꾸라지더니 쇄골이 부러졌다니까."

투움바와 앤드류는 손뼉까지 치면서 쓰러질 듯 웃었다.

"제가 선수로 뛰던 시절에 이 녀석은 아직 태어나지도 않았어요. 다 내가 해준 얘기를 고대로 읊어대는 겁니다." 앤드류가 말했다. "예전에 짬짬이 봉사하던 불우아동 모임이 있었는데 거기서 만난 녀석이에요. 거기서 복싱 수업을 하면서 아이들한테 자제심을 가르치려고 진담 반 농담 반으로 내 얘기를 해줬거든요. 애들을 똑바로 잡아주려고요. 여기 이 투움바는 영 못 알아듣는 것 같더니만 저를 따르더라고요."

투움바는 사뭇 진지해졌다. "저희도 평소에는 다 좋은 사람들이에요, 해리. 아까 같은 녀석들은 조금 깝죽대게 놔뒀다가 한 번씩 주먹을 날려주면 누가 대장인지 알아먹어요. 무슨 뜻인지 아시겠죠? 그러면 얼마 안 가서 포기해요. 그런데 이번엔 복싱을 좀 하는 녀석이었어요. 누굴 해칠 수도 있었단 말입니다. 그런 자식들한테는 해달라는 대로 해줘야죠."

문이 열렸다. "닥쳐, 투움바. 별일 아닌 것처럼 지껄이고 있네. 네가 방금 경찰서장 손자 놈의 코를 부러뜨렸다고." 사회자가 씩씩거리며 들어와 몹시 화가 난 걸 보여주려는 듯 바닥에 침을 뱉었다.

"주먹이 반사적으로 튀어나간 것뿐이에요." 투움바가 코담배 색깔의 누런 침을 살펴보며 말했다. "다신 안 그럴게요." 그리고 앤드류를 향해 능청스럽게 눈을 찡긋했다.

그들은 자리에서 일어섰다. 투움바와 앤드류는 서로 끌어안으며 해리가 도통 알아들을 수 없는 말을 몇 마디 나누었다. 해리는 투움바의 어깨를 툭 치면서 악수를 대신했다.

"아까 그거 어디 말이에요?" 다시 차에 타면서 해리가 물었다.

"아, 그거. 크리올어* 같은 건데, 영어랑 애버리진 말이 섞인 거예요. 이 나라에서 수많은 애버리진이 쓰는 말이죠. 시합은 어떻던가요?"

해리는 잠시 뜸을 들이고 입을 열었다. "당신이 돈 따는 거 봐서 재밌기는 한데, 지금쯤이면 벌써 님빈에 있을 시각 아닌가요."

"오늘 여기 들르지 않았으면 님빈을 돌아다니느라 오늘 저녁 시드니 약속을 못 지켰을 거 아닙니까?" 앤드류가 말했다. "그런 아

---

* 서인도 제도 노예들이 사용하던, 아프리카어에 유럽 언어가 섞인 혼성어이며 모국어로 쓰이고 있다.

가씨랑 데이트도 안 하고 떠날 수는 없잖아요. 장차 아내이자 두 꼬마 홀리 녀석들의 엄마가 될지도 모르는데, 해리."

둘이 히죽히죽 웃으며 나무와 나지막한 집들을 지나치는 사이 해는 어느새 동쪽 지평선에 내려와 있었다.

어둠이 깔린 뒤에야 시드니에 도착했지만, 텔레비전 안테나 기둥이 거대한 백열등처럼 시내 한복판에 우뚝 서 있어 도로가 훤했다. 앤드류는 오페라하우스에서 멀지 않은 서큘러키에 차를 세웠다. 박쥐 한 마리가 헤드라이트 앞에서 아주 빠르게 맴돌았다. 앤드류는 시가에 불을 붙이고 해리에게는 그냥 차 안에 있으라고 손짓했다.

"애버리진한테 박쥐는 죽음을 상징해요. 알고 있어요?"

해리는 몰랐다.

"4만 년이나 외따로 떨어져 살아온 땅을 생각해봐요. 기독교와 이슬람교는 고사하고 유대교도 접해본 적이 없는 땅. 광활한 바다가 가장 인접한 대륙 사이를 가로막고 있으니까요. 그런데도 사람들은 그들만의 창세기, 이를테면 꿈의 시대를 만들었어요. 최초의 인간은 버룩부른이었어요. 창조주 바이아메가 만든 사람이죠. 바이아메는 만물을 창조하신 분이고 모든 생명체를 사랑하고 돌보는 신이에요. 말하자면 가장인 셈이죠, 바이아메라는 분은. 우리는 그분을 위대하고 자애로운 성령이라고 불러요. 바이아메가 선한 땅에서 버룩부른과 그의 아내를 만들고 근처에 있던 신성한 야란나무*에 표식을 남겼어요. 그 나무는 벌 떼의 서식지였어요.

* Yarran, 오스트레일리아 내륙에서 자라는 아카시아 나무의 일종.

72

'내가 너희에게 이 땅을 주었으니 어디서든 너희 마음대로 음식을 취할 수 있지만 여기 이 나무만은 내 것이다'라고 바이아메가 두 사람에게 경고했어요. '이 나무에서 먹을 걸 얻으면 끔찍한 불행이 너희와 너희 자손들에게 닥치리라.' 이런 식이었죠. 여하튼 어느 날 버룩부른의 아내가 땔감을 줍다가 야란나무 앞에 이르렀어요. 처음에는 우뚝 솟은 신성한 나무를 보고 겁을 집어먹었지만 주위에 땔감이 잔뜩 떨어져 있던 터라 두려움에 굴복하지 않았어요. 어서 달아나라는 내면의 소리를 듣지 않았던 거죠. 더욱이 바이아메가 땔나무를 언급하지는 않았으니까. 한참 나무 옆에서 장작을 줍다 머리 위에서 나지막이 윙윙대는 소리를 듣고 고개를 들었는데 벌 떼가 있었어요. 나무줄기에 꿀이 흘러내리고 있었고요. 꿀을 먹어본 건 딱 한 번이지만 거기에는 몇 끼를 해결하고도 남을 꿀이 있었어요. 햇빛에 반짝이는 달콤하고 윤기 있는 꿀을 보고 버룩부른의 아내는 마침내 유혹을 이기지 못하고 나무를 타고 올라갔어요.

그때 머리 위에서 서늘한 바람이 불고 거대한 검은 날개를 펼친 불길한 형상이 그녀를 덮쳤어요. 바이아메에게 신성한 나무를 지키라는 임무를 받은 나라다란이라는 박쥐였어요. 버룩부른의 아내는 땅에 떨어져 동굴로 돌아가 숨었어요. 그러나 때는 이미 늦었죠. 그녀가 온 세상에 죽음을 퍼트렸고 나라다란이라는 박쥐는 죽음의 상징이 되었으며 버룩부른의 후손들은 대대로 저주받았어요. 야란나무는 비극이 시작되자 쓰디쓴 눈물을 흘렸어요. 눈물이 몸통을 타고 흘러 걸쭉하게 굳어버렸어요. 그래서 지금도 야란나무 껍질에서 붉은 고무를 볼 수 있는 겁니다."

앤드류는 만족스럽게 시가 연기를 내뿜었다.

"어때요, 아담과 이브 이야기하고 맞붙을 만하지 않습니까."

해리는 고개를 끄덕이며 비슷한 부분이 많다고 수긍했다. "지구 어디에서건 사람들은 비슷한 상상이나 환상을 공유하는 것 같네요. 하드드라이브에 각인된 인간의 본성이라고나 할까요. 서로의 차이가 아무리 커도 머지않아 같은 답을 찾아내죠."

"그러길 바라야죠." 앤드류가 말했다. 그는 시가 연기 새로 눈을 가늘게 떴다. "그러길 바라자고요."

대양해파리

해리가 콜라를 두 병째 비운 9시 10분 무렵 비르기타가 들어왔다. 그녀는 무늬 없는 하얀색 면 원피스를 입고 빨강머리를 하나로 묶어 근사하게 늘어뜨렸다.

"안 올까 봐 걱정하던 참이었어요." 해리가 말했다. 농담으로 던진 말이었지만 진심이었다. 그녀와 만나기로 약속한 순간부터 걱정이 시작됐다.

"정말요?" 그녀가 스웨덴어로 대꾸했다. 그리고 짓궂은 표정을 지었다. 해리는 아주 멋진 밤이 될 거라는 느낌을 받았다.

그들은 타이식 돼지고기 그린커리, 중국식 캐슈넛 치킨, 오스트레일리아산 샤르도네와 페리에 워터를 주문했다.

"사실 이렇게 먼 나라에서 스웨덴 사람을 만나게 돼서 많이 놀랐어요."

"놀랄 거 없어요. 오스트레일리아에는 스웨덴 사람이 9만 명 정도 있거든요."

"그런가요?"

"대부분 제2차 세계대전 이전에 온 사람들이지만 스웨덴에서 실업률이 증가한 1980년대에 떠나온 젊은이들도 많아요."

"뭐, 저 같은 사람들은 스웨덴 사람들은 죄다 헬싱외르에 도착하기도 전에 미트볼과 한여름 댄스를 그리워할 거라고 생각했어요."

"그건 노르웨이 사람이겠죠. 당신네는 정상이 아니니까! 여기서 만난 노르웨이 사람들은 며칠만 있어도 고향을 그리워하고 두 달이면 벌써 노르웨이로 돌아가버려요. 고향으로, 털실 카디건 입으러 돌아간다니까요!"

"그럼 잉게르는요?"

비르기타가 갑자기 입을 닫았다. "그래요, 잉게르는 달랐어요."

"잉게르가 왜 여기 남아 있었는지 알아요?"

"아마 우리랑 같은 이유겠죠. 휴가로 왔다가 날씨나 여유로운 생활에 매료되었거나 남자와 사랑에 빠졌겠죠. 그리고 비자를 연장했겠죠. 스칸디나비아 여자들은 바에서 일자리 구하는 게 어렵지 않고, 또 문득 집이 멀게 느껴지면 그냥 눌러앉거든요."

"당신도 그랬어요?"

"대충 비슷해요."

그들은 잠시 말없이 식사했다. 커리는 걸쭉하고 향이 강하고 맛이 좋았다.

"잉게르의 마지막 남자친구에 관해 아는 거 있어요?"

"얘기했잖아요. 어느 날 불쑥 나타났다고. 퀸즐랜드에서 만난 남자라던데. 프레이저 섬이라고 했던 것 같아요. 히피 꼴로 찾아왔는데, 히피들은 예전에 멸종된 줄 알았더니만 죽지 않고 여기 오스트레일리아에서 멀쩡히 잘 살고 있더라고요. 머리를 땋아 길게 늘어뜨리고 요란한 색깔의 헐렁한 옷을 걸치고 샌들을 신었어요. 방금 우드스톡 해변에서 걸어 들어온 사람 같았어요."

"우드스톡은 내륙인데요, 뉴욕."

"거기서도 호수에서 수영하지 않았어요? 내 기억엔 그랬던 것 같은데."

해리는 그녀를 더 가까이 뜯어보았다. 그녀는 접시 위로 고개를 숙인 채 집중하고 있었다. 콧잔등에 주근깨가 듬성듬성 모여 있었다. 예쁜 여자라고 해리는 생각했다.

"그런 걸 알 리가 없겠군요. 아주 어리니까."

그녀는 웃었다. "그럼 당신은요, 한물갔나요?"

"나요? 음, 언젠가 그런 날이 오겠죠. 이런 일을 하다 보면 마음속 어딘가에서 순식간에 나이를 먹거든요. 그나마 환멸을 느끼거나 싫증이 나서 살아 있다는 기분마저 느끼지 못하는 날이 오지 않기를 바란답니다."

"어머, 불쌍해라……."

해리는 웃음이 터졌다. "마음대로 생각해도 되지만 모성애를 자극하려고 꺼낸 말은 아닙니다. 그 방법도 그리 나쁜 생각은 아니었겠다 싶지만. 다 그런 거 아니겠어요."

테이블 옆을 지나가는 웨이터에게 해리가 물 한 병을 더 주문했다.

"살인 사건을 하나 해결할 때마다 조금씩 타격을 입어요. 불행히도 인간사에서는 애거사 크리스티를 읽으면서 상상하는 것보다 비참하거나 우울한 사연이 더 많고 특별한 동기도 없거든요. 처음에는 나도 정의의 사도라고 생각했는데 어떤 때는 그냥 쓰레기 수거인에 가깝다는 생각이 들어요. 살인범들은 대부분 불쌍한 인간들이고 그들이 그 지경에 이른 이유를 열 가지 이상 찾아내는 건 일도 아니거든요. 결국 모든 건 좌절감으로 귀결돼요. 그들이 타인을 같이 끌어내리지 않고 자기를 파멸시켜도 어차피 행복해지지 않았다는 데서 오는 절망감. 아직도 감상적인 소리로 들릴지 모르지만……."

"죄송해요. 비꼴 생각은 없었어요. 무슨 말인지 알아요." 그녀가 말했다.

거리에서 가벼운 바람이 불어와 테이블 위의 촛불이 깜빡였다.

비르기타는 해리에게 4년 전에 남자친구와 함께 배낭을 꾸려 스웨덴을 떠난 이야기, 버스도 타고 히치하이킹도 하면서 시드니에서 케언스로 올라가는 길에 텐트를 치고 여행자 호스텔에서도 묵었던 일, 호스텔 카운터에서 일하고 주방에서도 일한 이야기, 그레이트배리어리프에서 잠수하면서 거북이랑 귀상어 옆에서 나란히 헤엄친 이야기 따위를 들려주었다. 울루루*에 올라가 명상도 하고, 돈을 아끼려고 애들레이드에서 앨리스스프링스까지 기차로 이동하고, 멜버른에서 크라우디드 하우스**의 콘서트를 보고, 시드니의 어느 모텔에서 사랑을 나눴던 것까지도.

"참 이상해요. 어떻게 그렇게 술술 잘 풀리다가…… 잘못될 수 있는지."

"잘못돼요?"

비르기타는 머뭇거렸다. 이렇게 직설적인 노르웨이 사람에게 너무 많이 떠들었나 보다 하고 후회하는 눈치였다.

"사실 어떻게 말해야 할지 모르겠어요. 우리는 원래 있었던 무언가를 잃어버린 걸 당연하게 생각했어요. 더는 서로 마주보지 않

---

* '에어스록'이라고도 부르는 거대한 돌산으로 예로부터 오스트레일리아의 신성한 지역으로 여겨지는 곳이다.
** Crowded House, 오스트레일리아 멜버른에서 1985년에 결성된 뉴질랜드 출신 4인조 록그룹.

고 이내 서로에게 손도 대지 않았어요. 그냥 같이 여행하는 친구로, 실리적인 관계가 된 거죠. 방도 2인실이 더 싸고 텐트도 둘이 있으면 더 안전했으니까. 그 친구는 누사에서 어느 독일인 부잣집 딸을 만났고, 저는 그 친구가 마음 편히 그 여자를 만나게 해줬어요. 조금도 마음 상하지 않았어요. 그 친구가 시드니에 도착했을 때 저는 얼마 전에 미국인 서핑광을 만나 사랑에 빠졌다고 말했어요. 그 친구가 내 말을 믿었는지 아닌지는 모르겠어요. 관계를 정리하려고 구실을 만들었다는 걸 아마 눈치챘을 거예요. 시드니의 어느 모텔 방에서 싸워보려고도 했지만 그마저도 안 됐어요. 그래서 그 친구에게 먼저 스웨덴으로 돌아가라, 나는 뒤따라가겠다고 했어요."

"이번엔 그 사람이 먼저 떠났군요."

"우린 6년이나 사귀었어요. 그런데도 그 사람이 어떻게 생겼는지 전혀 생각나지 않는다니 믿어져요?"

"알 것 같아요."

비르기타는 한숨을 쉬었다. "그렇게 끝날 줄 몰랐어요. 결혼해서 아이도 낳고 말뫼* 교외의 작은 동네에서 〈쉬드스벤스카 다그블라데〉 신문**이 오는 정원 딸린 집에서 살 줄 알았거든요. 그런데 지금은, 이젠 그 사람 목소리도 생각나지 않고 그 사람하고 사랑을 나눌 때 어땠는지, 또…….' 그녀는 고개를 들어 해리를 보았다. "아니, 사람이 어찌나 점잖은지 내가 와인 두 잔에 주저리주저리 떠들어도 입 닥치라고 말하지 못한 것도요."

---

* Malmö, 스웨덴 남쪽의 항구도시로 스웨덴에서 세 번째로 큰 도시.
** Sydsvenska Dagbladet, 말뫼에 본사를 둔 스웨덴 남부 스카니아 지방의 일간지.

해리가 빙그레 웃었다. 비르기타는 해리가 와인을 한 모금도 마시지 않은 건 언급하지 않았다.

"점잖아서가 아니에요, 재미있어서 그래요." 그가 말했다.

"그럼 당신 얘기도 해줘요. 개인적인 이야기들. 경찰이라는 거 말고."

비르기타는 테이블에 몸을 기댔다. 해리는 그녀의 드레스에 눈을 두지 말자고 다짐했다. 그는 그녀의 향기를 탐욕스럽게 들이마셨다. 그 향기에 넘어가면 안 된다고 다짐했다. 칼 라거펠드와 크리스티앙 디오르의 영리한 작자들은 불쌍한 남자를 사로잡는 데 무엇이 필요한지 정확히 꿰고 있다.

그녀에게서 황홀한 향기가 났다.

"글쎄요." 해리가 입을 열었다. "여동생이 하나 있고, 어머니는 돌아가셨고, 난 오슬로 퇴옌에서 아파트를 처분하지 못하고 눌러 살고 있어요. 연애사는 길지 않고 그나마 기억에 남는 여자는 한 명밖에 없어요."

"정말요? 지금은 만나는 사람은 없어요?"

"꼭 그렇진 않아요. 여자들 몇 명이랑 복잡하지 않고 의미 없는 관계를 유지하면서 상대가 전화하지 않으면 가끔 전화하는 정도로만 지내요."

비르기타가 얼굴을 찡그렸다.

"뭐가 잘못됐어요?"

"전 그런 남자는 용납 못 해요. 여자도 그렇고. 그런 쪽으로는 보수적인 편이라."

"하긴 다 지난 일이죠." 해리가 페리에 물병을 들면서 말했다.

"당신의 그 번드르르한 답변이 마음에 들지 않네요." 비르기타가 술잔을 들면서 말했다.

"그럼 당신은 남자한테 뭘 기대하죠?"

비르기타는 한 손에 턱을 괴고 허공을 응시하면서 질문을 곱씹었다. "모르겠어요. 남자한테 뭘 원하는지는 모르겠고, 뭐가 싫은지는 잘 알아요."

"싫은 게 뭔데요? 뺀질거리는 답변 말고."

"나를 뜯어보는 남자들."

"그래서 많이 힘든가 봐요?"

그녀는 웃었다. "조언 하나 할게요, 카사노바 아저씨. 여자를 유혹하려면 그 여자에게 특별한 사람이라는 느낌을 받게 해주고, 특별한 대접, 남들은 받지 못하는 대접을 받는다는 느낌을 줘야 해요. 술집에서 여자를 꼬여서 하룻밤 자려는 인간들은 이런 걸 몰라요. 하긴 당신 같은 바람둥이한테는 소용없는 말이겠지만."

해리가 웃었다. "아까 몇 명이라고 한 건 두 명이라는 뜻이에요. 몇 명이라고 한 건 조금 거친 남자로 보이고 싶어서, 그러니까…… 세 명이 되는 것처럼 보이고 싶어서 그랬어요. 여하튼 한 명은 옛 애인에게 돌아간다고, 마지막으로 만났을 때 통보하더군요. 그동안 고맙다면서 내가 조금도 복잡하게 굴지 않고 관계가 아주…… 그러니까 아주 무의미해서 좋았다는 뜻 같았어요. 또 한 여자는 내가 먼저 만나자고 해놓고 내가 먼저 끝내자고 하니까 둘 다 새로운 사람을 만날 때까지는 최소한의 성생활을 책임져줘야 한다고 우기고 있어요. 아니 잠깐, 내가 왜 이런 변명을 하는 겁니까? 난 벼룩 하나 못 죽이는 평범한 남자예요. 내가 누굴 유혹하려 한다는 말입니까?"

"그래요, 날 유혹하려고 하잖아요. 아닌 척 말아요!"

해리는 반박하지 않았다. "알았어요. 나 지금 잘하고 있어요?"

그녀는 와인 잔을 들고 한참 꿀꺽꿀꺽 마시면서 잠시 생각에 잠겼다.

"B학점 같아요. 나쁘지 않은 정도. 그래요, B학점이네요. 꽤 잘하고 있으니까."

"B 마이너스란 소리군요."

"대충 그 언저리."

항구에 어둠이 깔리고 사람도 거의 보이지 않았다. 상쾌한 바람이 불어왔다. 조명에 반짝이는 오페라하우스로 오르는 계단에서 유달리 뚱뚱한 신부와 신랑이 사진사 앞에서 포즈를 취했다. 사진사는 그들에게 이리 가라 저리 가라 지시하고 신혼부부는 육중한 몸을 이끌고 돌아다니느라 몹시 짜증 난 얼굴이었다. 마침내 서로 합의점을 찾은 뒤 오페라하우스 앞 야간촬영은 미소와 웃음, 그리고 아마도 약간의 눈물과 함께 끝이 났다.

"저런 걸 행복에 젖어 어쩔 줄 모를 지경이라고 하나 봅니다." 해리가 말했다. "스웨덴어에는 그런 말 없죠, 아마?"

"아뇨, 있어요. 스웨덴에서도 행복이 넘치면 어쩔 줄 모르겠다고 해요." 비르기타는 머리띠를 벗고 바람이 불어오는 항구 난간에 기대며 오페라하우스를 바라보았다.

"그래요, 그럴 수도 있어요." 그녀는 혼잣말로 다시 말했다. 주근깨투성이 코를 바다로 돌리자, 빨강머리가 바람에 흩날렸다.

마치 대양해파리 같았다. 해파리가 그렇게 아름다울 수 있다는 걸 해리는 처음 알았다.

님빈이라는 도시

비행기가 브리즈번에 착륙할 때 해리의 시계는 11시를 가리켰지만 스피커 속 스튜어디스는 자꾸만 10시밖에 안 됐다고 말했다.

"퀸즐랜드에는 서머타임이 없어요." 앤드류가 알려주었다. "여기서 정치적으로 중요한 문제로 부각돼서 결국 국민투표에 부쳤는데, 농민들이 반대표를 던졌어요."

"어째 꽉 막힌 보수주의자들의 나라에 들어왔다는 소리로 들리는군요."

"그럴 거예요, 마잇. 몇 년 전까지도 머리 기른 남자는 이 주로 들어오지 못했거든요. 전면금지였어요."

"농담이죠?"

"퀸즐랜드는 조금 다릅니다. 얼마 안 가서 스킨헤드도 금지될걸요."

해리는 바짝 깎은 머리를 문질렀다. "퀸즐랜드에 관해 또 알아야 할 거 없습니까?"

"글쎄요, 혹시 주머니에 마리화나 있으면 비행기에 두고 내리는 게 좋을 거예요. 퀸즐랜드에서는 마약법이 다른 주보다 엄격하거든요. 아쿠아리우스 축제가 님빈에서 열린 것도 우연은 아니었어요. 님빈은 주 경계선 바로 너머 뉴사우스웨일스 주에 있으니까."

그들은 에이비스 렌터카 사무실로 향했다. 차 한 대가 준비되어 있다고 했다.

"반면에 퀸즐랜드에는 프레이저 섬 같은 곳도 있어요. 잉게르 홀테르가 에반스 화이트를 만난 섬이요. 사실 거대한 모래톱에 불과한 곳이지만 그 안에 열대우림도 있고 세계에서 제일 깨끗한 호수도 있고 모래가 어찌나 하얀지 대리석을 깔아놓은 것 같은 해변도 있어요. 그걸 실리콘 모래라고 부르는데, 보통 모래보다 실리콘 함량이 월등히 높다는군요. 그걸 컴퓨터에 곧바로 부어도 될걸요."

"풍요로운 땅이죠?" 안내데스크의 남자가 한마디 거들며 열쇠를 건넸다.

"포드 에스코트예요?" 앤드류가 코를 찡긋하면서도 서명을 했다. "굴러는 가죠?"

"특별 할인요금이에요, 손님."

"아무렴."

퍼시픽 하이웨이 위로 태양이 작열하고 유리와 돌이 어우러진 브리즈번의 스카이라인이 샹들리에 수정처럼 반짝이는 곳으로, 그들은 점점 다가갔다.

동쪽으로 난 고속도로 위로 야트막하고 푸른 구릉지를 달리는 사이 숲과 밭이 번갈아 나타났다.

"오스트레일리아 오지에 오신 걸 환영합니다." 앤드류가 말했다.

속도를 내 달려가는 자동차를 젖소들이 나른한 표정으로 쳐다보았다.

해리가 킬킬댔다.

"왜 그래요?" 앤드류가 물었다.

"라르손 만화 본 적 있어요? 젖소들이 두 발로 풀밭에 서서 수다를 떨다가 그중 하나가 '차 온다!'라고 경고하는 만화요."

침묵.

"라르손이 누군데요?"

"아니에요, 아무것도."

그들은 나지막한 목조 주택들을 지나쳤다. 베란다가 앞으로 나와 있고 문에는 모기장이 쳐 있으며 집 앞에 픽업트럭이 서 있었다. 그들이 지나가는 사이 어깨가 떡 벌어진 일꾼들이 음울한 눈길로 그들을 돌아보았고, 벌통이 나뒹굴고 우리 속 돼지들이 더없이 행복하게 진흙밭에서 뒹굴었다. 길은 갈수록 좁아졌다. 점심 무렵 기름을 넣으려고 작은 정착촌에 차를 세웠는데 '우키'라고 적힌 표지판에는 2년 연속으로 오스트레일리아에서 가장 깨끗한 마을로 선정됐다고 적혀 있었다. 작년에 어디로 선정됐는지는 밝히지 않았다.

"홀리 마카로니.*" 차가 님빈으로 굴러 들어가는 동안 해리가 말했다.

100여 미터 길이의 시내 중심가는 알록달록 무지개색으로 칠해져 있고, 해리가 소장한 '치치와 총**' 비디오 시리즈 중 한 편에서 튀어나온 것 같은 사람들이 무리 지어 있었다.

---

* 애니메이션 '심슨 가족'에서 호머 심슨이 충격을 받거나 혼란스러울 때 내뱉는 말.

** 치치 마린과 토미 총으로 구성된 미국의 코미디 듀오로, 1970년대와 1980년대에 영화와 스탠드업 코미디를 제작했는데 주로 히피와 자유연애, 마리화나를 다루었다.

"1970년대로 돌아왔잖아요!" 해리가 소리쳤다. "저기, 저기 좀 봐요. 피터 폰다랑 재니스 조플린이 부둥켜안고 있잖아요."

그들이 순찰하듯 거리를 지나자 몽유병자 같은 사람들의 눈이 뒤쫓았다.

"굉장하군요. 아직도 이런 곳이 남아 있을 줄이야. 웃겨 죽겠네요."

"왜요?" 앤드류가 물었다.

"웃기지 않아요?"

"우스워요? 요즘 세상엔 이런 몽상가들을 보면 웃기기만 한가 보군요. 하긴 요즘 세대는 플라워 파워*로 불리던 사람들을 그저 하는 일도 없이 기타나 튕기고 시 나부랭이나 읊어대며 꼴리는 대로 아무하고나 뒤엉켜 자는 약쟁이들로 생각하겠죠. 당시 우드스톡을 조직한 사람들이 요즘 넥타이를 매고 인터뷰하러 나와서 그때의 신념을 즐겁게 떠들면 아주 순진해 보이기는 하겠네요. 하지만 그 세대가 지키려던 이상이 없었다면 지금 세상은 완전 딴판이됐을 거예요. 평화니 사랑이니 하는 구호가 지금이야 진부하게 들릴지 몰라도 당시에는 진심이었어요. 우린 진심을 다했어요."

"히피치고는 나이가 좀 많지 않았어요, 앤드류?"

"그래요. 나는 나이가 많았어요. 베테랑 히피였죠, 능구렁이처럼." 앤드류가 씩 웃었다. "젊은 처자들이 앤드류 삼촌과 함께 복잡하고 신비한 섹스의 세계에 첫발을 들여놓았지요."

해리가 그의 어깨를 툭 쳤다. "이상주의 얘기를 하는 줄 알았더니, 색골 영감이시군."

* Flower Power, '사랑과 평화'라는 의미로 반전을 부르짖던 1960~1970년대의 청년 문화.

"아무렴. 그게 이상주의지." 앤드류가 억울하다는 듯 말했다. "연약한 꽃봉오리를 어설픈 십대 여드름쟁이들에게 떠넘기고, 그 여인들이 마음의 상처를 입은 채 1970년대를 살아가게 내버려둘 수는 없었단 말입니다."

앤드류는 창밖을 흘깃하며 낄낄댔다. 장발에 수염을 덥수룩하게 기르고 튜닉을 걸친 남자가 벤치에 앉아서 손가락 두 개를 들어 평화를 상징하는 'V'자를 만들었다. 플래카드에는 노란색의 낡은 폭스바겐 캠핑카 그림이 있고 '마리화나 박물관'이라고 적혀 있었다. 그 밑에는 조그맣게 '입장료 : 1달러. 돈 없으면 그냥 들어오시오'라는 글귀가 있었다.

"여기가 님빈 마약 박물관이에요." 앤드류가 설명했다. "대부분은 그냥 허섭스레기지만 켄 키지랑 잭 케루악이랑 다른 선구자들이 멕시코를 여행하면서 의식을 확장하는 약물을 시험한 여정이 담긴 흥미로운 사진도 몇 장 본 것 같아요."

"LSD가 위험하지 않았던 시절 말입니까?"

"그땐 섹스도 건강했어요. 아주 멋진 시대였어요, 해리 홀리. 당신도 그 시대를 살아봤으면 좋았을 텐데."

그들은 시내 중앙로 맨 끝에 차를 세우고 걸어서 되짚어 내려왔다. 해리는 레이밴을 벗어 평범한 시민처럼 보이려 했다. 아주 조용해 보였는데 해리와 앤드류가 노점상들 사이를 지나자 집중 공격을 받았다. "풀이 아주 좋아요! 오스트레일리아 최고의 풀이에요…… 파푸아뉴기니에서 건너왔어요, 완전 뿅 갑니다."

"파푸아뉴기니라니." 앤드류가 콧방귀를 뀌었다. "여기가 마리화나의 수도인데, 먼 데서 온 물건이 더 좋을 거라고 생각하다니. 거

참, 국산품을 애용해야지."

임신을 하고도 깡마른 여자가 '박물관' 앞 의자에 앉아 그들에게 손을 흔들었다. 이십 대에서 사십 대까지 어떤 나이로도 보이는 외모에, 강렬한 색상의 헐렁한 스커트를 입고 블라우스 단추를 끝까지 채웠으며, 배를 불룩하게 내밀어서 뱃가죽이 북처럼 팽팽했다. 어쩐지 낯익은 분위기라고 해리는 생각했다. 그리고 그녀의 동공 크기로 보아 아침식사로 마리화나보다 자극적인 무언가를 곁들인 모양이었다.

"딴 거 찾아요?" 여자가 물었다. 그들이 마리화나에 관심을 보이지 않는 걸 지켜본 모양이었다.

"아뇨……." 해리가 입을 열었다.

"센 거. LSD 찾는 거 맞죠?" 그녀가 몸을 앞으로 내밀어 조급한 말투로 열을 올리며 말했다.

"아니, 센 거 필요 없소." 앤드류가 낮고 단호하게 대꾸했다. "우린 다른 거 찾아요. 됐소?"

여자는 앉아서 그들을 빤히 쳐다보았다. 앤드류가 그냥 가려고 하자 여자가 불룩한 배도 잊고 벌떡 일어나 앤드류의 팔을 잡았다. "좋아요, 그런 건 여기서는 안 돼요. 10분 있다가 저기 있는 저 펍에서 만나요."

앤드류가 고개를 끄덕이자 여자가 돌아서 불룩한 배를 내밀고 급히 뛰어갔고, 조그만 강아지 한 마리가 뒤에 바짝 붙어 뛰었다.

"지금 무슨 생각하는지 알아요, 해리." 앤드류가 시가에 불을 붙이면서 말했다. "마음씨 착한 어머니에게 헤로인을 살 것처럼 속이는 게 잘하는 짓은 아니지요. 이 길로 100미터만 가면 경찰서가 나오고 거기서 에반스 화이트에 관한 정보를 얻을 수 있어요. 그래도 이쪽이 빠를 거라는 감이 오네요. 가서 맥주나 한잔하면서 기다립시다."

30분쯤 지나자 마음씨 착한 어머니가 손님이 거의 없는 펍에 들어섰다. 그녀 못지않게 쫓기는 듯한 분위기의 남자와 함께였다. 남자는 클라우스 킨스키 버전의 드라큘라 백작 같았다. 창백하고 비쩍 마른 데다 검은 옷을 입었으며 눈 밑이 시커멓고 퀭했다.

"이제야 납셨군." 앤드류가 속삭였다. "저 꼴을 한 친구가 파는 물건이니 굳이 테스트해달라고 우길 필요가 없겠군요."

마음씨 착한 어머니와 킨스키를 빼다 박은 남자가 그들에게 곧장 다가왔다. 킨스키 복사판은 훤한 대낮에 괜히 시간을 낭비하지 않도록 쓸데없는 잡담은 생략하고 용건만 전하고 싶은 눈치였다.

"얼마나?"

앤드류는 노골적으로 등을 돌리고 앉아 있었다. "이왕이면 다른 사람 없을 때 얘기하고 싶소." 돌아보지도 않고 말했다.

킨스키가 홱 돌아보자 마음씨 착한 어머니는 약이 바짝 오른 얼굴로 자리를 떴다. 여자는 수수료를 받고 일하는 모양인데, 해리가 보기에 여자와 킨스키의 신뢰관계는 흔한 마약쟁이들 사이의 그것인 듯했다. 그러니까 서로 믿지 않는다는 뜻이다.

"나 지금 아무것도 없어. 당신들 경찰이면 재미없어. 일단 돈부터 보여주고, 그다음 여기서 나갑시다." 그는 재빨리 말하고 신경이 곤두선 듯 이리저리 눈알을 굴렸다.

"여기서 먼가?" 앤드류가 물었다.

"조금 걸으면 되지만 머-언 여행이 될 거요." 웃으려고 했는지 치아가 잠깐 드러났다가 이내 사라졌다.

"잘됐군, 마잇. 입 닥치고 앉아." 앤드류가 경찰배지를 내밀었다. 킨스키는 얼어붙었다. 해리는 자리에서 일어나 뒤쪽 허리춤을 툭툭 쳤다. 해리에게 정말로 무기가 있는지 확인할 리가 없었다.

"이건 또 무슨 허접스러운 연극인가? 나한테 아무것도 없다고, 말했잖아요?" 남자는 반발하면서 앤드류 앞 의자에 털썩 주저앉았다.

"여기 보안관이랑 그 양반 조수는 알겠지? 그 사람들도 널 알 테고. 헌데 네놈이 헤로인까지 손대는 건 모를 거야."

남자는 어깨를 으쓱했다. "헤로인에 손대긴 누가? 난 당신들이 마리화나를 찾는 줄 알고……."

"아무렴. 마약 얘기 꺼낸 사람은 없어. 앞으로도 그럴 테고. 우리한테 정보만 넘겨주면."

"개소리. 내가 괜히 목을 걸고 밀고할 것 같아? 나랑 아무 상관도 없는 타지 짭새 둘이 불쑥 나타났다고……."

"밀고? 지금 우리는 만나서 안타깝게도 물건값을 합의하지 못한 거밖에 없는데? 여기서 정상적인 거래로 만나는 걸 본 목격자까지 있잖아. 그러니까 우리가 말하는 대로 해주면 다시는 우릴 볼 일 없고, 여기서 다른 누굴 만날 일도 없어."

앤드류는 시가에 불을 붙이고 샛눈으로 앞에 앉은 불쌍한 약쟁이를 쳐다보면서 그의 얼굴에 연기를 뿜으며 말을 이었다.

"그런데 있잖아, 우리가 원하는 게 나오지 않으면 여기서 나가면서 경찰배지 내밀고 두 명을 잡아넣을 거야. 그러면 이 동네에서 네놈 평판이 좋아질 리가 없겠지. 여기 윗동네에서는 밀고자들 거시기 자르는 일들이 사라졌는지 모르겠는데…… 하긴 약쟁이들이 보통 평화로운 종자들이 아니긴 하지. 아무리 그래도 한두 번 속은 걸 알면 어느 날 갑자기 보안관이 아주 우연히 네 물건을 싹 다 찾아내는 건 일도 아닐 거야. 마리화나 중독자들도 센 물건 때문에 경쟁이 붙으면 좋아하지 않을 테고. 적어도 웬 약쟁이 밀고자 때문이라면 말이야. 어디 그뿐인가, 헤로인을 대량으로 거래하면 어떤 처벌을 받는지 잘 알지 않나."

푸르스름한 시가 연기가 킨스키의 얼굴로 날아갔다. 한심한 인간의 얼굴에 연기를 뿜는 게 흔히 볼 수 있는 장면은 아니라고 해리는 생각했다.

"좋아." 상대가 아무 말도 하지 않자 앤드류가 말했다. "에반스 화이트. 이 자식 어디 사는지, 어떤 놈인지, 어떻게 잡을 수 있는지 불어. 당장!"

킨스키는 주위를 둘러보았다. 두 뺨이 푹 꺼진 커다란 머리가 가냘픈 목 위에서 돌아가는 꼴이 마치 죽은 짐승 위에서 맴돌며 사자가 돌아오는지 초조하게 살피는 독수리 같았다.

"그게 답니까?" 남자가 물었다. "다른 건 없어요?"

"그거면 돼." 앤드류가 말했다.

"그럼 당신네가 다시 와서 더 캐묻지 않는다는 보장이 어디 있습니까?"

"보장은 없지."

남자는 그런 대답이 돌아오리라는 걸 이미 알고 있었다는 듯 고개를 끄덕였다.

"좋아요. 아직 거물급은 아닌데 한창 크고 있다고 들었어요. 마담 루소라고 여기 대마초의 여왕 밑에서 일하는 작자인데 요즘은 따로 장사를 시작하려고 한다나 봐요. 마리화나, LSD, 아마 모르핀도 조금. 마리화나는 이 동네에서 파는 물건하고 똑같아요, 현지 산물이요. 그런데 시드니에 연줄이 있는지 그쪽에 마리화나를 보내고 대신 싸고 질 좋은 LSD를 받아오는 것 같아요. 요즘은 LSD가 대세니까.”

“어디 가야 에반스를 잡을 수 있지?” 앤드류가 물었다.

“시드니에 자주 내려가는 것 같긴 한데 이틀 전쯤 시내에서 봤어요. 브리즈번에서 온 아가씨랑 붙어 다니더니 애를 낳았어요. 애 엄마는 지금 어디 갔는지 모르지만, 애는 그자가 님빈에 있을 때 지내는 아파트에 있어요.”

남자는 아파트 위치를 알려주었다.

“어떤 놈이지, 에반스라는 자식?” 앤드류가 추궁했다.

“뭐라고 해야 하나?” 남자는 있지도 않은 수염을 긁적였다. “매력적인 개자식이라고 하나, 왜 그런 말 있잖아요?”

앤드류와 해리는 그런 말이 있는지 몰랐지만 고개를 끄덕였다.

“단순한 놈이라 거래하기는 좋지만 그런 새끼 애인이 되고 싶진 않은. 뭔 말인지 아시죠.”

그들은 고개를 가로저으며 잘 모르겠다는 시늉을 했다.

“플레이보이라고요. 한 번에 한 여자만 만나는 놈이 아니에요. 허구한 날 여자들하고 싸우고 여자들이 비명을 지르고 악을 써서, 개중 하나는 눈이 시퍼렇게 멍든 채로 돌아다니곤 했죠.”

“흠. 금발머리 노르웨이 여잔데, 혹시 잉게르 홀테르라고 들어봤나? 지난주에 왓슨스베이에서 시체로 발견됐어.”

“그래요? 그런 여자 얘기는 들어본 적 없는데.” 남자는 신문을 챙겨 읽는 부류가 아니었다.

앤드류는 시가를 비벼 끄고 해리와 함께 일어섰다.

“비밀을 발설하지 않는다는 말 믿어도 되겠죠?” 킨스키가 의심스러운 눈길을 던졌다.

"물론." 앤드류가 성큼성큼 문으로 향하며 말했다.

"우리의 스웨덴 목격자와 함께한 식사는 어땠어요?" 경찰서 앞에 무료 주차를 마치고 앤드류가 물었다. 경찰서 건물은 길가의 여느 집들처럼 생겼고, 다만 건물의 용도를 알리는 작은 팻말이 하나 붙어 있었다.

"좋았어요. 양념이 조금 강했지만 좋았어요." 해리가 거들먹거렸다.

"왜 이러시나, 해리. 무슨 얘기 했어요?"

"이것저것. 노르웨이하고 스웨덴 얘기."

"그렇군. 누가 이겼어요?"

"그 여자."

"그래서 스웨덴에는 있고 노르웨이에 없는 게 뭔데요?" 앤드류가 물었다.

"우선 첫째, 훌륭한 영화감독 두 명. 보 비더버그, 잉마르 베리만……."

"아하, 영화감독." 앤드류가 콧방귀를 뀌었다. "영화감독이라면 우리도 있지. 그런데 에드바르 그리그도 당신네 나라 사람이잖아요."

"오호." 해리가 말했다. "클래식에 조예가 깊으신 줄 몰랐군요. 아니, 클래식에도."

"그리그는 천재였어요. 교향곡 C단조 2악장 같은 걸 들어보면……."

"미안해요, 앤드류." 해리가 말했다. "나는 2화음 펑크 음악을 듣

93

고 자란 세대라, 교향곡 비슷한 걸 접해본 거라고는 예스Yes와 킹 크림슨King Crimson밖에 없어요. 지난 세기의 음악은 듣지 않는답니다, 아시겠어요? 1980년 이전은 석기시대 아닌가요. 덤덤 보이스Dumdum Boys라는 밴드가 있었는데…….”

“C단조 교향곡은 1981년에 처음 연주됐습니다만.” 앤드류가 말했다. “덤덤 보이스? 허세 넘치는 이름이군.”

해리는 항복하고 에반스 화이트의 집으로 가는 내내 그리그 얘기를 들었다.

11

마약상

에반스 화이트는 눈을 반만 뜨고 그들을 보았다. 머리카락 몇 가닥이 얼굴로 흘러내렸다. 그는 사타구니를 긁적이며 부러 트림을 했다. 그들을 보고도 조금도 놀란 기색이 없었다. 그들이 찾아올 줄 알아서가 아니라 그런 방문이 특별한 일이 아닌 듯했다. 어쨌든 그는 그 지역 최고의 LSD를 깔고 앉아 있고, 님빈처럼 작은 도시에서는 소문이 빨랐다. 에반스 같은 자는 번거롭게 소량을 거래할 생각도 없고 더군다나 제 집에서 물건을 내줄 생각도 없겠지만, 그렇다고 간간이 도매로 물건을 사러 오는 사람들까지 막지는 못할 터였다.

"잘못 찾아오셨군. 시내에 가서 알아보쇼." 그가 스크린을 친 겉문을 닫으며 말했다.

"경찰에서 왔습니다, 화이트 씨." 앤드류가 배지를 꺼냈다. "잠깐 얘기 좀 할까요."

에반스는 돌아섰다. "오늘은 안 됩니다. 경찰은 싫어요. 다음에 구속영장이든 수색영장이든 받아오쇼. 그때 가서 뭘 해드릴지 봅시다. 그때 봐요. 잘 가쇼."

그는 안쪽 문도 쾅 하고 닫았다.

해리는 문틀에 기대 큰 소리로 말했다. "에반스 화이트! 내 말 들립니까? 여기 이 사진에 있는 사람이 당신인지 알고 싶어요. 만약 당신이라면 옆에 앉은 금발머리 여자를 아는지도. 이 여자 이름이 잉게르 홀테르예요. 지금 죽었어요."

잠시 침묵이 흘렀다. 그리고 삐걱 소리와 함께 문이 열렸다. 에반스가 내다보았다.

해리는 사진을 스크린에 댔다.

"시드니 경찰들이 이 여자를 발견했을 때 상태가 좋지 않았어요, 화이트 씨."

주방에 들어가 보니 조리대 위에 신문지가 어지러이 흩어져 있고, 싱크대에는 접시와 컵이 넘칠 듯 쌓여 있고, 바닥은 물청소를 한 지 몇 달은 돼 보였다. 하지만 얼핏 봐도 퇴폐의 흔적은 보이지 않고 각성제에 찌든 약쟁이의 집은 아닌 것 같았다. 일주일 지난 음식도 없고 곰팡이도 슬지 않았으며 지린내도 나지 않고 커튼을 쳐놓지도 않았다. 더욱이 집 안에 어느 정도 질서가 잡혀 있는 걸로 봐서 에반스 화이트가 아직은 일상의 끈을 놓치는 않은 듯했다.

그들은 의자를 찾아 앉았고, 에반스는 냉장고에서 뭉툭한 맥주병을 꺼내 곧장 입으로 가져갔다. 트림 소리가 주방에 울리고 이어서 에반스는 만족스러운 듯 킬킬댔다.

"잉게르 홀테르와 어떤 사이인지 말해주시죠, 화이트 씨." 해리가 손으로 트림 냄새를 휘저으며 말했다.

"착하고 매력적이고 아주 멍청한 여자였어요. 나랑 같이 있으면 행복해질 수 있다고 믿었으니까." 에반스는 천장을 응시했다. 그러더니 다시 만족스러운 듯 킬킬거렸다. "이만하면 아주 깔끔하게 요약한 것 같군."

"잉게르가 왜 살해당했는지, 누가 그랬는지, 혹시 짚이는 거 있습니까?"

"그래요, 여기 님빈에도 신문은 있으니까 그 여자가 목 졸려 죽은 건 나도 압니다. 그런데 누가 그랬느냐고요? 목 졸라 죽인 놈이겠죠." 에반스는 고개를 뒤로 젖히고 히죽거렸다. 곱슬머리 한 가닥이 눈썹 위로 흘러내렸고 하얀 치아가 햇볕에 그은 얼굴에서 반짝 빛났다. 갈색 눈동자 주위의 잔주름이 해골 귀걸이를 한 귀 쪽으로 퍼졌다.

앤드류가 헛기침을 하며 입을 열었다. "화이트 씨, 당신이 잘 알고 가까운 사이였던 여자가 불과 얼마 전에 살해당했어요. 그 일로 당신이 어떤 감정을 느끼든 말든 우리가 알 바 아닙니다. 하지만 알다시피 우린 지금 범인을 찾고 있으니 당장 우릴 도와주지 않으면 부득이하게 당신을 시드니 경찰서로 연행해야 합니다."

"어차피 시드니에 갈 일이 있으니까 당신네가 항공편을 제공한다면야 나쁠 건 없습니다만."

해리는 어떻게 받아들여야 할지 난감했다. 일부러 세게 나오려고 저러는 건가, 그게 아니면 머리가 좀 모자란 놈인가? 그것도 아니면 전형적인 노르웨이식 개념으로 부적절하게 발달한 영혼인가? 다른 나라에서도 법정에서 영혼의 자질을 심판했던가?

"화이트 씨, 당신이 바라는 대로," 앤드류가 입을 열었다. "항공권도 끊어주고 숙식도 해결해주고 무료로 변호사와 대리인도 주선해주지요. 살인 용의자 자격으로."

"그게 뭐 대수라고. 48시간 안에 다시 나올 텐데."

"그다음엔 우리가 24시간 동안 미행하고 공짜로 깨워주고 불시에 쳐들어갈 겁니다. 그 밖에도 우리가 또 무슨 작당을 할지는 장담할 수 없습니다만."

에반스는 남은 맥주를 벌컥벌컥 들이켜고 앉아서 병에 붙은 상표를 만지작거렸다. "맥들이 원하는 게 뭡니까?" 그가 말했다. "내가 아는 건 잉게르가 어느 날 갑자기 사라졌다는 것뿐이에요. 마침 나도 시드니에 갈 일이 있어서 전화를 해봤지만 직장에도 없고 집에도 없었어요. 시드니에 도착한 날 신문에서 살해당했다는 기사를 읽었고. 이틀 동안 좀비처럼 헤매고 다녔어요. 아니, 살해…… 당하다뇨? 통계상 사람이 목 졸려 죽을 확률이 얼마나 되냐고요!"

"높진 않아요. 그런데 잉게르가 살해당한 시각에 알리바이가 있습니까? 괜찮다면……."

앤드류가 물으면서 메모했다.

에반스는 슬슬 겁먹은 표정이 되었다. "알리바이요? 무슨 소리예요? 저는 절대 의심하면 안 돼요, 젠장. 그럼 지금 경찰이 일주일 동안 수사하고도 아직 쓸 만한 단서를 찾지 못했다는 겁니까?"

"증거는 빠짐없이 조사했어요, 화이트 씨. 시드니에 도착하기 전 이틀 동안 어디 있었는지 말씀해주시죠?"

"여기 있었어요, 그걸 말이라고."

"혼자요?"

"혼자는 아니고." 에반스는 씩 웃으며 빈 맥주병을 던졌다. 병이 포물선을 그리며 유유히 허공을 갈라 조리대 옆 쓰레기통으로 쏙 들어갔다. 해리는 인정한다는 듯 고개를 끄덕였다.

"누구랑 같이 있었는지 물어봐도 됩니까?"

"벌써 물었잖아요. 뭐, 좋아요, 난 숨길 게 없으니까. 안젤리나 허친슨이란 여자랑 있었어요. 여기 님빈에 사는 여자예요."

해리가 수첩에 적었다.

"애인입니까?" 앤드류가 물었다.

"뭐 비슷해요." 에반스가 대답했다.

"잉게르 홀테르 얘기 좀 해봐요. 어떤 여자였나요?"

"휴, 안 지 얼마 안 된 사이였어요. 프레이저 섬에서 만났습니다. 바이런베이로 내려가는 길이라고 하더라고요. 여기서 멀지 않은 데라 님빈의 우리 집 전화번호를 알려줬어요. 며칠 후에 전화가 와서 하룻밤 묵어도 되느냐고 묻더군요. 여기서 일주일 넘게 같이 지냈어요. 그 뒤로는 내가 시드니에 갈 때 거기서 만났고. 두세 번 정도 되겠군요. 아시다시피 백년해로할 관계는 아니잖아요. 게다가 여자가 벌써부터 짜증 나게 굴더라고요."

"짜증 나다니요?"

"그래요, 잉게르가 제 아들, 탐탐을 많이 좋아해서 셋이 가족을 이루어 시골집에서 같이 사는 쪽으로 상상의 나래를 펴더군요. 나하고는 영 안 맞는 얘기지만 그냥 종알대게 놔뒀어요."

"종알대요, 뭘요?"

에반스는 당황한 기색이었다. "처음 만날 때는 뻣뻣하다가도 턱밑을 간질여주거나 사랑한다고 말해주면 버터처럼 녹아버리는 그런 여자였어요. 다 퍼주는 여자."

"그러니까 사려 깊은 아가씨였다는 말이군요?"

에반스는 이야기가 흘러가는 모양새가 마음에 들지 않는 눈치였다. "그럴지도 모르죠. 말했잖아요, 그 정도로 잘 아는 사이가 아니

라고. 노르웨이에 있는 가족들을 못 본 지 꽤 됐다던데, 그래서 그
런지, 뭐랄까, 정에 굶주려 있었어요. 옆에 누가 있어야 되는, 무슨
말인지 아시죠? 아니, 누가 알겠어요? 말씀드렸다시피 멍청하게 로
맨스나 찾는 여자인데다, 악한 구석이 없었고……."

에반스의 목소리가 흔들렸다. 주방에 정적이 흘렀다. 연기를 잘
하는 자이거나 아니면 결국 그에게도 인간적인 감정이 올라온 거
라고 해리는 생각했다.

"관계를 이어갈 생각이 없었다면서 왜 헤어지지 않았습니까?"

"진작 끝내려고 했어요. 문 앞에 서서 잘 가라고 말하려고 했어
요. 그런데 제가 뭘 해보기도 전에 그 여자가 먼저 떠난 겁니다. 마
치……." 그는 손가락을 튕겨 딱 소리를 냈다.

그래, 저자의 목소리가 갈라졌어, 확실해.

해리는 생각했다.

에반스는 두 손을 가만히 들여다보았다. "이런 식으로 끝나기도
하는군요."

12 아주 큰 거미

차는 가파른 산길을 올라갔다. 이정표에 크리스털 캐슬로 가는 길이라고 적혀 있었다.

"문제는, 에반스 화이트가 진실을 말하고 있느냐는 겁니다." 해리가 말했다.

앤드류는 반대편에서 다가오는 트랙터를 피했다.

"내 경험을 들려줄게요, 해리. 나는 20년 넘게 온갖 이유로 거짓을 말하거나 진실을 말하지 않는 사람들을 만났어요. 유죄와 무죄, 살인자와 소매치기, 안절부절못하는 사람과 냉담한 사람, 파란 눈동자의 아기 같은 얼굴과 흉터가 있는 악당의 얼굴, 소시오패스, 사이코패스, 자선가……." 앤드류는 사례를 더 찾아내려 했다.

"알아들었어요, 앤드류."

"……애버리진이든 백인이든. 다들 한 가지 목적으로 자기 얘기를 합니다. 한마디로 신뢰를 얻으려는 거죠. 내가 뭘 배웠는지 알아요?"

"누가 거짓말하는지 누가 거짓말을 하지 않는지 알아채기란 불가능하다는 거죠?"

"맞아요, 해리!" 앤드류는 조금 더 파고들었다. "범죄소설에서는 자존심 센 형사들이 누가 거짓말을 하는지 귀신같이 알아채요. 다 헛소리예요! 사람의 본성은 한 치 앞도 안 보이는 거대한 숲과 같아서 어떤 사람도 속을 다 알 수는 없어요. 엄마라도 자식이 꽁꽁 숨겨둔 비밀을 알 수 없다고요."

그들은 주차장으로 들어갔다. 주차장 뒤로 푸른 정원이 넓게 펼쳐져 있고 좁은 자갈길이 분수와 꽃밭과 이국적인 나무들 사이를 구불구불 감아 돌았다. 정원 너머에 커다란 저택이 서 있었다. 님빈의 보안관이 지도에서 짚어준 크리스털 캐슬이 확실해 보였다.

문 위에 달린 종이 그들의 방문을 알렸다. 유명한 가게인지 매장 안에 관광객들이 가득 들어차 있었다. 활기찬 여자가 환하게 웃으면서 그들을 맞이했다. 몇 달 만에 처음으로 사람을 만난 것처럼 열성을 다해 반겼다.

"처음 오셨어요?" 여자가 물었다. 그녀의 크리스털 매장은 누구나 한번 들러보고 꽂히면 습관처럼 찾아오는 곳이라는 투였다. 그리고 정말 그렇게 보였다.

"부럽네요." 그들이 처음이라고 하자 그녀가 말했다. "크리스털 캐슬을 처음으로 경험하실 테니까요! 저쪽 복도로 들어가세요. 오른쪽 아주 근사한 채식 카페에서 훌륭한 요리를 맛보실 수 있어요. 카페에 들렀다가 왼쪽으로 가서 크리스털과 광물 전시실을 둘러보세요. 진짜 볼거리가 있는 곳이거든요! 자자, 어서 가보세요!"

여자가 그들에게 손을 흔들었다. 포장이 요란하면 늘 반전이 숨어 있게 마련이다. 카페는 커피와 차, 요구르트를 뿌린 양상추와 양상추 샌드위치를 파는 평범한 매장이었다. 여자가 가보라던 크리스털과 광물 전시실에는 반짝이는 크리스털, 가부좌를 튼 불상, 청록색 석영, 다듬지 않은 원석이 아름다운 조명 아래 전시되어 있었다. 향이 은은하게 퍼지고 최면을 거는 것 같은 팬파이프 음악을 배경으로 물 흐르는 소리가 들렸다. 해리는 근사하고 인상적인 매장이긴 하지만 숨이 멎을 듯 반할 만한 곳은 아니라고 생각했다. 호흡 곤란을 일으킬 만한 게 하나 있다면 가격이었다.

"하하." 앤드류가 가격표 몇 개를 들춰보고 웃었다. "아까 그 여자 천잰데요."

앤드류는 매장 안에 있던 부티 나는 중년 손님들을 가리켰다. "플라워 파워 세대가 나이를 먹었잖아요. 어른의 직업을 갖고 어른 수준으로 돈을 벌지만 마음만은 아직 영적 세계의 어느 별에 가 있거든요."

그들은 계산대로 돌아갔다. 아까 그 활기찬 여자가 여전히 방긋 웃고 있었다. 그녀는 해리의 손을 잡고 손바닥에 청록색 돌을 쥐여주었다.

"염소자리, 맞죠? 이 돌을 베개 밑에 넣어두세요. 방 안의 나쁜 기운을 전부 없애준답니다. 65달러이긴 한데 꼭 필요하실 것 같으니, 50달러에 드릴게요."

그리고 앤드류를 돌아보았다.

"그리고 이쪽 분은 사자자리 맞죠?"

"어, 아닌데요, 부인. 전 경찰인데요." 앤드류는 조용히 배지를 내밀었다.

여자는 파랗게 질려서 겁먹은 얼굴로 그를 노려보았다. "아이고 깜짝이야. 제가 무슨 잘못이라도."

"제가 아는 한에는 없습니다, 부인. 마거릿 도슨 부인, 한때는 화이트 부인, 맞죠? 그렇다면 조용히 할 얘기가 있을 텐데요?"

마거릿 도슨은 얼른 마음을 진정시키고 젊은 여자 하나를 불러 계산대를 맡겼다. 그리고 앤드류와 해리를 따라 정원으로 나가서 하얀 나무탁자에 둘러앉았다. 나무 두 그루 사이에 그물이 걸려 있었다. 해리는 언뜻 고기 잡는 그물인 줄 알았지만 가까이서 보니 거대한 거미줄이었다.

"비가 올 것 같네요." 여자가 두 손을 비비며 말했다.

앤드류가 목청을 가다듬었다.

그녀는 아랫입술을 깨물었다.

"죄송해요, 형사님. 자꾸 떨리네요."

"괜찮습니다, 부인. 거미줄이 아주 크군요."

"아, 저거요. 빌리 거예요, 집에서 키우는 쥐거미요. 어디서 자고 있을 텐데."

해리는 무심결에 다리를 접어 앉았다. "쥐거미요? 그럼 쥐를…… 먹는다는 건가요?" 그가 물었다.

앤드류가 웃었다. "해리는 노르웨이에서 왔어요. 왕거미는 생소할 겁니다."

"아, 그럼, 마음 놓게 해드리죠. 왕거미는 위험하지 않아요." 마거릿 도슨이 말했다. "하지만 붉은등거미라고 작은 독거미가 있거든요. 걔들은 도시를 좋아해요, 사람들 틈에 숨을 수 있으니까요. 어두운 지하실이나 눅눅한 구석 같은 데요."

"제가 아는 누구하고 비슷하군요." 앤드류가 말했다. "용건을 말씀드리죠, 부인. 아드님 말입니다."

그러자 도슨 부인의 얼굴에 핏기가 가셨다.

"에반스요?"

앤드류가 해리를 돌아보았다.

"저희가 알아본 바로는 아드님이 지금까지 경찰하고 문제를 일으킨 적은 없더군요, 도슨 부인." 해리가 말했다.

"예, 예, 그런 적 없어요. 고맙게도."

"사실 저희가 온 건 부인 가게가 브리즈번으로 돌아가는 길에 있어서예요. 잉게르 홀테르라는 여자에 관해 아시는 게 있는지 묻고 싶어서요."

부인은 이름을 듣고 기억을 더듬었다. 그러고는 고개를 가로저었다.

"에반스는 아는 여자가 많지는 않아요. 아는 여자가 있으면 여기 데려와서 인사시켜주거든요. 그런데 애를 낳은 뒤에는…… 그 못된 여자하고 애를 낳고는, 그 여자 이름은 입에 담기도 싫군요. 제가 뜯어말렸거든요……. 조금 더 기다려보는 게 좋겠다고 했어요. 진짜 배필이 나타날 때까지."

"왜 기다려야 하죠?" 해리가 물었다.

"제가 그러라고 했으니까요."

"왜 그러라고 했습니까, 부인?"

"그건…… 아직 때가 되지 않았으니까……." 마거릿은 소중한 시간을 낭비하고 있다는 듯 가게를 돌아보았다. "에반스는 예민한 애라 마음을 잘 다쳐요. 지금까지 나쁜 기운이 강했던 애라 꼭 100퍼센트 믿을만한 여자를 만나야 해요. 그따위…… 행실 나쁜 계집들은 우리 애 정신만 혼란스럽게 만들 뿐이에요."

잿빛 구름이 마거릿의 동공에 드리웠다.

"아드님은 자주 만나십니까?" 앤드류가 물었다.

"형편 닿는 대로 자주 찾아와요. 우리 애한테는 평화가 필요해

요. 일을 너무 많이 해요, 불쌍한 녀석. 그 애가 파는 허브는 드셔

보셨나요? 가끔 조금씩 가져다주면 저희 카페에서도 차에 넣어 팔

아요.”

앤드류가 다시 헛기침을 했다. 해리는 곁눈질로 수풀 속에서 뭔

가 움직이는 걸 보았다.

“이만 일어나야겠네요, 부인. 그런데 마지막으로 하나만 더요.”

“네?”

앤드류는 목에 뭐가 걸렸는지 연신 기침을 해댔다. 거미줄이 흔

들렸다.

“원래 그런 금발이었나요, 도슨 부인?”

13

버버

시드니로 돌아왔을 때는 밤이 깊었다. 해리는 녹초가 되어 호텔 방으로 돌아가고 싶었다.

"한잔할까요?" 앤드류가 제안했다.

"집에 들어가야 하지 않나요?" 해리가 물었다.

앤드류가 고개를 저었다. "지금은 혼자 지내요."

"지금은?"

"흠, 한 10년. 이혼했어요. 아내는 딸내미들을 데리고 뉴캐슬에서 살고. 되도록 자주 만나려고 하지만 워낙 거리가 멀기도 하고 머지 않아 애들도 다 커서 주말에 각자 사정들이 생기겠지요. 그때가 되면 나도 알게 되겠죠. 아이들 인생에서 내가 유일한 남자가 아니라는 걸. 예쁘장한 말괄량이들이에요. 열네 살, 열다섯 살. 젠장, 집 앞에 얼씬대는 녀석들을 쫓아내야 한다니까요."

앤드류는 환하게 웃었다. 해리는 이렇게 남다른 동료를 좋아하지 않을 수 없었다.

"뭐, 다 그런 거잖아요, 앤드류."

"맞아요, 마잇. 당신은 어때요?"

"흠. 아내는 없어요. 애도 없고. 개도 없고. 상사랑 누이랑 아버지, 그리고 아직은 친구라고 부를 수 있는 녀석 두엇이 전부예요. 몇 년에 한 번 통화하는 정도지만. 그 친구들이 먼저 걸거나, 제가 걸거나."

"순서가 그래요."

"이 순서로." 그들은 웃었다.

"한잔하러 갑시다. 앨버리?"

"일하라는 소리로 들리는데요." 해리가 말했다.

"당연하죠."

그들이 들어서자 비르기타가 웃어주었다. 그녀는 손님 하나를 상대하고 나서 그들 쪽으로 왔다. 눈은 해리에게 가 있었다.

"안녕." 그녀가 말했다.

해리는 그저 그녀의 무릎을 베고 웅크린 채 잠들고 싶었다.

"더블 진토닉 두 잔이요, 법정 명령이오." 앤드류가 말했다.

"그냥 자몽주스로 할게요." 해리가 말했다.

비르기타는 그들에게 음료를 가져다주고 카운터에 기대어 몸을 앞으로 숙였다.

"어제는 고마웠어요." 그녀가 스웨덴어로 해리에게 속삭였다. 해리는 그녀 뒤의 거울 속에서 헤벌쭉 웃는 자신의 얼굴을 보았다.

"거 참, 여기 왜 스칸디나비아 멧비둘기가 날아다니지? 부탁합시다. 술값은 내가 낼 테니까 영어로 해요." 앤드류가 근엄한 얼굴로 그들을 쏘아보았다. "당신네 젊은 친구들한테 해줄 말이 있어요. 사랑은 죽음보다 더 신비로워요." 그는 극적 효과를 주려는 듯 잠시 뜸을 들였다. "여기 이 앤드류 삼촌이 고대 오스트레일리아의 전설을 들려주지요. 정확히 말해서 거대한 뱀 버버와 왈라의 이야기예요."

그들은 가까이 당겨 앉았고, 앤드류는 기분 좋게 입술을 핥으며 시가에 불을 붙였다.

"아주 먼 옛날에 왈라라는 젊은 전사가 무라라는 아리따운 아가씨와 사랑에 빠졌답니다. 그 아가씨도 왈라에게 반했지요. 왈라는 부족 성년식을 무사히 마치고 어엿한 사내가 되어 부족의 여인들 가운데 사랑하는 여자를 골라 결혼할 수 있었어요. 따로 정혼자가 없던 무라도 왈라를 원한다면 가능했어요. 무라도 그를 사랑했어요. 왈라는 사랑하는 여인을 두고 떠나고 싶지 않았지만, 부족의 전통에 따라 멀리 사냥을 나가 신부 부모에게 지참금으로 바칠 전리품을 가져와야 했어요. 그래야만 혼례를 올릴 수 있었죠. 나뭇잎에 이슬이 반짝이는 어느 화창한 아침에 왈라는 길을 떠났어요. 무라는 왈라에게 하얀 앵무새 깃털을 주었고 왈라는 깃털을 머리에 꽂았어요.

왈라가 떠난 사이 무라는 잔치에 쓰려고 꿀을 따러 갔어요. 그런데 꿀이 눈에 띄지 않아 여느 때보다 마을에서 더 멀리 떨어진 곳으로 나가야 했어요. 무라는 거대한 바위 골짜기에 이르렀죠. 골짜기 위로 괴이한 정적이 감돌고 새 소리 하나 벌레 소리 하나 들리지 않았어요. 그곳을 떠나려는 순간 난생처음 보는 아주 큼직한 알이 든 둥지가 보였어요. '가져가서 잔치에 써야지.' 이 생각에 무라는 손을 뻗었어요.

그때 바위에서 스르르 뭔가가 기어가는 소리가 들렸고, 무라가 도망치거나 입을 벌리기도 전에 황갈색 거대한 뱀이 그녀의 허리를 휘감았어요. 아무리 발버둥을 쳐도 빠져나올 수 없었고, 뱀은 점점 더 세게 그녀를 조였어요. 무라는 고개를 들어 골짜기 위 푸른 하늘을 보며 왈라의 이름을 외치려 했지만, 허파에 공기가 모자라 아무 소리도 나오지 않았어요. 뱀은 더 칭칭 감아 올라 마침내 무라의 남은 생명을 쥐어짜고, 뼈란 뼈는 다 으스러뜨렸어요. 그러고는 다시 처음 나타난 음지로 미끄러져 돌아갔어요. 골짜기 안의 그곳은 햇빛이 어룽거리는 나무와 바위에 섞여 잘 보이지 않았지요.

이틀이 지나서야 사람들이 바위틈에서 으스러진 시신을 찾아냈어요. 무라의 부모는 슬픔을 가누지 못했고, 어머니는 남편에게 왈라가 돌아오면 뭐라고 말하느냐며 흐느꼈어요."

앤드류는 눈빛을 반짝이며 해리와 비르기타를 물끄러미 바라보았다.

"모닥불이 다 타고 잉걸불만 남은 이튿날 새벽에 왈라가 사냥을 마치고 돌아왔어요. 무척 험난한 여행이었지만 발걸음은 가볍고 두 눈은 행복으로 빛났지요. 왈라가 무라의 부모를 찾아갔을 때 둘은 말없이 불가에 앉아 있었어요. '보세요, 제가 선물을 가져왔습니다.' 왈라가 말했어요. 캥거루 한 마리와 웜뱃 한 마리, 그리고 에뮤의 넓적다리를 가져왔지요.

'장례식에 맞춰 돌아왔구나, 왈라. 자네가 우리 아들이 될 수도 있었는데.' 무라의 아버지가 말했어요. 왈라는 따귀라도 맞은 얼굴로 고통과 슬픔을 가누지 못했지만 강인한 전사이기에 눈물을 참고 냉정하게 물었어요. '왜 아직 묻어주지 않았습니까?', '오늘에서야 발견했네.' 왈라의 아버지가 대답했어요. '그러면 제가 쫓아가서 따님의 혼령을 돌려달라고 하겠습니다. 우리의 위리넌*이 무라의 부러진 뼈를 치료해주면, 제가 영혼을 찾아와서 생명을 불어넣겠습니다.' 하지만 무라의 아버지는 이렇게 말했어요. '너무 늦었네. 우리 애 혼령은 벌써 떠나서 세상 여자들의 영혼이 가는 곳으로 가 버렸어. 하지만 우리 애를 죽인 놈은 아직 살아 있지. 무엇을 해야 하는지 알겠는가.'

왈라는 말없이 일어났어요. 그는 부족의 다른 총각들하고 동굴 에서 함께 살았어요. 그들에게도 한마디도 하지 않았어요. 그렇게 몇 달이 흘렀지요. 왈라는 혼자 앉아서 노래하고 춤추는 무리에도 끼지 않았어요. 누군가는 왈라가 마음을 굳게 먹고 무라를 잊으려 고 애쓰는 중이라고 했어요. 또 누군가는 왈라가 무라의 뒤를 따라 여자들만 가는 죽음의 왕국으로 떠날 계획을 세우고 있다고 여겼 죠. '그렇게 못할 거야.' 다들 이렇게 수군댔어요. '아녀자가 가는 곳 과 사내가 가는 곳이 따로 있는 법이거든.'

한 여인이 모닥불 옆에 와 앉았어요. '모르는 소리 마쇼. 저 총각 은 제 여자의 죽음을 어떻게 갚아줄지 고민하느라 깊은 생각에 빠 진 게요. 당신네는 창이나 들고 가서 황갈색 거대한 뱀 버버를 죽이 는 수밖에 없다고 생각해요? 당신네는 그 뱀을 본 적이 없겠지만 나는 어릴 때 한 번 본 적이 있어요. 그날 내 머리가 이렇게 하얗게 센 거라오. 상상을 초월하게 무시무시한 광경이었거든. 내 말 잘 들 어요, 버버는 오직 한 가지 방법으로만 무너뜨릴 수 있어요. 용감하 고 영리한 방법. 그리고 저 젊은 전사는 그럴 만한 자질이 있는 것 같구려.'

이튿날 왈라는 모닥불로 나왔어요. 눈빛을 반짝이며 몹시 상기 된 얼굴로, 고무를 모으러 가려는데 같이 갈 사람이 있느냐고 물

* 애버리진의 치료 주술사.

었어요. '고무라면 우리 집에 있어.' 사람들은 한껏 들뜬 왈라를 보고 놀라며 '우리 집에 있는 걸 가져다 써도 돼'라고 했어요. 왈라는 '갓 딴 고무를 원해요'라고 말했죠. 그러고는 어리둥절해하는 사람들을 향해 웃으며 말했어요. '절 따라오세요. 어디에 쓸지 보여줄 테니.' 사람들은 호기심에 이끌려 왈라를 따라갔고, 왈라는 고무를 따서 사람들과 함께 거대한 바위 골짜기로 향했어요. 거기서 제일 큰 나무에 발판을 만들어 붙이고 사람들에게는 골짜기 입구로 물러나 있으라고 일렀어요. 왈라가 친한 친구를 데리고 나무에 올라가 큰 소리로 버버를 부르자 골짜기에 메아리가 울려 퍼지고 하늘에 해가 떠올랐어요.

그때 놈이 나타났어요. 놈은 황갈색의 거대한 대가리를 앞뒤로 흔들면서 자기를 부른 자를 찾았지요. 주변에 다른 황갈색 작은 뱀들이 우글거렸는데, 틀림없이 무라가 본 알에서 부화한 새끼들이었지요. 왈라와 친구는 고무를 치대서 조그만 공을 만들었어요. 버버는 나무 위에 있는 그들을 향해 아가리를 쩍 벌리고 혀를 날름거리며 그들에게 몸을 뻗었어요. 이제 해는 중천에 떠 있고 버버의 불그스름한 아가리가 번들거렸지요. 버버가 공격을 감행하자 왈라는 제일 큰 고무공을 버버의 벌어진 아가리에 집어 던졌고, 놈은 반사적으로 공을 송곳니로 찍었어요.

버버는 땅바닥에서 데굴데굴 굴렀지만 입에 처박힌 공은 좀처럼 빠지지 않았어요. 왈라와 친구는 같은 방법으로 새끼 뱀들도 전부 공격해서 이내 아가리를 봉해버리는 방법으로 위험을 제거했어요. 왈라는 사람들을 불렀고 다들 사정없이 뱀들을 모조리 쳐 죽였어요. 어쨌든 버버는 제일 어여쁜 부족의 딸을 해친 놈이고 버버의 새끼들도 언젠가 제 어미만큼 크게 자랄 테니까요. 그날 이후로 겁에 질린 황갈색 버버 뱀은 오스트레일리아에서 희귀종이 되었답니다. 하지만 우리가 놈을 두려워하는 탓에 세월이 흐를수록 놈은 더 길고 더 굵어졌지요."

앤드류는 진토닉을 마저 비웠다.

"그래서 교훈이 뭐예요?" 비르기타가 물었다.

"사랑은 죽음보다 더 신비롭다. 그리고 뱀을 조심해야 한다."

앤드류는 술값을 계산한 뒤 격려하듯 해리를 툭툭 치고 떠났다.

THE BAT

무라
moora

14
가운

그는 눈을 떴다. 창밖에서 도시가 깨어나 윙윙거리거나 으르렁 대는 소리가 들렸고, 커튼 자락이 나른하게 손짓했다. 그는 침대에 누운 채 널찍한 방 안 반대편 벽에 걸린 괴상한 그림을 보았다. 스웨덴 국왕 부처를 그린 그림이었다. 왕비는 차분하고 편안하게 웃고 있지만, 왕은 등 뒤에 칼을 숨긴 사람처럼 보였다. 해리는 왕이 어떤 감정인지 알았다. 고등학교 때 등 떠밀려서 〈개구리 왕자〉의 주인공 역을 맡은 적이 있었으니까.

어디선가 물소리가 들렸고 해리는 몸을 굴려 그녀가 닿았던 베갯잇 냄새를 맡았다. 해파리의 촉수가—아니 긴 빨강머리인가?—시트에 붙어 있었다. 〈다그블라데〉 신문 스포츠면 헤드라인이 떠올랐다. 에를란 욘센, 모스 FC 소속—빨강머리와 롱패스로 유명함.

그는 조용히 몸과 마음의 느낌을 반추했다. 홀가분했다. 정말이지 깃털처럼 가벼웠다. 어찌나 가뿐한지, 펄럭이는 커튼에 실려 침대 위로 떠오르고 창밖으로 날아가 러시아워의 시드니 창공에 뜬 채로 실오라기 하나 걸치지 않은 걸 깨달을까 봐 걱정스러웠다. 아마도 간밤에 몸속에 고인 체액을 맹렬히 뽑아내 체중이 몇 킬로그램쯤 줄었기 때문일 거라고 생각했다.

"해리 홀레, 오슬로 경찰서 소속―괴상한 생각과 텅 빈 고환으로 유명함." 해리는 혼자 중얼거렸다.

"뭐라고?" 스웨덴 말이 들렸다.

비르기타가 황당할 정도로 보기 흉한 가운을 걸친 채 하얀 수건을 터번처럼 머리에 감고 서 있었다.

"아, 잘 잤어? 당신의 조상, 당신의 자유, 당신의 북녘 산은, 당신의 고요와 당신의 아름다움을 기뻐하노라!* 소인, 그대에게 문안드립니다. 그냥 저기 벽에 걸린, 반란을 도모한 왕의 그림을 보고 있었어. 저 왕은 차라리 농부로 태어나 흙이나 파먹고 사는 편이 낫지 않았을까? 왠지 그래 보여."

그녀는 가만히 그림을 들여다보았다. "누구나 살면서 자기 자리를 찾아가는 건 아니니까. 그러는 당신은 어떤데?" 그녀가 털썩, 그의 옆에 앉았다.

"아침부터 질문이 너무 진지한 거 아냐? 대답 듣기 전에 우선 그 가운부터 벗어. 기분 나쁘게 듣지 마. 그 가운을 보니까 순간 '내가 본 최악의 흉측한 옷' 10위 안에 들고도 남는다는 생각이 들어."

비르기타가 웃었다. "난 이걸 욕정을 죽이는 옷이라고 부르지. 황소고집의 낯선 남자가 성급히 달려들 때 요긴하게 써먹을 수 있거든."

"그 옷이 무슨 색인지 생각해 본 적 있어? 정체 모를 염색약에,

* 스웨덴 국가 'Du gamla, du fria, du fjallhoga nord'의 일부.

그러니까 팔레트에서 초록과 갈색 근처 어딘가 미지의 공간에 퍼질러 앉아서 물든 색 같아."

"그런 요령으로 내 질문에서 빠져나갈 생각은 마, 고집쟁이 노르웨이 아저씨!" 비르기타가 베개로 그의 머리를 때렸지만 잠깐의 실랑이 끝에 그의 밑에 깔리고 말았다. 해리는 그녀의 손을 붙잡고 몸을 숙여 입으로 가운 허리띠를 끄르려고 했다. 비르기타가 재빨리 알아채고 비명을 지르면서 한쪽 무릎을 빼 그의 턱에 단단히 댔다. 해리는 신음하며 나가떨어져 모로 누웠다. 그 틈에 그녀는 무릎으로 그의 두 팔을 누르고 위에 올라탔다.

"대답해!"

"알았어, 알았어. 항복. 그래, 난 내 자리를 찾았어. 나는 당신이 상상할 수 있는 최고의 경찰이야. 응, 흙이나 파먹고 사는 것보다 나쁜 놈들을 잡는 게 나아. 아니, 만찬장 발코니에 서서 사람들에게 손을 흔들어주는 것보다는 낫지. 그래요, 내가 비뚤어진 거 나도 잘 압니다."

비르기타는 그의 입술에 입을 맞추었다.

"이 좀 닦지 그랬어." 해리가 입을 오므리고 말했다.

그녀가 몸을 뒤로 젖혀 웃는 틈을 해리는 놓치지 않았다. 그는 고개를 들어 이빨로 허리띠를 물고 잡아당겼다. 가운이 풀려 흘러내리고 그는 그녀 위에 올라탔다. 방금 샤워를 마친 그녀의 살결은 뜨겁고 촉촉했다.

"경찰이다!" 그녀가 비명을 지르며 다리로 그를 감쌌다. 해리는 온몸에서 맥박이 고동치는 것 같았다.

"도와주세요." 그녀가 속삭이며 그의 귀를 살짝 깨물었다.

잠시 후 둘은 나란히 누워 천장을 보았다.

"그럼 좋을 텐데……." 비르기타가 입을 열었다.

"응?"

"아, 아니."

그들은 일어나 옷을 입었다. 시계를 보니 벌써 오전 회의에 늦었다. 해리는 현관에서 그녀를 안았다.

"무슨 말인지 알 것 같아." 해리가 말했다. "내 얘길 해주길 바라잖아."

비르기타는 그의 목에 머리를 기댔다. "말하기 싫은 거 알아. 당신 얘기는 다 내가 억지로 쥐어짜서 들은 기분이야. 어머니는 착하고 똑똑한 분이며 절반은 사미인*이고, 당신은 어머니를 그리워해. 아버지는 선생님이고 당신이 하는 일을 좋아하지는 않지만 별말씀 없으시고. 그리고 당신이 세상에서 제일 사랑하는 여동생은 다운 증후군 '기미'가 있고. 이런 걸 알고 싶어. 다만 당신이 나한테 정말 말해주고 싶은, 그런 얘기가 듣고 싶어."

해리는 그녀의 목을 어루만졌다. "진짜 내 얘길 듣고 싶어? 내 비밀을?"

그녀는 고개를 끄덕였다.

"비밀을 나누면 서로 얽매이게 될 텐데." 해리가 그녀의 머리카락에 대고 속삭였다. "사람들은 별로 그런 걸 원하지 않잖아."

둘은 말없이 현관에 서 있었다. 해리는 숨을 깊이 들이마셨다.

"지금까지 나는 나를 사랑해주는 사람들에게 둘러싸여 있었어. 원하는 건 다 얻으면서 살아왔지. 한마디로 내가 어쩌다 이 모양이

---

* Sami, 스칸디나비아 반도 북부 라플란드에 살던 소수민족으로, 사미 인구의 절반인 7만 명 정도가 노르웨이에 살고 있다.

됐는지 설명할 길이 없어." 바람 한줄기가 머리카락을 스쳐 해리는 눈을 감았다. "어쩌다 알코올 의존증 환자가 됐는지."

그는 어렵게 말을 이었다. 비르기타는 그에게 꼭 붙어서 꼼짝도 하지 않았다.

"노르웨이에서 공무원을 자르는 건 아주 어려운 일이야. 무능하다는 이유로는 모자라고 근무태만은 아예 고려사항도 아니지. 상사에게 실컷 욕해도 잘리지 않아. 털끝 하나 다치지 않아. 까놓고 말해서 무슨 짓을 해도 멀쩡해. 웬만한 일은 법으로 보호받거든. 그런데 술은 안 돼. 술에 취한 상태로 세 번 이상 경찰서에 출근하면 그 자리에서 잘릴 수도 있어. 한동안 내가 술에 취하지 않은 날을 세는 게 더 빠른 적도 있었어."

해리는 손을 풀고 앞에 선 그녀를 꼭 끌어안았다. 그녀가 어떤 반응을 보이는지 보고 싶었다. 그리고 그녀를 다시 끌어안았다.

"그런데도 그럭저럭 살아남았고, 다들 대충 짐작만 할 뿐 보고도 못 본 척했어. 누구든 상부에 내 얘길 보고했어야 했는데 경찰서에는 서로 충성하고 의리를 지키는 분위기가 강하거든. 어느 밤에 마약살인 사건 때문에 동료하고 홀멘콜렌 리지의 한 아파트로 어떤 남자를 조사하러 갔어. 그 남자가 용의자는 아니었거든, 그런데도 우리는 초인종을 누르다가 차고에서 남자의 차가 나오는 걸 보고 급히 차로 뛰어가서 추격전을 벌였지. 차 위에 파란 등을 붙이고 시속 110킬로미터의 속도로 쇠르세달스바이엔 도로를 달렸어. 구불구불 휘어지는 길이라서 도로경계석에 몇 번이나 차가 부딪쳤고, 동료가 대신 운전하겠다고 나섰지. 하지만 나는 그 남자를 잡는 데만 정신이 팔려서 동료의 제안을 단칼에 묵살했어."

그다음에 이렇게 됐는지는 보고서를 보고 알았다. 빈데렌에서 차 한 대가 주유소를 빠져나왔다. 면허를 딴 지 얼마 안 된 소년이 차를 몰고 아버지 담배 심부름으로 주유소에 들른 참이었다. 그들은 소년의 차를 치고 울타리를 뚫고 지나가 전차 선로까지 돌진해서 불과 2분 전까지도 사람들 대여섯 명이 서 있던 버스정류장 칸막이를 끌고 선로 반대편 플랫폼까지 가서 멈췄다. 해리의 동료는 앞유리로 튕겨나가 20미터 정도 떨어진 선로에서 발견됐다. 그는 먼저 울타리 기둥에 머리를 부딪쳤는데, 얼마나 세게 박았던지 기둥 윗부분이 휘어질 정도였다. 지문을 찍어보고야 겨우 신원을 확인할 수 있었다. 받힌 차에 탄 소년은 목 아래가 마비됐다.

"순나스라는 곳으로 소년을 만나러 갔어." 해리가 말했다. "언젠가는 다시 차를 모는 꿈을 꾼다고 하더군. 사람들이 잔해 속에서 나를 발견했을 때는 두개골에 금이 가고 내출혈이 있는 상태였어. 며칠간 생명유지 장치에 매달려 있었지."

아버지가 매일 여동생과 함께 병문안을 왔다. 그들은 병상 양옆에 앉아 해리의 손을 잡았다. 심한 뇌진탕으로 앞이 보이지 않아 책도 읽지 못하고 텔레비전도 보지 못했다. 아버지는 책을 읽어주었다. 침대 옆에 붙어 앉아 그의 귀에 대고 나직이 속삭였다. 아버지는 자신이 좋아하는 작가인 시구르 호엘과 샤르탄 플뢰그스타드를 지치지 않고 읽어주었다.

"나는 사람 하나를 죽이고 또 한 사람의 인생을 망쳐놓고도 사랑과 진심어린 헌신에 둘러싸여 누워 있었어. 일반 병동으로 옮겼을 때 내가 맨 먼저 한 일은 옆 침대 환자를 매수해서 그 환자 동생한테 위스키 한 병 사다달라고 부탁한 거였어."

해리는 잠시 말을 멈췄다. 비르기타의 숨소리가 차분하고 평온해졌다.

"많이 놀랐지?" 그가 물었다.

"알코올의존증이라는 건 처음 만난 날 알았어." 비르기타가 대답했다. "우리 아빠도 그렇거든."

해리는 무슨 말을 해야 할지 몰랐다.

"더 말해줘." 비르기타가 말했다.

"그다음…… 그다음은 노르웨이 경찰 얘기지 뭐. 모르는 게 나아."

"노르웨이에서 멀리 떠나왔잖아, 지금은." 그녀가 말했다.

해리는 잠깐 그녀를 꽉 잡았다.

"하루치로는 충분히 들었어." 그가 말했다. "다음 이 시간에 계속. 이제 가야 돼. 오늘 밤에도 앨버리에 가서 귀찮게 해도 될까?"

비르기타는 애처로운 미소를 띠었고, 해리는 너무 깊이 빠져들었다는 생각이 들었다.

15

통계적 유의도

"늦었군." 해리가 경찰서에 들어서자 왓킨스가 말했다. 그는 복사한 서류를 책상에 올려놓았다.

"시차 때문에요. 혹시 새로운 소식이라도?" 해리가 물었다.

"읽을거리가 좀 있어. 용이 과거의 성폭행 사건 몇 건을 찾아냈어. 용과 앤드류 둘이서 검토 중이고."

용수가 오버헤드 프로젝터에 슬라이드를 한 장 올려놓았다.

"올해 오스트레일리아에서 신고된 성폭행 사건만 오천 건이 넘습니다. 이런 방대한 자료에서 어떤 패턴을 찾으려면 통계 프로그램을 돌리지 않고선 불가능하죠. 사실 그대로의 간결한 통계. 첫 번째 키워드는 통계적 유의도예요. 그러니까 통계적 우연으로 설명되지 않는 어떤 체계를 찾는 겁니다. 두 번째 키워드는 인구통계학이고요.

우선 지난 5년간 발생한 미해결 살인 사건과 성폭행 사건 관련 보고서에서 '교살'이나 '질식사' 같은 단어가 들어간 보고서를 추렸습니다. 살인이 열두 건, 성폭행이 수백 건 나왔습니다. 다음으로 피해자를 16세에서 35세 사이의 금발머리에 동부해안 지역 거주자로 지정해서 범위를 좁혀봤습니다. 여권관리국에서 공개한 머리색에 관한 공식 통계자료와 데이터를 살펴보면 우리가 찾는 집단이 전체 여성 인구의 5퍼센트 미만이더군요. 이렇게 범위를 좁히면 살인 일곱 건, 성폭행 사십 건 이상이 남습니다."

용수는 프로젝터에 다른 슬라이드를 올려서 퍼센트와 막대그래프를 보여주었다. 그리고 사람들이 슬라이드를 살펴보는 동안 묵묵히 기다렸다. 한참 침묵이 흘렀다. 왓킨스가 먼저 입을 열었다.

"그러니까 저건……?"

"아니에요." 용수가 말했다. "지금까지 우리가 몰랐던 정보가 새로 드러난 건 없습니다. 수치가 너무 모호해요."

"하지만 이렇게 생각해볼 수는 있어요." 앤드류가 말했다. "가령, 금발머리 여성을 강간할 때는 체계적으로 하고 살해할 때는 조금 덜 체계적인 놈이 있다고 가정할 수 있어요. 그리고 그놈은 손으로 여자의 목덜미를 잡는 걸 좋아하죠."

갑자기 모두가 한꺼번에 입을 열자 왓킨스가 두 손을 들어 분위기를 환기했다.

해리가 먼저 큰 소리로 말했다. "왜 진작에 이런 연관성을 찾아내지 못했을까요? 지금 살인 일곱 건과 성폭행 사건 사오십 건이 서로 상관관계에 있을지도 모른다는 거잖아요."

용수가 어깨를 으쓱했다. "안타까운 현실이지만 성폭행은 오스트레일리아에서 일상적으로 일어나는 사건이라, 필요한 경우라 하더라도 그만큼 주목받지 못하는 것 같습니다."

해리가 고개를 끄덕였다. 노르웨이의 사정을 생각하면 할 말이 없었다.

"더군다니 강간범은 대개 한 도시나 지역 안에서 피해자를 찾아 범행을 저지른 뒤 그 지역을 벗어나지 않으니까요. 그래서 일 반적인 성폭행 사건에서는 여러 주에 걸친 체계적인 공조수사 가 이뤄지지 않습니다. 제가 찾아낸 통계자료를 보면, 문제는 지 리적 분포예요."

용수는 지역과 날짜가 정리된 목록을 가리켰다.

"하루는 멜버른, 한 달 뒤에는 케언스, 또 그다음 주에는 뉴캐슬. 성폭행 사건이 두 달도 안 되는 기간에 3개 주에 걸쳐 발생했습니 다. 범인이 발라클라바 모자를 뒤집어쓴 사건도 있고, 복면을 쓴 사건도 있고, 나일론 스타킹을 쓴 사건도 있었고, 여자들이 범인 을 전혀 보지 못한 사건도 몇 건 있었습니다. 으슥한 뒷골목에서 공원까지 어디서든 범행이 일어났어요. 피해자를 차로 끌고 가거 나 야밤에 집 안으로 침입한 사건도 있었습니다. 한마디로 말해 서 피해자가 금발이고 목이 졸렸으며 경찰에 범인의 인상착의를 말할 수 없었다는 사실을 제외하면 일정한 양상이 없어요. 흠, 하 나 더 있군요. 범인이 살인을 저지를 때는 아주 깔끔하게 처리했 다는 것. 하아. 희생자를 깨끗이 씻겨서 자신의 흔적을 말끔히 제 거한 것 같습니다. 지문, 정액, 옷의 섬유, 머리카락, 희생자의 손톱 에 낀 피부조직까지 전부 다요. 그런데 그것 말고는 연쇄살인범이 라고 하면 떠오르는 일반적인 특징이 전혀 없어요. 섬뜩한 흔적도 남기지 않았고, 의식儀式 행위도 없었고, 경찰에게 '나 여기 있었다' 하고 알리는 명함 한 장 없었어요. 두 달 동안 세 번 강간하고는 1 년 내내 잠잠했고요. 경찰에 신고가 들어온 다른 강간 사건을 놈 이 저지르지 않았다면 말이죠. 하지만 패턴이 없으니 거기까지는 알 수 없습니다."

"살인 사건은 어떤가요?" 해리가 물었다. "거기서는 단서가 좀 나오지 않을까요?"

용수가 고개를 저었다. "말씀드렸다시피 지역 분포가 문제예요. 성폭행당한 시체를 발견한 브리즈번 경찰이 시드니에 먼저 와서 조사하진 않을 테니까요. 사건이 워낙 넓은 지역에서 발생해서 뚜렷한 연관성을 찾기 어려워요. 어쨌든 성폭행 사건에서 목을 조르는 행위가 드물지는 않잖아요."

"오스트레일리아에는 연방경찰국이 제대로 돌아가지 않나요?" 해리가 물었다. 회의실에 웃음이 퍼졌다. 해리가 화제를 바꿨다.

"연쇄살인범이라면……." 해리가 말을 시작했다.

"범인에게는 대개 어떤 양상, 그러니까 주제가 있습니다." 앤드류가 말을 받았다. "그런데 여긴 그런 게 없잖습니까?"

용수가 고개를 저으며 말했다. "지난 몇 년 동안 연쇄살인범이 돌아다닌다고 의심한 사람이 한 명쯤은 있었을 겁니다. 아마 자료실에서 과거 파일을 꺼내 비교해봤지만 변수가 너무 많아서 의심을 뒷받침해줄 근거를 찾지 못했겠죠."

"연쇄살인범이라면 어느 정도 잡히고 싶은 욕구 또한 품고 있지 않나요?" 레비가 질문을 던졌다.

왓킨스가 헛기침했다. 이쪽은 그의 전문 분야였다.

"그건 범죄소설에나 나오는 얘기라고." 왓킨스가 말했다. "살인범의 행동은 도와달라고 울부짖는 행동이라는 둥, 남들이 살인을 막아주길 바라는 무의식적 욕구 때문에 자잘한 암호와 증거를 남긴다는 둥, 하는 얘기. 물론 그런 사례가 있기는 하지. 그런데 불행히도 연쇄살인범은 대부분 보통 사람하고 비슷해. 잡히고 싶은 사람은 없잖아. 그리고 이번 사건이 진짜 연쇄살인범의 소행이라고 해도 범인은 단서를 많이 남기지 않았어. 마음에 안 드는 게 한두 가지가 아니야…….."

그는 인상을 구기며 누런 윗니를 드러냈다.

"첫째, 살인 사건들에서 아무런 양상이 보이지 않아. 희생자가 금발이고 범인이 목을 조른 것만 일치할 뿐. 즉, 범인이 살인을 독립적으로, 그러니까 이전에 저지른 행위와 달라야 하는 예술작품으로 생각했든가, 아니면 우리가 아직 찾아내지 못한 어떤 양상이 깔려 있다는 얘긴데. 달리 해석하면 살인을 계획하지 않았다는 의미일 수도 있어. 일부 사건은 불가피한 상황에서 벌어진 거지. 가령, 희생자가 범인의 얼굴을 보고 저항하면서 살려달라고 비명을 질렀거나 어떤 예상하지 못한 상황이 벌어진 거야."

"혹시 범인이 발기가 되지 않을 때만 죽였을 수도 있지 않을까요?" 레비가 의견을 냈다.

"심리학자들에게 이번 사건을 맡겨서 좀 더 깊이 분석해봐야 할지도 모르겠군요." 해리가 말했다. "쓸 만한 프로파일을 찾아낼 수도 있으니까요."

"그럴지도." 왓킨스가 말했다. 하지만 그는 다른 생각에 빠진 것 같았다.

"두 번째는 뭔데요?" 용수가 물었다.

"뭐?" 왓킨스가 정신을 차렸다.

"'첫째'라고 말씀하셨잖아요. 두 번째로 마음에 안 드시는 건 뭔가요?"

"갑작스런 휴지기." 왓킨스가 말했다. "물론 순전히 현실적인 이유가 있었는지도 몰라. 여행을 떠났다거나 몸이 아팠다거나. 하지만 어디선가 누가 의심한다는 느낌을 받았을 수도 있어. 그래서 한동안 중단한 거지. 꼭 저런 식으로!" 그는 손가락을 튕겨 딱 소리를 냈다. "그렇다면 진짜 위험한 놈이야. 용의주도하고 교활한 데다, 여느 연쇄살인범처럼 자기를 파괴하고 싶은 욕망이 점점 커져서 스스로를 배반하는 길로 빠지지도 않을 테니까. 영리하고 치밀한 살인자라 피바다를 만들고 나서야 겨우 잡힐 거야. 혹시라도 잡힌 다면 말이지만."

"이제 어떻게 할까요?" 앤드류가 물었다. "연금 수령 이전의 금발머리 여자들은 밤에 나다니지 못하게 할까요?"

"그러면 놈은 지하로 꼭꼭 숨어들 테고 우리는 절대 놈을 잡지 못할 겁니다." 레비가 말했다. 그는 주머니칼을 꺼내 열심히 손톱을 정리하고 있었다.

"아니면 오스트레일리아의 모든 금발이 죽어나가게 놔둘까요, 그 자식 미끼로?" 용수가 말했다.

"여자들더러 집에 있으라고 하는 건 쓸데없는 짓이야." 왓킨스가 말했다. "어차피 놈이 사냥감을 찾아 돌아다니면 누구든 걸려들 테니까. 두어 번 집 안으로 침입한 적도 있잖아. 그 방법은 포기하고 어떻게든 놈이 밖으로 기어나오게 만들어야 돼."

"어떻게요? 빌어먹을 온 나라를 돌아다니면서 범행을 저지르고, 다음에 어디를 노릴지 아무도 모르는데요. 멋대로 강간하고 살인하잖아요." 레비가 손톱을 보면서 말했다.

"꼭 그렇지는 않습니다." 앤드류가 대답했다. "오래 안 잡히고 살아남으려면 마구잡이로 움직이지 않아요. 일정한 패턴이 있어요. 반드시 패턴이 드러나게 마련이에요. 굳이 계획을 세워서가 아니라 인간은 누구나 습관의 동물이고 그 점에서는 여러분이나 저나 강간범이나 다를 게 없기 때문이죠. 이제 놈의 습관이 무엇이냐 하는 문제가 남아요."

"놈은 제정신이 아니에요." 레비가 말했다. "연쇄살인범은 어쨌든 정신분열증 아닌가요? 죽이라고 시키는 목소리가 들리지 않나요? 해리 말이 맞아요. 우린 그냥 찌그러져 있자고요."

왓킨스가 목덜미를 긁었다. 혼란스러운 표정이었다.

"심리학자들이 연쇄살인범에 관해 해줄 말이 많을지는 몰라도 우리가 쫓는 놈이 꼭 그런 부류인지는 알 수 없습니다." 앤드류가 말했다.

"살인이 일곱 건이에요. 연쇄살인이 아니면 뭐죠?" 레비가 받아쳤다.

"들어봐요." 앤드류가 회의실 책상에 기대며 크고 검은 손을 들었다.

"보통 연쇄살인범에게 성행위는 살인 다음이에요. 강간만 하고 죽이지 않으면 의미가 없어요. 하지만 우리가 찾는 놈에겐 강간이 가장 중요해요. 놈이 살인하는 건 결국 현실적인 이유 때문일 거예요. 왓킨스 반장님 말대로. 희생자가 범인을 폭로할 가능성이 있었을 겁니다. 가령 여자가 놈의 얼굴을 봤다든가." 앤드류는 잠시 말을 끊었다. "아니면 놈의 정체를 알았든가." 그는 손을 앞에 내려놓았다.

선풍기가 구석에서 삐걱거리며 돌아가고 있었지만 회의실 공기는 그 어느 때보다 답답했다.

"통계가 그럴듯해 보이기는 하지만." 해리가 말했다. "흥분해서는 안 됩니다. 잉게르 홀테르 살인은 독립적인 사건일 수도 있어요. 흑사병이 돌던 시대에 흔한 폐렴으로 죽은 사람도 있지 않았습니까. 에반스 화이트가 연쇄살인범과는 다른 범인일 가능성도 배제할 수 없어요. 어떤 자가 금발머리를 죽이고 돌아다닌다고 해서 에반스 화이트가 잉게르 홀테르를 죽이지 않았다는 뜻은 아니잖아요."

"복잡하긴 한데 무슨 뜻인지 알겠네, 홀리." 왓킨스가 간단히 요약했다. "좋아. 다들 주목하라고. 우리는 지금 강간범과 잠재적인, 반복한다, '잠재적인' 연쇄살인범을 찾고 있다. 맥코맥 국장님께 수사 범위를 넓힐지 결정해달라고 보고하겠다. 앤드류, 새로 보고할 거 있나?"

"오전 회의에 참석하지 않은 해리를 위해 다시 말씀드리죠. 로버트슨이라고, 잉게르 홀테르의 대단한 집주인을 만나 에반스 화이트라는 이름을 들어본 적 있느냐고 물어봤습니다. 그리고 순식간에 안개가 걷혔습니다. 그 이름을 들어봤다고 했거든요. 오후에 가보겠습니다. 그리고 님빈의 보안관에게서 전화가 왔습니다. 안젤리나 허친슨이라는 여자가 잉게르 홀테르가 발견되기 전 이틀 밤 동안 에반스 화이트의 집에 있었다고 진술했다는군요."

해리는 욕을 했다.

왓킨스는 손뼉을 쳤다. "좋아, 다시 일을 시작합니다. 제군, 이 자식을 잡아넣자고."

그다지 확신에 찬 말은 아니었다.

16

물고기

개의 단기기억은 평균 3초 유지되지만 반복해서 주입하면 기억 시간을 크게 늘릴 수 있다는 얘기를 언젠가 들은 적이 있다. '파블로프의 개'는 러시아의 심리학자 이반 파블로프가 개를 데리고 신경계의 조건반사를 실험한 데서 나온 용어이다. 파블로프는 장기간에 걸쳐 개에게 먹이를 줄 때마다 특별한 자극을 함께 주었는데, 어느 날은 먹이를 주지 않고 자극만 주었다. 그래도 개의 췌장과 위에서 소화액이 분비되었다. 별로 놀라운 결과가 아닐지는 몰라도 이 실험은 파블로프에게 노벨상을 안겨주었다. 반복해서 자극을 가하면 몸이 '기억'한다는 사실이 입증된 것이다.

앤드류는 며칠 사이에 벌써 두 번째로 로버트슨의 태즈메이니아데빌을 제대로 걷어차서 울타리로 내팽개쳤고, 따라서 이번에는 지난번보다 녀석의 마음속에 오래 각인될 것이다. 다음부터 로버트슨의 개는 문밖에서 낯선 발소리가 들리면, 그 사악한 작은 뇌에 폭풍이 일어나는 대신 갈비뼈에 통증을 느낄 것이다.

로버트슨은 그들을 주방에서 맞이하며 맥주를 건넸다. 앤드류는 맥주를 받아들었지만 해리는 미네랄워터를 부탁했다. 하지만 그의 집에 미네랄워터가 없어, 아쉬운 대로 담배나 피우기로 했다.

"미안하지만." 해리가 담뱃갑을 꺼내자 로버트슨이 말했다. "우리 집에서는 금연입니다. 담배는 몸에 해로워요." 그리고 반쯤 남은 맥주를 벌컥벌컥 들이켰다.

"건강을 챙기시는군요." 해리가 말했다.

"그럼요." 로버트슨이 해리의 비꼬는 말투를 무시하고 대꾸했다. "우리 집 사람들은 담배도 안 피우고 생선이나 고기도 먹지 않습니다. 신선한 공기를 마시고 자연에서 나는 걸 먹습니다."

"저 개도 그런가요?"

"우리 집 개도 강아지 때부터 고기나 생선을 먹어본 적이 없어요. 유제품까지만 먹는 진정한 채식주의자예요." 로버트슨이 대견해하며 말했다.

"그래서 저놈 성질이 더러웠군." 앤드류가 나직이 툴툴댔다.

"듣자하니 에반스 화이트를 아신다고요, 로버트슨 씨. 저희한테 해줄 말이 있습니까?" 해리가 수첩을 꺼내며 물었다. 받아적을 생각은 없지만, 경험상 사람들은 상대가 수첩을 꺼내들면 자신의 진술을 더 중요하게 여기기 때문이다. 무의식중에 좀 더 빈틈없이 말하려 하고 시간을 들여 모든 진술이 정확한지 확인하고 시각과 이름, 장소를 보다 정확히 제시하려고 신경 쓴다.

"켄싱턴 경감님이 전화로 잉게르 홀테르가 여기 사는 동안 손님이 방문한 적 없느냐고 물어보셨어요. 잉게르의 방에 가서 벽에 붙은 사진을 보다가 아이를 무릎에 안은 젊은 남자가 기억난다고 말씀드렸고요."

"그래요?"

"예, 제 기억에 두 번 왔던 것 같아요. 처음 왔을 때는 둘이 방문을 걸어 잠그고 한 이틀 정도 나오지 않았어요. 잉게르가 아주, 어휴…… 요란뻑적지근했어요. 동네 사람들이 들을까 무서워서 제가 음악을 아주 크게 틀어놨죠. 그 친구들이 창피하지 않게. 두 번째로 왔을 때는 잠깐 있다가 급히 뛰쳐나가더군요."

"싸웠나요?"

"그랬던 것도 같아요, 맞아요. 잉게르가 남자를 뒤쫓아가면서 '그년한테 가서 네놈이 얼마나 개새끼인지 까발리겠다'고 소리질렀어요. 그리고 그 남자의 계획을 어떤 사람한테 말할 거라고 했어요."

"어떤 사람이요?"

"이름을 말했는데 생각이 안 나네요."

"그년이라면, 그게 누굴까요?" 앤드류가 물었다.

"저는 세입자의 사생활에 참견하지 않으려고 노력합니다, 경감님."

"맥주 맛있네요, 로버트슨 씨. 그년이 누구죠?" 앤드류가 앞의 말을 못 들은 척하면서 재차 물었다.

"흠, 그러게 말이에요." 로버트슨이 머뭇거리며 초조하게 앤드류와 해리를 번갈아 바라보았다. 억지로 미소를 지으려 했다. "이번 사건에서 그 여자가 중요하겠죠?" 질문이 잠시 허공에 매달려 있었지만 오래 머물지는 않았다. 앤드류가 뭉툭한 맥주병을 쾅 하고 내려놓았다. 그리고 몸을 숙여 그의 얼굴을 로버트슨의 얼굴에 바짝 들이밀었다.

"텔레비전을 너무 많이 봤어, 로버트슨. 현실에서는 테이블 밑으로 은근슬쩍 100달러를 찔러주지 않는다고. 당신이 이름을 불지 않으면 우리가 군말 없이 꺼져줄 것 같나? 현실에선 어떤 줄 알아? 내가 호출하면 경찰차가 요란하게 사이렌을 울리면서 당장 이리로 달려와 당신 손목에 수갑을 채우고 끌고 나가지. 당신이 창피하건 말건 동네 사람들이 다 보는 앞에서 경찰차로 끌고 가겠지. 그런 다음 우리가 서까지 동행해서 당신을 용의자로 밤새 감금하지. 당신이 이름을 토해내거나 변호사가 오지 않는다면 말이야. 현실에서 최악의 시나리오는 뭔 줄 아나? 당신이 정보를 은닉해서 살인을 덮어준 죄로 기소되는 거야. 그러면 자동으로 범죄방조죄가 적용돼서 6년형을 살겠지. 그러니 어쩌실 겁니까, 로버트슨 씨?"

로버트슨은 파랗게 질려서 두어 번 입만 뻐끔거리고 아무 소리도 내지 못했다. 더는 먹이가 들어오지 않을 것이고 제 몸뚱이가 먹이라는 걸 막 깨달은 수조 속 물고기 같았다.

"저는…… 그러려던 게 아니라……."

"마지막으로 묻는다. 그년이 누구야?"

"제 생각에 사진 속 여자…… 여기 왔던 여자……."

"어떤 사진?"

"잉게르 방에 붙은 사진에서 잉게르하고 그 남자 뒤에 서 있는 여자요. 작고 가무잡잡하고 머리띠를 한 여자요. 2주 전인가, 여기 와서 잉게르를 불러달라고 한 적이 있어서 얼굴을 알아봤죠. 그때 제가 잉게르를 불러줬고 둘이 문간에 서서 이야기를 나눴어요. 점점 언성이 높아지더니 서로 대차게 쏘아붙였어요. 그리고 쾅 하고 문 닫는 소리가 나더니 잉게르가 자기 방으로 뛰어 올라가서 울었어요. 그 후로는 여자를 본 적이 없고요."

"괜찮으시면, 부탁인데, 그 사진을 가져다주시겠습니까, 로버트슨 씨? 경찰서에 있는 건 복사본이라."

로버트슨은 기꺼이 도와주겠다는 듯 당장 잉게르 방으로 뛰어

올라갔다. 그가 다시 내려왔을 때 해리는 언뜻 보고도 로버트슨이 말한 여자가 누군지 알 수 있었다.

"그 여자를 만났을 때 어쩐지 낯이 익다 싶었어요." 해리가 말했다.

"이 여자는 마음씨 착한 어머니 아니야?" 앤드류가 놀라서 소리쳤다.

"진짜 이름은 안젤리나 허친슨이겠죠."

그들이 떠날 때 태즈메이니아데빌은 털끝 하나 보이지 않았다.

"사람들이 왜 당신을 경감님이라고 부르는지 생각해본 적 있어요? 무슨 동네 순경도 아니고?"

"내가 신뢰감을 주는 성품이라 그런 것 아니겠어요? '경감'이라고 하면 친절한 아저씨 같지 않아요?" 앤드류가 흐뭇한 표정으로 말했다. "이젠 고쳐줄 생각 없어요."

"당신은 꼭 덩치 큰 곰 같아요, 진짜로." 해리가 웃었다.

"코알라겠죠." 앤드류가 말했다.

"6년형이라." 해리가 말했다. "거짓말쟁이."

"그냥 막 떠오른 말이었어요." 앤드류가 말했다.

테라 눌리우스

시드니에 폭우가 쏟아졌다. 비가 포장도로에 퍼부어 담장까지 튀더니 도로변은 순식간에 강이 되었다. 사람들은 젖은 신발로 빗물을 헤치며 집으로 향했다. 아침에 일기예보를 듣고 나왔는지 이따금 우산을 쓴 사람도 있었다. 얼마 지나지 않아 형형색색의 우산이 거대한 독버섯처럼 거리를 뒤덮었다. 앤드류와 해리는 하이드파크 부근, 윌리엄 가에 세워둔 차 안에서 신호를 기다렸다.

"저번 날 밤에 앨버리 근처 공원에 있던 애버리진 남자, 생각나요?" 해리가 물었다.

"그린파크요?"

"그 사람이 인사했는데 당신이 받아주지 않았잖아요. 왜 그랬어요?"

"모르는 사람이니까."

신호등이 파란불로 바뀌고 앤드류는 액셀을 밟았다.

해리가 들어갔을 때 앨버리는 한산했다.

"일찍 왔네." 비르기타가 말했다. 깨끗이 닦은 술잔을 선반에 올리고 있었다.

"바쁜 시간 피해서 일찍 오면 서비스가 좀 낫나 싶어서."

"여긴 사람 가리지 않고 대접해드린답니다." 그녀가 해리의 볼을 꼬집었다. "뭐 마실래?"

"그냥 커피."

"네, 공짜입니다."

"고마워, 자기."

비르기타가 웃었다. "자기? 그건 우리 아빠가 엄마를 부르는 말인데." 그녀는 스툴에 앉은 채 카운터에 몸을 기대어 해리에게 다가갔다. "안 지 일주일도 안 된 남자가 그렇게 다정하게 부르니까 솔직히 겁이 나는데."

해리는 그녀의 향기를 맡았다. 과학자들은 아직 뇌의 후각 피질에서 수용기의 자극을 냄새라는 의식적인 감각으로 변환하는 기제를 밝혀내지 못했다. 그런 기제 따위를 해리는 진지하게 생각해본 적 없었지만, 그녀의 향기를 맡는 순간 그의 머리와 몸에서 온갖 현상이 일어나기 시작한다는 사실을 깨달았다. 눈꺼풀이 반쯤 감긴다든지, 입이 벌어지면서 헤벌쭉 웃는다든지, 기분이 붕 뜬다든지.

"안심해." 해리가 말했다. "'자기'는 해롭지 않은 애칭으로 분류되니까."

"해롭지 않은 애칭이 있는 줄 몰랐네."

"응, 있어. 예를 들면 '내 사랑' 같은 거. '스위티'라든가 '허니'라든가."

"그럼 해로운 애칭은 뭔데?"

"음, 슈누키푹스라면 좀 위험하지." 해리가 말했다.

"뭐어?"

"슈누키푹스. 머피우프. 왜 있잖아, 푸근한 곰 같은 애칭들. 진부하지도 않고 누구라도 상관없게 들리지 않는 그런 애칭들. 친밀한 사람에게 잘 어울리는 이름이잖아. 꼭 애들한테 말하듯 콧소리 내며 앵앵거리는 이름들. 그러니 밀실공포를 느낄 만하지."

"다른 예는 없어?"

"커피는 어떻게 됐어?

비르기타가 행주로 해리를 툭 쳤다. 그러고는 큼직한 머그잔에 커피를 따라주었다. 그녀가 돌아서자 해리는 손을 뻗어 그녀의 머리카락을 만지고 싶었다.

비르기타가 커피를 내주고 다른 손님을 맞으면서 장사가 시작됐다. 해리는 선반에 걸린 텔레비전 소리에 귀를 기울였다. 뉴스가 나오고 있었는데, 해리는 애버리진 집단이 무슨 영토권 같은 걸 요구한다는 내용으로 이해했다.

"새로운 원주민 소유권 법안에 관해……." 뉴스 진행자가 말했다.

"그래서 정의가 승리했는데……." 뒤에서 누군가의 목소리가 들렸다.

해리는 돌아보았다. 그보다 키도 한 뼘이나 크고 큼직큼직한 이목구비에 파우더를 발랐으며 금발머리 가발을 쓴 그녀가 누구인지 언뜻 알아보지 못했다. 그러다 펑퍼짐한 코와 벌어진 앞니를 보고 깨달았다.

"광대!" 그가 소리쳤다. "오토……."

"오토 레흐트나겔, 문안드립니이다, 잘생긴 해리 전하. 이래서 하이힐을 신으면 골치가 아프다니까. 솔직히 내 애인은 나보다 컸으면 좋겠는데. 앉아도 돼요?" 그는 해리 옆 스툴에 앉았다.

"어떤 걸로 드실래요?" 해리가 물으면서 비르기타와 눈을 마주치려 했다.

"진정해요. 비르기타가 알아서 줄 거예요." 오토가 말했다.

해리가 담배를 권하자 오토는 고맙단 말도 없이 분홍색 파이프에 담배를 꽂았다. 해리가 성냥불을 내밀자 오토는 뺨을 홀쭉하게 들어가게 하고 도발적인 표정으로 해리를 빤히 응시하며 한 모금 빨았다. 짧은 원피스가 나일론 스타킹을 신은 가느다란 허벅지에 딱 달라붙어 있었다. 그렇게 꾸며놓으니 그의 외모가 가히 일품이라는 걸 해리도 인정하지 않을 수 없었다. 오토가 담배를 피우는 모습은 해리가 만나본 그 어떤 여자보다 더 여자 같았다. 해리는 텔레비전 화면으로 눈을 돌렸다.

"정의가 승리했다는 게 무슨 뜻이에요?"

"테라 눌리우스라고 들어봤어요? 에디 마보는?"

해리가 두 번 고개를 저었다. 오토가 입을 벌리자 굵직한 담배연기 고리 두 개가 뿜어져 나와 천천히 공중으로 올라갔다.

"테라 눌리우스Terra nullius라고 좀 웃기는 개념이 있어요. 영국인들이 오스트레일리아에 건너와서 경작지가 많지 않은 걸 보고 만든 개념이에요. 애버리진들이 감자밭에서 반나절을 지키고 서 있지 않는다는 이유로 그들을 열등한 인간으로 간주했지요. 그런데 애버리진은 자연을 속속들이 알았어요. 어디 가면 먹을 게 나는지 알고 제철에 찾아가 풍요롭게 먹고 살았죠. 그런데 한 자리에 정착하지 않는다는 이유로 영국인들이 이곳을 임자 없는 땅이라고 간주한 겁니다. 이게 테라 눌리우스예요. 그리고 테라 눌리우스 원칙에 따라, 영국인들은 애버리진의 입장 같은 건 고려하지 않고 자기네 마음대로 새로 들어온 정착민들에게 토지 소유권을 나눠줬어요. 애초에 애버리진들이 땅에 대한 소유권을 주장하지 않았으니까요."

비르기타는 오토 앞에 큼직한 마르가리타 잔을 내려놓았다.

"몇 년 전에 토러스 해협 제도 출신의 에디 마보라는 사람이 기득권층에 반기를 들어 테라 눌리우스 원칙에 이의를 제기하고, 당시의 토지는 애버리진들에게 불법으로 빼앗은 땅이라고 주장했어요. 1992년에 고등법원에서 그 주장을 인정하고 오스트레일리아는 애버리진의 땅이라고 명시했고요. 애버리진은 백인이 들어오기 전에 이 땅에 거주하거나 토지를 점유했으며, 현재도 그에 대한 소유권을 요구할 수 있다고 판결이 났어요. 물론 백인들이 대거 들고일어나서 엄청난 소동을 일으켰죠. 자기네 땅을 잃을까 봐 겁먹었던 거예요."

"그래서 지금은 어떻게 됐습니까?"

오토는 가장자리에 소금이 묻은 칵테일 잔을 들고 한참 꿀꺽꿀꺽 마시고는 식초라도 마신 듯 얼굴을 찡그리더니 입술을 꼼꼼히 닦으며 무시당해 불쾌하다는 표정을 지었다.

"흠, 판결이야 났죠. 원주민 소유권법도 생겼고. 하지만 지나치게 가혹해 보이지 않는 식으로 해석되고 있어요. 그러니까 어느 불쌍한 농부가 하루아침에 재산을 몰수당하는 일은 일어나지 않아요. 자연히 극심한 공황도 서서히 지나갔고요."

지금 이 술집에 앉아서 웬 여장 남자한테 오스트레일리아 정치학 강의를 듣는군, 하고 해리는 생각했다. 마음이 편안해지고 〈스타워즈〉의 술집 장면에 나오는 해리슨 포드가 된 기분이었다.

뉴스 사이의 광고에는 플란넬 셔츠와 가죽 모자를 쓴 오스트레일리아 사람들이 웃고 있었다. '오스트레일리아의 자랑'이라 할 만큼 최고의 맛을 자랑하는 맥주 브랜드의 광고였다.

"음, 테라 눌리우스를 위하여." 해리가 말했다.

"건배, 미남 아저씨. 참, 깜빡할 뻔했네. 본다이비치에 있는 세인트조지 극장에서 새로 공연을 시작해요. 앤드류하고 같이 구경하러 와요. 친구를 데려와도 좋고. 다 좋아요, 당신이 내 공연에 아낌없이 박수를 쳐준다면."

해리는 고개를 끄덕여 오토에게 감사를 표했다. 오토는 표 세 장을 손에 쥔 채 새끼손가락을 쭉 펴고 있었다.

18

포주

그린파크를 가로질러 앨버리에서 킹스크로스로 가는 길에 해리는 무심결에 머리가 센 애버리진 남자가 있는지 둘러보았지만, 흐릿한 공원 가로등 아래 벤치에는 술 취한 백인 남녀만이 앉아 있었다. 낮에 낮게 깔렸던 구름은 흘러가고 하늘이 높고 별이 총총했다. 해리는 한창 다투고 있는 사내 둘 사이를 지나쳤다. 그들이 길 양쪽에 서서 싸우고 있어서 별수 없이 그들 사이를 지나야 했다. "밤새 안 들어온다고는 안 했잖아." 눈물을 머금은 듯 카랑카랑한 목소리가 소리를 빽 질렀다.

베트남 음식점 앞에는 웨이터가 문에 기댄 채 담배를 피우고 있었다. 벌써 고된 하루를 보낸 모습이었다. 자동차와 사람들의 행렬이 킹스크로스의 달링허스트로드를 따라 서서히 이동했다.

베이스워터로드의 한쪽 길모퉁이에서 앤드류가 브라트부르스트 소시지를 우물거리고 서 있었다.

"거봐요." 앤드류가 말했다. "정각에 나타나다니. 뼛속까지 독일인이구만."

"독일인이라니……."

"독일인은 튜턴족이잖아요. 당신은 북부 게르만족 출신이고. 당신은 꼭 그렇게 보여요. 자신의 종족을 부정하진 않겠죠?"

해리는 대답 대신 같은 질문을 그대로 돌려주고 싶었지만, 그냥 참고 말았다.

앤드류는 기분이 좋아 보였다. "우선 내가 아는 사람부터 시작합시다." 그가 말했다.

그들은 건초더미에서 바늘 찾는 식으로 탐문을 시작했다. 달링허스트로드의 매춘부들부터 만나보았다. 매춘부를 찾는 건 일도 아니었다. 해리는 벌써 몇 명을 알아보았다.

"어이, 몬가비. 요즘 어떠신가?" 앤드류가 걸음을 멈추더니 몸에 딱 붙는 양복에 큼직한 장신구를 한, 피부색이 검은 남자에게 넉살 좋게 말을 걸었다. 남자가 입을 열자 금니가 반짝였다.

"투카, 사나운 종마 같은 친구! 나야 더 바랄 게 없지."

포주처럼 생겼다고 해리는 생각했다. 그런 생김새라는 게 있다면 말이다.

"해리, 인사해요. 테디 몬가비, 시드니 최고의 악질 포주. 이 짓거리를 20년이나 하고 아직도 아가씨들 데리고 거리를 쏘다니다니. 이제 이런 거 해먹기엔 너무 늙은 거 아닌가, 테디?"

테디는 두 손을 위로 던지고 활짝 웃었다. "난 길바닥이 좋아, 투카. 여기선 사건이 벌어지니까. 사무실에 틀어박혀 있으면 얼마 안 가서 감도 잃고 힘도 잃어. 이 바닥에선 힘이 중요해. 애들 단속하랴, 손님들 감시하랴, 힘이 있어야 해. 사람이나 개나 다를 게 없어. 개는 붙잡아주지 않으면 불행해지거든. 불행한 개는 사람을 물지."

"그러시다면야. 이봐, 자네가 데리고 있는 애들하고 얘기 좀 하고 싶은데. 나쁜 놈 하나를 찾는 중이야. 그 자식이 여기서도 장난질을 좀 쳤을 거라서."

"좋아, 누구하고 얘기하고 싶은데?"

"여기 샌드러 있나?"

"샌드러라면 좀 이따 올 거야. 딴 애들은 볼 생각 없고? 꼭 얘기만 나누라는 게 아니라."

"사양할게, 테디. 팔라디움에서 기다리지. 걔한테 잠깐 들르라고 해줄 텐가?"

팔라디움 앞에는 도어맨이 사람들에게 어서 들어오라며 외설스러운 호객행위를 하고 있었다. 그는 앤드류를 보자 얼굴이 환해졌고, 앤드류하고 몇 마디 나누더니 매표소에 손짓해서 그냥 들여보내주었다. 좁은 계단을 내려가자 흐릿한 조명의 스트립클럽이 나왔고, 안에는 여기저기 남자들 몇이 둥근 테이블을 차지하고 앉아 다음 공연을 기다렸다. 앤드류와 해리는 뒤쪽에 있는 구석 자리 테이블을 찾았다.

"이 동네 사람들을 다 아나 봐요." 해리가 말했다.

"다들 날 알아야 하는 사람들이거든요. 나도 마찬가지고. 오슬로에도 분명 경찰과 암흑가 사이에 기묘한 공생관계가 있을 텐데, 안 그래요?"

"그럼요. 그래도 당신은 사람들하고 좀 더 친해 보여요."

앤드류가 웃었다. "왠지 끌리는 건 사실이에요. 경찰이 되지 않았더라면 이쪽 일을 했을지도 모르죠."

검정 미니스커트에 하이힐을 신은 여자가 휘청거리며 계단을 내려왔다. 그녀는 짧게 자른 앞머리 아래 무겁고 게슴츠레한 눈으로 빙 둘러보더니 그들이 앉은 테이블로 다가왔다. 앤드류가 의자를 빼주었다.

"샌드러, 이쪽은 해리 홀리."

"그래요?" 커다란 붉은 입술이 일그러지며 미소를 지었다. 송곳니 하나가 비었다. 해리는 싸늘한 시체 같은 손을 잡았다. 왠지 낯이 익었다. 언제 밤에 달링허스트로드에서 본 적이 있던가? 혹시 화장을 다르게 했거나 옷을 다르게 입었나?

"그래 무슨 일이에요? 악당을 쫓고 있어요, 켄싱턴 씨?"

"악당 하나를 찾고 있어, 샌드러. 여자들을 목 졸라 죽이는 걸 즐기는 놈이야. 맨손으로. 생각나는 거 없어?"

"무슨 생각? 손님들 절반이 그런 놈들인데. 그 자식이 누굴 해쳤어요?"

"놈을 알아본 사람만 죽인 것 같아요." 해리가 말했다. "이 사람, 본 적 있어요?" 그는 에반스 화이트의 사진을 보여주었다.

"아뇨." 그녀는 사진을 보지도 않고 대답하고는 앤드류를 돌아보았다. "이 사람은 누구예요, 켄싱턴 씨?"

"노르웨이에서 왔어." 앤드류가 말했다. "경찰이야. 여동생이 앨버리에서 일했고. 지난주에 강간당하고 살해당했어. 스물세 살이래. 특별 위로 휴가를 받아서 그 짓을 저지른 놈을 찾으러 온 거야."

"저런. 안됐네요." 샌드러가 사진을 보았다. 그리고 '네'라고 말했다. 그러고는 아무 말이 없었다.

해리는 흥분했다. "무슨 뜻이에요?"

"제 말은, 그래요, 그 사람을 본 적 있어요."

"그러니까…… 이 사람을 만난 적 있어요?"

"그게 아니라, 달링허스트로드에서 오가다 몇 번 봤어요. 여기서 뭘 하고 있었는지는 모르지만 낯이 익어요. 제가 알아봐줄게요."

"고마워요…… 샌드러." 해리가 말했다. 그녀는 그에게 잠깐 웃어주었다.

"이제 일하러 가야 해요, 아저씨들. 나중에 봐요, 아마도." 미니스커트는 이 말을 남기고 돌아갔다.

"좋았어!" 해리가 소리쳤다.

"좋긴 뭐가요? 킹스크로스에서 놈을 본 사람이 있다고 됐다는 거요? 달링허스트로드에 잠깐 나타난 게 잘못은 아니에요. 매춘부랑 뒹구는 것도 그렇고, 놈이 그랬는지 아닌지는 모르지만. 완전히 금지된 일은 아니라고요."

"감이 오지 않아요, 앤드류? 시드니 인구가 400만인데 저 여자는 우리가 찾는 사람을 본 적이 있어요. 물론 확실한 건 아무것도 없지만 조짐이 좋잖아요? 뭔가 후끈해지는 느낌이 들지 않느냐고요."

배경음악이 꺼지고 조명이 어두워졌다. 클럽 안의 손님들이 무대로 눈을 돌렸다.

"에반스 화이트라는 친구로 가닥을 잡았군요."

해리가 고개를 끄덕였다. "제 몸의 모든 세포가 에반스 화이트라고 말하고 있어요. 맞아요, 감이 와요."

"감이 온다?"

"잘 생각해보면 직감은 마법 같은 게 아니에요. 앤드류."

"나도 지금 잘 생각하고 있어요, 해리. 난 아무 느낌 없는데. 당신의 그 감이라는 게 어떻게 돌아가는 건지 설명 좀 해주쇼. 괜찮다면."

"그게……." 해리는 앤드류가 농담하는 건 아닌지 살폈다. 앤드류는 진심으로 관심을 보이며 마주보았다. "직감은 단지 경험의 총합이에요. 내 생각에는, 우리가 경험한 모든 일, 우리가 아는 것과 안다고 생각하고 모른다고 생각하는 모든 것이 우리의 무의식 속에 잠들어 있어요. 우리는 대체로 잠든 무의식을 알아채지 못하고, 무의식은 그냥 거기 머물러 코를 골면서 새로운 정보를 빨아들여요. 하지만 이따금 눈을 깜빡이고 기지개를 켜면서 말을 걸죠. 이봐, 전에 이런 그림을 본 적이 있어, 하고. 그리고 그 그림에서 어느 부분이 관련되어 있는지 말해주죠."

"대단하군, 홀리. 그런데 당신의 그 잠자는 생명체가 그림의 세세한 부분까지 다 본다고 확신해요? 당신이 보는 그림은 당신이 있는 위치와 각도에 따라 달리 보이잖아요."

"무슨 말이에요?"

"하늘을 예로 들어봅시다. 노르웨이에서 보는 하늘은 오스트레일리아에서 보는 하늘하고 같아요. 하지만 지금 당신은 여기로 내려와 있으니까 당신네 나라를 기준으로 삼으면 거꾸로 서 있는 거잖아요. 그러니까 별들도 거꾸로 보이죠. 당신이 거꾸로 서 있다는 사실을 깨닫지 못하면 혼돈에 빠져서 실수를 저질러요."

해리는 앤드류를 보았다. "거꾸로, 라니?"

"그거죠." 앤드류가 시가를 피워 물며 명쾌하게 답했다.

"학교에서 배우기로는 여기서 보는 하늘이랑 우리가 보는 하늘이 많이 다르다던데요. 오스트레일리아에 있으면 노르웨이에서 밤에 보이는 별들이 지구에 가려진다고."

"좋아요, 그럼." 앤드류가 침착하게 말했다. "그럼에도 어디서 보느냐 하는 문제가 남아요. 요지는, 다 상대적이라는 겁니다. 그래서 엄청나게 복잡해지기도 하고."

무대에서 야유하는 소리가 들리더니 하얀 연기가 피어올랐다. 다음 순간 연기가 붉게 변하고 스피커에서 바이올린 연주가 흘러나왔다. 수수한 드레스를 입은 여자와 바지에 흰 셔츠를 입은 남자가 연기 속에서 걸어나왔다.

해리가 전에 들어본 음악이었다. 런던에서 오는 비행기, 해리 옆자리에 앉은 사람의 헤드폰에서 나지막이 윙윙대던 그 음악이었다. 그런데 이제야 가사가 들렸다. 여자는 남들이 그녀를 들장미라고 부르지만 자신은 이유를 모르겠다고 노래하고 있었다.

소녀 같은 음색이 굵고 침울한 남자의 목소리와 극명히 대비되었다.

"그리고 나는 그녀에게 작별의 입맞춤을 하고
아름다운 것은 모두 죽어야 한다고 말하고,
몸을 숙여 그녀의 입에 장미 한 송이를 물려주었지……."

해리는 별과 누런빛을 띤 갈색 뱀이 나오는 꿈을 꾸다 호텔방 방문이 조용히 덜컥 하는 소리에 잠에서 깼다. 잠시 그대로 누운 채 그의 몸이 만족스러운 상태인 걸 알아챘다. 비가 다시 내리자 창밖의 홈통이 노래했다. 해리는 벌거벗은 그대로 일어나 문을 활짝 열어젖혀 막 발기한 모습을 알아봐주길 바랐다. 비르기타는 깜짝 놀라 웃음을 터트리며 그의 품에 안겼다. 그녀의 머리는 흠뻑 젖어 있었다.

"3시면 온다더니." 해리가 짐짓 화난 척했다.

"손님들이 안 가서." 그녀는 주근깨투성이 얼굴을 들어 그를 보았다.

"나, 무서울 정도로 당신한테 빠져서 정신을 못 차리겠어." 해리가 속삭이며 두 손으로 그녀의 얼굴을 움켜잡았다.

"알아." 그녀가 대답했다.

해리는 호텔방 창가에 서서 냉장고에서 꺼낸 오렌지주스를 마시면서 하늘을 살폈다. 구름이 다시 물러가고 누군가 벨벳 같은 하늘을 포크로 몇 번 찍어놓은 양, 포크 자국 사이로 신성한 빛이 반짝였다.

"복장도착자들 어떻게 생각해?" 비르기타가 침대에서 물었다.

"무슨 말이야? 오토를 어떻게 생각하느냐는 거야?"

"그것도 그렇고."

해리는 생각에 잠겼다. "난 그의 오만한 태도가 마음에 드는데. 눈을 내리깔고 언짢은 것 같은 표정. 세상사에 시큰둥한 표정. 뭐라고 해야 하나? 어느 쓸쓸한 카바레에서 모두에게 추파를 던지는 것 같은 모습. 피상적이면서도 자기 자신을 풍자하는 것 같은 태도."

"당신은 그게 좋다는 거야?"

"아무 데도 관심이 없는 것 같은 그런 태도가 마음에 들어. 그리고 다수가 싫어하는 모든 것을 대변하는 게 좋아."

"다수가 싫어하는 게 뭔데?"

"나약함. 연약함. 오스트레일리아는 자기네가 자유국가라고 떠들어. 아마 그럴지도. 그래도 내가 보기에 그들이 생각하는 이상적인 사람은 정직하고 복잡하지 않고 근면성실한 데다 유머감각도 뛰어나고 애국심까지 겸비한 사람이야."

"트루 블루True Blue."

"뭐?"

"그런 사람을 트루 블루라고 불러. 혹은 페어 딘컴^{Fair Dinkum}. 사람이든 사물이든 진실하고 진정성 있다는 뜻이야."

"유쾌하게 품위를 지키는 사람을 들춰보면 쓰레기 같은 면이 감춰져 있기 십상이야. 그런데 오토는 해괴하게 차려입고 온몸으로 유혹, 착각, 허위를 대변하는데도 내가 만나본 그 누구보다도 진실하다는 느낌이 들어. 벌거벗고 연약하고 진실한 사람."

"솔직히 말해서 정치적으로 너무 올바른 말만 하는 것 같은데. 해리 홀리, 게이들의 절친."

비르기타가 놀려댔다.

"그래도 내가 무슨 말을 하는지는 알겠지?"

해리는 침대에 누워 비르기타를 보면서 파란 눈을 순진하게 끔뻑거렸다. "한 판 더 하고 싶은 마음이 들지 않아서 참 다행이야, 아가씨. 아침에 일찍 일어나야 하니까."

"그러면 내가 넘어갈 줄 알고?" 비르기타가 이렇게 말한 뒤 둘은 다시 서로에게 맹렬히 덤벼들었다.

19

상냥한 매춘부

해리는 데즈 고-고 앞에서 샌드러를 발견했다. 그녀는 도로변에 서서 자신의 작은 왕국, 킹스크로스를 죽 훑어보고 있었는데, 하이 힐을 신은 채 중심을 잡느라 다리의 통증을 참으며 팔짱을 끼고 있었다. 한쪽 손가락에는 담배를 들고서 잠자는 숲 속의 미녀 같은 눈으로 유혹했고, 그러면서도 함부로 다가오지 못하게 하는 도도한 표정을 지었다. 한마디로 세계 어디서나 볼 수 있는 창녀의 모습이었다.

"안녕하세요." 해리가 말했다. 샌드러는 그를 빤히 쳐다봤지만 누군지 알아보지 못하는 눈치였다.

"나 기억해요?"

그녀의 입꼬리가 올라갔다. 웃으려고 했던 것 같았다.

"그럼요, 자기. 같이 가요."

"나 해리예요, 경찰."

샌드러가 해리를 빤히 쳐다보았다. "그러네, 망할. 이 시간에는 콘택트렌즈가 파업을 시작해서요. 이게 다 매연 때문이에요."

"커피 한잔 사도 될까요?" 해리가 정중하게 청했다.

그녀는 어깨를 으쓱했다. "여긴 더 할 일도 없고, 이만 마감해도 되겠죠."

테디 몬가비가 스트립클럽 문 앞에 불쑥 나타나 성냥을 질겅질겅 씹더니 해리에게 고개를 까딱했다.

"부모님은 어떻게 하고 계세요?" 커피가 나올 때 샌드러가 물었다. 그들은 해리가 평소 아침 식사를 하는 부르봉 앤드 비프에 앉아 있었고, 웨이터는 해리가 자주 주문하는 메뉴를 기억했다. 에그 베네딕트, 해시 브라운, 플랫 화이트*. 샌드러는 블랙으로 주문했다.

"네?"

"그쪽 여동생이……."

"아, 네. 그거요." 해리는 컵을 입으로 가져가며 시간을 벌었다. "음, 그야, 예상대로죠. 마음 써줘서 고마워요."

"세상 참 무서워요."

해는 아직 달링허스트로드의 건물 꼭대기에서 완전히 떨어지지 않았지만, 하늘은 이미 하늘색으로 물들고 뭉게구름이 점점이 흩어져 있었다. 아이 방 벽지 같았다. 그래도 무슨 소용인가. 어차피 세상은 무서운 곳인데.

"애들한테 물어봤어요." 샌드러가 말했다. "사진 속 그 남자, 이름이 화이트예요. 마약상인데 각성제랑 스피드라는 약을 파나 봐요. 그 사람한테 물건을 산 애들은 있는데 손님으로 받은 적은 없대요."

* 오스트레일리아에서 주로 아침에 마시는 커피. 카페라테보다 거품이 적다.

"돈 들여 욕구를 해결할 필요가 없었나 보군요." 해리가 말했다. 샌드러가 콧방귀를 뀌었다. "성욕이랑은 상관없어요. 성을 사려는 욕구는 별개예요. 남자들한테 그건 강렬한 쾌감이에요. 집에서 못하는 걸 우리가 아주 다채롭게 해줄 수 있으니까. 진짜예요."

해리가 흘깃하자 샌드러는 해리를 똑바로 바라보았는데, 그 순간만큼은 흐리멍덩하던 눈빛이 사라졌다.

해리는 그녀의 말을 믿었다.

"지난번에 우리가 말한 날짜는 확인해봤어요?"

"형사님 동생이 발견되기 전날 밤에 어떤 애가 그 남자한테 LSD를 샀대요."

해리가 커피 잔을 급히 내려놓다 쏟으며 테이블에 바짝 기댔다. 그리고 낮고 빠르게 말했다. "그 여자하고 얘기 좀 할 수 있어요? 믿을 만한 사람이에요?"

샌드러의 크고 붉은 입술이 벌어지며 웃었다. 이빨 빠진 자리에 시커먼 구멍이 있었다. "얘기했잖아요, LSD를 샀다니까요. 오스트레일리아에서 금지된 약물이에요. 믿을 만한 애냐고요? 걔 LSD 중독자예요……." 그녀는 어깨를 움츠렸다. "난 그냥 걔가 말한 대로 전하는 것뿐이에요. 다만 수요일이 언제고 목요일이 언젠지 알고 사는 그런 애는 아니라고 해두죠."

오전 회의 시간엔 짜증스러운 분위기가 감돌았다. 선풍기 돌아가는 소리마저 여느 때보다 요란했다.

"미안하네, 해리. 에반스 화이트 쪽은 접을 거야. 동기도 없고, 무엇보다도 그 자식 여자친구가 범행시각에 놈이 님빈에 있었다고 진술하잖아." 왓킨스가 말했다.

해리는 언성을 높였다. "저기요, 안젤리나 허친슨은 각성제 중독자고, 그거 말고 또 뭘 하는지도 몰라요. 임신 중이고, 아마 에반스 화이트의 아이일 겁니다. 놈에게 약을 샀을 거라고요! 하나님이나 예수님이나 한통속 아닙니까! 그 여자는 놈이 시키는 건 뭐든 할 거예요. 집주인을 만나봤는데 그 여자가 잉게르 홀테르를 싫어하고 그럴 만한 이유가 있었어요. 노르웨이에서 온 웬 여자가 황금알을 낳는 거위를 훔치려고 했으니까."

"안젤리나라는 여자를 좀 더 조사해봐야겠네요." 레비가 조용히 말했다. "적어도 동기는 확실하잖아요. 에반스를 핑계로 자기 알리바이를 대려는 건지도 모르고요. 에반스가 그녀를 이용한 게 아니라."

"에반스가 거짓말한 건 맞잖아요. 잉게르 홀테르가 발견되기 전날 시드니에서 그를 목격한 사람이 있어요." 해리가 일어나서 좁은 회의실 안에서 두어 걸음 옮겼다.

"LSD에 중독된 매춘부 말인가? 그 여자가 진술해줄지 어쩔지도 모르잖아." 왓킨스가 용수를 돌아보았다. "항공사에선 뭐래?"

"님빈에서 경찰들이 사건 발생 사흘 전에 에반스를 직접 목격했답니다. 안셋 항공이든 콴타스 항공이든, 놈이 목격된 시각과 사건 발생 시각 사이의 탑승자 명단에는 에반스 화이트라는 이름이 없답니다."

"그런 건 중요하지 않아요." 레비가 으르렁거리듯 말했다. "마약파는 인간이 실명으로 여행하진 않으니까요. 또 열차로 이동했을지도 모르고. 시간이 있었다면 직접 차를 몰았을 수도 있고요."

해리는 이제 조금 기가 살았다. "다시 말씀드리지만, 미국의 통계를 보면 모든 살인 사건의 70퍼센트는 피해자와 살인범이 아는 사이입니다. 그런데 우리는 지금 수사의 초점을 연쇄살인범에 맞추고 있어서 범인을 잡을 가능성은 복권 당첨 확률밖에 안 됩니다. 확률이 높은 쪽으로 해보면 안 될까요? 어쨌든 정황증거가 확실한 용의자가 있잖아요. 일단 그놈부터 건드릴 필요가 있어요. 아직, 흔적이 마르지 않았을 때 조치를 취해야 해요. 놈을 잡아들여서 면전에 기소장을 흔들어야 합니다. 바짝 밀어붙여서 놈이 실수하게 만들어야 해요. 지금 우리는 놈이 원하는 자리로 물러나 있어요. 그러니까…… 음……." 해리는 'bakevja'에 해당하는 영어 단어를 찾았지만 떠오르지 않았다. 타성에 젖은 상태.

"흠." 왓킨스가 운을 떼고 생각을 입 밖으로 냈다. "물론 등잔 밑이 어둡다고 범인을 코앞에 두고도 우리가 아무것도 안 한 걸로 드러나면 남 보기 좋을 리 없겠지."

그때 문이 열리고 앤드류가 들어섰다. "안녕들 하십니까. 늦어서 죄송합니다. 거리를 안전하게 지키는 사람도 있어야 하잖아요. 반장님, 무슨 일 있습니까? 얼굴이 꼭 재미슨밸리*처럼 구겨지셨네요."

왓킨스가 한숨을 쉬었다.

"인력을 재배치할까 생각 중이야. 연쇄살인범 가설은 일단 접고 에반스 화이트한테 총력을 쏟을지, 아니면 안젤리나 허친슨에게 집중할지. 해리는 그 여자가 댄 알리바이를 별거 아니라고 보는 것 같고."

앤드류는 껄껄 웃으며 주머니에서 사과를 꺼냈다. "45킬로그램도 안 되어 보이는 임산부가 건장한 스칸디나비아 여자를 어떻게

---

* 시드니 블루마운틴의 계곡.

목 졸라 죽였을지 궁금하군요. 또 어떻게 강간했는지도."

"그냥 생각해본 거야." 왓킨스가 툴툴댔다.

"그리고 에반스 화이트는 신경 꺼도 돼요." 앤드류가 소매로 사과를 닦았다.

"그래?"

"방금 제보자를 만나고 오는 길이에요. 그 사람이 사건 당일에 님빈에서 마리화나를 사고 있었답니다, 에반스의 물건이 아주 좋다는 소문을 듣고."

"그래서?"

"에반스가 집에서는 거래하지 않는다는 걸 모르고 아파트로 찾아갔다가, 소총을 옆구리에 끼고 미쳐 날뛰는 놈한테 쫓겨났대요. 제가 놈의 사진을 보여줬어요. 미안하지만 사건 당일에 에반스 화이트가 님빈에 있었던 건 확실해요."

회의실은 침묵에 빠져들었다. 선풍기 돌아가는 소리와 앤드류가 사과를 크게 베어 무는 소리만 들렸다.

"처음부터 다시 시작한다." 왓킨스가 말했다.

해리는 비르기타가 출근하기 전 5시에 오페라하우스에서 만나 커피를 마시기로 했다. 그들이 도착했을 때 카페는 닫혀 있었다. 발레공연에 사정이 생겨 휴점한다는 공지가 붙어 있었다.

"만날 무슨 사정이야." 비르기타가 말했다. 그들은 난간에 기대어 항구 반대편 키리빌리를 바라보았다. "나, 나머지 얘기도 듣고 싶어."

"이름은 스티안센, 내 동료 말이야. 로니 스티안센. 노르웨이에서 제일 깡패 같은 이름이지만 깡패는 아니었어. 착하고 인정 많은 친구였고 경찰이 된 걸 진심으로 좋아했어. 대체로, 여하튼. 장례식은 내가 아직 병원에 있을 때 치러졌어. 나중에 경찰서의 내 상관이 병문안을 왔어. 경찰서장 대신 안부를 전하러 왔다더군. 그때 낌새를 챘어야 했는데. 하지만 나는 그때 맨정신이고 기분이 완전 바닥이었어. 몰래 들여온 술을 간호사한테 들켰고, 간호사가 옆 침대 환자를 다른 병동으로 보내버려서 이틀 동안 술을 입에 대지 못한 상태였거든. 상관이 그러더라고. '자네가 무슨 생각하는지 다 알아. 단념해. 자네가 할 일이 있어.' 상관은 내가 자살하려는 줄 안 거였지. 잘못 짚었지. 어떻게 하면 술을 손에 넣을지 궁리하고 있었거든.

내 상관은 쓸데없이 변죽을 울리는 사람은 아니었어. '스티안센은 죽었다. 이제 자네가 할 수 있는 건 없어. 자네가 할 일은 본인과 가족을 지키는 것뿐이야. 그리고 우리도. 신문 봤나?' 나는 아무것도 읽지 못했다고 답했지. 아버지가 책을 읽어주시긴 했지만 사고에 관한 거라면 한 자도 읽지 말아달라고 부탁했거든. '이봐, 운전한 사람은 자네가 아니야. 오슬로 경찰본부 소속으로 술에 취해서 운전대를 잡은 사람은 없어.' 그가 내게 알아들었냐고 물었어. 스티안센이 운전했다고. 우리 둘 중 그 친구만이 혈액검사에서 술을 한 방울도 마시지 않은 걸로 나왔으니까.

상관이 날짜 지난 신문을 꺼내서 보여주더군. 아직 시력이 완전히 돌아오지는 않았지만 운전자는 즉사하고 옆자리에 앉은 동료는 중상을 입었다는 기사를 읽을 수 있었어. 그래서 내가 말했어. '하지만 제가 운전석에 있었어요.' 상관이 그러더군. '그럴 리가. 자네는 뒷자리에서 발견됐어. 뇌진탕이 심했잖아. 내 생각에 자네는 운전에 관해서는 전혀 기억하지 못해.' 물론 상황이 어떻게 돌아갈지 알았어. 언론에서는 운전자의 혈액검사에만 관심이 있고, 결과가 깨끗하다면 아무도 내 결과 따윈 신경 쓰지 않을 테니까. 사고가 난 것만으로도 이미 경찰로서는 충분히 불리한 상황이었거든."

비르기타는 심한 충격을 받은 듯 미간을 잔뜩 찌푸리고 있었다.

"어떻게 스티안센 부모님께 아들이 운전대를 잡았다고 말할 수 있지? 그 사람들, 정말 감정이라고는 눈곱만큼도 없나 봐. 어떻게……?"

"말했잖아. 경찰 내부는 충성심이 강하다고. 희생자의 가족보다 경찰 조직을 먼저 생각할 때가 있어. 하지만 그때는 감당할 만한 사정을 꾸며서 가족에게 전달했을 거야. 상관이 그러더군. 스티안센이 위험을 예상하고 마약상이자 살인 용의자를 추적했지만 근무 중에는 불의의 사고를 당할 수 있다고 말했다고. 어쨌든 다른 차에 타고 있던 소년은 운전미숙이었고, 같은 상황에서 다른 운전자였다면 좀 더 빨리 차를 돌려서 경찰차를 향해 정면으로 돌진하지 않았을 거라고 했다는군. 우리가 사이렌을 울리고 있었으니까."

"그리고 시속 110킬로미터로 질주했지."

"제한 속도 50킬로미터 구역에서. 그래, 그 소년에게 책임을 떠넘겨서는 안 되지. 사고를 어떻게 전달하느냐가 중요했어. 가족들에게 아들이 운전하지 않았다고 알려야 할까? 아들이 술 취한 동료가 운전하는 걸 막지 못하고 방조한 사실을 전하면 좀 나을까? 상관은 같은 말만 반복했어. 나는 머리가 아파서 금방이라도 터질 지경이었어. 결국 내가 침대 옆으로 몸을 숙이고 속을 게워내자 간호사가 급히 뛰어들었지. 이튿날 스티안센 가족이 찾아왔어. 부모님과 여동생. 꽃을 건네며 빨리 나으라고 하시더군. 아버님은 평소

아들에게 과속하지 말라고 따끔하게 주의를 주지 않은 당신 잘못이라고 하셨어. 나는 어린애처럼 엉엉 울었지. 서서히 처형당하는 기분이었어. 그분들하고 한 시간 넘게 같이 있었어."

"저런, 그래서 그분들께 뭐라고 했어?"

"아무 말도. 그분들이 말했어. 로니의 이야기. 그 친구가 세운 장래계획에 대해, 앞으로 어떤 사람이 되고 뭘 하려고 했는지. 미국에서 유학하는 로니의 여자친구에 대해. 로니가 가족들한테 내 얘기도 했더군. 좋은 경찰이고 좋은 친구라고 말했대. 믿을 수 있는 사람이라고."

"그래서 어떻게 됐어?"

"두 달간 병원에 있었어. 상관이 가끔 들렀어. 한번은 전에 한 말을 또 하더군. '자네가 무슨 생각하는지 알아. 단념해.' 이번엔 그가 제대로 맞혔지. 그땐 정말 죽고 싶었거든. 어쩌면 진실을 숨긴 데는 일말의 이타심이 작용했을지도 몰라. 거짓말 자체가 최악은 아니니까. 진짜 최악은 나 혼자 화를 면했다는 사실이야. 이상하게 들릴지 모르지만 예전부터 진지하게 고민해온 문제니까 설명해볼게.

1950년대에 찰스 반 도렌이라는 젊은 대학 강사가 있었어. 퀴즈쇼에 나오면서 미국 전역에서 유명해졌지. 몇 주 연이어 도전자를 물리쳤어. 질문이 황당할 정도로 어려울 때도 있었는데, 반 도렌이 답을 술술 대는 걸 보고 모두 감탄하면서 입을 다물지 못했지. 그사이 결혼해달라는 여자들도 나타났고 팬클럽도 생기고 당연히 대학 강의실에도 발 디딜 틈이 없었어. 그런데 결국 그는 제작진이 사전에 질문을 전부 넘겨주었다고 폭로했어.

어째서 사기행각을 폭로했느냐는 질문에 반 도렌은 삼촌이 그의 아내, 그러니까 숙모에게 외도한 사실을 털어놓은 일을 예로 들었지. 그 일로 집안이 충격에 빠졌는데 나중에 반 도렌이 삼촌에게 왜 진실을 털어놓았느냐고 물었어. 어쨌든 외도는 오래전 일이고 그 후로 그 여자와 만나지도 않았거든. 그의 삼촌은 외도가 최악이 아니라고 답했다는군. 무사히 빠져나간 사실 자체를 견딜 수 없었다고 했대. 찰스 반 도렌도 같은 심정이었던 거고.

인간은 자신의 행위를 더는 용납하지 못할 때 처벌받고 싶은 욕구를 느끼는 것 같아. 아무튼 나도 그러고 싶었어. 처벌받고 채찍질당하고 고문당하고 수모를 당하고 싶었어. 내 죄를 청산할 수만 있다면 무슨 짓이든 하고 싶었어. 하지만 나한테 벌을 내릴 사람이 없었어. 내게 발길질한 사람도 없었어. 공식적으로 나는 술에 취하지 않았으니까. 오히려 언론에는 내가 근무 중에 중상을 입었다는 이유로 경찰서장에게 표창까지 받은 걸로 보도됐어. 그래서 나 자신을 벌주기로 한 거야. 내가 생각해낼 수 있는 가장 고통스러운 형벌을 내리기로. 살아남아 술을 끊기."

"그다음엔 어떻게 됐어?"

"다시 털고 일어나 일을 시작했지. 남보다 늦게까지 일했어. 훈련도 열심히 받고. 멀리 하이킹도 다녀오고. 책도 읽고. 법 공부도 하고. 나쁜 친구들도 끊고. 좋은 친구들도 안 만나고. 진탕 술을 마시면서 같이 논 주제에 그 친구들을 다 버리고 떠난 거야. 사실 왜 그렇게 대청소하듯이 싹 정리했는지 모르겠어. 과거의 삶이라면 다 버렸어. 좋은 거든 나쁜 거든. 그냥 어느 날, 예전에 알던 사람들에게 일일이 전화해서 말했어. '잘 지내요, 이제 만날 수 없어요. 당신을 알고 지내서 좋았어요.' 다들 받아들였어. 두어 명은 기뻐하기까지 한 것 같아. 누군가는 내가 주위에 벽을 치려고 한다더군. 음, 그 말이 맞을지도. 지난 3년 동안 어느 누구보다 동생이랑 같이 있는 시간이 많았으니까."

"여자는 안 만났어?"

"그건 또 다른 얘기야. 적잖이 길고 오래된 얘기지. 사고 후로는 의미 있는 사람이 없었어. 내 안의 문제에만 파고들어 외로운 늑대처럼 산 것 같아. 또 모르지, 어쩌면 나는 술에 취해 살 때 더 매력적인 남자였을지도."

"당신을 이리로 보낸 이유는 뭐야?"

"위에서는 내가 쓸모 있는 인간인 줄 알았나 보지. 어쩌면 내가 중압감 속에서 어떻게 일하는지 보려는 엄격한 시험인지도 몰라. 이번에 죽 쑤지 않고 잘해서 돌아가면 어떤 가능성이 열릴지도 모르고. 여기저기서 얻어들은 바로는 그래."

"당신한테는 그게 중요한 건가?"

해리는 어깨를 으쓱했다. "중요한 건 많지 않아."

흉물스러운 녹슨 배 한 척이 러시아 국기를 달고 항해하고 포트 잭슨*의 저 멀리 하얀 돛들이 기웃하게 떠다녔는데 언뜻 보면 가만히 누워 있는 것 같았다.

"이제 어떻게 할 거야?" 그녀가 물었다.

"여기선 내가 할 수 있는 일이 많지 않아. 잉게르 홀테르의 관은 고향으로 돌아갔어. 오늘 오슬로의 장례 책임자한테서 전화가 왔어. 대사관에서 수송을 맡았다더군. '시체'라고 부르더라. 사랑하는 자식에게는 이름이 많지만 죽은 사람을 부르는 이름도 많다는 게 이상해."

---

* 오스트레일리아 뉴사우스웨일스 주에 있는 항구로 시드니하버라고도 한다.

"그래서 당신은 언제 돌아갈 건데?"

"잉게르 홀테르와 접촉한 사람이 모두 용의선상에서 빠지는 대로. 내일 맥코맥 국장하고 상의하려고. 구체적으로 밝혀지는 게 없으면 주말 전에 떠날지도 모르고. 혹은 오랫동안 질질 끌 수도 있겠지. 그러면 대사관에서 우리 쪽에 계속 상황을 알려주기로 합의했어."

비르기타는 고개를 끄덕였다. 그들 옆에는 관광객 한 무리가 모여 있고, 카메라가 윙윙대는 소리와 일본어와 갈매기의 울음소리와 지나가는 선박의 뱃고동이 뒤섞여 불협화음을 이루었다.

"오페라하우스 설계자가 작업에서 손을 뗐던 거 알아?" 비르기타가 뜬금없이 말했다. "시드니 오페라하우스의 예산초과로 갈등이 심해지면서 덴마크인 건축가 요른 웃손이 항의하는 뜻으로 프로젝트를 중단하고 물러났대. 직접 시작한 일을 중도에 포기한다고 생각해봐. 당신이 진심으로 믿는다면 그건 분명 의미 있는 일일 거야. 나라면 과연 그런 일을 할 수 있을지 모르겠지만."

원래는 비르기타 혼자 버스를 태우지 않고 해리가 앨버리까지 바래다주기로 했다. 하지만 서로 할 말이 많지 않아 그들은 묵묵히 옥스퍼드 가를 따라 패딩턴까지 걸어갔다. 멀리서 우르르 쿵쾅, 천둥소리가 들렸고, 해리는 놀라서 청명한 하늘을 올려다보았다. 길 모퉁이에서 백발이 성성한 점잖은 노인이 단정한 양복 차림에 목에 플래카드를 걸고 말했다. "비밀경찰이 제 직장과 집을 빼앗고 제 인생을 파멸시켰습니다. 공식적으로 저는 존재하지 않는 사람입니다. 그자들은 주소도 전화번호도 없고 국가예산에도 올라 있지 않습니다. 그들은 아무도 자신들을 고발할 수 없다고 믿고 있어요. 사기꾼 놈들을 찾도록 도와주십시오. 그들의 악행을 벌하도록 도와주십시오. 여기에 서명하거나 기부해주세요." 노인은 서명이 적힌 노트를 집어들었다.

해리는 레코드 숍을 지나다 충동적으로 들어갔다. 안경 낀 남자가 계산대에 서 있었다. 해리는 닉 케이브의 앨범이 있는지 물었다.

"그럼요, 오스트레일리아 사람이잖아요." 남자는 이렇게 말하고 안경을 벗었다. 이마에 독수리 문신이 있었다.

"듀엣인데. 들장미라는 가사가 나오고……." 해리가 말을 시작했다.

"예, 예. 무슨 노래인지 알아요. '들장미가 자라는 곳Where the Wild Roses Grow'이라는 곡으로 〈살인 발라드Murder Ballads〉 앨범에 실려 있어요. 역겨운 노래예요. 역겨운 앨범이고. 그 사람 앨범 중에 다른 좋은 걸로 사시죠."

남자는 다시 안경을 쓰고 평범한 사람으로 돌아갔다.

해리는 다시 깜짝 놀라며 우울하게 눈을 깜빡였다.

"이 노래가 왜 그렇게 특별해?" 밖으로 나오면서 비르기타가 물었다.

"아냐, 아무것도." 해리가 웃었다. 레코드점 남자 때문에 기분이 좋아졌다. "케이브하고 이 여자는 살인을 노래해. 선율이 아름다워서 마치 사랑을 맹세하는 것처럼 들려. 사실은 역겨운 곡이 맞지." 그는 다시 웃었다. "이 도시가 좋아지려고 해."

둘은 계속 걸었다. 해리는 거리를 휙 둘러보았다. 옥스퍼드 가에서 남자와 여자가 같이 있는 건 그들밖에 없어 보였다. 비르기타가 그의 손을 잡았다.

"마디그라 기간에 게이 프라이드 퍼레이드를 꼭 봐." 비르기타가 말했다. "여기 옥스퍼드 가까지 내려오거든. 작년에는 50만 명 이상이 오스트레일리아 각지에서 몰려와서 퍼레이드를 구경하고 참여했어. 굉장했지."

게이 거리. 레즈비언 거리. 그제야 진열장에 걸린 옷들이 눈에 들어왔다. 라텍스. 가죽. 딱 달라붙는 톱과 손바닥만 한 실크 팬티. 지퍼가 달리고 징이 박힌 의상. 고급스럽고 유행을 앞서, 킹스크로스 스트립클럽으로 파고든 땀에 젖은 천박한 옷들과는 달랐다.

"어렸을 때 우리 집 근처에 게이가 살았어." 해리가 기억을 더듬었다. "마흔 살쯤 됐을 텐데 혼자 살았고, 우리 동네에서 그 남자가 게이인 걸 모르는 사람이 없었어. 겨울에는 우리가 그 남자한테 눈뭉치를 던지면서 '남창'이라고 소리치고는 죽어라 내뺐어. 그 남자한테 잡히면 엉덩이에 그 짓을 당할 줄 알았거든. 그런데 그는 한 번도 쫓아오지 않고 그냥 모자를 귀까지 푹 눌러쓰고 집으로 갔어. 그리고 어느 날 갑자기 동네를 떠났어. 나한테 해코지한 적도 없는데 왜 그렇게 그 남자를 미워했는지 늘 의문이었지."

"인간은 이해하지 못하는 대상을 두려워하니까. 그리고 두려워하는 대상을 증오하고."

"넌 참 똑똑해." 해리가 이렇게 말하자 비르기타가 주먹으로 그의 배를 쳤다. 그가 길에 주저앉아 비명을 지르자, 비르기타는 웃으면서 괜히 이상한 짓 하지 말라고 사정했다. 해리는 벌떡 일어나 그녀를 쫓아 옥스퍼드 가를 달렸다.

"그때 그 남자가 여기로 왔으면 좋았을 텐데." 해리가 말했다.

비르기타를 보내고 (길든 짧든 그녀와 떨어질 때마다 영영 헤어질까 봐 걱정이 되기 시작했다) 해리는 버스정류장에서 줄을 섰다. 노르웨이 국기를 배낭에 붙인 소년이 앞에 서 있었다. 해리가 아는 체를 할까 망설이는 사이 버스가 도착했다.

해리가 20달러 지폐를 내자 운전사가 툴툴댔다.

"왜, 50달러짜리는 없었나 봐요?" 운전사가 비꼬듯이 말했다.

"있었으면 벌써 냈지, 멍청한 개자식아." 해리는 유창한 노르웨이어를 내뱉으면서 순진한 척 웃었다. 운전사는 잡아먹을 것처럼 노려보면서 잔돈을 건넸다.

해리는 잉게르가 살해당하던 날 밤에 집으로 걸어간 길을 따라가보기로 했다. 경찰이 아직 가보지 않아서는 아니었다. 레비와 용수가 그 길을 따라 늘어선 술집과 음식점에 들어가 잉게르 홀테르의 사진을 보여주고 탐문했지만 아무런 소득도 올리지 못한 터였다. 앤드류와 같이 움직이려고 했지만 그는 완강히 거절하면서 소중한 시간에 텔레비전이나 보는 편이 낫다고 버텼다.

"농담이 아니에요, 해리. 텔레비전을 보고 있으면 자신감이 생겨요. 상자 안에서 사람들이 얼마나 멍청하게 구는지 보고 있으면 내가 똑똑한 사람이라는 기분이 드니까. 그리고 스스로 똑똑하다고 믿는 사람이 자기를 멍청하다고 생각하는 사람보다 수행능력이 뛰어나다고 과학 연구에서 밝혀졌어요."

이렇게 논리적으로 나오자 해리는 할 말을 잃었다. 어쨌든 앤드류는 브리지로드의 어느 술집 이름을 알려주었고, 해리는 술집 주인에게 앤드류의 이름을 대고 들어갈 수 있었다. "그 친구가 당신한테 무슨 해줄 말이 있을까 싶군요. 코카인값 50퍼센트는 깎아줄 거요." 앤드류가 싱글벙글 웃으며 말했다.

해리는 버스를 타고 가다 시청 앞에 내려서 피어몬트 방향으로 천천히 걸었다. 그는 고층건물들과 도시의 사람들이 여느 때처럼 건물들 사이를 오가는 모습을 보았지만 그날 밤 잉게르 홀테르가 어떻게 살해당했는지에 대해서는 아무것도 알아내지 못했다. 피시 마켓에서 어느 카페에 들어가 베이글과 훈제연어와 케이퍼를 주문했다. 창밖으로 블랙와틀베이를 가로질러 반대편의 글리브로 연결된 다리가 보였다. 사람들이 광장에 야외무대를 설치하기 시작했고, 해리는 포스터를 보면서 이번 주말 오스트레일리아의 날에 어떤 행사가 열리는지 살폈다. 웨이터에게 커피를 주문하고 〈시드니 모닝 헤럴드〉와 씨름했다. 생선 상자를 싸는 데 알맞은 종이이며 사진만 보고 넘기면서 첫 장부터 마지막까지 보는 것도 보통 일이 아닌 그런 종류의 신문이었다. 해가 다 넘어가려면 아직 한 시간이나 남아 있었고, 해리는 어둠이 내린 뒤에 글리브에 어떤 사람들이 출몰하는지 확인하고 싶었다.

20

크리켓

'크리켓'의 주인은 1989년 애쉬스* 시리즈에서 오스트레일리아가 잉글랜드를 네 번 물리쳤을 때 앨런 보더 선수가 입던 셔츠를 당당히 손에 넣은 사람이었다. 그는 셔츠를 나무 액자에 넣어 유리로 덮어서 슬롯머신 위에 걸어놓았다. 다른 벽에는 1979년 시리즈에서 오스트레일리아가 파키스탄과 비겼을 때 사용된 배트 두 자루와 공 하나가 걸려 있었다. 남아프리카 경기에서 가져온 위킷**을 입구에 걸어놓았다가 도둑맞은 후 주인은 애장품들을 못으로 박아두기로 했다. 전설적인 돈 브래드먼 선수가 쓰던 패드는 손님 하나가 벽에 붙어 있던 걸 잡아 뜯어서 완전히 못쓰게 되었다.

해리가 '크리켓'에 들어가 벽에 걸린 수집품을 둘러보며 무늬만 크리켓 팬인 손님들의 면면을 보면서 처음 든 생각은, 크리켓을 상류층 스포츠로 여기는 선입견을 버려야 한다는 것이었다. 손님들 대부분은 깔끔하게 차려입지 않았으며 그리 좋은 냄새를 풍기지도

---

* Ashes, 크리켓에서 잉글랜드-오스트레일리아 테스트매치의 우승컵.
* Wicket, 크리켓 경기에서 사용되는 세 개의 기둥으로, 투수가 볼을 던져 기둥 위에 가로놓인 '베일스'라는 막대가 떨어지면 타자는 아웃이 된다.

않았다. 그건 카운터 뒤에 서 있던 가게 주인 보로스 역시 마찬가지였다.

"안녕하쇼." 무딘 낫을 숫돌에 가는 것 같은 목소리였다.

"토닉요, 진 빼고." 해리가 10달러를 내고 거스름돈은 됐다고 말했다.

"팁이 너무 많아서 뇌물 같은데요." 보로스가 지폐를 흔들며 말했다. "경찰이쇼?"

"그렇게 티가 나나요?" 해리가 체념한 표정으로 물었다.

"염병할 관광객 말투인 것 빼고는, 그래요."

보로스는 거스름돈을 내려놓고 돌아섰다.

"앤드류 켄싱턴하고 친굽니다." 해리가 말했다.

보로스는 얼른 돌아서서 잔돈을 챙겼다.

"그럼 그렇다고 진작 말씀을 하시지." 그가 중얼거렸다.

보로스는 잉게르 홀테르를 본 적도 없고 그녀에 관해 들은 적도 없었다. 사실 앤드류하고 보로스 얘기를 할 때 그럴 거라고 짐작은 했다. 하지만 오슬로 경찰서에서 해리의 옛 스승인 '요통' 시몬센은 항상 이렇게 당부했다. "적게 묻는 것보다는 과하게 묻는 편이 낫다."

"여긴 뭐가 있어요?" 해리는 술집 안을 둘러보며 물었다.

"케밥이랑 그리스 샐러드." 보로스가 대답했다. "오늘의 메뉴, 7달러예요."

"그게 아니라, 이렇게 묻죠." 해리가 말했다. "여긴 어떤 손님이 옵니까? 여기 손님들은 어떤 사람들이죠?"

"최하층민이라고 할 수 있죠." 보로스는 넉넉한 웃음을 지어 보였다. 그가 성인이 된 이후로 어떤 일을 해왔고 이 술집으로 이루고 싶은 꿈이 무엇인지 말해주는 그런 웃음이었다.

"저 사람들, 여기 단골이에요?" 해리는 음침한 한쪽 구석에서 맥주를 마시는 다섯 남자를 향해 고갯짓하며 말했다.

"네. 여기 있는 사람들 대부분이 단골이에요. 우리가 관광 안내책자에 자주 실리는 집은 아니잖소."

"저 사람들한테 몇 가지 물어봐도 될까요?" 해리가 물었다.

보로스는 망설였다. "저치들이 고분고분한 마마보이 타입은 아니라서, 뭐 해서 먹고사는지도 모르고 물어볼 생각도 없거든요. 아침에 출근해서 저녁에 퇴근하는 부류는 아니라고 해두죠."

"하지만 이봐요, 아무 잘못도 없는 무고한 여자들이 이 동네에서 강간당하고 목 졸려 죽었다고요. 법의 어느 한쪽에 발을 들여놓은 사람이라 한들 안전할까요? 이런 마당에 무슨 장사를 하든지 좋을 리 없겠죠."

보로스는 해리의 말에도 꿈쩍 않고 유리컵을 닦아 윤을 냈다. "나라면 몸을 사릴 거요."

해리는 보로스에게 고개를 끄덕이고 구석 자리를 향해 천천히 뜸을 들이며 걸어가면서 기척을 냈다. 해리가 가까이 다가가기 전에 그들 중 하나가 일어섰다. 그는 팔짱을 끼며 울룩불룩한 팔뚝에 새긴 단도 모양의 문신을 드러냈다.

"이쪽엔 자리 없어, 금발머리." 어찌나 걸걸한지 공기가 울리는 것 같았다.

"여쭤볼 게 있어서……." 해리가 입을 여는 순간 걸걸한 목소리의 남자는 벌써 고개를 가로저었다. "하나만 물을게요. 여기 계신 분들 중에 에반스 화이트라는 사람을 아시는 분 있습니까?" 해리가 사진을 들면서 물었다.

그전까지 해리를 향해 앉은 두 남자는 빤히 응시하면서 노골적인 적대감이라기보다는 따분하다는 표정을 짓고 있었다. 그런데 에반스의 이름이 나오자 두 남자가 관심을 보이며 해리를 뜯어보았고, 반대편을 향해 앉은 두 남자도 고개를 홱 돌렸다.

"들어본 적 없는데." 걸걸한 목소리가 말했다. "우리 지금 개인적인…… 대화를 나누는 중이거든, 마잇. 가던 길 가쇼."

"그 대화라는 게, 오스트레일리아에서 불법인 물건의 매출에 관한 얘기는 아니겠죠?" 해리가 물었다.

한참 침묵이 흘렀다. 아주 위험한 전략이었다. 정면으로 도발하는 전술은 지원군이 든든하거나 퇴로가 확보된 상황에서만 써먹는 수법이었다. 해리는 지금 어느 쪽도 아니었다. 단지 뭐든 시작해봐야겠다고 생각했을 뿐이었다.

시간이 제법 흐른 뒤 사람 하나가 고개를 돌리고 일어섰다. 거구인 듯한 그가 천장에 닿을 듯 한참 일어나 돌아서자 흉하게 얽은 얼굴이 보였다. 동양적인 이목구비 아래 부드러운 콧수염이 나 있었다.

"칭기즈칸! 여기서 보네. 죽은 줄 알았잖아!" 해리가 소리치면서 손을 내밀었다.

칭기즈칸이 입을 벌렸다. "당신 누구요?"

죽어가는 사람의 목에서 올라오는 가래 끓는 소리였다. 데스메탈 밴드의 일원이 이 자리에 있었다면 저음으로 끓는 목소리를 내는 보컬리스트를 발견하고 무척 흥분했을 것이다.

"나 경찰이야, 어떻게 여기서……."

"아이-디이." 칭기즈칸이 천장에서 해리를 내려다보았다.

"뭐?"

"배지."

오슬로 경찰국에서 발급해준, 여권사진이 붙어 있는 플라스틱 카드로는 안 될 것 같았다.

"혹시 세풀투라* 보컬하고 목소리가 똑같단 말 들어본 적…… 그 친구 이름이 뭐더라?"

해리는 손가락을 턱 밑에 대고 머리를 쥐어짜는 척했다. 걸걸한 목소리가 테이블을 돌아서 나오고 있었다. 해리는 손가락으로 그를 가리켰다.

"당신은 로드 스튜어트, 맞죠? 아하, 그러니까 지금 라이브 에이드 2 공연을 기획하고 있었……."

주먹이 해리의 입가로 날아들었다. 그는 휘청거리며 서서 손으로 입을 막았다.

"이건 내가 스탠드업 코미디로 성공할 가망이 없다는 뜻으로 받아들여도 되겠죠?" 해리는 이렇게 묻고 손가락을 살폈다. 피와 침과 부드러운 뭔가가 묻어 있었는데 치아 안쪽에서 떨어져 나온 길쭉한 덩어리 같았다.

"이거 원래 빨간색 아닌가요?" 해리가 손을 펴 보이며 로드에게 물었다.

로드가 미심쩍은 표정으로 해리를 노려보고는 테이블 너머로 몸을 숙여 하얀 물질을 가까이 들여다보았다.

"이건 뼈야, 에나멜질 밑에서 나온 거야." 로드가 의견을 냈다. "우리 아버지가 치과의사였어." 그는 다른 사람들에게 설명하듯 말했다. 그러고는 한발 뒤로 물러나 다시 주먹을 날렸다. 순간 사방이

---

* Sepultura, 브라질 헤비메탈 밴드.

캄캄해졌지만 다시 밝은 빛이 돌아올 때까지 해리는 그대로 서 있었다.

"어디 덩어리가 또 나왔는지 봐봐." 로드가 호기심 어린 표정으로 말했다.

멍청한 짓이라는 걸 해리도 알고 있었다. 그의 모든 경험과 상식이 어리석은 짓이라고 아우성쳤고 욱신거리는 턱도 어리석다며 애원했지만, 불행히도 그의 오른손은 아주 멋진 생각이라고 믿었고, 그 순간에는 오른손이 주도권을 쥐었다. 그의 주먹이 로드의 턱 끝을 때렸고, 바로 앞에서 으스러지는 소리가 들리더니 로드가 비틀거리며 두 걸음 뒤로 물러섰다. 완벽하게 꽂아들어간 어퍼컷의 필연적인 결과였다.

이런 종류의 타격은 턱뼈를 따라 소뇌, 곧 작은 뇌로 전달된다. 이런 상황에 아주 적합한 용어라고 해리는 생각했다. 소뇌에서 파동이 일면 수많은 자잘한 짧은 회로에 영향을 주는데, 운이 따라준다면 즉시 의식을 잃거나 장기간 뇌 손상을 일으킬 수 있다. 로드의 경우에는 뇌에서 아직 어떻게 할지, 그러니까 의식을 잃을지 아니면 가벼운 뇌진탕을 일으킬지 결정하지 못한 것 같았다. 그리고 칭기즈칸은 결정을 기다릴 생각이 없어 보였다. 그는 해리의 멱살을 잡고 어깨높이로 들어 올려 밀가루 포대처럼 내동댕이쳤다. 두 남자가 막 7달러짜리 오늘의 메뉴를 해치우면서 처음 예상한 것보다 고기를 많이 먹은 차에, 마침 해리가 그들의 밥상에 와서 소동을 일으킨 것이다. 맙소사, 빨리 기절이라도 했으면 좋겠다! 해리는 아픈 와중에 그에게 다가오는 칭기즈칸을 보며 생각했다.

쇄골은 약한 뼈이기도 하지만 지나치게 돌출되어 있다. 해리는 목표를 겨냥하고 발차기를 했지만 좀 전에 로드한테 맞아 시야가 흐려진 탓인지 아무것도 맞히지 못하고 허공만 내질렀다.

"아플 거다!" 칭기즈칸이 두 팔을 머리 위로 번쩍 들면서 장담했다. 그에겐 해머가 필요 없었다. 그의 주먹이 해리의 가슴팍에 날아들었고 순간 관상동맥과 호흡기관의 모든 기능이 마비됐다. 그래서 해리는, 검은 피부의 남자가 들어오면서 1979년에 오스트레일리아와 파키스탄이 맞붙었을 때 쓰던 160그램에 직경 7.6센티미터의 차돌처럼 단단한 쿠카부라 크리켓 공을 움켜쥔 걸 보지도 듣지도 못했다. 남자의 팔이 엄청난 위력으로 허공을 가르자 공이 쌩 하고 목표물을 향해 곧장 날아갔다.

의심할 짬도 없이 칭기즈칸의 소뇌로 미사일이 날아들었다. 그는 이마선 바로 밑을 강타당했고, 즉시 꿈나라로 갔다. 칭기즈칸은 서서히 무너지며 폭격당한 고층건물처럼 고꾸라졌다.

그러자 그 테이블에 앉아 있던 나머지 세 명이 모두 일어섰고 험악한 표정을 지었다. 검은 피부의 남자는 팔을 아래로 내리고 침착하게 방어 자세를 취하면서 다가왔다. 세 남자 중 하나가 먼저 그에게 달려들었을 때, 해리는 뿌연 시야에 들어온 남자가 누구인지 알 것 같았다. 검은 남자는 몸을 좌우로 흔들며 뒤로 물러섰다가 다시 안으로 들어가면서 정확히 목표를 향해 레프트 잽을 두 번 날리며 거리를 조절하는가 싶더니 밑에 내린 오른손에 힘을 실어 뼈를 으스러뜨릴 듯 강한 어퍼컷을 올려붙였다. 다행히 한쪽 구석에 몰려 있던 터라 놈들이 검은 피부의 남자에게 한꺼번에 달려들진 못했다. 첫 번째 남자는 쓰러져 일어나지 못했고, 두 번째 남자가 공격을 시도했다. 첫 번째 남자보다는 조심스럽게 다가갔는데 두 팔을 들어 올린 자세를 보면 무술로 색깔 있는 띠를 따서 집 안에 걸어놓은 사람인 것 같았다. 그가 망설이면서 날린 첫 주먹은 검은 남자에게 가로막혔고, 그가 뱅그르르 돌면서 기본 가라테 발차기를 완성했을 때 상대는 이미 자리를 옮긴 뒤였다. 발차기는 허공을 갈랐다.

그러나 날렵한 레프트-라이트-레프트 조합에 가라테 고수는 벽에 내팽개쳐졌다. 검은 피부의 남자가 춤을 추듯이 쫓아가 스트레이트 레프트를 날리자 섬뜩한 우두둑 소리가 나고 가라테 고수의 머리가 뒤로 꺾였다. 그는 벽에 던진 음식물처럼 바닥으로 흘러내렸다. 검은 피부의 남자가 다시 주먹으로 내리쳤지만 굳이 그럴 필요까지는 없었다.

로드는 의자에 주저앉아 망연자실 눈앞에서 벌어지는 광경을 바라보았다.

철컥 하는 소리와 함께 세 번째 남자가 잭나이프를 휘두르며 자세를 잡았다. 그가 몸을 낮추고 양옆으로 벌리고 서 있는 검은 피부의 남자에게 접근하는 사이 로드는 자신의 신발에 토했다. 뇌진탕을 일으킨 듯해 해리는 기분이 좋아졌다. 해리도 속이 조금 울렁거렸다. 특히 앤드류에게 첫 번째로 덤빈 남자가 벽에서 크리켓 배트를 잡아 뜯어 앤드류의 뒤로 다가오는 모습을 보고 구역질이 났다. 잭나이프를 든 남자가 어느새 해리 바로 옆에 와서 섰지만 해리를 보지는 못했다.

"뒤를 봐요, 앤드류!" 해리가 소리치면서 칼잡이를 덮쳤다. 배트가 부딪치면서 퍽 하는 둔탁한 소리가 나고 테이블과 의자가 뒤집혔지만 해리는 칼잡이를 상대해야 했다. 칼잡이는 해리의 손아귀에서 벗어나 해리의 주위를 빙빙 돌며 연극을 하듯 과장되게 팔을 벌리고 미친놈처럼 히죽거렸다.

해리는 칼잡이에게서 눈을 떼지 않고 뒤에 있는 테이블을 더듬어 무기로 쓸 만한 물건을 찾았다. 아직도 카운터 쪽에서 크리켓 배트를 휘두르는 소리가 들렸다.

칼잡이는 낄낄대며 이 손에서 저 손으로 칼을 넘겨쥐면서 다가왔다.

해리는 앞으로 달려들어 찌르고 물러났다. 칼잡이의 오른팔이 옆으로 축 늘어지면서 칼이 바닥에 나뒹굴었다. 칼잡이는 놀란 얼굴로 어깨를, 버섯이 꽂혀 있는 케밥 꼬챙이를 멍하니 쳐다보았다. 오른팔이 마비된 모양이었다. 그는 왼손으로 조심스럽게 꼬챙이를 뽑아 그게 정말 거기 꽂혀 있었는지 확인하면서 여전히 얼이 나가 있었다. 틀림없이 근육이나 신경다발을 건드렸나 보다라고 생각하면서 해리는 다시 주먹을 날렸다.

딱딱한 뭔가를 친 느낌이 들었고 찌릿한 통증이 팔을 타고 올라왔다. 칼잡이는 비틀비틀 뒤로 물러나면서 고개를 들어 상처가 난 눈으로 해리를 보았다. 한쪽 콧구멍에서 굵은 핏줄기가 흘러내렸다. 해리는 오른손을 움켜쥐고 다시 치려다가 생각을 바꿨다.

"이 주먹으로 맞으면 무지 아플 거야. 그냥 항복하면 안 되겠냐?" 해리가 물었다.

칼잡이는 고개를 끄덕이고는 로드 옆에 주저앉았다. 로드는 아직도 양 무릎 사이에 머리를 처박고 있었다.

해리가 돌아보았을 때 보로스가 술집 한가운데서 앤드류의 첫 번째 상대에게 총구를 겨누고 서 있었고 앤드류는 뒤집힌 테이블들 틈에서 죽은 듯 쓰러져 있었다. 손님들 몇은 자리를 뜨고 몇은 그들을 돌아보았지만 나머지는 그냥 자리에 앉아서 텔레비전을 보고 있었다. 크리켓 국제대회 결승전이 열리는 중이었다.

구급차가 도착해서 부상자를 실어나갈 때 해리는 앤드류를 먼저 봐달라고 부탁했다. 그들이 앤드류를 실어 나갈 때 해리가 옆에서 따라갔다. 한쪽 귀에서 피가 흐르고 쌕쌕거리는 숨소리가 들렸지만 적어도 의식은 돌아와 있었다.

"크리켓을 하는 줄은 몰랐네요, 앤드류. 던지는 힘이 대단한 건 알지만 꼭 그렇게 세게 던졌어야 했나요?"

"맞는 말이군. 내가 아주 잘못 판단했어요. 당신이 다 잘 해치우고 있었는데."

"흠." 해리가 말했다. "솔직히 인정합니다. 그러진 못했네요."

"좋소." 앤드류가 말했다. "나도 솔직히 머리가 깨질 것 같아서 애당초 여기 온 게 잘한 짓인가 후회됩니다. 당신이 여기 누워 있어야 공평한 거 아니오. 진심으로."

구급차가 떠난 술집 안에는 해리와 보로스만 남았다.

"가구와 기물 파손이 심한 건 아닌지." 해리가 말했다.

"아뇨, 괜찮아요. 어쨌든 우리 손님들이야 가끔 한 번 있는 볼거리를 잘 구경했어요. 그런데 앞으로는 어깨 너머로 누가 따라오는지 잘 살펴야 할게요. 오늘 일이 저놈들 두목 귀에 들어가면 좋을 거 없으니까."

"그래요?" 해리가 말했다. 보로스가 무슨 말을 하려다 말았다는 느낌이 들었다. "두목이 누군데요?"

"난 아무 말 안 했어요. 사진 속의 그 남자가 아주 관계가 없지는 않을 겁니다."

해리는 천천히 고개를 끄덕였다. "그렇담 몸조심해야겠군요. 무기도 들고 다니고. 꼬챙이 하나 더 챙겨도 됩니까?"

21
술 취한 사람

　해리는 킹스크로스의 치과를 찾아갔다. 의사는 한 번 들여다보고는 가운데 부러진 앞니를 끼우려면 준비 작업이 필요할 거라고 했다. 해리는 임시로 치료를 받은 후 병원비 청구서를 받아들고 나오면서 오슬로 경찰국장이 너그럽게 보상해주기를 바랐다. 그리고 경찰서에서 앤드류가 크리켓 배트에 맞아 갈비뼈가 세 대 부러졌으며 뇌진탕을 일으켰다는 말을 들었다. 이번 주 내로 퇴원하기 힘들 것 같았다.

　점심시간이 끝나고 해리는 레비에게 병원에 갈 때 두 번 정도 동행해달라고 부탁했다. 그들은 차를 몰고 생테티엔 병원으로 갔는데, 방명록에 이름을 남겨야 하는 곳이었다. 두툼하고 묵직한 방명록이, 그보다 더 묵직한 간호사가 유리창 안쪽에서 팔짱을 끼고 지켜보는 앞에 펼쳐져 있었다. 하지만 간호사는 그냥 안으로 들어가라고 하면서 고개를 가로저었다.

　"저 여자 영어를 못해요." 레비가 말했다.

　로비에 들어서자 인상이 좋은 젊은 남자가 그들의 이름을 바로 컴퓨터에 입력하더니 병실을 찾고 어디로 가야 할지 알려주었다.

"중세에서 컴퓨터 시대까지 10초 만에 왔군." 해리가 조용히 중얼거렸다.

푸르죽죽하고 누르스름한 멍 자국이 남은 앤드류와 몇 마디 나눈 지 5분이나 됐을까, 앤드류가 기분이 좋지 않다면서 그만 가달라고 말했다. 그들은 위층에서 1인실에 있던 칼잡이를 발견했다. 칼잡이는 팔에 붕대를 감고 얼굴이 퉁퉁 부은 채 침상에 누워서 간밤의 일로 억하심정이 있다는 듯 해리를 보았다.

"원하는 게 뭐야, 경찰 새끼야?" 그가 말했다.

해리는 침상 옆 의자에 앉았다. "에반스 화이트가 무엇 때문에 잉게르 홀테르를 살해하라고 지시했는지 알고 싶어. 명령을 받은 사람이 누구고 왜 그랬는지."

칼잡이는 웃으려고 했지만 대신 기침이 터져 나왔다. "무슨 말인지 모르겠는데요, 경찰 나리. 댁도 모르는 것 같고."

"어깨는 어떠신가?" 해리가 물었다.

칼잡이는 두개골에서 튀어나올 것처럼 눈알을 부라렸다. "이 자식이 확……."

해리는 주머니에서 꼬챙이를 꺼냈다. 남자의 이마에 굵은 혈관이 퍼렇게 불거졌다.

"장난은 그만합시다."

해리는 아무 말도 하지 않았다.

"너 머리가 어떻게 된 거 아냐! 무사히 빠져나갈 수 있을 것 같아? 네놈이 나가고 사람들이 내 몸에서 상처를 발견하면 너도 신세 조지는 거야, 새끼야!"

칼잡이가 가성이 나도록 악을 썼다.

해리는 손가락을 입술에 댔다. "목숨을 생각해야지. 쉿. 저기 문 앞에 덩치 좋고 머리 벗어진 남자 보여? 별로 닮지는 않았지만 사실 너희가 어제 배트로 머리를 박살 낸 사람의 사촌이야. 오늘은 나랑 같이 온다면서 특별히 허락을 구하더군. 저 친구가 네 아가리에 테이프를 붙이고 누르고 있으면 나는 붕대를 풀고 이 근사한 물건을 표시 안 나는 자리에 찔러넣을 거야. 구멍이 벌써 하나 있잖아, 안 그래."

해리는 칼잡이의 오른쪽 어깨를 천천히 움켜잡았다. 칼잡이가 눈물을 비치며 거칠게 가슴을 들썩였다. 그의 눈이 해리에게서 레비에게로, 다시 해리에게로 바삐 움직였다. 인간의 본성은 한 치 앞도 보이지 않는 거대한 숲과 같다지만, 칼잡이가 입을 열 때 해리는 그의 마음속 깊은 숲 속에서 방화대를 보았다. 칼잡이는 분명 진실을 알고 있었다.

"당신은 상대도 안 돼. 내가 경찰에 흘렸다는 말이 에반스 화이트의 귀에 들어가는 날에는 열 배나 더한 꼴을 당할지도 몰라. 하나만 말해주지. 당신 지금 완전 헛짚었어. 아주 엉뚱한 길로 들어섰다고." 해리는 레비를 보았다. 그는 고개를 저었다. 해리는 잠시 생각에 잠겼다 일어나면서 꼬챙이를 침대 옆 테이블에 내려놓았다.

"어서 낫기나 해라."

"아스타 라 비스타(또 봅시다)." 칼잡이가 손으로 총 모양을 만들어 검지로 겨누었다.

호텔 프런트에 해리 앞으로 메시지가 남겨져 있었다. 시드니 경찰서 대표전화라는 걸 알아보고 얼른 방에 올라가 수화기를 들었다. 용수가 받았다.

"저희가 기록을 다시 차근차근 뒤져봤거든요." 그가 말했다. "아주 면밀히 검토했어요. 경범죄는 3년이 지나면 공식 기록에서 삭제돼요. 법이 그래요. 제한된 경범죄는 기록을 남기면 안 돼요. 그런데 만약 성범죄라면…… 에, 그러니까 이런 거요, 범죄기록을 비공식 백업파일에 따로 저장해두는 거죠. 제가 아주 흥미로운 기록을 찾아냈어요."

"그래?"

"잉게르 홀테르의 집주인 있잖아요, 헌터 로버트슨. 그 사람 공식 기록에는 흠 하나 없어요. 그런데 조금 더 파보니까 물건을 슬쩍 보여준 죄로 벌금형을 두 번 받았더라고요. 외설적인 노출요."

해리는 외설적인 노출이 뭔지 생각했다.

"어느 정도로 외설적인데요?"

"공공장소에서 성기를 꺼내서 장난치는 정도. 물론 이것 말고도 더 있어요. 레비가 그 집을 지나다 보니까 집 안에 사람이 없고 사나운 똥개만 짖어댔나 봐요. 그런데 안에서 이웃 사람이 나왔대요. 로버트슨하고 약속해서 매주 수요일 밤마다 개를 데리고 나와서 먹이를 주기로 한 것 같더래요. 그래서 열쇠도 가지고 있는 거고. 물론 레비가 잉게르가 발견되기 전날인 수요일 밤에도 개를 데리고 나왔느냐고 물었죠. 그랬다는군요."

"그래서요?"

"로버트슨이 진술한 내용을 보면 잉게르가 발견되기 전날 밤에 내내 집에 있었다고 했거든요. 당신이 알고 싶어 할 것 같아서요."

해리는 맥박이 요동치는 느낌이 들었다.

"이제 어떻게 할 겁니까?"

"경찰차를 일찍 보내서 놈을 데려와야죠. 내일 놈이 일하러 나가기 전에."

"흠. 그런 추잡한 노출은 언제 어디서 했다는 겁니까?"

"잠깐만요. 공원인 것 같아요. 여기 있네요. 그린파크라고 되어 있네요. 규모가 작은⋯⋯."

"어딘지 압니다." 해리가 얼른 대꾸했다 "내가 그리로 가볼게요. 그 언저리에 항상 어슬렁거리는 사람들이 있는 것 같더군요. 그 사람들이 아는 게 있을지 모르니까."

해리는 성기 노출 범행일을 물어본 뒤 아버지가 매년 크리스마스에 선물하는 검은색 스파레방켄 노르 수첩에 받아 적었다.

"용, 그냥 궁금해서 그러는데, 추잡하지 않은 노출은 뭘까요?"

"열여덟 살 먹은 청년이 술 취해서 노르웨이 독립기념일에 지나가는 경찰차를 향해 엉덩이를 까는 정도."

해리는 흠칫 놀라서 말문이 막혔다.

전화선 저쪽에서 용수가 클클 웃었다.

"그걸 어떻게⋯⋯?" 해리가 말했다.

"비밀번호 두 개와 옆 사무실에 덴마크인 동료 하나만 있으면 얼마나 많은 걸 알아낼 수 있는지 상상도 못 하실걸요." 용수가 배꼽이 빠져라 웃어댔다. 해리는 짜증이 솟구쳤다.

"너무 마음에 담아두지 않으셨으면 좋겠어요." 용수가 너무 나갔나 싶은지 갑자기 걱정스러운 말투로 말했다. "아무한테도 말하지 않았어요."

진심으로 뉘우치는 것 같아서 해리는 화를 내지도 못했다.

"경찰 중에 하나가 여자였어요." 해리가 말했다. "나중에 내 엉덩이가 탱탱하다고 칭찬해줬고."

용수가 안심하듯 웃었다.

공원의 광센서가 충분히 어두워졌다고 판단했는지, 해리가 벤치로 걸어가는 사이 가로등이 저절로 켜졌다. 해리는 벤치에 앉은 희끗희끗한 머리의 남자를 한눈에 알아보았다.

"안녕하세요."

턱을 가슴에 대고 푹 수그린 고개가 천천히 올라오고 갈색 눈동자 한 쌍이 해리에게, 아니 정확히 말하면 해리를 지나쳐 저 멀리 어딘가에 가서 꽂혔다.

"다배?" 그가 갈라진 목소리로 물었다.

"뭐라고요?"

"다배, 다배." 그가 거듭 말하면서 손가락 두 개를 흔들었다.

"아, 담배. 담배 드려요?"

해리는 담뱃갑에서 두 개비를 꺼내 자기도 하나 물었다. 그들은 잠시 말없이 앉아 담배를 피웠다. 대도시 한복판의 공원에 앉아 있었지만 해리는 멀리 외딴곳에 와 있는 기분이었다. 아마 사방에 밤이 내리고 보이지 않는 메뚜기들이 다리를 비비며 전자음을 내서였을 것이다. 아니, 어쩌면 백인 경찰과 광활한 대륙의 원주민에게 물려받은 넓적하고 이국적인 얼굴의 흑인이 나란히 앉아 담배를 피우는 모습이 왠지 모르게 제의적이고 영원하다는 느낌이 들어서였을지도 모른다.

"내 재킷 살래요?"

해리는 남자의 재킷을 살펴보았다. 선명한 빨간색과 검은색의 얇은 윈드브레이커였다.

"애버리진의 깃발이에요." 남자가 해리에게 재킷의 뒤판을 보여주며 설명했다. "사촌이 이런 걸 만들어요."

해리가 정중하게 거절했다.

"당신 이름이 뭐요?" 애버리진 남자가 물었다.

"해리."

"그건 영국 이름인데. 나도 영국 이름이 있어요. 조셉Joseph. 'p'와 'h'가 들어가고. 사실은 유대인 이름이에요. 예수 아버지, 알죠? 조셉 월터 로드리고. 부족 이름은 은가닥하. 은-가-닥-하.

"이 공원에서 오래 머물죠, 조셉?"

"그래요, 오래 있어요." 조셉은 순간 다시 저 멀리 어딘가를 바라보았다. 그는 재킷에서 커다란 주스 병을 꺼내 해리에게 한 모금 권하고는 벌컥벌컥 마신 뒤 뚜껑을 닫았다. 재킷이 스르르 열리면서 가슴에 새긴 문신이 드러났다. 커다란 십자가에 '제리'라고 새겨 있었다.

"문신 멋지군요, 조셉. 제리가 누군지 물어봐도 돼요?"

"제리는 내 아들이에요. 내 아들. 네 살이에요." 조셉은 손가락 네 개를 꼽아 보였다.

"네 살. 그렇군요. 지금은 어디 있어요?"

"집에요." 조셉이 집이 있는 쪽으로 손을 흔들었다. "집에 있어요, 제 어미랑."

"이봐요, 조셉. 어떤 남자를 찾고 있어요. 이름은 헌터 로버트슨. 백인이고 덩치가 꽤 작은 편이고 머리숱이 별로 없어요. 가끔 공원에 나타나고요. 가끔은 노출을…… 자기 몸을. 누구 얘기하는지 아세요? 혹시 그런 남자 본 적 있어요, 조셉?"

"예, 예. 올 거요." 조셉이 코를 문지르며 말했다. 마치 일상적인 일인 것처럼 굴었다. "기다려봐요. 올 겁니다."

노출증 환자 두 명

멀리서 교회 종이 울리고 해리는 여덟 개비째 불을 붙여 허파 깊숙이 담배연기를 빨아들였다. 지난번에 여동생 쇠스를 데리고 영화관에 갔을 때 그녀는 그에게 담배를 꼭 끊으라고 당부했다. 그날 남매는 〈의적 로빈 후드〉를 보았는데 예전에 본 〈외계로부터의 9호 계획〉만큼이나 최악의 캐스팅이었다. 하지만 쇠스는 케빈 코스트너 로빈 후드가 노팅엄 주 장관에게 강한 미국식 억양으로 대답하는데도 전혀 거슬려 하지 않았다. 쇠스는 영화 내내 별로 거슬려 하지 않았다. 사실 쇠스는 코스트너가 셔우드의 숲을 평정할 때 깍깍거리며 좋아했고, 매리언과 로빈이 마침내 서로를 만났을 때는 훌쩍이기까지 했다.

영화가 끝나고 카페에 들러 핫초코를 사주자 쇠스는 송례지던 스센터에 새로 얻은 아파트가 얼마나 마음에 드는지 이야기했다. 같은 층에 사는 커플이 '얼뜨기 같은 사람들'이라는 이야기까지도. 그리고 해리가 담배를 끊었으면 좋겠다고 했다. "에른스트가 담배는 위험하댔어. 담배 때문에 죽을 수도 있다고."

"에른스트가 누군데?" 해리가 물었지만 쇠스는 킥킥거리기만 했다. 그러고는 다시 진지한 표정이 되었다. "담배 피우지 마, 헤럴드. 죽으면 안 돼. 듣고 있어?" '헤럴드'와 '듣고 있어?'는 엄마에게 배운 말이었다.

'해리'라는 기독교식 이름은 아버지의 뜻에 따라 지은 이름이었다. 그의 아버지 올라브 홀레는 웬만하면 아내에게 다 양보하는 편이었지만, 아들의 이름을 지을 때만큼은 목소리를 높였다. 뱃일을 하며 한평생을 선량하게 살았던 할아버지의 이름을 따서 아이 이름을 지어야 한다고 고집을 부렸다. 어머니는, 어머니의 말을 그대로 빌리자면, 순간 마음이 약해져서 주장을 접었지만, 나중에 무척 후회했다고 한다.

"해리라는 이름을 가진 사람 중에 누구든 무슨 일에서건 성공한 적 있단 말을 들어봤어요?" 어머니는 이렇게 말했다(해리의 아버지는 '누구든'이나 '적' 같은 표현을 따라하면서 장난을 쳤다).

여하튼 해리의 어머니는 자신의 삼촌 이름을 따서 헤럴드라고 불렀지만 다른 사람들은 모두 해리라고 불렀다. 어머니가 돌아가시고 난 뒤로 쇠스는 그를 헤럴드라고 부르기 시작했다. 아마 나름의 방식으로 어머니의 빈자리를 채우고 싶은 모양이었다. 해리는 몰랐지만 사실 쇠스의 머릿속에는 수많은 이상한 일들이 벌어지고 있었다. 가령 해리가 당장은 아니라도 언젠가 담배를 끊겠다고 약속하자 쇠스는 눈물을 흘리며 콧물을 매단 채 웃었다.

해리는 연기가 돌돌 말려 올라가는 모습을 보고 앉아서 거대한 뱀이 그의 몸속으로 들어오는 상상을 했다. 마치 버버처럼.

조셉이 고개를 홱 들었다. 깜빡 잠들었던 모양이다.

"우리 조상님들은 크로우족이었어요." 조셉은 대뜸 이 말을 꺼내

며 고쳐 앉았다. "그분들은 날 수 있었어요." 자고 나니 정신이 말
짱해진 듯했다. 조셉은 손으로 마른세수를 했다.

"멋지지 않아요, 날 수 있었다니. 10달러짜리 있소?"

해리는 20달러짜리밖에 없었다.

"그것도 됩니다." 조셉이 얼른 낚아챘다.

잠깐 날이 갠 것인 양 조셉은 머릿속에 다시 구름이 끼어 알아듣
기 힘든 이상한 말을 중얼거렸는데, 앤드류가 투움바에게 했던 말
이 떠올랐다. 앤드류가 그걸 크리올 말이라고 하지 않았나? 결국
술에 취한 남자는 다시 턱을 가슴에 묻었다.

해리가 담배를 다 피우고 일어서려는 순간 로버트슨이 나타났
다. 해리는 그가 코트를 입고 나타날 줄 알았다. 노출증 환자는 대
부분 그런 복장으로 나타나는 줄 알았는데 로버트슨은 그냥 청바
지와 티셔츠 차림이었다. 좌우를 살피며 별나게 폴짝거리며 걷는
걸 보니 속으로 노래를 흥얼거리면서 그 장단에 맞춰 걷는 것 같았
다. 그는 벤치에 다 와서야 해리를 알아보았고, 얼굴에는 다시 만나
반가워하는 기색 따위는 전혀 없었다.

"안녕하십니까, 로버트슨 씨. 당신을 찾아다녔어요. 앉으시죠."

로버트슨은 재빨리 주위를 둘러보고는 쩔쩔매면서 한쪽 다리에
서 다른 다리로 번갈아 체중을 옮겨 실었다. 도망치고 싶은 표정이
역력했지만 결국 체념한 듯 한숨을 쉬면서 주저앉았다.

"아는 건 다 말했잖아요. 자꾸 왜 날 괴롭히는 겁니까?"

"당신이 남을 괴롭힌 전적이 있으니까."

"남을 괴롭혀요? 난 아무도 괴롭힌 적 없다니까요!"

해리는 그를 찬찬히 뜯어보았다. 옆에 앉은 이 남자가 좋아하기

는 어려운 사람이기는 하지만 아무리 좋게, 아니 나쁘게 봐줘도 연쇄살인범이라고는 도저히 믿기지 않았다. 괜히 소중한 시간만 낭비한 것 같아 화가 나려고 했다.

"당신 같은 사람들 때문에 밤잠을 설치는 여자가 얼마나 많은지 압니까?" 해리는 최대한 경멸조로 쏘아붙이려 했다. "얼마나 많은 여자가, 웬 추악한 작자가 자위하는 꼴을 보고 정신적으로 강간당한 상처를 지우지 못한 채 살아가는지 알아? 당신 때문에 그 여자들은 겁이 나고 무서워서 어두워지면 밖에 나가지도 못해요. 당신은 여자들에게 수치심을 심어주고 농락당한 느낌을 안겨줬단 말입니다."

로버트슨이 피식 웃었다. "기껏 생각해낸 게 그거예요, 경찰 나리? 왜, 내가 그 여자들 성생활을 다 망쳤다고 하시지? 공포를 조장해서 평생 신경안정제에 의존하게 만들진 않았고요? 그건 그렇다 치고 당신 동료나 조심하라고 전해요. 나더러 당장 당신네 개자식들한테 진술하지 않으면 살인 방조죄로 6년형을 살 거라고 큰소리쳤던 작자 말이오. 내가 변호사하고 얘기해서 변호사가 당신네 상관을 만나기로 했으니까 그리 아쇼. 그러니 또 나한테 야바위칠 생각일랑 접어두시지."

"좋아요, 방법이 두 가지 있어요, 로버트슨." 해리는 말하면서도 자기는 앤드류처럼 과격한 경찰 역할을 맡아 권위적으로 나가기 어렵다는 자각이 들었다. "내가 알고 싶은 걸 당장 털어놓든지, 아니면……."

"……아니면 경찰서로 같이 가자고? 그것참 고맙네. 전에도 들어본 말이군. 어서 날 처넣어요. 그래야 내 변호사가 한 시간 안에 와서 날 꺼내주고 당신과 당신 동료가 선량한 시민을 꾀어 뒷거래를 했다고 신고하면 그만이니까. 맘대로 하쇼!"

"난 그 얘기가 아닌데요." 해리가 조용히 대꾸했다. "나는 그냥 봐서는 절대 알아채지 못할 방법으로 교묘히 비밀을 흘려서, 시드니의 뉴스에 굶주리고 철저히 선정성만 쫓는 일요일자 신문 중 한 곳에 들어가게 할까 생각 중입니다만. 어디 한번 상상해볼까요? '잉게르 홀테르의 집주인, 사진 참조, 과거 성기 노출증으로 유죄선고 받은 전적이 있음, 경찰의 주목을 받아……'"

"유죄라니! 벌금형이었어요. 40달러!" 헌터 로버트슨의 목소리가 가성으로 올라갔다.

"그래, 알아요, 로버트슨. 사소한 경범죄였죠." 해리가 다 이해한다는 듯 말했다. "금방 묻혀버릴 정도로 사소했어요. 그런데 동네 사람들이 일요일자 신문에서 이런 기사를 본다면 얼마나 창피할까요? 직장 동료들도 그렇고…… 부모님은 또 어떻고요? 그분들, 글은 읽을 줄 아시겠죠?"

로버트슨의 얼굴이 일그러졌다. 구멍 난 비치볼처럼 기운이 다 빠져나간 모습이 빈백 소파 같았고, 부모를 언급하자 아픈 데를 찔린 것처럼 보였다.

"매정한 자식." 로버트슨이 쉰 목소리로 짜증스럽게 중얼거렸다. "당신 같은 인간이 어디서 떨어졌지?" 그리고 잠시 후. "알고 싶은 게 뭡니까?"

"우선 잉게르가 발견되기 전날 밤 어디 있었는지 알고 싶어요."

"그건 이미 경찰에 다 얘기했잖아요. 집에 혼자 있었고……."

"그럼 얘기 끝내야겠군. 신문사 편집자들이 잘 나온 사진으로 골라주길 빌어드리지."

해리가 일어섰다.

"알았어요, 알았어. 집에 없었어요!" 로버트슨이 빽 소리를 질렀다. 그리고 벤치에 기대 눈을 감았다.

해리가 다시 앉아서 이야기를 꺼냈다.

"학교 다닐 때 시내 부유층 동네에서 단칸방에 세 들어 산 적이 있었어요. 길 하나를 사이에 두고 건너편에 과부가 하나 살았어요. 매주 금요일 저녁 7시, 정각 7시에 커튼이 걷혔어요. 내 방과 같은 층이라 과부의 거실이 똑똑히 보였어요. 금요일마다 과부가 거대한 상들리에를 켰는데 그럴 때면 더 잘 보였어요. 다른 요일에는 머리가 세어가는 늙수레한 할머니로, 그러니까 안경 끼고 카디건을 걸친 채 전차 정류장이나 약국 앞에 줄 서 있는 흔한 할머니로밖에 보이지 않았거든요.

그런데 매주 금요일 7시, 그 일이 시작될 때는 지팡이를 짚고 콜록대던 괴팍한 노파는 온데간데없었어요. 일본풍 문양이 그려진 가운을 걸치고 검은 하이힐을 신고 나타났죠. 7시 반에 어떤 남자가 찾아왔어요. 7시 45분에 여자는 가운을 벗고 검은색 코르셋을 당당히 드러냈죠. 8시에는 코르셋을 반쯤 풀어헤치고 체스터필드 소파에서 섹스를 했어요. 8시 30분에 손님이 떠나고 다시 커튼이 내려지면서 공연이 끝났고요."

"재미있군." 로버트슨이 심드렁하게 말했다.

"재밌는 사실은 그 일이 한 번도 문제된 적이 없다는 겁니다. 길 건너 건물에서 그쪽이 안 보일 리 없으니 분명 우리 건물에 사는 사람이라면 누구나 노파의 공연을 봤을 거예요. 그런데 내가 알기로 말이 나온 적도 없고 경찰에 신고가 들어간 적도 없고 불평 한마디 없었어요. 또 재미있는 사실은 그 일이 정기적으로 일어났다는 거예요. 처음에는 남자 쪽 사정 때문에, 이를테면 그 남자가 시간을 낼 수 있는 시간에 만나는 줄 알았어요. 남자가 직장에 다닌다든지 유부남이라든지, 뭐 그런 사정요. 그런데 얼마 후 노파가 남자는 바뀌어도 시간은 바꾸지 않는다는 사실을 알았어요. 그래서 이런 생각이 들더군요. 노파는 분명 텔레비전 프로그램의 지혜를 터득했던 거라고. 고정 코너로 자리 잡아 시청자들을 사로잡은 다음에 방송시간을 바꾸면 치명적인 결과가 나온다는 사실을 안 겁니다. 그리고 시청자는 그야말로 노파의 성생활에서 양념 같은 존재였어요. 이해가 갑니까?"

"알아요." 로버트슨이 대답했다.

"하나 마나 한 질문이겠죠, 물론. 그럼 내가 왜 이 얘기를 꺼내는지도 알겠군요? 여기 잠든 우리의 친구 조셉이 오늘 밤 당신이 꼭 나타날 거라고 하더군요. 달력을 확인해보니 날짜가 거의 맞아떨어졌고. 오늘이 수요일이고 잉게르가 실종된 날도 수요일이고 당신이 성기를 노출하다 붙잡힌 두 번도 모두 수요일이었어요. 당신에게도 고정 시간대가 있는 셈이지."

로버트슨은 아무 말이 없었다.

"그래서 다음 질문이 뭐냐면, 왜 최근에는 신고당하지 않았느냐는 겁니다. 마지막으로 잡힌 지 4년이나 지났잖아요. 공원에서 어린 여자들한테 성기를 노출하는 남자라면 사람들이 곱게 봐주지 않을 텐데."

"누가 어린 여자들이래요?" 로버트슨이 쏘아붙였다. "그리고 곱게 봐주지 않는다고 누가 그럽니까?"

만일 해리가 휘파람을 불 줄 알았다면 조용히 불었을 것이다. 불현듯 전에 저녁에 근처에서 다투던 커플이 생각났다.

"그러니까 남자들한테 보여준다는 거로군." 해리는 혼잣말로 중얼거렸다. "여기 오는 게이들한테 보여주려고. 그렇다면 당신이 왜 입을 다물었는지도 설명이 되는군. 정기적으로 오는 사람들이 있었군요?"

로버트슨은 어깨를 으쓱했다. "오다가다 해요. 그래도 언제 어디서 날 볼 수 있는지는 다들 꿰고 있어요."

"그럼 신고당했을 때는?"

"그건 어쩌다 지나가던 사람이 그랬어요. 요즘은 더 조심하고 있고."

"그러니까 잉게르가 실종된 날 밤에 당신이 여기 있었다고 진술해줄 증인이 있다는 뜻이죠?"

로버트슨이 고개를 끄덕였다.

둘은 말없이 앉아서 조셉이 낮게 코 고는 소리를 들었다.

"아귀가 안 맞는 부분이 하나 더 있어요." 해리가 한참 있다 입을 열었다. "내내 찜찜하던 건데, 이웃사람이 당신네 개한테 먹이를 주고 산책시킨다는 말을 듣고서야 생각났어요."

남자 둘이 천천히 지나가다 가로등이 비추는 자리의 끝에 멈춰섰다.

"나 혼자 이런 질문을 해봤어요. 잉게르가 앨버리에서 돌아오면서 남은 고기를 조금 싸왔는데, 이웃 남자는 왜 당신네 개한테 먹이를 줬을까? 처음에 이 생각을 접어둔 건 당신이 부탁했나 보다 싶어서였어요. 고기는 다음 날 주려고 가져왔을지도 모르니까. 그러다 문득 뭔가 떠올랐어요. 당신네 개는 먹지 않는다……, 적어도 고기는 먹지 못한다. 그렇다면 잉게르는 왜 고기를 챙겨왔을까? 앨버리에서 같이 일하는 사람들한테는 개한테 먹일 거라고 했다는데. 왜 거짓말을 했을까요?"

"나야 모르죠."

해리는 로버트슨이 시계를 흘끔거리는 걸 눈치챘다. 곧 쇼를 시작할 시간이었다.

"마지막으로 하나 더. 에반스 화이트에 관해 아는 거 있습니까?"

로버트슨은 고개를 돌려 촉촉한 연푸른색 눈동자로 해리를 보았다. 공포가 스치는 눈빛일까?

"거의 없소이다." 그가 말했다.

해리는 단념했다. 별다른 진전을 보지 못했다. 속이 부글부글 끓었다. 사냥하고 추적해서 잡아넣고 싶은 마음이 굴뚝같았지만 그런 시나리오는 점점 더 멀어졌다. 젠장, 며칠만 지나면 그는 노르웨이로 돌아가야 한다. 이상하게도 이런 생각에도 기분은 나아지지 않았다.

"목격자 말인데요." 로버트슨이 말했다. "부탁인데요, 미안하지만⋯⋯."

"당신 쇼를 망칠 생각은 없어요, 로버트슨. 여기 오는 사람들도 나름 얻는 게 있을 테니." 해리는 담뱃갑을 들여다보고 한 개비만 꺼낸 후 남은 담배를 조셉의 재킷 주머니에 넣어주고 일어섰다. "나도 매주 과부의 공연을 실컷 구경했거든요."

23

검정 뱀

앨버리는 평소처럼 분위기가 무르익어 있었다. 'It's Raining Men' 이 쾅쾅 울려댔다. 무대 위의 어린 청년 셋은 무릎까지 올라오는 부츠를 제외하고는 거의 아무것도 걸치지 않았다. 손님들은 환호성을 지르며 노래를 따라 불렀다. 해리는 잠깐 쇼를 구경하다 비르기타가 일하는 카운터로 갔다.

"같이 부르지 그래요, 미남 아저씨?" 귀에 익은 목소리가 들렸다. 해리가 돌아보았다. 오늘 밤 오토는 여장이 아니었다. 그래도 분홍 실크셔츠에 넥타이를 매지 않고 마스카라와 립스틱을 옅게 바른 걸 보면 꽤나 공들여 치장한 듯했다.

"노래 잘 못해요, 오토. 미안해요."

"흥, 당신네 스칸디나비아 사람들은 다 똑같아. 술을 진탕 마셔야 겨우 풀어진다니까. 하등 쓸모없이…… 그래요, 무슨 말인지 알 거예요."

해리는 내리깐 눈꺼풀을 향해 빙그레 웃었다. "날 유혹하지 마요, 오토. 승산이 없어요."

"가망 없는 이성애자, 맞아요?"

해리가 고개를 끄덕였다.

"그래도 한잔 살게요, 미남 아저씨. 어떤 걸로 할래요?" 오토는 해리에게 자몽주스를 시켜주고 자기는 블러디 메리를 주문했다. 그들은 건배를 했고 오토는 단숨에 칵테일 반 잔을 들이켰다.

"사랑의 슬픔을 달래주는 건 요놈밖에 없답니다." 오토는 술잔을 마저 비우고 진저리를 치며 한 잔 더 주문한 뒤 해리를 보았다. "그래서, 남자랑 섹스해본 적이 없다고요? 언제 우리 날 잡고 대책을 강구해야겠는데요."

해리는 귓불이 후끈했다. 어떻게 이 게이 광대가 나를, 이렇게 다 큰 남자를 부끄럽게 만들 수 있지? 해리는 꼭 스페인 해변에서 여섯 시간 머문 영국인 같았다.

"천박하고 아주아주 저속한 내기 하나 할까요." 오토가 신이 나서 눈빛을 반짝였다. "당신이 노르웨이로 돌아가기 전에 부드럽고 가냘픈 그 손으로 나의 중요한 부위를 만진다는 데 100달러 걸게요. 어디 한번 응해볼래요?"

오토는 시뻘겋게 달아오른 해리의 얼굴을 보고 손뼉을 쳤다.

"굳이 돈을 주시겠다니 나야 좋아요." 해리가 말했다. "저기요 오토, 사랑의 슬픔으로 괴로워하는 줄 알았는데요. 집에 들어앉아 다른 생각을 해야지, 이성애자 남자를 유혹할 때가 아닌 것 같은데요?" 그는 곧 이런 말을 내뱉은 걸 후회했다. 그는 놀림당하는 걸 즐긴 적이 없었다.

오토는 손을 움츠리면서 상처받은 것처럼 눈을 흘겼다.

"미안해요, 그냥 나온 소리예요. 진심이 아니에요." 해리가 말했다.

오토는 어깨를 으쓱했다. "살인 사건은, 새로운 소식 있어요?"

"아뇨." 해리는 화제가 바뀌자 마음을 놓았다. "피해자가 알던 사람들 말고도 더 만나봐야 할 것 같아요. 그런데 그 여자에 대해 알아요?"

"여기서 어슬렁거리는 사람치고 잉게르 모르는 사람은 없죠."

"얘기 나눠본 적은 있어요?"

"글쎄요, 몇 마디 나눠봤을 거예요. 내 취향에는 조금 복잡했어요."

"복잡해요?"

"이성애자 남자 손님들한테 꽤나 관심을 받았어요. 팁을 더 받으려고 옷도 야하게 입고 한참 빤히 보면서 과하다 싶게 웃음을 흘렸죠. 그러다가는 위험을 부를 수 있다니까."

"그럼 손님 중에 혹시……."

"그냥 너무 멀리서 찾을 필요가 없을지도 모른단 말이에요, 형사님."

"무슨 뜻이에요?"

오토는 주위를 스윽 둘러보고 잔을 비웠다. "나 입 싼 사람 아니거든요, 미남 아저씨." 그는 일어서려 했다. "이제 그쪽이 하라는 대로 해야겠네. 집에 가서 다른 거나 생각해야죠. 의사가 처방해준 거 아닌가요?"

그가 카운터 안에 있는, 긴 숄을 걸친 청년 중 하나에게 손을 흔들자 청년이 그에게 갈색 종이봉투를 가져다주었다.

"내 공연, 잊지 말아요!" 오토가 어깨 너머로 큰 소리로 말하면서 떠났다.

해리는 비르기타의 카운터 앞 스툴에 앉아 그녀가 일하는 모습을 훔쳐보았다. 맥주를 따르고 거스름돈을 내주고 칵테일을 만드는 분주한 손놀림을 보았고, 모든 거리를, 그러니까 맥주통 꼭지에서 카운터로, 거기서 다시 계산대까지의 거리를 습관적으로 기억해서 분주히 움직이는 모습을 지켜보았다. 비르기타는 머리카락이 얼굴로 흘러내리자 손가락으로 살짝 튕겨 머리를 넘기고 이따금 손님들을 둘러보며 새로 주문하려는 사람이 있는지 찾다가…… 해리를 발견했다.

주근깨투성이 얼굴이 환하게 웃자 해리는 심장이 묵직하고 황홀하게 쿵쾅거리는 느낌을 받았다.

"좀 전에 앤드류의 친구가 왔어요." 그녀가 해리 쪽으로 걸어오며 말했다. "병원에 가보고 인사나 하고 싶었대요. 당신을 찾았는데. 아직 여기 어디 있을 거예요. 아, 저기 있네요."

비르기타는 테이블 하나를 가리켰고, 해리는 우아한 외모의 흑인 남자를 대번에 알아보았다. 복서 투움바였다. 해리는 그 테이블로 향했다.

"방해가 될까요?" 해리가 묻자 투움바가 환하게 웃으며 반겼다.

"그럴 리가요. 앉으세요. 지금 여기서 옛 친구가 오길 기다리고 있었어요."

해리가 자리에 앉았다.

로빈 '더 머리' 투움바의 얼굴에서 웃음기가 지워지지 않았다. 어떤 이유에선지 느닷없이 어색한 침묵이 끼어들었다. 아무도 난처하다고 인정하지는 않지만 사실은 그런 순간.

해리가 서둘러 이야기를 끌어냈다.

"오늘 크로우족 사람을 만나 얘기했어요. 당신은 어느 부족이에요?"

투움바는 황당하다는 눈빛으로 그를 보았다. "무슨 소립니까, 해리? 전 퀸즐랜드 출신입니다."

해리는 자신의 질문이 얼마나 어리석은지 깨달았다. "미안해요, 참 바보 같은 질문을 했네요. 이상하게 오늘따라 자꾸 혀가 머리보다 빨리 돌아가네요. 그런 뜻이 아니라…… 당신네 문화는 잘 몰라요. 그저 당신도 어떤 부족 출신인가 싶어서…… 그래서 해본 말이었어요."

투움바가 해리의 어깨를 툭 쳤다. "장난이에요, 해리. 신경 쓰지 마요." 그가 씩 웃자 해리는 더 바보가 된 기분이었다.

"보통 백인들처럼 나오시네요." 투움바가 말했다. "아니, 당연한 거 아닙니까? 당신도 분명 편견덩어리예요."

"편견이라뇨?" 해리는 괜히 부아가 났다. "아니, 제가 뭐라 그랬다고……."

"뭐라고 해서가 아니에요." 투움바가 말했다. "무의식중에 저를 보는 시선이 그래요. 당신은 지레 말실수를 한 걸로 생각했어요. 저도 당신이 외국인인 걸 감안할 정도의 지각이 있는 사람이라고 생각하지 못하잖아요. 노르웨이를 방문한 일본 관광객이 당신네 나라에 관해 속속들이 모른다고 해서 기분이 상하거나 하진 않잖아요? 그 나라 왕이 헤럴드라든가 하는 것 말입니다." 투움바는 눈을 찡긋했다. "당신만 그런 게 아니에요, 해리. 오스트레일리아 백인들도 혹여 말실수할까 봐 병적으로 조심해요. 참 모순이죠. 무엇보다도 우리 종족의 자부심을 뭉개놓고 정작 그게 없어지자 그걸 깔아뭉개버릴까 벌벌 떨다니."

투움바는 한숨을 푹 쉬면서 커다란 하얀 손바닥을 펼쳤다. 넙치가 뒤집힌 것 같다고, 해리는 생각했다.

투움바의 중저음의 온화한 목소리는 그 나름의 주파수로 진동하면서 큰 소리를 내지 않고도 주변 소음을 모두 빨아들이는 것 같았다.

"그래도 노르웨이 얘기 좀 해줘요, 해리. 어디서 보니까 아주 아름다운 나라라던데. 춥기도 하고."

해리는 들려주었다. 피오르와 산맥, 그리고 그 안에 사는 사람들에 관해. 노동조합, 억압, 입센, 난센, 그리그에 관해. 진취적이고 진보적인 나라로 자부하지만 바나나 공화국*에 가까워 보이는 북구의 나라에 관해. 네덜란드와 영국이 목재를 필요로 했을 때 마침 숲과 항구를 갖추었고, 전기가 발명되자 때마침 폭포가 있었고, 무엇보다 목전에서 석유를 채굴한 나라에 관해.

"우린 볼보 자동차나 투보그 맥주를 만든 적이 없어요." 해리가 말했다. "그저 자연을 수출하고 생각을 회피했어요. 금발을 엉덩이까지 늘어뜨린 나라예요." 그는 적절한 영어 관용구를 찾아보지도 않고 그대로 옮겼다.

그리고 온달스네스라고, 롬스달렌 계곡 상류에 위치한 작은 마을에 관해서도 들려주었다. 높은 산으로 둘러싸인 마을이 얼마나 아름다운지, 어머니는 늘 하나님께서 세상을 창조하실 때 롬스달렌에 제일 먼저 손을 대셨으며, 이곳에서 너무 오래 머무른 바람에 나머지 세상은 일요일까지 다 마무리하느라 대충 만드셨다고 말하곤 했다.

그리고 아버지하고 7월의 이른 아침에 피오르에서 낚시하던 일, 해변에 누워 바다 냄새를 맡던 일, 그러는 동안 갈매기들이 울어

---

* 한정된 1차 산업 수출에 의지해서 미국을 비롯한 외국 자본에 제어받는 나라.

대고 산들이 호위병처럼 꼼짝 않고 묵묵히 작은 왕국을 지키고 있던 일.

"아버지는 레샤스코그라고, 계곡에서 상류로 더 올라가면 나오는 작은 정착촌 출신이고, 아버지와 어머니는 온달스네스의 마을 댄스파티에서 만나셨어요. 두 분은 늘 은퇴하면 롬스달렌으로 돌아가고 싶다고 하셨어요."

투움바는 고개를 끄덕이며 맥주를 마셨고, 해리는 자몽주스를 한 잔 더 마셨다. 신맛이 뱃속을 훑었다.

"저도 어디 출신인지 말할 수 있으면 좋겠네요, 해리. 우리 같은 사람들은 특정 지역이나 부족하고 연결된 끈이 없거든요. 전 브리즈번 외곽 어느 고속도로 옆 오두막에서 자랐어요. 아버지가 어느 부족 출신인지 아무도 몰랐어요. 아버지는 아주 잠깐 왔다 가서 아무도 물어볼 틈이 없었어요. 어머니는 당신이 어디서 왔는지 눈곱만큼도 관심이 없어요. 술 사 마실 돈만 긁어모으면 그걸로 끝이에요. '더 머리'라 그런가 봐요."

"그럼 앤드류는 어때요?"

"얘기 못 들었어요?"

"무슨 얘기요?"

투움바는 손을 오므렸다. 미간에 주름이 깊게 잡혔다. "앤드류 켄싱턴은 저보다 더 뿌리가 없는 사람이에요."

해리는 더는 물어보지 못했지만 투움바가 맥주 한 병을 들이켜고는 다시 하던 얘기로 돌아왔다.

"앤드류한테 직접 들으셔야 할 것 같긴 한데, 성장배경이 아주 남다르거든요. 그러니까 앤드류는 도둑맞은 세대라고, 애버리진 중에서도 가족이 없는 세대예요."

"무슨 뜻이에요?"

"얘기하자면 길어요. 모든 일의 중심에는 양심의 가책이 있어요. 19세기 말부터 원주민을 둘러싼 정치에서 당국은 우리가 받는 끔찍한 처우에 관해 양심에 가책을 느낀다는 태도로 접근했어요. 유감스럽게도 좋은 의도가 반드시 좋은 결과를 낳지는 않아요. 나라를 통치하는 사람들은 그걸 알아야 해요."

"애버리진 사람들을 이해해주지 않았군요?"

"여러 단계를 거쳐서 다양한 정책이 나왔어요. 저는 강제 도시화 세대에 속해요. 제2차 세계대전이 끝나고 정부는 과거의 정책에 변화를 줘서 원주민을 소외시키지 말고 흡수해야 한다고 판단했어요. 우리의 거주지와 심지어 결혼 상대까지 통제하는 방식으로 강제 흡수하려고 했죠. 많은 원주민이 도시로 이주해와 유럽식 도시 문화에 적응해야 했어요. 그러나 결과는 비극적이었죠. 아주 짧은 시간 안에 온갖 나쁜 행위에 관한 통계에서 우리가 상위를 차지했어요. 알코올의존증, 실업, 이혼, 매춘, 범죄, 폭력, 마약, 뭐든지 맨 윗자리에 우리가 있었어요. 애버리진은 과거에도 그렇고 지금까지도 줄곧 오스트레일리아 사회에서 루저 취급을 받아요."

"그럼 앤드류는요?"

"앤드류는 전쟁 전에 태어났어요. 당시의 국가 정책은 우리가 무슨 위험한 생물체라도 되는 양 우리를 '보호'하는 거었어요. 그중에서도 땅을 소유하거나 일자리를 얻는 데 제약이 있었어요. 그런데 가장 해괴한 법은, 아버지가 애버리진이 아니라는 의심이 들면 정부에서 합법적으로 애버리진 엄마한테서 자식을 빼앗도록 보장하는 법이었어요. 나는 내가 어디 출신인지에 대해, 썩 좋은 얘기는 아니지만, 그나마 할 말은 있어요. 앤드류한테는 아무것도 없어요.

부모를 본 적도 없어요. 태어나자마자 정부에서 데려가 고아원에 집어넣었으니까. 앤드류가 아는 거라곤, 엄마는 정부에 자식을 빼앗긴 뒤 고아원에서 북쪽으로 50킬로미터 떨어진 뱅크스타운의 어느 버스 정류장에서 시신으로 발견됐고, 그녀가 어떻게 거기까지 갔고 사인이 무엇인지 알려진 게 없다는 사실뿐이에요. 백인 아버지 이름을 알려주지 않아서 앤드류도 나중에는 더 알려고 하지 않았어요."

해리는 모든 이야기를 소화하느라 버거웠다. "그런 짓거리가 정말 합법적으로 일어났다고요? UN과 세계인권선언은?"

"전쟁이 끝난 뒤로도 아무도 개입하지 않았어요. 기억해요. 정부의 애버리진 정책에서 의도는 나쁘지 않았다는 사실을 말이죠. 문화를 보존하는 데 목적이 있을 뿐."

"그래서 앤드류는 어떻게 됐나요?"

"앤드류는 공부를 잘해서 영국의 사립학교에 들어갔어요."

"오스트레일리아는 평등주의가 강해서 아이들을 사립학교에 보내지 않는 줄 알았는데요."

"모두 정부에서 관리하고 비용을 댔어요. 제 생각엔 앤드류를 정치실험의 빛나는 선례로 남기려는 의도였던 것 같아요. 앤드류 말고는 끔찍한 고통과 수많은 인간 비극만 양산했거든요. 그는 돌아와서 시드니 대학교에 다녔어요. 그때부터는 정부에서도 앤드류를 통제하지 못했죠. 결국 그도 문제를 일으켰어요. 주먹을 쓰는 걸로 악명을 떨치고 성적도 떨어졌어요. 제가 알기로는 그 와중에 여자친구와도 안 좋게 끝난 것 같아요. 백인 여자친구가 집에서 반대한다는 이유로 떠난 것 같은데 그 얘기는 앤드류가 잘 꺼내려고 하지 않아요. 아무튼 앤드류의 인생에서 무척 힘든 시기였고, 자칫 더 나

빠질 수도 있었어요. 그런데 그가 영국에서 복싱을 배웠어요. 그 덕에 기숙학교에서도 살아남았다더군요. 시드니에서 복싱을 다시 시작했고, 짐 치버스로부터 영입 제안을 받자 대학을 그만두고 한동안 떠나 있었어요.”

“저도 얼마 전에 앤드류가 복싱하는 걸 봤잖아요.” 해리가 말했다. “아직 감을 잃은 것 같진 않던데요.”

“사실 앤드류는 학업을 중단하고 싶어서 복싱을 시작한 건데 짐 치버스 팀에서 잘나가자 언론에서 관심을 보이기 시작했고, 그래서 계속 복싱에 매진한 거예요. 앤드류가 오스트레일리아 복싱 선수권대회에서 결승까지 올라갔을 때 그를 만나려고 미국에서 프로 에이전트 둘이 건너오기까지 했어요. 그런데 결승전이 있기 전날 밤 멜버른에서 일이 터졌어요. 에이전트하고 레스토랑에 갔는데, 앤드류가 결승전에서 맞붙은 상대 선수의 여자친구를 건드렸다는 소문이 돈 거예요. 캠벨이라는 상대 선수가 나중에 미스 뉴사우스웨일스가 될 미모의 노스시드니 여자를 데려왔거든요. 레스토랑 주방에서 싸움이 벌어졌는데 거기 있던 모두가 달려들어서 결국 큰 싸움이 됐어요. 앤드류와 캠벨의 트레이너, 에이전트 그리고 다른 남자들까지 싸움에 휘말려 눈에 보이는 건 모조리 깨부쉈죠.

앤드류는 입술이 터지고 이마가 찢어지고 손목 인대에 부상을 입은 채 싱크대에 널브러져 있었어요. 아무도 신고하지 않았어요. 앤드류가 캠벨의 여자친구에게 수작을 걸었다는 소문도 그래서 퍼진 것 같아요. 여하튼 그는 결승전에 출전하지 못했고, 그 뒤로는 복싱 인생도 시들해졌어요. 엄밀히 말해서 토너먼트에서 좋은 선수 두어 명을 쓰러뜨리긴 했지만 더는 언론의 관심을 받지 못했고

에이전트도 찾아오지 않았어요.

　그날 이후 앤드류는 토너먼트에도 드문드문 나가더니 나중엔 술을 입에 댄다는 소문까지 돌았죠. 서부 해안 토너먼트가 끝난 뒤엔 짐 치버스에서도 떠나달라는 요청을 받았고요. 아마추어 선수 몇에게 심각한 부상을 입혀서 그랬을 거예요. 그리고 홀연히 사라졌죠. 정확히 뭐하고 돌아다녔는지 직접 들은 적은 없지만, 여하튼 한 2년간 오스트레일리아 전국을 떠돌다가 다시 대학으로 돌아갔대요."

　"그래서 복싱도 그만뒀군요?" 해리가 말했다.

　"네."

　"그다음엔 어떻게 됐습니까?"

　"글쎄요." 투움바가 계산서를 가져오라고 손짓했다. "다시 학업을 시작했을 때는 전보다 더 의욕이 넘쳐서 한동안 별 탈 없이 지냈어요. 그러다 1970년대 초반, 히피와 파티와 자유연애가 성행할 때 앤드류도 자연히 이런저런 약에 손을 대기 시작했나 봐요. 학업에 도움이 될 리가 없으니 성적도 그냥저냥이었겠죠."

　투움바는 혼자 낄낄댔다.

　"그러던 어느 날 잠에서 깨서 침대를 기어나와 거울 속에 비친 자신의 모습을 뚫어져라 봤죠. 지독한 숙취에 찌들고, 누구한테 물려받았는지 아무도 모르는 검은 눈동자는 나날이 어떤 화합물에 적응해가고, 자격증 하나 없이 서른을 넘긴 겁니다.

　뒤에는 실패한 복서의 경력이 널브러져 있고, 앞에는 좋게 말해 불확실한 미래가 펼쳐져 있었어요. 그러니 어떻게 할까? 하다가 경찰대학에 지원한 겁니다."

　해리가 웃었다.

"전 그냥 앤드류가 얘기해준 대로 말하는 겁니다." 투움바가 말했다. "그간 저지른 일들도 있고 나이도 많은데 놀랍게도 합격했어요. 어쩌면 정부에서 애버려진 경찰관을 더 뽑고 싶었는지도 모르죠. 그래서 머리도 깎고 귀걸이도 빼고 약도 끊고, 나머지는 아시는 그대로예요. 물론 앤드류가 출세가도를 달릴 형편은 아니지만 그래도 시드니 경찰서에서 최고의 수사관으로 인정받고 있어요."

"그것도 앤드류가 해준 말입니까?"

투움바가 웃었다. "당연하죠."

무대가 있는 카운터에서 오늘 밤 드랙쇼*의 마지막 곡이 나왔다. 'Y.M.C.A.'가 빌리지 피플 버전, 즉 확실한 승자의 버전으로 울려 퍼졌다.

"앤드류를 잘 아시는군요." 해리가 말했다.

"제게는 아버지 같은 분이죠." 투움바가 말했다. "시드니에 처음 왔을 때는 아무 계획도 없고 그저 집에서 최대한 멀리 떨어지고 싶은 생각뿐이었어요. 그야말로 길바닥에서 붙잡혀서 저처럼 길을 잃고 방황하는 다른 두 녀석과 함께 앤드류한테 훈련을 받았어요. 저더러 대학에 지원해보라고 권해준 사람도 앤드류였어요."

"와우, 여기 대학 나온 복서가 또 있었네요."

"영어와 역사 전공입니다. 제 꿈은 언젠가 같은 종족 사람들을 가르치는 거예요." 그는 자신감 넘쳤고 확신에 차 있었다.

"그때까지 술 취한 뱃사람과 시골뜨기를 쓰러뜨릴 겁니까?"

투움바가 웃었다. "출세하려면 자본이 있어야 하는데 전 가르치

---

* 게이들이 여자 옷을 입고 나오는 공연.

는 일로 돈 벌 생각은 없거든요. 그렇다고 제가 아마추어들하고만 시합하는 건 아니에요. 올해 오스트레일리아 선수권대회에도 진출했어요."

"앤드류가 따지 못한 타이틀을 찾아오려고요?"

투움바는 잔을 들어 건배했다. "아마도."

쇼가 끝나고 손님들이 슬슬 빠져나갔다. 비르기타가 깜짝 놀랄 소식을 들려줄 게 있다고 해서, 해리는 조바심을 내며 마감시간까지 기다렸다.

투움바는 아직 그 자리에 앉아 있었다. 계산을 다 해놓고 지금은 맥주잔을 빙빙 돌리고 있었다. 해리는 투움바가 뭔가 원하는 게 있다는, 뭐라 형언하기 어려운 느낌을 받았다. 단지 옛이야기를 들려주려고 온 건 아니었다.

"해리, 맡으신 사건은 진전이 있습니까?"

"모르겠어요." 해리가 대답했다. "가끔은 제가 망원경을 들여다보고 있어서 답이 가까이 있는데도 흐릿한 형체만 보이는 느낌이 들어요."

"아니면 당신이 거꾸로 서 있거나."

해리는 투움바가 술잔을 비우는 모습을 바라보았다.

"갈게요. 가기 전에 이야기 하나를 해드리죠. 우리 문화에 대한 당신의 무지를 일깨워줄 이야기. 검정 뱀이라고 들어 봤어요?"

해리는 고개를 끄덕였다. 오스트레일리아에 오기 전에 조심해야 하는 파충류에 관한 글을 읽은 적이 있다. "검정 뱀은 몸집은 보잘것없이 작지만 독이 강하다고 들은 것 같아요."

"맞아요. 그런데 옛날이야기를 들어보면 원래부터 그랬던 건 아니었어요. 먼 옛날 '꿈의 시대'에는 검정 뱀이 위험하지 않았어요.

반대로 이구아나는 독이 있고 몸집도 지금보다 훨씬 컸대요. 사람도 잡아먹고 동물도 잡아먹을 정도로. 어느 날 캥거루가 동물들을 모두 한자리에 모아서 회의를 열고 흉포한 맹수인 이구아나의 우두머리 먼군갈리를 물리칠 대책을 마련하려 했어요. 오우유불루이라는 용맹하고 작은 검정 뱀이 막중한 임무를 떠맡겠다고 나섰고요."

투움바는 차분한 목소리로 이야기를 들려주면서 해리에게 시선을 고정했다.

"동물들은 작은 뱀을 비웃으면서 먼군갈리에게 맞서려면 덩치도 크고 힘도 센 자가 나서야 한다고 말했어요. '일단 지켜봐주세요.' 오우유불루이는 이 말을 남기고 스르르 기어가 이구아나 우두머리의 소굴로 향했어요. 검정 뱀은 그곳에 도착해서 덩치 큰 이구아나에게 인사를 올리고 자기는 조그만 뱀이라 잡아먹어 봤자 배도 부르지 않을 테고 그저 자기를 놀려대고 괴롭히는 동물들과 떨어져 편하게 지낼 곳을 찾아왔을 뿐이라고 말했어요. '내 눈앞에 얼씬거리지 마라, 쓴맛을 보여줄 테니.' 먼군갈리는 검정 뱀에게 별로 신경 쓰지 않았죠.

이튿날 아침 먼군갈리는 먹이를 찾아 나섰고, 오우유불루이는 스르르 그의 뒤를 밟았어요. 마침 모닥불 옆에 사람 하나가 앉아 있었어요. 먼군갈리는 눈 깜빡할 새 그 사람을 덮치고 강력한 한 방으로 그의 머리를 박살 냈어요. 그리고 그 사람을 등에 업고 소굴로 데려가 독주머니를 풀어놓고 신선한 사람고기를 먹기 시작했어요. 오우유불루이는 전광석화처럼 빠르게 튀어나가 독주머니를 낚아채고 덤불 속으로 사라졌어요. 먼군갈리는 작은 뱀을 쫓아갔지만 끝내 잡지 못했어요. 동물들이 아직 모여서 회의하는 중에 오우유불루이가 돌아왔어요.

"여길 보시오." 검정 뱀이 소리치고 아가리를 벌려 모두에게 독 주머니를 보여줬어요. 동물들이 검정 뱀 주위로 몰려들어 먼군갈리에게서 구해줘서 고맙다고 칭송했어요. 모두 집으로 돌아간 뒤 캥거루가 오우유불루이에게 다가가 독을 강물에 뱉어야 모든 동물이 앞으로 맘 편히 잠들 수 있다고 말했어요. 그러자 오우유불루이는 대답 대신 캥거루를 물었고 캥거루는 온몸이 마비되어 땅에 고꾸라졌어요.

'너희는 항상 날 경멸했어. 이젠 내 차례야.' 오우유불루이가 죽어가는 캥거루에게 말했어요. '내가 독을 품고 있는 한 다시는 누구도 내 곁에 다가오지 못해. 내가 아직 독을 품고 있다는 사실을 아는 자는 없어. 다들 나, 오우유불루이를 구세주이자 수호자로 여기는 동안 내가 때를 봐서 한 놈씩 복수할 거야.' 이렇게 말하며 캥거루를 강물로 떠밀었고, 캥거루는 물속에 가라앉았어요. 오우유불루이도 다시 스르르 덤불로 돌아갔죠. 그래서 오늘날에도 거기서 뱀이 나오는 거예요. 덤불에서."

투움바는 술잔에 입을 댔지만 술이 없어서 그냥 일어섰다.

"늦었네요."

해리도 같이 일어섰다. "얘기해줘서 고맙습니다, 투움바. 전 조만간 본국으로 돌아갈 것 같아요. 다시 만나지 못할 수도 있으니, 이번 선수권대회에서 행운이 따르길 기원할게요. 그리고 앞날의 계획도."

투움바가 손을 내밀었고, 해리는 도무지 그런 악수에 익숙해질 것 같지 않았다. 손이 두드려놓은 스테이크 조각 같은 느낌이 들었다.

"망원 렌즈에 잡힌 흐릿한 형체를 알아내시길 바랍니다." 투움바가 말했다. 그가 떠나고 나서야 해리는 무슨 뜻인지 깨달았다.

24
백상아리

경비원이 비르기타에게 손전등을 건넸다.

"나 어디 있는지는 알지, 비르기타? 부디 잡아먹히지 말라고." 그는 씩 웃어 보이더니 절뚝이며 경비실로 돌아갔다.

비르기타와 해리는 컴컴하고 구불구불한 복도를 따라 시드니 아쿠아리움의 거대한 건물 안으로 들어갔다. 새벽 2시가 다 된 시각이지만 야간경비원 벤이 그들을 들여보내주었다.

해리가 별 뜻 없이 던진 '전등은 왜 다 꺼놨습니까?'라는 질문에 나이 든 경비원은 구구절절이 설명했다.

"물론 전기세를 아끼려는 것도 있지만 중요한 이유는 따로 있어요. 물고기들에게 밤이라는 걸 알리기 위해서예요. 뭐, 제 생각엔 그렇습죠. 전에는 일반 스위치로 껐거든요. 그런데 갑자기 사방이 캄캄해지면 모두 일순간 충격에 빠지는 소리가 들렸어요. 수족관에서 쉭쉭 스치는 소리가 퍼지면서 물고기 수백 마리가 황급히 숨어들거나 정신없이 헤엄치면서 공포에 빠지는 거죠."

벤은 소리를 낮춰 방백처럼 속삭이면서 손을 지그재그로 흔들어 물고기 흉내를 냈다.

"엄청나게 첨벙대며 물결이 일어나는데, 어떤 물고기는, 가령 고등어 같은 물고기는 미쳐 날뛰다가 유리벽에 부딪쳐 스스로 목숨을 끊더군요. 그래서 조광기를 쓰기 시작했어요. 일조시간에 맞춰 서서히 빛을 줄이기로, 말하자면 자연을 모방하기로 한 겁니다. 그 뒤로 물고기들의 질병이 크게 줄었어요. 빛은 우리 몸에 낮인지 밤 인지를 알려주는데, 제 생각엔 물고기도 스트레스를 받지 않으려 면 날마다 자연의 리듬을 따라야 하는 것 같아요. 물고기에게도 우리랑 똑같은 생체시계가 있어서 교란시키면 안 돼요. 일례로 태즈메이니아에서 배러먼디*를 양식하는 사람 중 일부는 가을에 일조 량을 늘려준다고 합디다. 녀석들을 속여서 아직 여름인 줄 알고 알을 더 많이 낳게 하려는 꼼수죠."

"벤 아저씨는 좋아하는 화제가 나오면 말이 많아져." 비르기타가 말했다. "사람들이랑 얘기하는 것만큼 물고기한테 말하는 것도 좋아하서." 비르기타는 지난 2년간 여름마다 수족관에서 일손을 거들면서 경비원과 친해졌다고 했다. 그는 수족관이 처음 개장할 때부터 일한 사람이었다.

"한밤중에 여기 오면 아주 평온해져." 비르기타가 말했다. "정말 조용해. 저기 봐!" 그녀가 손전등을 유리벽에 비추었고, 까맣고 노란 줄무늬의 곰치가 동굴에서 미끄러지듯 빠져나오면서 작고 날카로운 이빨을 드러냈다. 비르기타가 불빛을 비춘 통로 아래쪽에는 점박이 노랑가오리 두 마리가 초록색 유리벽 저쪽에서 천천히 물살을 가르며 날개를 펼치듯 유유히 헤엄쳤다. "정말 아름답지 않

---

* 오스트레일리아, 서남아시아의 강에 서식하는 담수어.

아?" 그녀가 눈빛을 반짝이며 속삭였다. "무반주로 발레를 하는 것 같아."

해리는 기숙사에서 발꿈치를 들고 살금살금 걷는 기분이었다. 들리는 소리라고는 그들의 발자국과 수족관 안에서 희미하게 규칙적으로 콸콸거리는 물소리밖에 없었다.

비르기타가 어느 높은 유리벽 앞에 멈추었다. "얘는 이 수족관의 솔티, 퀸즐랜드에서 온 마틸다야." 그녀는 원추형 조명을 유리벽에 비추었다. 안에는 강둑처럼 만든 곳에 마른 나무둥치가 놓여 있었다. 그리고 웅덩이 안에는 나무토막이 떠다녔다.

"솔티가 뭐야?" 해리가 살아 있는 동물을 찾으며 물었다. 순간 나무토막이 벌어지면서 희미하게 빛나는 초록색 눈 두 개가 드러났다. 어둠 속에서 두 눈이 반사경처럼 빛났다.

"바닷물에 사는 악어. 민물악어는 프레시고. 프레시는 물고기를 먹고 사니까 겁낼 것 없어."

"그럼 솔티는?"

"아주 무서운 녀석들이지. 제아무리 위험한 육식동물도 대부분 위협을 받아 겁을 집어먹거나 자기 영역을 침범당할 때가 아니면 사람을 공격하지 않거든. 그런데 솔티는 아주 단순해. 그냥 사람의 몸을 원할 뿐이지. 오스트레일리아 사람들도 북부 습지대에서 매년 몇 명씩 잡아먹혀."

해리는 유리벽에 기댔다. "그렇다면 그 뭐냐…… 어떤 반감 같은 게 일어나지 않아? 인도 어디에서도 호랑이가 아기를 잡아먹는다는 이유로 씨를 말렸다던데. 여기선 왜 식인악어를 몰살시키지 않아?"

"여기 사람들은 대개 악어도 교통사고를 생각할 때처럼 느긋한 자세로 대해. 대충 그런 식이야. 운전을 하고 싶으면 죽음도 감수해야 하잖아? 음, 악어를 보고 싶을 때도 마찬가지야. 얘들은 사람을 잡아먹어. 사는 게 다 그렇지."

해리는 오싹해졌다. 마틸다가 눈꺼풀을 덮는 모습이 마치 몇몇 포르셰 모델이 전조등을 닫는 것 같았다. 물속에서 잔물결 하나 일지 않아, 유리벽을 사이에 두고 50센티미터밖에 떨어지지 않은 곳에 떠 있는 나무토막이 알고 보면 어마어마한 근육과 날카로운 이빨과 흉포한 성질로 이루어진 무시무시한 짐승이라는 사실이 실감나지 않았다.

"어서 가자." 해리가 말했다.

"얘가 미스터 빈이야." 비르기타가 도다리처럼 생긴 옅은 갈색의 작은 물고기를 비추었다. "피들러레이, 우리 바에서 알렉스를 부르는 별명. 잉게르가 미스터 빈이라고 부르던 남자 말이야."

"왜 피들러레이야?"

"몰라. 내가 거기서 일하기 전부터 그렇게 불렀대."

"재밌는 이름이네. 보니까 바닥에 가만히 엎드려 있는 걸 좋아하네."

"응. 그래서 물에 들어갈 때 조심해야 해. 독을 품고 있어서 밟히면 쏘거든."

그들은 계단을 따라 거대한 수조 하나를 감아 내려갔다.

"여기는 사실 엄밀히 말하면 수족관이 아니라, 그냥 시드니 하버 일부를 막아서 만든 곳이야." 비르기타가 말하는 사이 그들은 안으로 들어갔다.

천장에서 녹색을 띤 불빛이 파상의 줄무늬로 그들을 비추어서 해리는 마치 미러볼 아래 서 있는 기분이었다. 비르기타가 손전등으로 머리 위를 비추고서야 해리는 그들이 바다에 둘러싸인 걸 알았다. 그들은 바닷속 유리 터널에 서 있었고, 초록빛은 바닷물을 통과해 밖에서 들어온 빛이었다. 거대한 그림자가 미끄러지듯 그들 옆을 지나가자 해리는 반사적으로 움찔했다.

"쥐가오리." 그녀가 말했다. "데빌 레이야."

"세상에, 엄청나군!" 해리가 숨을 내뱉었다.

가오리가 큰 물결을 일으키자, 꼭 거대한 물침대가 출렁이는 것 같아서, 보고 있으려니 잠이 올 것 같았다. 그러다 가오리는 방향을 옆으로 돌려 그들을 향해 몸을 흔들고는 검은 침대보의 유령처럼 시커먼 물속 세상으로 헤엄쳐갔다.

두 사람은 바닥에 앉았고, 비르기타는 배낭에서 무릎담요와 술잔 두 개, 양초와 라벨이 없는 레드와인 한 병을 꺼냈다. 헌터밸리 포도밭에서 일하는 친구한테 선물로 받았다면서 마개를 땄다. 그리고 그들은 무릎담요를 깔고 나란히 누워 물속을 쳐다보았다.

거꾸로 뒤집힌 세계에 누워, 상상력이 도를 넘은 누군가가 빚어낸 다채로운 무지개색 물고기와 기괴한 생물체로 가득한 반전된 하늘을 바라보았다. 번쩍이는 푸른 물고기가 호기심 어린 달덩이 같은 얼굴로 얇은 배지느러미를 파르르 떨면서 그들 위에서 맴돌았다.

"쟤들이 얼마나 오랫동안 저러고 있는지, 저런 행동이 얼마나 무의미한지 보고 있으면 정말 멋지지 않아?" 비르기타가 속삭였다. "덕분에 시간이 느려지는 느낌이 들지 않아?" 그녀는 찬 손을 해리의 목에 얹고 살며시 잡았다. "맥박이 거의 멈추다시피 하는 거 느껴져?"

해리가 마른침을 삼켰다. "시간이 느리게 가도 상관없어. 지금 이 순간은. 앞으로 며칠 동안도."

비르기타가 손아귀에 힘을 주었다. "그 얘긴 꺼내지도 마."

"가끔 그런 생각이 들어. '해리, 넌 아주 멍청한 자식은 아니야.' 이를테면 앤드류가 애버리진을 말할 때 매번 '그들'이라고 지칭하는 걸 알아챘어. 그래서 투움바가 자세히 말해주기 전부터 앤드류의 사연을 어느 정도는 짐작했어. 앤드류가 가족들 품에서 자라지 않았고, 어디에도 속하지 않고 겉돌면서 외부인의 눈으로만 바라보는 건 나도 알았어. 여기 우리처럼, 세상을 지켜볼 뿐 그 속으로 들어가지는 못하지. 투움바하고 얘기하고 나서 뭔가를 깨달았어. 앤드류는 사람들에 섞여 살면서 자연히 습득하는 자부심이라는 선물을 타고나지 못한 것 같아. 그래서 자기만의 방법을 찾아야 했던 거고. 처음에는 앤드류가 그와 같은 출신을 창피해하는 줄 알았는데 지금 와서 생각해보니 내면의 수치심과 싸우는 것 같아."

비르기타가 끙 앓는 소리를 냈다. 해리는 하던 말을 계속 했다.

"어떤 때는 뭔가 잡힐 것 같다가도 순식간에 다시 혼란에 빠져. 혼란스러운 이 기분이 싫어. 이걸 감당할 정도의 인내심이 없어. 그래서 자잘한 부분을 알아채는 능력이 아예 없거나, 아니면 자잘한 정보를 조합해서 더 큰 그림에서 의미를 찾는 능력이 생기거나 했으면 좋겠어."

해리는 비르기타 쪽으로 돌아누워 그녀의 머리카락에 얼굴을 묻었다.

"하나님께서 지능은 아주 조금 주시고 세세한 부분을 보는 밝은 눈을 주셨으니 한참 잘못하셨어." 그는 비르기타의 머리카락에서 나는 냄새를 어디서 맡았는지 떠올리려 했다. 하지만 까마득한 옛

214

일이라 기억나지 않았다.

"그래서 뭐가 보이긴 해?" 그녀가 물었다.

"다들 내가 이해하지 못하는 쪽으로 내 주의를 돌리려고 해."

"어떻게?"

"모르겠어. 꼭 여자들 같아. 나한테 이야기를 들려주면서 다른 뭔가를 의미해. 행간에 무언가 감춰진 건 확실한데 아까 말했듯이 내겐 그걸 꿰뚫어보는 능력이 없어. 어째서 너희 여자들은 액면 그대로 말하지 않는 거야? 남자들의 해석 능력을 과대평가하잖아."

"이젠 내 탓이라는 거야?" 비르기타가 소리치면서 씩 웃고는 그를 찰싹 때렸다. 해저 터널을 타고 메아리가 울렸다.

"쉿, 백상아리를 깨우면 안 돼." 해리가 말했다.

비르기타는 한참 지나서야 해리가 와인 잔을 건드리지도 않은 걸 알아챘다.

"와인 한 잔 정도는 괜찮지 않아?"

"아니, 안 돼." 해리가 대답했다. "괜찮지 않아." 그는 빙그레 웃으며 그녀를 끌어당겼다. "그 얘기는 그만두자." 그가 그녀에게 입을 맞추자, 그녀는 떨리는 숨결을 길게 내뱉으며 이런 순간을 평생 기다려온 것처럼 키스했다.

해리는 흠칫 놀라 눈을 떴다. 물속의 초록빛이 어디서 오는지, 시드니 하늘에 뜬 달빛인지 육지의 서치라이트인지는 몰랐지만, 어느새 그 빛은 사라지고 없었다. 초가 다 타서 온 세상이 암흑이었다. 그런데 누군가 지켜보는 느낌이 들었다. 해리는 비르기타 옆에 놓인 손전등을 찾아서 스위치를 켰다. 그녀는 알몸으로 담요를 반쯤 덮고 만족스러운 얼굴로 잠들어 있었다. 그는 유리벽에 전등을 비추었다.

처음에는 유리에 비친 게 그의 모습인 줄 알았다. 잠시 후 손전등 불빛이 눈에 익자 마지막 박동과 함께 심장이 멎는 것 같았다. 백상아리가 바로 옆에서 싸늘하고 생기 없는 눈으로 바라보고 있었다. 해리가 숨을 내쉬자 유리벽에 김이 서렸는데, 그 안에는 물기 어린 창백한 얼굴, 몸집이 너무 커서 수조를 다 메우고도 남을 익사한 남자의 유령 같은 얼굴이 보였다. 어릴 때 물에 빠진 것처럼 이빨이 턱에서 돌출해 있고 세모난 하얀 단검이 삐뚤빼뚤 잇몸 없는 치열에 아무렇게나 박혀 있었다.

그리고 놈은 다시 떠올라 해리 위로 올라가면서 죽은 사람처럼 싸늘한 눈길을 해리에게 고정한 채 딱딱하게 굳어 증오에 찬 표정을 지었고, 시체처럼 하얀 몸뚱이는 손전등 불빛을 지나 서서히 파도 모양으로 헤엄쳐 영원 같은 곳으로 가버렸다.

미스터 빈

"그래, 조만간 떠난다고?"

"네." 해리는 커피를 무릎에 놓고 앉아서 딱히 할 말을 찾지 못했다. 맥코맥은 자리에서 일어나 창가로 가서 서성이기 시작했다.

"그래, 자네는 사건을 해결하려면 아직 멀었다고 생각하지? 웬 사이코패스가 사람들 틈에 섞여서 얼굴 없는 살인자로서 충동적으로 살인을 저지르고 아무 단서도 남기지 않는다고 생각하겠지. 우리는 그저 놈이 다음번에 범행을 저지를 때 실수하기만을 바라며 기도할 뿐이라고 말이야."

"그런 말은 하지 않았습니다, 국장님. 다만 제가 여기서 할 일이 없는 것 같습니다. 게다가 오슬로에서 저를 필요로 한다는 전화를 받았습니다."

"좋아. 자네가 여기서 실력발휘를 제대로 했다고 보고해주지. 본국에서 승진 대상자 목록에 올랐나 보군."

"그런 말은 들은 바 없습니다."

"지금부터는 휴가 삼아 시드니 관광이나 하고 돌아가게, 홀리."

"전 그냥 알렉스 토마로스라는 자가 저희 취조 대상에서 제거되는 것까지만 확인하고 싶습니다."

맥코맥은 창가에 서서 구름 덮이고 숨 막힐 듯 푹푹 찌는 시드니를 내다보았다.

"나도 고향이 그립네, 홀리. 아름다운 바다 건너 저편."

"네?"

"난 키위야, 뉴질랜드 사람. 내가 열 살 때 부모님이 여기로 오셨어. 거기 사람들은 서로에게 더 친절해. 아무튼 내 기억에는 그래."

"몇 시간 있다가 엽니다." 빗자루를 든 여자가 짜증스러운 표정으로 문 앞에서 툴툴댔다.

"상관없습니다. 토마로스 씨하고 약속했어요." 해리는 여자가 노르웨이 경찰배지를 보고 믿어줄지 의문이었다. 배지를 내밀 필요는 없었다. 여자가 사람 하나 간신히 들어갈 정도만 문을 열었다. 퀴퀴한 맥주 냄새와 세제 냄새가 진동했고, 손님이 없는 대낮의 앨버리는 이상하게도 더 작아 보였다.

해리는 알렉스 토마로스, 일명 미스터 빈, 일명 피들러레이로 불리는 남자를 카운터 안쪽 그의 사무실에서 만났다. 해리는 자기를 소개했다.

"무엇을 도와드릴까요, 홀리 씨?" 그는 빠르게 실수 없이 또박또박 말했다. 한 나라에 오래 살았어도 외국인들이 흔히 그러듯.

"갑작스런 요청에도 이렇게 응해주셔서 고맙습니다, 토마로스 씨. 다른 경찰들이 와서 이것저것 물어봤을 테니 필요 이상으로 시간을 빼앗지 않을게요. 저는……."

"괜찮습니다. 보시다시피 딱히 할 일도 없어요. 장부나 살피는 정도라……."

"그렇군요. 진술하신 내용을 보니까 잉게르 홀테르가 사라진 날 밤에도 장부를 정리하고 계셨더군요. 누가 같이 있었나요?"

"제 진술을 꼼꼼히 읽어보셨다면 혼자 있었다는 걸 아실 텐데 요. 저는 늘 혼자서……." 해리는 토마로스의 거만한 얼굴과 침을 삼키는 입을 뜯어보았다. 그 말이 맞는 것 같군. "……장부를 정리해요. 완벽하고 빈틈없이. 제가 마음만 먹었다면 아무도 눈치 못 채게 수십만 달러는 빼돌릴 수 있었을 겁니다."

"그래도 엄밀히 말하면 알리바이가 없군요."

토마로스는 잔을 비웠다. "엄밀히 말하면 2시에 어머니한테 전화 해서 퇴근하고 집에 가는 길이라고 말했습니다만."

"엄밀히 말하면 가게 문을 닫은 1시에서 2시 사이에 많은 걸 할 수도 있었겠지요, 토마로스 씨. 꼭 당신한테 혐의가 있다는 뜻은 아 니지만."

토마로스는 눈 하나 깜빡이지 않고 쳐다보았다.

해리는 빈 수첩을 획획 넘기면서 뭔가 찾는 척했다.

"그런데 어머니한테는 왜 전화했습니까? 새벽 2시에 그런 말을 하려고 누군가에게 전화한다니 어째 이상하지 않나요?"

"저희 어머니는 제가 어디 있는지 알고 싶어 하세요. 경찰들이 어머니하고도 얘기 다 끝냈는데 어째서 이 얘길 다시 해야 하는지 모르겠군요."

"그리스 사람 맞죠?"

"난 오스트레일리아 사람이고 여기서 20년을 살았습니다. 우리 어머니도 지금은 오스트레일리아 국적이고. 더 하실 얘기 있습니 까?" 그는 감정을 능숙하게 억눌렀다.

"당신은 잉게르 홀테르에게 개인적인 관심을 보였어요. 잉게르가 거절할 때 어떻게 반응했습니까?"

토마로스는 입술을 핥으며 무슨 말인가 하려다 말았다. 혀가 다시 드러났다. 꼭 뱀의 혀 같았다. 모두가 업신여기면서 위험하지 않다고 생각하는 작고 불쌍한 검정 뱀.

"홀테르 양에게 같이 저녁 먹자고 했습니다. 그걸 물으시는 겁니까? 제가 데이트 신청을 한 사람은 홀테르 양밖에 없어요. 사람들에게 물어봐요. 카트린도 있고 비르기타도 있잖아요. 저는 제 직원들을 떠받들면서 좋은 관계를 지켜왔어요."

"**당신**의 직원이라니?"

"그게, 엄밀히 따지면 저는……."

"여기 매니저 아닙니까? 흠, 바 매니저 씨, 잉게르의 남자친구가 찾아왔을 땐 어떻게 했습니까?"

토마로스의 안경에 아까부터 김이 서리기 시작했다. "잉게르는 원체 손님들하고 사이가 좋아서 그 많은 사람 중에 누가 남자친구인지 저로선 알 수가 없었어요. 그러니까 남자친구가 있었단 말이군요? 잘됐네요……."

꼭 심리학자가 아니라 해도 토마로스가 애써 태연한 척하는 걸 알 수 있었다.

"그럼 잉게르가 누구와 친했는지 전혀 모르신다는 겁니까, 토마로스 씨?"

토마로스는 어깨를 으쓱했다. "물론 광대하고 친하긴 했어도 그 양반이야 성향이 다른 쪽이라……."

"광대요?"

"오토 레흐트나겔, 여기 자주 오는 손님이에요. 잉게르가 남은 음식을 싸다주곤 했는데…….”

“개 주려고!” 해리가 소리쳤다. 토마로스가 의자에서 벌떡 일어났다.

해리는 벌떡 일어나 주먹으로 손바닥을 쳤다.

“그거야! 오토가 어제 봉투를 받아갔어요. 남은 음식을 개한테 갖다준다면서! 이제야 생각나는군요, 그 사람이 개를 키운다고 했어요. 잉게르는 실종되던 날 밤에 비르기타한테 개 주려고 음식을 싸간다고 말했고, 우리는 내내 집주인 개한테 갖다주려고 한 건 줄 알았어요. 그런데 태즈메이니아데빌은 채소만 먹어요. 혹시 잉게르가 싸간 음식이 어떤 거였는지 알아요? 오토 레흐트나겔이 어디 사는지 압니까?”

“젠장, 제가 그걸 어떻게 압니까?” 토마로스는 겁에 질려 대꾸했다. 의자가 등 뒤의 책장까지 밀려나도록 벌떡 일어난 터였다.

“좋아요, 내 말 잘 들어요. 방금 한 얘기 어디 가서 떠벌리지 말아요, 물론 사랑하는 어머니한테도, 아니면 내가 돌아와서 당신 목을 잘라버릴 테니까. 아시겠어요, 미스터 빈……, 아니 토마로스 씨?”

알렉스 토마로스는 말없이 고개를 주억거렸다.

“그럼 이제 전화 한 통 해야겠군요.”

선풍기가 애처롭게 삐걱댔지만 회의실에 있던 누구 하나 알아채지 못했다. 모두의 시선은 용수에게 쏠렸고, 용수는 오버헤드 프로젝터에 오스트레일리아 지도 슬라이드를 올렸다. 용수는 지도에 빨간색으로 작은 점을 찍고 옆에 날짜를 적어놓았다.

“이건 용의자가 저지른 것으로 추정되는 강간 사건과 살인 사건이 발생한 시각과 장소입니다. 전에도 지리적으로나 시간적으로 어떤 양상이 있는지 찾아보려 했지만 아무 소득을 얻지 못했습니다. 그런데 해리가 하나 찾아낸 것 같습니다."

용수는 첫 번째 슬라이드 위로 같은 지도가 그려진 슬라이드를 겹쳐놓았다. 새 슬라이드에 찍힌 파란 점들이 밑에 놓인 슬라이드의 빨간 점들과 거의 일치했다.

"이게 뭐지?" 왓킨스가 다급히 물었다.

"'오스트레일리안 트래블링 쇼 파크'라는 서커스단이 공연한 프로그램 목록을 뽑은 거예요. 해당 날짜에 그들이 머물던 지역이 나옵니다."

선풍기가 끊임없이 구슬픈 노래를 불렀고, 그 소리를 제외하고 회의실에는 극도의 정적이 감돌았다.

"어이쿠, 놈을 잡았네요!" 레비가 소리쳤다.

"통계상 우연의 일치일 가능성은 400만 분의 1에 불과해요." 용수가 빙긋 웃었다.

"잠깐, 잠깐만, 그래서 우리가 찾는 자가 누군데?" 왓킨스가 말을 가로챘다.

"우리가 찾는 사람은 이자입니다." 용수가 프로젝터에 세 번째 슬라이드를 올려놓았다. 창백하고 조금 통통한 얼굴이 파리하게 웃으며 슬픈 눈으로 스크린 안에서 그들을 보고 있었다. "해리가 누군지 알려드릴 겁니다."

해리가 일어섰다.

"이자는 오토 레흐트나겔, 마흔두 살의 프로 광대이고 지난 10년 간 오스트레일리안 트래블링 쇼 파크와 함께 유랑을 다녔습니다. 서커스 공연이 없는 동안에는 시드니에서 혼자 살면서 프리랜서로 무대에 오릅니다. 현재는 작은 극단을 만들어 시내에서 공연을 올리고 있습니다. 보시다시피 전과가 깨끗하고 성범죄로 세간의 이목을 끈 적도 없고 조금 별나기는 해도 유쾌하고 조용한 사람처럼 보입니다. 중요한 사실은, 이자가 죽은 잉게르 홀테르와 아는 사이이고 잉게르가 일하던 바에 단골로 드나들었으며 두 사람이 오랜 기간에 걸쳐 친해졌다는 겁니다. 잉게르는 죽던 날 밤에 레흐트나겔의 집으로 가던 길이었을 겁니다. 그 집의 개한테 갖다줄 음식을 싸들고."

"개한테 갖다줄 음식?" 레비가 웃었다. "새벽 1시 반에요? 우리의 광대가 딴 맘을 먹었나 보군요."

"그리고 바로 그 지점에서 이 사건의 기묘한 부분이 드러납니다." 해리가 말했다. "오토 레흐트나겔은 열 살 때부터 표면적으로는 100퍼센트 정식 동성애자였거든요."

이 말이 나오자 회의실 안이 술렁였다.

왓킨스가 툴툴댔다. "동성애자라는 놈이 여자를 일곱이나 죽이고 그보다 여섯 배나 되는 여자를 성폭행했다는 말인가?"

맥코맥이 회의실에 들어와 있었다. 사전에 간략히 보고받은 터였다. "평생 호모 친구들하고만 어울려 행복하게 살던 호모라면, 어느 날 문득 미끈한 젖꼭지 한 쌍을 보고 자기 물건이 꿈틀대는 걸 느끼고 불안해지겠지. 젠장, 여긴 시드니잖아. 사람들이 장롱 이성애자*로 사는 세계 유일의 도시라고."

맥코맥의 쩌렁쩌렁 울리는 웃음소리에 소란스러운 용수의 목소리가 묻혔다. 용수는 어찌나 크게 웃는지 두 눈이 얼굴에 난 가느다

* Closet Heteros, 이성애자이지만 동성애자인 척하는 사람.

223

란 틈처럼 보였다.

왓킨스는 왁자한 분위기에 휩쓸리지 않았다. 그는 머리를 긁적였다. "아무리 그래도 앞뒤가 맞지 않는 점이 두어 가지 있습니다. 그렇게 냉정하고 치밀한 사람이 갑자기 왜 이런 식으로 정체를 드러낼까요? 왜 이런 식으로 희생자를 집 안으로 끌어들일까요? 잉게르가 사람들한테 어디 갈 거라고 말했을지도 모르는데. 그리고 잉게르가 말했다면 우리가 당장 그자를 덮쳤겠죠. 더욱이 다른 희생자는 무작위로 택한 것 같아요. 그런데 왜 갑자기 그간의 패턴을 깨고 아는 여자를 찍었을까요?"

"이 자식에 관해 우리가 아는 거라곤 뚜렷한 패턴이 없다는 겁니다." 레비가 손가락에 낀 반지에 입김을 불면서 말했다. "그래도 놈의 입맛이 다양해 보이는데요. 희생자가 금발이어야 한다는 것만 빼고……." 그는 소매로 반지를 닦았다. "그리고 나중에 목을 졸라 죽였다는 거랑."

"400만 분의 1이에요." 용수가 다시 말했다.

왓킨스가 한숨을 쉬었다. "좋아, 항복. 어쩌면 우리의 기도에 응답하셨는지도 모르겠네요. 어쩌면 놈이 마침내 결정적인 실수를 범한 건지도 모르고."

"이제 어쩔 셈인가?" 맥코맥이 물었다.

해리가 큰 소리로 말했다. "오토 레흐트나겔은 지금 집에 없을 겁니다. 오늘 밤 본다이비치에서 서커스단하고 공연하기로 되어 있어요. 제 생각에는 가서 공연을 보고 그 자리에서 바로 체포하는 게 좋을 것 같습니다."

"우리 노르웨이 동료께서 연극에 감각이 있으신가 보군." 맥코맥이 말했다.

"공연 도중에 뛰어들면 당장 언론에서 달려들 테니까요."

맥코맥이 천천히 고개를 끄덕였다. "왓킨스?"

"저도 좋습니다, 국장님."

"좋아, 놈을 잡아들이게, 제군."

26

다른 환자

앤드류는 이불을 턱까지 끌어올려서 이미 숨을 거둔 시신 같았다. 얼굴 옆쪽이 붓고 다채로운 색깔의 스펙트럼이 생겼고, 해리를 보고 웃을 때는 고통스러운 듯 얼굴이 일그러졌다.

"어휴, 웃을 때 많이 아파요?" 해리가 물었다.

"다 아파요. 생각만 해도 아파."

침상 옆 탁자에 꽃바구니가 놓여 있었다.

"몰래 흠모하는 사람이?"

"맘대로 생각하쇼. 그 사람 이름은 오토. 내일은 투움바가 올 거고, 오늘은 당신이 왔군. 사랑을 듬뿍 받으니 기분 참 좋군요."

"나도 줄 게 있어요. 꼭 아무도 없을 때 피우세요." 해리가 짙은 색 시가를 내밀었다.

"아, 마두로. 당연하지. 나의 친애하는 노르웨이 'rubio*'가 준 건데." 앤드류는 환하게 웃으며 조심스럽게 끌끌 소리를 냈다.

"우리가 만난 지 얼마나 됐죠, 앤드류?"

---

* 금발을 지칭하는 스페인어.

앤드류가 고양이를 쓰다듬듯 시가를 어루만졌다. "지금까지 한 일주일 됐을 겁니다, 마잇. 조금 있으면 형제라도 될 것 같군요."

"그럼 어떤 사람을 진실로 알기까지 얼마나 걸릴까요?"

"글쎄요, 거대하고 어두운 숲으로 난 길을 찾기까지 꼭 긴 시간이 걸리는 건 아닙니다. 어떤 사람의 마음속에는 잘 닦인 길이 곧게 뚫려 있고 가로등과 표지판도 있어요. 그런 사람은 속속들이 다 말해줄 것처럼 보여요. 하지만 무슨 일이든 당연하게 받아들여서는 안 돼요. 환한 길에 산짐승이 보이지 않으면 덤불에서 나타나니까요."

"그럼 다 알기까지는 얼마나 걸릴까요?"

"누가 있느냐에 따라 다르죠. 그리고 숲에 따라 다르고. 어떤 숲은 다른 숲보다 어두워요."

"그럼 당신의 숲은 어떻습니까?"

앤드류가 침상 옆 탁자 서랍에 시가를 넣었다. "음침하죠. 마두로 시가처럼." 그리고 해리를 보았다. "하지만 물론 당신은 알아냈을……."

"당신 친구를 만나서 앤드류 켄싱턴이 어떤 사람인지 좀 더 알아냈어요, 그래요."

"흠, 그럼 내가 무슨 말 하는지도 알겠군요. 환한 길에 속지 말아야 한다는 말. 당신 안에도 어두운 구역이 한두 군데 있을 테니 설명하지 않아도 알 겁니다."

"무슨 뜻이에요?"

"그냥 어떤 걸 끊는 남자를 알아봤다고 칩시다. 가령 술 같은 것."

"누구나 그렇죠." 해리가 중얼거렸다.

"당신이 무얼 하든 모두 흔적으로 남아요. 당신이 살아온 삶의

궤적이 모두 당신에게 남아 있어요. 누군가 읽을 수 있도록."

"바로 당신이 읽을 수 있군요?"

앤드류는 큼직한 주먹을 해리의 어깨에 올렸다. 아주 짧은 시간에 다 나은 것 같았다.

"당신이 마음에 들어요, 해리. 당신은 내 친구예요. 내 생각에 당신은 사정이 어떻게 돌아가는지 파악하고 엉뚱한 곳으로 눈을 돌리진 않아요. 나는 단지 지구상에서 살아가려고 발버둥 치는 수많은 외로운 영혼 중 하나일 뿐이에요. 실수를 너무 많이 저지르지 않으려고 노력하고 있어요. 가끔은 상황을 훤히 꿰뚫어보고 옳은 일을 하려고 하겠죠. 그게 다예요. 여기서 나는 중요하지 않아요, 해리. 내가 누군지 알아내봤자 도움이 되지 않아요. 젠장, 나 자신을 너무 많이 아는 데는 딱히 관심도 없고."

"왜죠?"

"숲이 아주 캄캄해서 길을 찾지 못하겠으면 애초에 길을 찾는 여행을 떠나지 않는 편이 현명하니까요. 머지않아 엉뚱한 데서 헤맬테니까."

해리는 고개를 끄덕이며 앉아서 꽃병에 꽂힌 꽃을 보았다. "우연을 믿습니까?"

"글쎄요." 앤드류가 말했다. "인생은 일어나지 않을 것 같은 우연한 일들이 연결되어 이루어진 겁니다. 예를 들어 복권을 사서 822531이라는 숫자를 받았을 때 그 숫자를 받을 확률은 100만 분의 1이죠."

해리는 다시 고개를 끄덕였다. "그 번호가 연달아 너무 많이 나왔다는 게 마음에 걸립니다."

"그런가요?"

앤드류가 낮게 신음을 토하며 일어나 앉았다. "자, 앤드류 삼촌한 테 말해보세요."

"시드니에 도착한 첫날 맨 처음 일어난 일이죠. 원래 이 사건에 배정되지 않은 당신이 잉게르 홀테르 살인 사건을 맡겠다고 나섰 고 게다가 특히 나하고, 외국인인 나랑 같이 일하게 해달라고 고집 을 피웠다는 말을 들었습니다. 그때 나는 혼자 몇 가지 질문을 던졌 어야 했어요. 그런 다음 당신은 나를 당신 친구에게 소개했어요. 그 럭저럭 재미난 서커스나 감상하며 시간을 죽이자는 핑계를 대면 서. 시드니의 400만 인구 중에서 첫날 저녁에 그 사람을 만난 겁니 다. 한 사람! 400만 분의 1. 그런데 그 사람이 다시 나타나 아주 은 밀한 100달러짜리 내기를 제안했어요. 여기서 중요한 사실은 그 사 람이 바로 잉게르 홀테르가 일하던 술집에 나타났고, 알고 보니 잉 게르와도 아는 사이였다는 겁니다! 다시 400만 분의 1! 그리고 우 리가 유력한 용의자, 정확히 말해서 에반스 화이트한테만 관심을 쏟는 중에 당신은 갑자기 에반스를 봤다는 목격자를 찾아냅니다. 그리고 그 사람은 이 대륙에 사는 1800만 명 중 한 명이자, 살인 사 건이 일어난 그날 밤 우연히 다른 어디도 아닌 님빈에 있었던 사람 이고요."

앤드류는 깊은 상념에 잠긴 듯했다. 해리는 말을 이었다.

"그래서, 물론 당신은 **하필** 에반스 화이트 일당이 단골로 드나드 는 펍의 주소를 나한테 넘겼어요. 그래야 그들 일당을 압박해서 내 가 믿어주기를 바라는 이야기를 확인시켜줄 수 있었으니까. 에반 스는 이 사건과 관련이 없다는 사실 말입니다."

간호사 둘이 들어오고 그중 하나가 침상 끝을 잡았다. 다른 하나 가 상냥하지만 단호하게 말했다. "죄송하지만 이제 면회 시간이 끝났습니다. 켄싱턴 씨는 EEG* 검사도 받아야 하고 선생님들께서 기다리고 계세요."

해리가 몸을 숙여 앤드류의 귀에 대고 말했다. "나는 기껏해야 평균 지능을 가진 사람이에요, 앤드류. 그래도 당신이 내게 뭔가를 말해주려고 한다는 건 알아요. 다만 어째서 직접 말하지 않는 건지 모르겠어요. 아니다, 당신이 왜 나를 필요로 하는지 모르겠어요. 걸리는 사람이 있어요, 앤드류?"

간호사들이 침상을 확 돌려 병실을 나서 복도로 향하는 사이 해리는 침대 옆에 붙어 같이 뛰었다. 앤드류는 베개에 쓰러져서 눈을 감았다.

"해리, 당신이 이런 말을 한 적 있죠. 백인이든 애버리진이든 지구상에 처음 살았던 사람들 이야기가 얼추 비슷한 이유는, 모두가 쥐뿔도 모르는 일에 대해 같은 결론을 내린 탓이며 모두가 선천적으로 비슷한 사고과정을 타고나서라고. 어찌 보면 내가 들은 말 중에서 가장 어리석은 말일지도 모르지만 또 한편으로는 당신 말이 맞았으면 좋겠어요. 어느 쪽이든 그냥 눈을 감으면 무엇이 보이는지가 관건이니까……."

"앤드류!" 해리가 그의 귀에 대고 속삭였다. 그들은 엘리베이터 앞에 멈췄고 간호사가 문을 잡았다.

"날 가지고 놀 생각 말아요, 앤드류, 내 말 들려요? 오토 짓이죠? 오토가 버버죠?"

앤드류가 눈을 떴다. "어떻게……."

"오늘 저녁에 놈을 체포할 겁니다. 공연 끝난 다음에."

---

* Electro Encephalo Graphy, 뇌파의 주파수와 진폭을 그린 뇌전도를 통해 뇌 상태를 측정하는 검사.

"안 돼!" 앤드류가 몸을 반쯤 일으켰지만 간호사가 조심스러우면서도 단호하게 다시 눕혔다.

"의사 선생님이 가만히 누워 계시라고 했어요, 켄싱턴 씨. 뇌진탕이 심한 거 아시잖아요." 간호사가 해리를 돌아보았다. "여기까지밖에 안 됩니다."

앤드류가 다시 몸을 일으키려 했다. "아직은 안 돼요, 해리! 이틀만 줘요. 아직 안 됩니다. 이틀만 기다려준다고 약속해요! 간호사, 아, 저리 꺼져!" 그는 자신의 몸을 누르려는 손을 탁 쳤다.

해리는 침상 머리판 옆에 섰다. 구부정하게 서서 격앙된 어조로 속삭여서 한마디 한마디를 뱉어내는 것 같았다. "당분간 아무에게도 오토와 당신이 아는 사이라는 걸 알리지 말아요. 물론 알려지는 건 시간문제겠죠. 그 사실이 알려지면 다들 당신이 이 사건에서 어떤 역할을 했는지 의문을 품을 거예요, 앤드류. 아무리 좋은 핑계를 대도 체포하는 걸 미루지 못해요."

앤드류가 해리의 셔츠 깃을 움켜잡았다. "더 자세히 보라고, 해리. 눈은 뒀다 뭐해! 보란 말이야……." 앤드류는 무슨 말을 하려다 말고 다시 베개에 풀썩 쓰러졌다.

"뭘 보라는 거예요?" 해리가 끈질기게 물었지만 앤드류는 눈을 감고 팔을 휘저어 말을 막았다. 갑자기 그가 늙고 작아 보였다. 크고 하얀 침대 위에 늙고 작고 검은 사람.

간호사가 퉁명스럽게 해리를 밀쳤고, 엘리베이터 문이 닫히기 직전에 앤드류가 여전히 크고 검은 손을 휘젓는 모습이 보였다.

처형

얇은 구름의 장막이, 본다이비치 뒤편 산마루에 걸린 오후의 태양 앞에 드리워 있었다. 백사장과 바다는 어느새 썰렁하게 비어가고 오스트레일리아의 유명하고 화려한 해변을 메웠던 사람들의 물결이 그들 앞으로 서서히 다가오고 있었다. 입술과 코에 선크림을 바른 서퍼, 뒤뚱뒤뚱 걷는 보디빌더, 청반바지 차림으로 롤러블레이드를 타는 소녀, 햇볕에 그을린 B급 연예인, 실리콘으로 미모를 가꾼 수영복 차림의 님프, 한마디로 아름다운 사람들, 젊고—적어도 겉보기에는—잘나가는 사람들이었다. '최신' 패션 의상실과 작고 평범하지만 값비싼 레스토랑이 즐비한 거리, 캠벨퍼레이드는 이 시간이 되자 사람들로 북적였다. 오픈 스포츠카가 혼잡한 틈으로 천천히 비집고 들어가 엔진 회전수를 올리면서 발정 난 짐승처럼 으르렁거리는 사이, 운전자는 거울처럼 반사되는 선글라스를 쓰고 길가의 분위기를 살폈다.

해리는 크리스틴을 생각했다.

크리스틴과 함께 인터레일을 타고 여행하다 칸에서 내렸던 때를 떠올렸다. 한창 관광시즌이라 시내에는 적당한 가격의 방이 남아 있지 않았다. 집을 오래 떠나 있었고 돼지저금통까지 탈탈 턴 처지라 아무리 화려한 호텔이 즐비해도 그들의 예산으로는 하룻밤도 묵을 수 없었다. 그래서 파리로 출발하는 다음 기차를 알아보고는 역사 내 수하물 보관함에 배낭을 넣어두고 크루아제트 거리로 나섰다. 한가로이 그 거리를 거닐면서 하나같이 아름답고 부티가 흐르는 사람과 동물들을 구경했다. 승무원이 있는 화려한 요트와 통근 페리처럼 선미를 부두에 대어 정박한, 지붕에 헬리콥터 이착륙장까지 있는 호화로운 유람선을 보면서, 둘은 앞으로 평생 사회주의 정당에 투표해야겠다고 다짐했다.

하염없이 걸은 탓에 땀을 많이 흘린 그들은 수영을 하기로 했다. 하지만 수건과 수영복이 배낭에 있어 할 수 없이 속옷 차림으로 수영했다. 크리스틴은 빨아둔 팬티가 없어서 해리의 투박한 팬티를 입었다. 그들은 지중해로 뛰어들어 값비싼 삼각팬티를 입고 주렁주렁 보석을 매단 사람들 틈에서 하얀 Y자형 팬티를 입고도 좋다고 깔깔거렸다.

해리는 수영을 끝내고 모래밭에 누워서 크리스틴이 헐렁한 티셔츠 차림으로 서서 물에 젖은 묵직한 팬티를 벗는 모습을 구경하던 기억을 떠올렸다. 은은히 빛나는 살갗에 맺힌 물방울이 햇빛에 반짝이던 모습, 티셔츠가 말려 올라가 햇볕에 잘 그을린 기다란 허벅지가 드러난 모습, 부드러운 곡선을 이루는 엉덩이, 그리고 프랑스 남자들이 빤히 보는 모습을 유쾌하게 지켜보던 기억. 그리고 크리스틴이 그를 돌아보다 그에게 시선을 고정한 채 웃으면서 망설이듯 청바지를 끌어올리던 모습, 티셔츠 밑으로 손을 집어넣어 지퍼를 올리다 말고는 몸을 뒤로 젖혀 눈을 감고…… 그러고는 도발하듯 붉은 혀로 입술을 핥고 비틀거리다 거칠게 그에게 쓰러지며 코웃음을 터트리던 모습이 좋았다.

그들은 바다가 잘 보이는, 어느 터무니없이 비싼 레스토랑에서 식사를 한 후 석양이 질 무렵엔 모래밭에 나가 뒤엉켜 앉았다. 크리스틴은 아름다운 석양을 보면서 눈물을 흘렸다. 그들은 칼튼 호텔에 들어가 계산하지 않고 도망치기로, 파리에 머물기로 했던 이틀은 포기하기로 했다.

그해 여름은 해리가 크리스틴을 생각할 때마다 항상 맨 먼저 떠오르는 기억이었다. 어찌나 강렬한지 나중에 생각해보면 이미 이별의 기운이 감돌았다고도 볼 수 있었다. 하지만 그때 그런 생각을 했는지는 기억나지 않았다.

그해 가을 해리는 군대에 들어갔고, 크리스틴은 크리스마스가 오기 전에 음악가를 만나 런던으로 떠났다.

해리와 레비, 왓킨스는 캠벨퍼레이드와 램록 애비뉴가 만나는 모퉁이 노천카페에 앉아 있었다. 테이블은 그늘에 있었고 늦은 오후이긴 해도 선글라스를 쓰는 게 어색할 만큼 늦은 시각은 아니었다. 뜨거운 날씨에 재킷을 입어 썩 편하지는 않았지만 그렇다고 재킷을 벗으면 셔츠 위에 찬 권총집이 드러났다. 그들은 별말 없이 기다렸다.

본다이비치와 캠벨퍼레이드 사이의 산책로 한가운데에는 오토 레흐트나겔이 곧 공연을 시작하는 아름다운 노란색 건물, 세인트 조지 극장이 서 있었다.

"브라우닝 하이 파워, 써본 적 있나?" 왓킨스가 물었다.

해리는 고개를 가로저었다. 소형화기 접수처에서 무기를 받아 장착할 때, 장전한 뒤 안전장치 푸는 법을 알려주긴 했지만 그게 다였다. 문제될 건 없었다. 사실 오토가 기관총을 꺼내서 난사할 것 같지는 않았다.

레비는 시계를 확인했다. "시간이 가고 있어요." 땀이 그의 머리를 휘감듯이 흘러내렸다.

"좋아, 마지막 점검이다. 마지막 공연이 끝나고 모두 무대로 나와 인사하는 동안 해리하고 내가 옆문으로 들어간다. 경비원에게 문을 열어놓으라고 조치해뒀다. 그리고 오토의 분장실 앞에 이름표를 붙여놓으라고도 해뒀다. 오토가 올 때까지 문 앞에서 기다리고 있다가 그 자리에서 체포한다. 수갑을 채우고, 긴급 상황이 아니면 무기는 꺼내지 않는다. 후문 쪽에 경찰차 한 대가 대기한다. 레비가 무전기를 들고 객석에 있다가 오토가 무대에서 내려가면 우리 쪽에 알린다. 또한 오토가 낌새를 채고 객석을 통해 정문으로 빠져나가는지도 알린다. 각자 위치로 가서 에어컨이나 평평 나오기를 조용히 기도하자."

아담하지만 분위기 있는 세인트조지 극장은 객석이 가득 들어차 있고, 막이 오르자 흥분이 고조되었다. 사실 막은 올라가지 않고 내려왔다. 광대들이 막이 풀려 떨어진 자리의 천장을 쳐다보며 호들갑스런 몸짓으로 의논하면서 허둥지둥 뛰어다니다 서로 발에 걸려 넘어지고 모자를 들어 관객들에게 사과했다. 그러자 객석에서 웃음이 터지고 즐겁게 환호했다. 객석에는 연기자의 친구와 지인들이 많이 자리한 것 같았다. 무대를 깨끗이 치우자 처형장 장면으로 바뀌었고, 북 하나로 연주하는 장송곡에 맞춰 오토가 등장했다.

해리는 단두대를 보고 지난번에 발전소에서 본 공연의 변주라는 걸 알아챘다. 오늘 밤에 분명 여왕이 등장하려는지, 오토가 빨간색

야회복을 입고 아주 긴 백발의 가발을 쓴 채 얼굴에 하얀 분칠을 하고 등장했다. 사형 집행인 의상도 달라졌다. 몸에 딱 달라붙는 검은 옷을 입고 커다란 귀를 붙였으며 겨드랑이 밑에 거미줄 같은 걸 붙여서 악마처럼 보였다.

그가 박쥐 같다고, 해리는 생각했다.

단두대의 칼날이 올라가 있고, 그 아래 길쭉한 호박을 놓자 칼날이 떨어졌다. 쿵 소리와 함께 애초에 호박 따위는 없었던 양, 칼날이 단두대에 내리꽂혔다. 사형 집행인이 의기양양하게 두 쪽 난 호박을 집어들자 객석에서 환호성과 휘파람이 터져 나왔다. 애절한 장면들이 지나는 사이 여왕은 울며불며 자비를 베풀어달라고 매달리고 검은 옷의 사형 집행인에게 환심을 사려 했지만 소용이 없었다. 이윽고 단두대로 끌려갈 때 드레스 밑으로 발버둥 치는 다리가 훤히 보여서 왁자지껄하게 관객들의 웃음보가 터졌다.

칼날이 다시 올라가고 둥둥 북소리가 점점 커지는 사이 조명이 어두워졌다.

왓킨스가 해리 쪽으로 몸을 기울였다. "그럼 금발머리들도 무대에서 살해당하나?"

북소리가 계속 이어졌다. 해리는 주위를 돌아보았다. 관객들은 안절부절못했다. 어떤 사람은 입을 다물지 못한 채 몸을 앞으로 내밀었고, 어떤 사람은 손으로 귀를 막았다. 사람들은 100년이라는 긴 세월을 지나 세대를 거듭해도 꼭 그런 모습으로 앉아서 똑같은 공연을 보며 기쁨과 공포에 압도당한다. 해리의 생각에 대답이라도 하듯이 왓킨스가 다시 몸을 기울였다.

"폭력은 코카콜라와 성경 같아. 고전이지."

아직도 북소리가 이어졌는데, 이번에는 시간이 길어진 느낌이

들었다. 지난번에도 칼날이 내려오기까지 이렇게 오래 걸렸던가? 사형 집행인이 불안한 듯 슬슬 앞으로 나와서 무슨 문제가 있는 것처럼 단두대 꼭대기를 유심히 살폈다. 그러다 갑자기 칼날이 쌩 하고 떨어졌다. 해리는 자기도 모르게 몸이 뻣뻣해졌고, 객석에서 헉하고 탄식이 퍼져나가는 사이 칼날이 목을 내리쳤다. 순간 북소리가 멈추더니 쿵 하고 머리통이 바닥에 떨어졌다. 숨 막힐 듯한 정적이 흐른 뒤 왓킨스와 해리의 앞쪽 어딘가에서 날카로운 비명이 들렸다. 극장 안에 경고음이 울리고 해리는 눈을 가늘게 뜨고 어둠을 살피면서 어떻게 된 건지 파악하려 했다. 보이는 거라고는 사형 집행인이 뒤로 물러서는 모습뿐이었다.

"맙소사!" 왓킨스가 속삭였다.

무대에서 어떤 소리가 울렸다. 누군가 박수치는 소리 같았다.

그리고 해리는 보았다. 머리통이 잘린 여왕의 목에 감겨 있던 장식끈에서 하얀 애벌레처럼 등뼈가 튀어나오고 머리통이 천천히 아래위로 덜렁거리는 모습을. 벌어진 구멍에서 피가 솟구쳐 무대 위로 후드득 떨어졌다.

"놈은 우리가 올 걸 알았어!" 왓킨스가 속삭였다. "우리가 쫓는다는 사실을 안 거야! 빌어먹을 강간 희생자처럼 옷을 입었잖아!" 그는 해리의 얼굴로 몸을 기울였다. "젠장, 젠장, 젠장, 홀리!"

해리는 왜 이렇게 역겨운지 몰랐다. 피 때문인지, 천박하게 '빌어먹을'이라는 말을 '강간 희생자'와 붙여 말해서인지, 아니면 그저 왓킨스의 지독한 입 냄새 때문인지 알 수 없었다.

시뻘건 웅덩이가 생기고 사형 집행인은 아직도 충격에서 벗어나지 못한 듯 미끄러지면서 앞으로 뛰어나와 머리통을 집어들었다. 그가 쿵 하고 바닥에 넘어지고 광대 둘이 무대로 올라와서 서로 마주보며 비명을 질러댔다.

"불을 켜!"

"막을 다시 올려!"

다른 광대 둘이 막을 잡고 뛰어나왔고, 네 명 모두가 어쩔 줄 몰라 하며 서로의 얼굴과 높은 천장을 번갈아 올려다보았다. 무대 뒤에서 큰 고함이 들리고 조명이 번쩍하더니 요란한 탕 소리와 함께 극장이 캄캄한 어둠에 휩싸였다.

"구린내가 나는군, 홀리. 가자!" 왓킨스가 해리의 팔을 잡고 끌어당겼다.

"앉으세요." 해리가 왓킨스를 자리에 앉히면서 속삭였다.

"뭐?"

다시 조명이 켜졌다. 방금까지도 피가 흥건하고 머리통과 단두대, 광대와 막이 있던 무대가 텅 비어 있고, 오직 사형 집행인과 오토 레흐트나겔만이 여왕의 금발머리통을 겨드랑이에 끼고 무대 앞쪽에 서 있었다. 객석에서 엄청난 환호성이 터지고 그들은 허리를 깊이 숙여 인사했다.

"휴, 이건 뭐, 죽여주는군." 왓킨스가 말했다.

28

사냥꾼

공연 도중의 휴식시간이 되자 왓킨스는 별 수 없이 맥주를 들이 켰다. "공연 보다가 식겁했네. 지금도 후들거려 죽겠구만. 지금 그 개자식을 잡아야 하지 않나. 이렇게 기다리다가는 내가 돌아버리 겠어."

해리가 어깨를 으쓱했다. "왜요? 저자는 아무 데도 가지 않아요, 아무것도 의심하지 않습니다. 우리 계획대로 해요."

왓킨스가 신중히 무전기를 눌러보면서 레비와 연락이 닿는지 확 인했다. 레비는 만일의 경우를 위해 객석에 남아 있었다. 경찰차가 벌써 뒷문으로 와서 대기하고 있었다.

해리는 단두대 장면이 상당히 교묘했으며 자신도 속아넘어갈 뻔 했다고 인정했지만, 여전히 오토가 왜 루이 16세가 아니라 누군지 도 모를 금발의 여자로 나타났는지 생각해보았다. 오토는 아마 해 리가 공짜 표로 객석에 와 있을 거라고 확신했을 것이다. 오토 나름 의 방법으로 경찰을 농락한 걸까? 해리가 알기에 연쇄살인범은 시 간이 흘러도 잡히지 않으면 점차 자신감이 붙는다고 했다. 아니면 오토가 자기를 막아달라고 애걸한 거였을까? 그리고 물론 세 번째 가능성도 있었다. 단순히 수법을 바꾸었을지도 몰랐다.

종이 울렸다.

"또 시작하나 보군." 왓킨스가 말했다. "오늘 밤엔 죽는 사람이 나오지 않으면 좋겠어."

2막이 시작하고 얼마 후 사냥꾼 분장을 한 오토가 총을 들고 슬금슬금 무대를 가로지르면서 바퀴를 달고 굴러들어온 나무들을 유심히 쳐다보았다. 나뭇잎에서 새소리가 들리자 오토는 그 소리를 흉내 내며 나뭇가지를 겨누었다. 날카로운 총성이 들리고 연기가 조금 피어오르더니 검은 형체가 내려와 무대에 쿵 하고 떨어졌다. 사냥꾼이 달려와 흠칫 놀라면서 집어든 것은 검은 고양이였다! 오토가 허리를 굽혀 인사하고 퇴장하자 간간이 박수가 터져 나왔다.

"저건 잘 모르겠군." 왓킨스가 속삭였다.

긴박한 상황이 아니었다면 작품을 감상했을지도 모른다. 하지만 때가 때인지라 해리는 무대보다 손목시계를 더 자주 들여다보았다. 더욱이 일부 공연은 지역적 색채를 가미한 정치 풍자극이라 머릿속에 들어오지 않았지만, 객석에서는 더 크게 환호했다. 마침내 음악이 시작되고 조명이 켜지자 모든 배우가 무대로 나왔다.

해리와 왓킨스는 같은 줄 관객들에게 양해를 구하고 밖으로 빠져나와서 급히 무대 옆에 난 문으로 뛰어갔다. 미리 얘기한 대로 문이 열려 있어서 그들은 무대 뒤편, 반원형으로 감아도는 복도로 들어갔다. 복도 맨 끝에서 '광대 오토 레흐트나겔'이라고 표시된 문을 찾아 기다렸다. 음악에 맞춰 객석에서 발 구르는 소리에 사방의 벽이 흔들렸다. 그러다 왓킨스의 무전기가 짧게 지글거렸다. 그는 무전기를 집어들었다.

"벌써?" 왓킨스가 말했다. "아직 음악이 나오는 중이다. 오버."
그의 눈이 휘둥그레졌다. "뭐? 반복하라! 오버."

뭔가 심상치 않았다.

"거기 남아서 극장 뒷문을 감시하라. 오버. 통신 끝!" 왓킨스는
무전기를 안주머니에 집어넣고 어깨 총집에서 총을 꺼냈다.

"레비 말로는 오토가 무대에서 보이지 않는대."

"아마 알아보지 못했는지도 모르죠. 저 사람들은 분장을 해놔
서……."

"그 새끼, 무대에 없어." 왓킨스가 다시 분장실 문을 세게 잡아당
겼지만 문은 잠겨 있었다. "빌어먹을. 홀리, 느낌이 별로 안 좋아.
젠장!"

복도가 좁아서 왓킨스는 벽에 등을 붙이고 자물쇠를 발로 걸어
찼다. 발길질 세 번에 문짝이 부서졌다. 그들은 허연 김이 가득한
빈 분장실 안으로 뛰어들었다. 바닥이 축축했다. 물과 수증기는 욕
실로 통하는 것으로 보이는, 반쯤 열린 문에서 나오고 있었다.

그들은 문 양옆에 붙었다. 해리도 총을 꺼내 더듬더듬 안전장치
를 찾았다.

"오토!" 왓킨스가 소리쳤다. "오토!"

대답이 없었다.

"이런 거 싫은데." 그는 나직이 으르렁거렸다.

해리도 텔레비전에서 수사물을 많이 봐서 그런 상황이 왠지 마
음에 들지 않았다. 물 흐르는 소리가 들리고 고함을 쳐도 대답이 없
다면 대개 기분 나쁜 장면의 전조였다.

왓킨스가 검지로 해리를 가리키고, 엄지는 샤워기를 가리켰다.

해리는 가운뎃손가락을 들어 답하고 싶었지만 이제 자기가 나설 차례라는 걸 받아들였다. 해리가 발로 문을 차서 열고 찜통처럼 뜨거운 김이 자욱한 욕실 안으로 두 걸음 들어갔고 금세 흠뻑 젖었다. 눈앞에 흐릿하게 샤워 커튼이 보였다. 그는 총부리로 커튼을 걷었다.

아무것도 없었다.

수도꼭지를 잠그려다 팔을 데자 노르웨이어로 욕이 튀어나왔다. 신발이 질벅거렸지만 조심조심 걸어서 그나마 수증기가 가라앉아 잘 보이는 쪽으로 이동했다.

"아무것도 없습니다!" 그가 소리쳤다.

"그런데 물은 왜 이렇게 많아?"

"뭔가 배수구를 막고 있습니다. 잠깐만요."

해리는 막혀 있을 만한 곳에 손을 집어넣었다. 여기저기를 더듬어 보니 배수구에 박힌 부드럽고 물컹한 무언가가 손끝에 닿았다. 목구멍에서 구역질이 치밀었다. 꾹 참고 겨우 숨을 쉬었지만 수증기 때문에 질식할 것 같았다.

"무슨 일이야?" 왓킨스가 물었다. 그는 문 앞에 서서 샤워실 안에 쭈그리고 앉은 해리를 보았다.

"제가 내기에 져서 오토 레흐트나겔에게 100달러를 빚진 것 같습니다." 해리가 조용히 말했다. "최소한, 남아 있는 그에게요."

세인트조지 극장에서 벌어진 일들을 돌이켜보면, 희뿌연 안갯속을 헤매는 느낌이었다. 마치 오토의 샤워실에서 수증기가 퍼져 나와 구석구석에 파고든 것 같았다. 수증기가 복도까지 새어나와 소품실 문을 열려고 전전긍긍하던 경비원의 형체가 흐릿해졌고, 수증기가 열쇠 구멍으로 들어간 탓에 문이 열리고, 피가 뚝뚝 떨어지는 단두대가 등장한 장면에도 붉은 필터가 덮이고, 수증기가 다시 청각 채널로 들어가 비명은 기이하게 줄어들어 거의 들리지 않았고, 그러는 사이 다른 연기자들이 안으로 들어와 방 안 여기저기에 흩어진 오토 레흐트나겔의 시신을 못 보도록 막을 수가 없었다.

오토의 사지는 인형 팔다리처럼 구석구석에 내던져져 있었다. 벽과 바닥에는 끈적거리는 진짜 피가 튀어 엉겨붙었고 순식간에 검게 변했다. 팔다리가 잘린 몸통이 단두대에 놓여 있고 두 눈을 부릅뜬 진짜 사람의 머리통이 있고 어릿광대의 코와 입과 뺨은 립스틱으로 얼룩져 있었다.

수증기가 해리의 피부와 입과 입천장에 들러붙었다. 안개 속에서 레비가 나타나 그의 귀에 대고 속삭이는 장면이 느린 그림으로 보였다. "앤드류가 병원에서 도망쳤어요."

29

비르기타, 옷을 벗다

모터에 기름칠을 한 듯 선풍기가 잡음 없이 경쾌하게 돌아갔다.

"뒷문에서 차로 대기하던 경관들이 목격한 사람은 검은 옷의 사형 집행인밖에 없었다고, 맞나?"

맥코맥이 그의 사무실로 전원 소집한 터였다.

왓킨스가 고개를 끄덕였다. "맞습니다, 국장님. 배우들과 경비원들이 목격한 것도 들어봐야 합니다. 현재 조사 중입니다. 범인은 객석에 있다가 열려 있던 무대 뒷문으로 들어갔거나, 아니면 경찰차가 위치로 오기 전에 극장 옆문으로 들어갔습니다."

왓킨스는 한숨을 쉬었다.

"경비원 말로는 공연 중에는 뒷문이 잠겨 있었다고 합니다. 그렇다면 범인이 열쇠를 가지고 있었거나 누군가 범인을 들여보냈거나 그것도 아니면 배우들에 섞여 들키지 않고 몰래 들어가서 어딘가에 숨어 있었을 겁니다. 그리고 고양이 공연이 끝난 뒤 오토가 마지막 무대를 준비하는 사이 분장실 문을 두드렸을 테고요. 아마 약을 먹었을 겁니다. 과학수사반에서 디에틸에테르를 극미량 검출했습니다. 하긴, 그랬기를 바라야죠. 분장실에서든 나중에 소품실에서

244

든. 어찌 됐건, 이 자식, 지독한 냉혈한입니다. 시신을 토막 내고 성기를 잘라 들고 분장실로 돌아가서 수도꼭지를 틀어놨으니까요. 누가 오토를 찾으러 오든, 물소리를 듣고 샤워 중이라고 여기게 한 겁니다."

맥코맥은 목청을 가다듬었다. "단두대는 어떻지? 사람을 죽이려면 쉬운 방법이 있었을 텐데……."

"흠, 국장님. 제가 보기에 단두대는 즉흥적으로 떠올린 방법 같습니다. 중간 휴식시간에 단두대를 소품실로 가져올지 놈이 알았을 리 없으니까요."

"진짜, 진짜 구역질 나는 인간이에요." 레비가 흥분된 목소리로 말했다.

"문은? 다 잠겨 있었다고 하지 않았나? 어떻게 소품실로 들어갔지?"

"제가 경비원을 만나봤습니다." 해리가 말했다. "오토가 단장이라 그의 분장실에 열쇠꾸러미가 있었다는군요. 그런데 그게 없어졌고요."

"그럼 그…… 악마 의상은?"

"원래 단두대 옆 상자 안에 잘린 머리, 가발과 함께 들어 있습니다, 국장님. 놈은 범행을 저지른 후 그걸 입고 위장했던 거죠. 아주 영악한 놈이에요. 미리 계획을 세워둔 것 같지는 않아요."

맥코맥이 두 손에 턱을 괬다.

"그건 어떤가, 용?"

용수는 사람들이 대화하는 동안 컴퓨터만 들여다보고 있었다.

"일단 검은 옷을 입은 악마는 당분간 접어둬야겠는데요." 용수가 말했다. "범인이 극단 내부 사람이라고 보는 편이 타당합니다."

왓킨스가 큰 소리로 코웃음을 쳤다.

"마저 들어보세요, 반장님." 용수가 말했다. "우리가 찾는 자는 공연 내용을 잘 아는 사람이라, 오토가 고양이 공연이 끝나면 맡은 역할이 더 없어서 20분 뒤 피날레까지는 무대에 나오지 않는다는 걸 알았어요. 극단 사람이면 몰래 잠입할 필요가 없습니다. 게다가 외부인이 남의 눈을 피해 범행을 저질렀을지는 의문입니다. 그랬다면 여러분 중에 적어도 한 사람은 범인이 무대 옆문으로 드나드는 걸 봤겠죠."

다들 고개만 주억거렸다.

"아무튼 제가 조사해보니 극단에는 '오스트레일리안 트래블링 쇼 파크'의 단원이 세 명 더 있었습니다. 그러니까 우리가 찾아낸 날짜에 범행현장에 있었을지 모르는 사람이 어젯밤 거기 세 명 더 있었다는 뜻입니다. 어쩌면 오토는 너무 많이 알았다는 죄밖에 없는 무고한 사람 아니었을까요? 뭐든 건질 만한 곳부터 들여다보자고요. 우선 극단부터 시작해요. 벌써 산 너머 멀리 달아나버렸을지 모를 오페라의 유령이나 쫓지 말고요."

왓킨스가 고개를 저었다. "명백한 사실을 무시할 순 없습니다. 누군가 분명 살인무기 옆에 있던 의상을 입고 범행현장을 빠져나갔습니다. 놈이 살인과 무관할 리가 없어요."

해리도 맞장구를 쳤다. "저 역시 극단의 다른 배우들을 무시해도 된다고 생각합니다. 어쨌든 오토가 여자들을 강간하고 살해했을 가능성에는 변함이 없습니다. 누군가 연쇄살인범을 살해할 이유는 수도 없이 많습니다. 가령 그 사람이 어떤 식으로든 연루됐을지도 모르고요. 어쩌면 그자는 오토가 경찰에 붙잡힐 줄 알고 오토의 자백으로 인해 엮이고 싶지 않았을 수도 있습니다. 둘째, 범인이 시간

246

의 여유가 얼마나 될지 미리 알았다는 것도 확실치 않습니다. 오토에게 직접 물어서 언제 무대에 다시 오르는지 알아냈을 수도 있습니다. 그리고 셋째, 느낌에 귀를 기울여야 합니다!" 해리는 눈을 감았다. "느껴지지 않습니까? 박쥐 의상을 입은 자가 우리가 찾는 자예요. 나라다란!"

"뭐라고?" 왓킨스가 말했다.

맥코맥이 피식 웃었다. "우리 노르웨이 동료가 켄싱턴 형사가 떠난 빈자리를 채워주려나 보군."

"나라다란." 용수가 따라 말했다. "애버리진에게 죽음의 상징, 박쥐."

"석연치 않은 점이 더 있어." 맥코맥이 말했다. "놈은 뒷문으로 몰래 빠져나가 열 발자국만 가면 시드니에서 가장 번화한 거리로 들어가 순식간에 인파 속으로 사라질 수 있어. 그런데 굳이 시간을 지체하면서 남의 이목을 끌 만한 의상으로 갈아입어. 하지만 그 덕에 우리는 놈의 인상착의를 확보하지 못해. 자네는 놈이 경찰차가 뒷문을 지키는 걸 알았다는 느낌이 든다고 했지. 그렇다면 그걸 어떻게 알았을까?"

침묵.

"그나저나 켄싱턴은 병원에 잘 있나?" 맥코맥이 목캔디를 꺼내서 빨아먹기 시작했다.

회의실에 침묵이 흘렀다. 선풍기가 조용히 돌아가고 있었다.

"병원에 없습니다." 레비가 한참 있다가 말했다.

"거 참, 회복이 빠르군!" 맥코맥이 말했다. "흠, 그건 그렇고, 지금부터는 동원할 수 있는 인력을 최대한 동원해야 한다. 왠지 아나? 토막 난 광대가 강간당한 소녀보다 신문 일면을 더 시끄럽게 장식

할 테니까. 내가 전에도 말했지만, 신문 따위 신경 쓸 필요가 없다고 생각하는 작자들은 틀렸어. 여긴 언론이 경찰서장을 해고한 적도 있고 임명한 적도 있는 나라야. 그러니까 나 쫓겨나는 꼴 보고 싶지 않으면 어떻게 해야 하는지 알지? 하지만 일단 집에 가서 잠이나 자둬. 알았나, 해리?"

"알겠습니다, 국장님."

"좋아, 잘 자게."

모든 게 달랐다. 호텔방 커튼이 쳐 있지 않았고, 킹스크로스의 은은한 네온 불빛 아래 비르기타가 그의 앞에서 옷을 벗었다.

그는 침대에 누워 있고 그녀는 방 한가운데 서서 하나씩 옷을 벗으면서 내내 심각하고 슬픔이 가득한 표정으로 그의 눈길을 녀주지 않았다. 비르기타는 긴 다리에 날씬했으며 푸르스름한 불빛 아래 눈처럼 희다. 반쯤 열린 창문으로 심야 유흥가의 시끄러운 소음이 올라왔다. 자동차 소리, 오토바이 소리, 도박 기계에서 흘러나오는 손풍금 음악과 쿵쾅대는 디스코 음악. 그리고 모든 소음 아래, 인간 귀뚜라미처럼 왁자한 말소리와 화가 나서 악쓰는 소리 그리고 떠들썩한 웃음소리가 들렸다.

비르기타가 블라우스 단추를 풀었다. 일부러 혹은 유혹하려고 미적거리는 것이 아니라 그냥 천천히 풀었다. 그저 옷을 벗은 것이다.

자신을 위해서라고 해리는 생각했다.

전에도 그녀의 벗은 몸을 봤지만 오늘 밤은 달랐다. 어찌나 아름다운지 목이 조이는 느낌이었다. 전에는 비르기타가 왜 부끄러워하는지, 왜 이불 속에서만 티셔츠와 팬티를 벗는지, 왜 침대에서 욕실로 갈 때 수건으로 가리고 가는지 이해하지 못했다. 그러다 어느덧 그녀가 자기 몸을 부끄럽거나 창피하게 생각해서가 아니라 그녀가 스스로를 드러내는 방식이라는 걸 알았다. 처음에 시간과 감정을 쌓으며 작고 안전한 둥지를 트는 과정이 중요하고, 오직 이런 과정으로만 그에게 **권리**를 부여한 것이다. 그래서 오늘은 모든 게 달랐던 것이다. 옷을 벗는 행위가 어떤 의식과 같아서, 옷을 벗으면서 그녀가 얼마나 연약한 존재인지 그에게 보여주고 싶어 하는 것 같았다. 그를 신뢰하기 때문에 용기를 냈다는 걸 알리고 싶었던 것이다.

해리는 심장이 쿵쾅거렸다. 이처럼 강인하고 아름다운 여인이 그에게 믿음의 증거를 보여줘서 기쁘고 행복했으며, 한편으로는 자신이 그런 걸 받을 자격이 없는 것 같아 두렵기도 했다. 하지만 무엇보다도 그가 마음속으로 생각하고 느낀 모든 것이 겉으로 드러나서였다. 은은한 네온사인 불빛 아래 붉은색에서 파란색으로, 다시 초록색으로 바뀌는 모든 광경 때문이었다. 그녀는 옷을 벗으면서 그의 옷을 벗겼다.

그녀는 옷을 다 벗고 가만히 서 있었다. 그녀의 하얀 살결에 방 안이 환해지는 듯했다.

"이리 와." 그가 생각보다 굵은 목소리로 말하며 시트를 옆으로 젖혔지만 그녀는 꼼짝도 하지 않았다.

"봐." 그녀가 속삭였다. "보라고."

칭기즈칸

아침 8시였다. 칭기즈칸이 잠든 사이 간호사가 해리를 그의 1인실로 들여보내주었다. 칭기즈칸이 눈을 뜨자 해리는 의자를 끌어 침대 가까이에 옮겼다.

"안녕하신가?" 해리가 말했다. "푹 주무셨나. 나 기억하시려나? 그날 테이블 위에서 호흡곤란을 일으킨 사람인데."

칭기즈칸이 신음을 냈다. 머리에 하얀색 넓은 붕대를 감고 있어서 '크리켓'에서 해리에게 몸을 숙였을 때보다는 훨씬 덜 위험해 보였다.

해리는 주머니에서 크리켓 공을 꺼냈다.

"방금 당신 변호사를 만나고 오는 길이야. 내 동료를 신고하지 않기로 했다더군."

해리는 공을 오른손에서 왼손으로 넘겼다.

"당신이 날 죽일 뻔했던 판에 날 구해준 동료를 신고한다고 나왔으면 내가 아주 기분이 나빴겠지. 그런데 변호사란 작자는 이번 재판에서 당신이 이길 거라고 믿더군. 첫째, 그날 당신은 날 폭행하지 않고 내가 당신 친구에게 심각한 상해를 입히던 중에 날 떼어놓기만 한 거라더군. 둘째, 당신은 운이 좋아서 이 크리켓 공에 맞아 죽지 않고 두개골만 골절된 채 살아남을 수 있었다더군."

해리는 공을 위로 던져 하얗게 질린 '전사들의 왕자' 얼굴 앞에서 다시 잡았다.

"헌데 그거 아나? 나도 동의해. 공이 4미터 앞에서 얼굴로 곧장 날아갔어. 그런데도 당신이 살아남은 건 순전히, 전적으로 기적이지. 오늘 당신 변호사가 경찰서에 전화해서 사건 경위를 정확히 알고 싶다고 했다더군. 보상금을 받아낼 사유가 된다고 보던데. 어쨌든 당신은 장기 치료를 받을 정도로 부상을 입었으니까. 당신 변호사는 보상금의 3분의 1을 떼어먹는 독수리 같은 족속이고. 이런 얘기 당신한테도 해줬겠지? 내가 그자한테 물었지. 왜 당신에게 고소하라고 설득하지 않았냐고. 그냥 시간문제로 보더군. 그래서 궁금해졌지. 정말 단지 시간문제일까, 칭기즈칸?"

칭기즈칸은 조심스럽게 고개를 저었다. "아니요. 제발 이제 가줘요." 힘없이 가르랑거렸다.

"그런데 왜 안 하지? 당신이 잃는 게 뭔데? 꼼짝 않고 누워 있기만 하면 큰돈이 들어올 텐데. 이봐, 일개 불쌍한 개인이 아니라 국가를 상대로 고발하는 거라고. 조사해봤더니 그리 나쁜 짓은 하지 않고 그럭저럭 살았더군. 그러니 누가 알아, 법원에서 당신 손을 들어주고 당신을 백만장자로 만들어줄지. 그런데 당신은 시도해볼 생각도 없지?"

칭기즈칸은 하얀 붕대 밑으로 눈꼬리가 처진 슬픈 눈으로 말없이 해리를 응시할 뿐이었다.

"난 지금 이 병원에 앉아 있는 것도 지겨워, 칭기즈칸. 그러니 알아듣기 쉽게 말해주지. 당신이 날 공격해서 갈비뼈 두 대가 나가고 허파에 구멍이 났어. 내가 그때 경찰복 차림도 아니고 신분증을 제시하지도 않았으며 경찰서의 비호 하에 근무한 것도 아닌 데다 오스트레일리아는 내 관할구역도 아니라서 법원에선 아마 내가 일개 개인이지 공무원으로 활동한 게 아니라고 판결할 거야. 그러니까 내가 당신을 폭행죄로 고발할지 말지 결정할 수 있다는 거야. 그럼 얘기는 다시 당신의 **비교적** 깨끗한 전과기록으로 돌아오는군. 이봐, 중대한 신체 상해에 대한 조건부 선고라는 문제가 뇌리에서 떠나지 않을 거야. 내 말이 틀리나? 거기에 6개월을 더하면 최장 1년이군. 그러니 1년을 썩든가, 아님 나한테 털어놓든가……" 해리는 붕대 감은 칭기즈칸의 머리에서 분홍색 버섯처럼 튀어나온 귀에 대고 소리쳤다. "……도대체 뭐가 어떻게 돌아가는 거야!"

해리는 다시 의자에 주저앉았다.

"그래, 어쩔 텐가?"

31

뚱뚱한 여자

맥코맥은 해리를 등지고 서서 팔짱을 끼고 한 손으로 턱을 받친 채 물끄러미 창밖을 내다봤다. 안개가 짙게 내려앉은 창밖은 모든 색이 지워지고 움직임조차 멈춘 흑백의 도시를 그린 뿌연 그림처럼 보였다. 톡톡 하는 소리에 침묵이 깨졌다. 해리는 그제야 맥코맥이 손톱으로 윗니를 두드리는 소리인 걸 알았다.

"그래, 켄싱턴이 오토 레흐트나겔을 알고 있었단 말이지. 자네도 모든 걸 알았고."

해리는 어깨를 으쓱했다. "진작 말씀드렸어야 했다는 건 압니다, 국장님. 다만 제 생각엔······."

"앤드류 켄싱턴이 누굴 알고 누굴 모르는지 보고하는 일이 자네 소관은 아니란 게지. 좋아. 그런데 지금 켄싱턴이 달아났고, 아무도 그 친구가 어디로 갔는지 모르고, 자네는 고약한 장난을 의심한다는 말이지?"

해리가 맥코맥의 등에 대고 확신하듯 고개를 주억거렸다.

맥코맥은 창문에 비친 해리를 주시했다. 그리고 세미 피루엣*으로 빙 돌아 해리와 정면으로 마주보았다.

"자네 어째 좀……" 그가 다시 피루엣을 완성하면서 해리에게 등을 돌렸다. "……초조해 보이는군, 홀리. 다른 문제가 있나? 나한테 하고 싶은 말이 더 있나?"

해리는 고개를 저었다.

오토 레흐트나겔의 아파트는 서리힐스에 있었다. 정확히 말하면 앨버리와 잉게르 홀테르가 사는 글리브의 중간이었다. 아파트 앞에 도착했을 때 산처럼 거대한 여자가 계단을 막아섰다.

"차를 봤어요. 경찰이에요?" 여자가 고음의 카랑카랑한 목소리로 묻고는 대답도 기다리지 않고 말을 이었다. "개 소리 좀 들어보슈. 아침부터 내내 저랬다니까."

'오토 레흐트나겔'이라고 새겨진 문 안쪽에서 목이 쉰 개가 짖는 소리가 들렸다.

"레흐트나겔 씨가 딱하게 된 건 알지만 어서 개부터 데려가쇼. 온종일 짖어대서 동네 사람들이 다 돌아버릴 지경이니까. 개를 여기 그냥 두면 안 돼요. 어떻게 해주지 않으면 강제로…… 흠, 무슨 말인지 아실 거요."

여자는 눈알을 부라리며 투실투실한 두 팔을 휘저었다. 순간 지독한 땀 냄새가 나고 그 냄새를 감추려고 뿌린 향수냄새가 진동했다. 해리는 여자가 몹시 싫었다.

"개들은 알아요." 레비가 손가락 두 개로 난간을 더듬더니 못마땅한 표정으로 검지를 들여다보았다.

"무슨 소리예요, 젊은 양반?" 뚱뚱한 여자가 이렇게 물으며 팔을

---

* Semi-pirouette, 발레에서 한 발을 축으로 팽이처럼 도는 동작.

옆으로 내렸다. 아직은 비켜줄 생각이 없어 보였다.

"주인이 죽은 걸 안다는 뜻입니다, 아주머니." 해리가 말했다. "개들한테는 그런 육감이 있어요. 지금 애도하는 중이에요."

"애도?" 여자가 수상쩍은 표정으로 그들을 바라봤다. "개가? 별 웃기는 소리."

"누가 아주머니 남편의 팔다리를 잘랐다면 어쩌시겠어요?" 레비가 여자를 보았다. 여자는 입을 다물지 못했다.

집주인 여자가 비켜서자 그들은 분장실에서 오토의 바지 주머니에서 찾은 열쇠꾸러미를 꺼냈다. 깽깽대던 소리가 으르렁거리는 소리로 바뀌었다. 오토 레흐트나겔의 개가 낯선 사람들이 들어가는 소리를 들은 모양이었다.

문이 열리는 동안 불테리어는 현관에서 당장에라도 덮칠 기세로 다리를 벌리고 서 있었다. 레비와 해리는 꼼짝 않고 서서 우스꽝스럽게 생긴 하얀 개에게 공은 네 쪽으로 넘어갔다는 신호를 보냈다. 으르렁거리던 개는 건성으로 짖는 둥 마는 둥 하다가 그마저도 관두고 슬그머니 거실로 들어갔다. 해리는 개의 뒤를 따라갔다. 과시하듯 화려한 가구를 들여놓은 거실 안에 커다란 창문으로 햇빛이 한가득 들어왔다. 빨간색 단단한 소파에는 다채로운 색깔의 큼직한 쿠션이 놓여 있고 벽에는 꽤 큰 그림이 걸려 있었으며 높이는 낮지만 선명한 초록색 유리 탁자도 있었다. 한구석에 표범 모양의 도자기 두 점이 보였다. 그리고 탁자에는 다른 장소에 있어야 할 법한 전등갓 하나가 덩그러니 놓여 있었다.

개가 한가운데 젖은 바닥에 코를 박았다. 남자 구두 한 켤레가 공중에 매달려 있었고 오줌과 대변의 악취가 진동했다. 해리는 구두에서 양말로, 다시 발까지 올라가다가 양말이 끝나고 바지가 시작하는 부분 사이의 검은 살갗을 보았다. 조금 더 위로 올라가다가 축 늘어진 큼직한 손을 보고는 겨우 눈을 들어 하얀 셔츠까지 올라갔다. 목을 맨 사람을 본 적이 없어서가 아니라 구두를 알아본 탓이었다.

머리가 한쪽 어깨에 기댔고 회색 전구가 달린 전선 끝이 가슴께 내려와 있었다. 전선은 천장의 단단한 고리에 묶인 채―아마 상들리에가 거기 어딘가 매달려 있었던 듯했다―앤드류의 목에 세 번 감겨 있었다. 그의 머리가 천장에 닿을락 말락 했다. 꿈꾸는 듯 흐린 두 눈이 무언갈 노려보고 푸르스름한 검은 혀가 입에서 튀어나온 걸로 봐서는 죽음에 저항한 흔적이 역력했다. 아니면 삶에 저항했든가. 의자가 뒤집혀 바닥에 널브러져 있었다.

"젠장." 해리가 나지막이 내뱉었다. "젠장, 젠장, 젠장." 몸에서 힘이 쭉 빠져 의자에 주저앉았다. 레비가 들어왔고, 그의 입에서 외마디 비명이 새어나왔다.

"칼을 가져와요." 해리가 조용히 말했다. "그리고 구급차를 불러요. 아니면 어디든 당신들이 평소 부르는 데를 불러요."

해리가 앉아 있는 자리에서는 앤드류의 등에 햇빛이 비쳐서, 흔들리는 시체가 창을 배경으로 한 이국적인 검은 형체로밖에 보이지 않았다. 해리는 앤드류의 신에게 전선 끝에 다른 사람을 매달아 앤드류가 다시 일어나게 해달라고 빌었다. 그런 기적이 일어났다고 아무한테도 발설하지 않겠다고 맹세했다. 필요하다면 기도도 해보겠다고 다짐했다.

복도에서 발걸음 소리가 나고 주방에서 레비가 고함 치는 소리가 들렸다. "당장 꺼져, 뚱돼지 여편네야!"

어머니를 땅에 묻었을 때 해리는 닷새가 지나도록 아무 감정을 느끼지 못했고 다만 어떤 감정이라도 느껴야 한다는 생각만 들 뿐이었다. 그래서 그는 지금 소파에 주저앉은 채 눈물이 차오르고 목이 메는 스스로에게 무척 놀랐다.

평생 한 번도 울어본 적이 없다는 건 아니다. 바르두포스 부대에서 내무반에 혼자 앉아 크리스틴에게 온 편지를 읽으며 목이 멘 적도 있다. 편지에는 '내가 평생 경험한 일 중에서 최고의 사건이야'라고 적혀 있었다. 문맥상 해리를 떠나서 최고라는 건지 영국인 음악가를 만나 같이 여행하기로 해서 최고라는 건지 명확하지 않았다. 해리의 삶에서 경험한 최악의 사건 중 하나라는 것만은 확실했다. 하지만 울음은 거기, 목구멍으로 올라오다 중간에 딱 막혔다. 속이 메스껍고 토할 것 같은 느낌이 들었다. 해리는 일어나서 고개를 들었다. 앤드류 대신 딴 사람이 매달려 있지는 않았다. 해리는 몇 걸음 옮겨서 의자를 끌어와 앤드류를 내리기 위해 딛고 올라갈 의자를 끌어오고 싶었지만 몸이 말을 듣지 않았다. 레비가 부엌칼을 들고 돌아올 때까지 그는 꼼짝 않고 서 있었다. 레비가 이상한 눈길로 흘끔거릴 때야 해리는 뜨거운 눈물이 볼을 타고 흐르는 걸 알았다.

맙소사, 이게 끝이란 말입니까? 해리는 어쩔 줄 몰랐다.

그들은 말 한마디 없이 전선을 자르고 앤드류를 바닥에 내려 눕힌 뒤 주머니를 뒤졌다. 큰 열쇠꾸러미 하나와 작은 것 하나, 이렇게 두 개가 나왔고 꾸러미에 달려 있지 않은 열쇠도 하나 있었다. 레비가 당장 확인해보니 그 열쇠는 현관문 자물쇠에 들어맞았다.

"외관상 폭행당한 흔적이 없어요." 레비가 잠깐 살펴보고 말했다.

해리는 앤드류의 셔츠 단추를 풀었다. 가슴에 악어 문신이 있었다. 그다음으로는 앤드류의 바짓단을 걷어올려 확인했다.

"아무것도 없어." 그가 말했다. "티끌 하나 없어."

"나중에 검시관 의견을 들어봐야 할 것 같아요." 레비가 말했다.

해리는 다시 눈물이 나서 겨우 어깨를 으쓱할 뿐이었다.

32

챗위크

예상한 대로 경찰서는 정신없이 돌아가고 있었다.

"로이터 통신이에요." 용수가 말했다. "연합통신에서도 사진기자를 보낸다고 하고, 시장실에서 연락이 왔는데 NBC에서 텔레비전 중계팀을 보내 이번 사건을 보도한다고 했답니다."

왓킨스가 고개를 절레절레 흔들었다. "인도에서 해일로 육천 명이 죽어도 속보 한 번으로 끝이잖아. 그런데 동성애자 광대가 팔다리 몇 개 잘린 사건은 세계적인 뉴스거리가 되는군."

해리는 회의실에 모두 모여 달라고 요청했다. 그는 문을 닫았다. "앤드류 켄싱턴이 죽었습니다."

왓킨스와 용수가 믿기지 않는다는 표정으로 해리를 쳐다보았다. 해리는 사무적인 말투로 앤드류가 오토 레흐트나겔의 아파트 천장에 매달린 채 발견된 과정을 간략히 설명했다. 사람들 눈을 똑바로 쳐다보았고, 목소리도 떨리지 않았다. "전화로 먼저 알리지 않은 건, 밖으로 새나가지 않게 하기 위해서였습니다. 당분간은 덮어둬야 할 것 같습니다."

문득 이 사건을 경찰의 문제로 전달하는 편이 낫겠다는 생각이

259

들었다. 그래야만 객관적인 태도를 유지할 수 있고 어떻게 처리해야 할지도 판단할 수 있었다. 시체와 사인, 사건 경위를 경찰에서도 비밀로 유지하려고 할 터였다. 덕분에 당분간은 죽음, 그러니까 어떻게 마주해야 할지 모르는 낯선 대상과 거리를 유지할 수 있었다.

"좋아." 왓킨스가 넋이 나간 얼굴로 말했다. "이제 신중해야 한다. 절대로 섣불리 결론을 내려서는 안 돼." 그는 인중에 맺힌 땀을 닦았다. "내가 가서 맥코맥 국장님을 모셔오지. 젠장, 젠장, 젠장. 무슨 짓을 한 거야, 켄싱턴? 기자들이 낌새를 채는 날에는……." 왓킨스는 자리를 떴다.

남은 셋은 선풍기의 비가悲歌를 들으며 앉아 있었다.

"그분은 가끔 여기서 같이 살인 사건을 맡았어요." 레비가 말했다. "솔직히 저희와 섞이지는 않았던 것 같아요, 그런데도 그분은……."

"친절한 사람." 용수가 바닥을 보면서 말했다. "친절한 분이었어요. 제가 신참일 때도 도와주셨는데. 그분은 정말…… 친절했어요."

일단 비밀에 부쳐야 한다는 데 맥코맥도 동의했다. 무척 불쾌한 얼굴로 여느 때보다 무거운 걸음으로 서성였고, 숱 많은 눈썹이 가운데로 모여 저기압 모양의 회색 기압골처럼 코 위에 걸쳐졌다.

회의가 끝나고 해리는 앤드류 자리에 앉아 수첩을 넘겨보았다. 그가 남긴 정보는 많지 않았다. 주소 몇 개, 정비소 전화번호 두 개, 종이에 끄적인 뜻 모를 낙서가 전부였다. 서랍은 거의 비어 있고 사무실 비품만 들어 있었다. 그리고 해리는 앤드류의 몸에서 나온 열쇠꾸러미 두 개를 살펴보았다. 하나는 가죽 열쇠고리에 앤드류의 이니셜이 새겨져 있는 걸로 보아 개인용 열쇠였다.

해리는 수화기를 들어 비르기타에게 전화했다. 그녀는 깜짝 놀라 몇 가지 묻고는 해리가 말할 때까지 기다려주었다.

"이해가 안 가." 해리가 말했다. "안 지 일주일도 안 된 사람이 죽었다고 어린애처럼 울다니. 나는 엄마가 돌아가셨을 때도 닷새 동안 눈물 한 방울 흘리지 않은 놈인데. 우리 엄마 말이야, 세상에서 제일 멋진 분이었는데도! 도대체 말이 안 되잖아?"

"말이 안 돼?" 비르기타가 말했다. "말이 되느냐 마냐가 중요한 건 아닌 것 같은데."

"흠, 그냥 자기한테 알리고 싶었어. 아무한테도 말하지는 말고. 자기 일 끝나면 가도 될까?"

비르기타는 머뭇거렸다. 오늘 밤 스웨덴에서 전화가 오기로 되어 있다고 했다. 부모님에게서.

"오늘 내 생일이야." 그녀가 말했다.

"언제나 행복한 날만 이어지길 바랄게."

해리는 전화를 끊었다. 뱃속에서 오랜 원수가 으르렁거렸다.

레비와 해리는 챗위크에 있는 앤드류 켄싱턴의 집으로 향했다.

"남자가 새를 사냥하는 프로그램이……." 해리가 입을 열었다.

신호등을 두 번 지나도록 문장을 맺지 않았다.

"무슨 얘기인지?" 레비가 말했다.

"아니에요. 그냥 공연을 생각하고 있었어요. 새가 나오는 공연을 통 모르겠어요. 아주 생뚱맞아 보여요. 사냥꾼은 자기가 새를 사냥하는 줄 알았는데 갑자기 사냥감이 고양이라는 걸 알고 도리어 사낭꾼이 잡히잖아요. 좋아요, 그래서 어쨌다는 걸까요?"

차를 타고 30분쯤 달려서 쾌적한 동네의 시드니로드라는 근사한 거리로 접어들었다.

"와, 여기가 맞아요?" 해리가 인사과에서 받은 집 주소를 보면서 말했다. 큰 벽돌집에 차고가 두 개나 있고 잔디밭도 깔끔하게 손질된 상태였으며 앞쪽에는 분수가 있었다. 자갈길이 근사한 마호가니 문으로 이어졌다. 초인종을 누르자 남자아이가 문을 열었다. 그들이 앤드류에 관해 묻자 아이는 무겁게 고개를 끄덕이더니 자기를 가리키면서 손으로 입을 막아 말을 못한다는 걸 알렸다. 그러고는 그들을 데리고 뒤쪽으로 돌아들어가 너른 정원 안쪽의 작고 낮은 벽돌집을 가리켰다. 영국 사유지였다면 문지기의 집이라 불렀을 것이다.

"안으로 들어간다." 해리는 자기가 너무 또렷하게 발음하려고 애쓴다는 자각이 들었다. 마치 아이의 청각에도 문제가 있다는 듯이. "우리는…… 우린 앤드류 아저씨 동료야. 아저씨는 돌아가셨단다."

해리는 가죽 열쇠고리에 달린 앤드류의 열쇠꾸러미를 들어 보였고, 아이는 한동안 어리둥절한 얼굴로 열쇠를 보며 헉헉거렸다.

"어젯밤에 갑자기 돌아가셨단다." 해리가 말했다. 그들 앞에 선 소년은 두 팔을 축 늘어뜨렸고, 눈가에 서서히 눈물이 고였다. 해리는 문득 두 사람이 서로를 잘 안다는 느낌을 받았다. 앤드류가 20년 가까이 한 집에 살았다는 말을 들은 적이 있고, 아이는 큰 저택에서 자랐을 거라는 생각이 들었다. 문득 어떤 이미지가 떠올랐다. 흑인 남자가 어린 소년을 데리고 정원에서 공놀이를 하다가 소년에게 돈을 주고 아이스크림을 사오라고 하는 장면이었다. 아마 소년은 작은 집에 사는 경찰에 관해 절반은 진실인 이야기를 듣고 그에게 유익한 조언을 들으며 자랐을 테고. 나중에 어느 정도 자라서는 여자를 다루는 법과 가드를 내리지 않고 스트레이트 레프트를 날리는 법을 배웠을 것이다.

"사실은, 그게 아니란다. 우리는 직장동료 이상이었어. 우린 친구였어, 우리도 친구였단다." 해리가 말했다. "안에 들어가도 되겠니?"

소년은 눈을 깜빡이고 입을 꾹 다문 채 고개를 끄덕였다.

혼자 살던 남자의 작은 집에 들어서면서 맨 처음 받은 인상은 아주 깨끗하고 잘 정돈되어 있다는 점이었다. 간소하게 가구가 배치된 거실에는 작은 텔레비전 앞 커피테이블 위에 신문지 한 장 놓여 있지 않고, 주방 싱크대에는 그릇 하나 들어 있지 않았다. 현관에는 신발과 부츠가 끈 매는 쪽을 안쪽으로 해서 한 줄로 늘어서 있었다. 해리는 이렇게 엄격한 질서를 보자 무언가 떠올랐다.

침실에는 침대가 깔끔하게 정돈되어 있었는데, 하얀 시트를 팽팽하게 당겨놓으니 이불 속에 들어가려면 곡예라도 해야 할 것 같았다. 호텔에서 꼭 이런 식으로 침대를 정리하는데 그때마다 해리는 욕을 했다. 그리고 욕실을 흘끔 들여다보았다. 욕조 위 선반에 면도기와 비누가 군대식으로 정렬해 있고 그 옆에 애프터셰이브와 치약, 칫솔, 샴푸가 가지런히 늘어서 있었다. 그게 다였다. 사치스런 욕실용품 하나 없다는 걸 해리는 눈여겨보았다. 문득 이렇게 꼼꼼한 모습에서 무엇이 떠오르는지를 깨달았다. 바로 술을 끊은 뒤 그의 아파트였다.

해리의 새로운 인생은 사실 거기서 시작됐다. 규율을 지키면서 모든 물건에 선반이든 서랍이든 제자리를 만들어주고, 뭐든 쓰고 나면 반드시 제자리에 돌려놓는 연습부터 시작했다. 볼펜 한 자루 굴러다니지 않았고, 두꺼비집에 끊어진 퓨즈 하나 남아 있지 않았다. 일상생활의 실천에 상징적인 의미를 덧붙였다. 옳은 방법이건 아니건 집 안의 혼돈 수준을 나머지 생활 상태를 알아보는 척도로 삼았다.

해리는 레비에게 침실의 옷장과 서랍장을 살펴보라고 부탁하고 그가 나갈 때까지 기다렸다가 거울 옆 수납장을 열었다. 그것이 선반 맨 위 칸에 정렬해 해리를 향하고 있어서 마치 미니어처 미사일 창고 같았다. 진공 포장된 일회용 주사기 스무 개 정도가 놓여 있었다.

칭기즈칸이 앤드류를 마약중독자라고 한 건 거짓이 아니었다. 오토의 아파트에서 앤드류를 발견했을 때도 의심의 여지가 없어 보였다. 대체로 반소매 와이셔츠와 티셔츠를 입어야 하는 날씨라 경찰이 주사 자국투성이 팔뚝을 내놓고 다닐 수 없었을 것이다. 그래서 주사 자국이 눈에 띄지 않을 만한 자리에 꽂아야 했다. 가령 장딴지 같은 곳에. 앤드류의 장딴지와 무릎 뒤쪽은 온통 주사 자국이었다.

칭기즈칸이 기억하기로 앤드류는, 목소리가 로드 스튜어트 같은 사내의 고객이었다고 했다. 그는 앤드류가 헤로인을 하면서도 여전히 사회적으로나 직업적으로 거의 정상인처럼 사는 사람이라고 했다. "흔히 생각하는 것처럼 그렇게 드문 일은 아니에요." 칭기즈칸이 말했다.

"그런데 스피디는 그 양반이 경찰이란 걸 알고 해코지당할까 봐

총으로 쏴 죽이려고 했어요. 위장근무 중인 경찰로 알았거든요. 우리가 겨우 뜯어말렸어요. 그 양반은 오랫동안 스피디에게 최고의 고객이었어요. 가격을 깎는 법도 없고 매번 돈을 준비해오고 약속도 잘 지켰으며 군소리 한번 하지 않고 진상을 부린 적도 없거든요. 마약을 그렇게 깔끔하게 사는 애버리진은 본 적이 없어요. 빌어먹을, 마약을 그렇게 깔끔하게 사는 양반은 본 적이 없다니까!"

앤드류가 에반스 화이트를 만난다는 소문은 들어본 적이 없었다.

"에반스 화이트가 여기까지 내려와서 고객을 상대할 일이 더는 없었어요. 그는 도매만 취급했거든요. 그런데 킹스크로스에서는 한동안 약을 팔았어요. 이유는 몰라요, 돈은 벌 만큼 버는데. 그러다 그만뒀나 보더라고요. 매춘부 둘하고 말썽이 있었다고 들었어요."

칭기즈칸은 술술 불었다. 목숨을 지키는 데 필요한 만큼보다 더 많이 떠들었다. 사실은 기뻐하는 눈치였다. 장부에 오른 동료 한 명만 넘기면 해리가 자기네를 쫓을 위험이 크지 않다고 계산한 모양이었다.

"그 양반한테 인사나 전해줘요. 언제든 환영한다고 전해줘요. 악감정은 없다고." 칭기즈칸이 한참 있다가 씩 웃었다. "누구든 반드시 돌아오거든요. 어김없이."

병리학자

세인트조지 극장 경비는 구내식당에 있었다. 간밤에 본 해리를 알아보고 안도한 표정이었다.

"드, 드디어 어젯밤에 어땠는지 파헤치면서 질문공세를 펼치지 않을 분이 오셨군요. 기자들이 오, 온종일 들쑤시고 다녔어요. 그리고 경찰서 과학수사반도. 그 양반들이야 할 일을 하러 왔으니 저희를 귀, 귀찮게 하지 않지만요."

"그래요, 그분들대로 할 일이 있습니다."

"예. 간밤에 잠을 잘 못 잤어요. 마누라가 수, 수면제까지 갖다줬어요. 어떻게 그 꼴을 보고 사세요? 이젠 이골이 나셨겠지만."

"흠, 평소보다 조금 설치긴 했습니다."

"그, 그 방에 다시 들어갈 수 있을지 모르겠어요."

"아, 괜찮아지실 겁니다."

"아니요, 제 말 좀 들어보세요. 소, 소품실이라는 말도 입에 올리지 못하겠어요. 그냥 그 방이라고 하지."

경비원은 절망적으로 고개를 절레절레 흔들었다.

"시간이 지나면 괜찮아집니다." 해리가 말했다. "정말이에요. 이런 일은 제가 좀 압니다."

"형사님 말이 맞았으면 좋겠군요."

"해리라고 부르세요."

"커피 드시겠어요, 해리?"

해리는 한잔 달라고 대답하며 그들 사이에 놓인 테이블에 열쇠 꾸러미를 올려놓았다.

"아, 그게 거기 있었네." 경비원이 말했다. "오토가 빌린 거예요. 그걸 못 찾을까 봐 어찌나 거, 겁이 나던지. 그거 못 찾으면 열쇠를 다 바꿔야 하거든요. 어디서 찾았어요?"

"오토의 집에서요."

"네? 어젯밤에 오토가 열쇠를 쓰지 않았나요? 분장실 문이……."

"그건 걱정 마세요. 혹시 어제 무대 뒤에 배우들 말고 다른 사람이 있었습니까?"

"아, 네. 어디 보자. 조, 조명 담당하고 무대 담당하고 해서 두 명이 있었고, 음향기술자는 당연히 있었고. 의상이랑 분장팀은 없었어요. 크, 큰 공연이 아니라서. 흠, 이게 다인 것 같은데요. 공연 중에는 무대 담당하고 다른 배우들만 있었고. 그리고 저하고."

"그럼 거기서 아무도 보지 못했습니까?"

"아무도 없었어요." 경비원이 조금도 머뭇거리지 않았다.

"극장 뒷문이나 무대 옆문 말고 따로 들어오는 방법이 있나요?"

"글쎄요, 최상층 관람석 옆에 통로가 하나 있어요. 어제는 거, 거길 폐쇄했지만 조명 담당 위치가 그쪽이라서 문은 열어놨어요. 그 사람한테 물어보세요."

조명 담당의 눈은 막 수면 위로 끌려 올라온 심해의 물고기처럼 툭 불거져 있었다.

"네, 잠깐만요. 어떤 사람이 중간 휴식시간 전에 거기 앉아 있었어요. 객석이 다 차지 않을 것 같으면 무대 앞쪽 일등석만 팔지만 그 남자가 거기 앉아도 이상할 건 없어요. 일등석 표만 판다고 해도 최상층 관람석을 잠그진 않았으니까요. 물론 조명이 밝지는 않았지만. 맞아요, 그 남자를 봤어요. 휴식시간이 끝나고 돌아왔을 때는 자리에 없었고요, 말씀드렸다시피."

"당신이 나간 그 문을 통해 그 사람도 무대 뒤로 들어갈 수 있었을까요?"

"글쎄요." 조명 담당자가 머리를 긁적였다. "아마 그럴걸요. 그리로 해서 소품실로 갔다면 아무한테도 들키지 않을 수 있었을 거예요. 지금 생각해보면 그 남자가 사실 썩 좋아 보이지는 않았던 것 같아요. 맞아요. 내심 거슬리는 게 있는데, 영 어울리지 않는 뭔가가……."

"이봐요." 해리가 말했다. "제가 사진 한 장 보여주면……."

"그건 그렇고, 그 남자가 좀 특이한 면이 있었는데……."

"아주 좋아요." 해리가 말을 끊었다. "어제 본 남자를 떠올려보세요. 그리고 제가 사진을 보여주면 오래 생각하지 말고 맨 먼저 떠오른 걸 말해주세요. 나중에 시간이 지나면 생각이 바뀔지 몰라도 지금은 본능적인 반응이 필요해요. 알았어요?"

"좋아요." 튀어나온 두 눈을 감은 조명 담당은 개구리 같았다. "준비됐습니다."

해리가 사진을 보여주었다.

"이 사람이에요!" 조명 담당이 대뜸 말했다.

"좀 더 생각해보고 말해봐요."

"생각하고 자시고도 없어요. 아까 말씀드리려던 거예요. 형사님, 그 남자는 흑인…… 애버리진이었어요. 바로 이 사람!"

해리는 진이 다 빠졌다. 벌써 고단한 하루를 보낸 터라 나머지는 생각하지 않으려 했다. 조수의 안내로 부검실에 들어섰을 때 엥겔손 박사의 땅딸막한 형체가 거대하고 뚱뚱한 여자의 시신 위에 수그리고 있었고, 시신은 수술대 같은 침상 위에서 거대한 오버헤드 램프의 조명을 받고 누워 있었다. 해리는 오늘 뚱뚱한 여자를 또 보게 될 줄은 몰랐다.

괴팍한 엥겔손은 광기 어린 교수의 모습이었다. 몇 가닥 남지 않은 머리카락이 사방으로 뻗쳐 있고 금발 수염이 얼굴에 듬성듬성 나 있었다.

"네?"

박사는 두 시간 전에 통화한 걸 잊은 듯했다.

"제 이름은 해리 홀레입니다. 앤드류 켄싱턴의 최초 부검 결과 때문에 전화했었는데요."

부검실 안에는 이상한 냄새가 진동하고 온갖 용액이 잔뜩 있었는데도, 해리는 박사의 숨길에서 진 냄새를 또렷이 맡았다.

"아, 그렇군. 물론. 켄싱턴. 안타까운 일이지. 그 친구하고는 얘기도 몇 번 나눠봤는데. 살아 있을 때 말이오. 지금은 조용하고 얌전하게 저 안에 들어가 있지만."

엥겔손이 엄지로 그의 뒤쪽을 가리켰다.

"이봐요, 이름이…… 뭐라고 했더라? ……홀리, 맞아! 여기에는 먼저 봐달라고 아우성인 시체들이 줄줄이 늘어서 있소. 아니, 시체가 아니라, 수사관들이지. 하지만 다들 제자리에 누워서 제 차례를 기다려요. 그게 여기 규칙이오, 새치기는 안 돼요, 아시겠소? 그런데 오늘 아침에 맥코맥 대장이 친히 전화해서 이번 자살 사건을 먼저 봐달라고 해서 이상하다 싶었지. 아까 맥코맥 국장한테는 물어보지 못했는데, 혹시 당신이, 호건 씨가 도대체 왜 그렇게 켄싱턴이 특별한지 말해줄 수 있소?"

박사는 경멸하듯 고개를 절레절레 흔들며 해리에게 진 냄새를 더 뿜었다.

"글쎄요, 그건 박사님께서 말씀해주시면 좋겠는데요. 켄싱턴이 특별하던가요?"

"특별? 특별하다는 게 무슨 뜻이오? 다리가 세 개라거나 폐가 네 개라거나 젖꼭지가 등에 붙어 있기라도 했다는 뜻이오?"

해리는 힘이 다 빠졌다. 지금 해리에게 가장 필요하지 않은 사람을 꼽으라면 누가 자신의 심기를 건드렸다는 생각에 괴팍하게 구는 술 취한 병리학자였다. 대학물 먹은 사람들은 남보다 기분이 잘 상하는 편이었다.

"뭔가…… 이상한 점이 있었습니까?" 해리가 조심스럽게 표현을 바꿔보았다.

엥겔손은 흐릿한 눈으로 해리를 보았다. "아니. 이상한 건 없었소. 평소와 다른 건 전혀 없었소."

박사는 해리를 빤히 쳐다보면서 고개를 저었지만 분명 무슨 얘기가 더 나올 것 같았다. 그는 극적인 효과를 노리고 뜸을 들였다. 알코올에 절은 뇌로는 해리만큼 그걸 알아채지 못했다.

"우리로선 이상한 게 아니오." 박사가 한참 뜸을 들이고 말을 이었다. "시체가 마약에 절어 있던 것 말이오. 아니다, 이번엔 헤로인이었지. 그 친구가 경찰이라는 게 특이하다면 특이하달 수는 있지만, 우리 부검대에 당신네 동료가 올라온 일이 거의 없으니 얼마나 특이한 건지는 모르겠군."

"사인은요?"

"그 친구를 당신이 발견했다고 하지 않았소? 목에 전선이 감겨 천장에 매달려 있었다면 사인이 뭐겠소? 백일해라도 될까?"

해리의 마음속 도화선에 불이 붙기 시작했지만 아직은 가면을 벗지 않기로 했다.

"그래서 질식사입니까? 약물 과다복용이 아니라?"

"빙고, 호건."

"좋아요. 다음 질문은 사망 시각입니다."

"자정에서 새벽 2시 사이라고 칩시다."

"좀 더 구체적으로 알 수는 없습니까?"

"1시 5분이라고 하면 되겠소?" 벌써부터 벌겋던 박사의 뺨이 더 붉어졌다. "좋소, 1시 5분이라고 칩시다."

해리는 두어 번 심호흡을 했다. "죄송합니다, 제 표현이…… 무례해 보인다면 사과하겠습니다, 박사님. 영어로 하면 매번……."

"제대로 말이 안 나오겠지." 엥겔손이 말을 받았다.

"맞아요. 물론 바쁘신 분이니 더 붙잡지 않겠습니다. 그런데 혹시 말인데요, 맥코맥 국장님 말처럼 부검보고서를 평소처럼 공식 채널로 보내지 말고 직접 보내주실 수 있는지요."

"그건 있을 수 없는 일이오. 내가 분명히 지시하지, 호건. 맥코맥한테 가서 내 말을 그대로 전하고 내가 한 말이라고 전하쇼."

땅딸보 미치광이 교수는 해리를 똑바로 쳐다보며 팔짱을 끼고 두 다리로 버티고 서서 자신감을 드러냈다. 두 눈은 싸울 기세로 번득였다.

"지시? 시드니 경찰서에서는 지시가 무슨 뜻인지 모르겠지만 제가 있던 곳에서 지시는 사람들에게 할 일을 알려주는 겁니다." 해리가 말했다.

"됐소, 호건. 댁은 직업윤리에 익숙한 사람이 아닌가 본데, 과연 우리가 생산적인 논의를 할 수 있을지 모르겠소. 어떻게 생각합니까? 여기서 끝냅시다. 잘 가시오, 호건 씨."

해리는 꿈쩍도 하지 않았다. 그는 잃을 게 없다고 믿는 남자를 보고 있었다. 중년의 알코올중독자에 평범한 수준의 병리학자로서 더는 승진하거나 최고가 될 가망도 없고 따라서 누구든 무슨 일이든 겁낼 게 없었다. 사실 이런 사람한테 무슨 짓을 할 수 있겠는가? 해리에게는 평생 가장 길고 끔찍한 하루였다. 그리고 더는 견딜 수 없었다. 그는 흰 가운의 옷깃을 거머쥐고 박사를 들어올렸다.

솔기가 뜯어지려 했다.

"어떻게 생각하느냐고? 엥겔손 박사, 당신 혈액검사부터 받아놓고 직업윤리를 논해야 한다고 생각하지. 당신이 잉게르 홀테르를 부검할 때 술이 떡이 된 상태였다고 증언할 사람이 몇이나 되는지 얘기해봐야 한다고 생각하지. 그런 다음엔 당신을 자를 수 있는 사람하고 얘기해볼까 생각 중이야. 여기서만 잘리는 게 아니라 의료 자격증을 필요로 하는 모든 곳에 발도 못 붙이게. 어떻게 생각하십니까, 엥겔손 박사님? 이제 내 영어를 어떻게 생각하십니까?"

엥겔손 박사는 해리의 영어 실력이 완벽하다고 생각했고, 진지하게 고민한 끝에 이번 한 번만 보고서를 비공식 채널로 보내달라는 의견을 받아들이기로 했다.

34

프롱네르 야외 풀장의 다이빙대

맥코맥은 다시 해리를 등지고 앉아서 창밖을 내다보았다. 해가 넘어가고 있었지만 아직은 고층건물들과 짙은 초록의 로열보태 닉가든 사이에서 유혹하듯 넘실대는 파란 바다가 언뜻 보였다. 해리는 입이 타고 머리가 아팠다. 45분 넘게 혼자 논리정연하고 막힘없이 떠든 터였다. 오토 레흐트나겔, 앤드류 켄싱턴, 헤로인, '크리켓', 조명 담당, 엥겔손, 그러니까 지금까지 일어난 모든 일에 관해.

맥코맥은 양손 손끝을 맞대고 앉아 있었다. 한참 동안 한마디도 하지 않았다.

"알고 있나? 저 멀리 뉴질랜드에는 세상에서 제일 어리석은 사람들이 산다네. 외따로 떨어진 섬에 살면서 집적대는 이웃도 없이 사방이 바다로 둘러싸여 있지. 이런 나라가 20세기에 발발한 주요 전쟁에 거의 다 참전했지. 어떤 나라도, 심지어 제2차 세계대전 중의 러시아조차 인구 대비 그렇게 많은 청년들을 잃지는 않았어. 여자가 남아도는 건 아주 유명한 얘기고. 그런데 왜 그렇게 참전했을까? 도우려고. 남을 위해 일어선 거야. 이 얼간이들은 자기네 땅에

273

서 싸운 것도 아니야. 맙소사. 배와 비행기를 타고 가급적 멀리까지 꾸역꾸역 사지로 떠났어. 독일, 이탈리아와 대적한 연합군을 도왔고, 북한과 싸운 남한을 도왔고, 일본이나 북베트남과 싸운 미국을 도왔지. 우리 아버지도 그런 얼간이 중 하나였고.”

창밖을 내다보던 맥코맥은 뒤돌아서 해리를 보았다.

“아버지가 1945년에 일본군과 싸운 오키나와 전투에서 같은 군함을 탄 어느 포병 얘기를 들려준 적이 있다네. 일본군이 가미카제 특공대를 동원했는데, 그들은 대형을 이루고 ‘호두나무 잎처럼 바다에 떨어지는’ 전술을 썼어. 그리고 정확히 전술을 실행에 옮겼지. 맨 앞에 날아오는 전투기를 격추하면 두 대가 뒤따라 나타나고 그 뒤로 네 대가 나타나는 식으로 끝없는 피라미드처럼 전투기가 날아들었어. 아버지와 같은 군함을 탄 전우들은 극도의 공포에 떨었어. 그야말로 미친 짓이었거든. 적의 조종사들이 죽음을 불사하고 목표지점에 폭탄을 떨어뜨릴 기세였으니까. 그들을 막으려면 대공포로 벽을 치듯이 최대한 촘촘하게 발사하는 수밖에 없었어. 벽에 작은 구멍만 생겨도 일본군이 파고들었지. 계산해보니 전투기 한 대가 포격범위 안에 나타난 후 20초 안에 격추하지 않으면 이미 늦은 거야. 적의 목표대로 군함에 충돌할 가능성이 아주 높았지. 따라서 포수들은 매번 명중해야 했고, 어떤 날엔 온종일 전투기 공격이 지속된 적도 있었어. 아버지 말로는, 규칙적으로 쾅쾅쾅 하는 굉음이 들리고 전투기가 날아들면서 날카로운 비명이 점점 커졌다더군. 매일 밤 그 소리에 시달렸대.

전투 마지막 날에 아까 말한 그 포수가 함교에 서 있을 때 일제 엄호사격 속에서 전투기 한 대가 나타나 곧장 그들의 배로 돌진했어. 퍼붓는 포격을 뚫고 전투기가 다가오면서 점점 크게 보였어. 이윽고 조종석과 전투기 내부까지 또렷이 보였지. 전투기가 퍼부은 포탄이 갑판에 날아들었고 다음으로 아군이 대공포로 전투기를 명 중하고 대포로 날개와 기체를 훑었어. 전투기 꼬리가 떨어져 나가 고 느린 그림처럼 서서히 부품이 하나씩 해체되더니 마지막에는 프로펠러가 붙은 작은 덩어리만 남았고, 그 덩어리가 갑판에 떨어 져 화염과 시커먼 연기를 남겼어. 다른 포수들이 벌써 새로운 목표 물을 공격하기 시작했을 때 함교 바로 밑 회전포탑에 서 있던 사람, 아버지와 동향인 웰링턴 출신이라 잘 알고 지내던 젊은 상등병은 포탑 밖으로 기어나와 아버지에게 웃으며 손을 흔들면서 이렇게 말하더래. '오늘은 날이 덥군.' 그러고는 함선 밖으로 뛰어내려서 사라져버렸어."

아마 햇빛 때문이겠지만 해리는 문득 맥코맥이 부쩍 늙어 보인 다는 인상을 받았다.

"오늘은 날이 덥군." 맥코맥이 이 말을 반복했다.

"인간의 본성은 거대하고 어두운 숲과 같습니다, 국장님."

맥코맥은 고개를 끄덕였다. "홀리, 여기까지가 내가 들은 이야기 이고, 또 진실일지도 모르지. 자네는 앤드류 켄싱턴하고 가까워질 시간이 있었어. 또 듣자 하니 이번 사건에서 앤드류 켄싱턴의 행적 을 감사에 부쳐야 한다더군. 자네 생각은 어떤가, 홀리?"

"무슨 말씀이신지 모르겠습니다, 국장님."

맥코맥이 일어나 창문 쪽으로 걸음을 옮겼고, 이제는 해리에게 익숙한 과정이었다.

"홀리, 나는 평생 경찰로 살았지만 아직도 주위의 동료들을 보 면 왜 이런 일을 하려는 건지, 어째서 남의 전쟁터에서 싸우려고 하는지 모르겠어. 그 사람들을 끌어들이는 힘이 뭘까? 대체 어떤

자들이기에 남들을 위해 극심한 고통을 감수하면서까지 스스로 정의라고 믿는 그 무엇을 지키려는 걸까? 전부 얼간이들이야, 홀리. 우린 얼간이야. 태생이 멍청해서 그 무언가를 이룰 수 있다고 믿지.

망가지고 술에 취해 살다가 어느 날 바다로 뛰어들겠지. 그러면서도 끝까지 어리석은 생각을 떨쳐버리지 못하고 누군가 우리를 필요로 한다고 믿지. 그러다 어느 날 미몽에서 깨어난다 해도 때는 늦어. 일단 경찰이 돼서 참호 속으로 기어들어가면 빠져나올 길이 없거든. 도대체 무슨 일이 벌어진 건가 싶은 순간에 잘못된 결정을 내리는 거야. 우린 죽는 날까지 공상적 박애주의자로 살아갈 운명이고 또 실패할 운명이야. 그런데 다행히 진실은 상대적이야. 또한 진실은 유연하지. 우리는 살면서 숨통이 트일 때까지 진실을 구부리고 비틀어. 때로는 그렇다는 말이야. 간혹 악당을 잡아넣는 것만으로도 충분히 마음의 평화를 얻어. 그런데 알다시피 기생충을 영원히 박멸하는 건 건강한 방법이 아니야. 스스로 자기만의 독을 맛볼 수밖에 없지.

그래서 요점이 뭘까, 홀리? 그 친구는 평생 대공포 회전포탑 안에서 살아왔고 지금은 죽었어. 무슨 말이 더 필요하지? 진실은 상대적이야. 극도의 스트레스가 한 개인에게 어떤 영향을 주는지 알기란 쉽지 않아, 직접 당해보지 않으면. 법정신의학자들은 병든 사람과 범죄자 사이에 선을 그으려고 하고, 진실을 구부리고 비틀어서 그들이 만든 이론적 모형에 끼워 맞추려고 해. 법 제도가 있지만, 기껏해야 가끔 파괴적으로 변하는 사람들을 거리에서 없애주는 정도만 기대할 수 있고. 기자들이야 이상주의자로 보이길 원하니 모종의 정의를 실현한다는 믿음으로 남의 인생을 폭로하면서

명성을 날리려 하지. 그럼 진실은?

진실은 바로 아무도 진실하게 살지 않는다는 사실이고, 그래서 아무도 진실 따위에는 관심도 없다는 사실이야. 우리가 만들어낸 진실은 누군가를 이롭게 하는 노력이 그들의 힘으로 상쇄되고 남은 것일 뿐이야."

맥코맥은 해리의 눈을 똑바로 보았다.

"그러니 앤드류 켄싱턴에 관한 진실 따위에 누가 관심이나 보일까? 누군가에겐 위협이 되는, 추악하고 뒤틀린 진실을 파헤치는 게 누구에게 득이 되지? 경찰서장은 아니야. 시의회 정치인들도 아니야. 애버리진의 이상을 위해 싸우는 사람들도 아니지. 경찰 노동조합도 아니야. 대사관도 아니고. 아무도 없어. 아니, 내 말이 틀렸나?"

해리는 잉게르 홀테르의 부모가 했을 법한 대답을 하고 싶었지만 참았다.

맥코맥은 엘리자베스 2세 여왕의 젊은 시절 초상화 앞에 섰다.

"아까 자네가 해준 얘기는 우리 둘만의 비밀로 간직해주면 고맙겠네, 홀리. 지금 이대로 덮어두는 편이 최선이라는 건 자네도 알 거야."

해리는 바지에 붙은 빨간색 긴 머리카락을 떼었다.

"이 일을 시장님과 의논했어." 맥코맥이 말했다. "괜한 이목을 끌지 않기 위해 당분간은 잉게르 홀테르 사건을 우선으로 수사할 거야. 계속 캐서 아무것도 나오지 않으면 머지 않아 사람들도 노르웨이 아가씨를 죽인 범인이 광대인 줄 알고 살겠지. 광대를 죽인 자가 누구인지에 더 의심이 갈 테지만, 치정에 얽힌 살인이든 질투에 눈이 멀었든 남몰래 애인한테 차였든 뭐든 갖다붙이면 누가 알아? 그러면 사람들은 범인이 용케 빠져나간 걸 받아들일 수 있어. 물론 아무것도 확인된 건 없지만 정황증거가 확실하니까 몇 년 지나면 다 잊겠지. 잡히지 않은 연쇄살인범 이야기는 경찰에서 어느 시점에 가능성을 점치다 버린 가설일 뿐이고."

해리는 일어서려 했다. 맥코맥이 기침을 했다.

"자네에 관한 보고서를 쓰고 있네, 홀리. 자네가 떠나면 바로 오슬로 경찰서장에게 보낼 거야. 내일 출발한다고 하지 않았나?"

해리는 고개만 까딱하고 밖으로 나왔다.

부드러운 저녁 바람에도 두통이 가시지 않았다. 그만의 어둠에 휩싸여 더는 기분 좋은 풍경이 아니었다. 해리는 정처 없이 거리를 어슬렁거렸다. 작은 동물이 하이드파크 오솔길을 가로질렀다. 처음에는 큰 쥐인 줄 알았는데 지나치면서 보니 털이 복슬복슬한 작은 짐승이 공원 가로등 아래 눈빛을 반짝이며 그를 빤히 올려다보고 있었다. 해리는 그렇게 생긴 동물을 본 적은 없지만 분명 주머니쥐일 거라고 생각했다. 녀석은 해리를 무서워하는 것처럼 보이지는 않았고, 겁내기는커녕 호기심으로 코를 쿵쿵대고 희한한 울음소리를 냈다.

해리는 쭈그리고 앉았다. "너도 지금 이런 대도시에서 뭐 하고 있나 싶냐?"

작은 짐승은 대답 대신 고개를 갸우뚱했다.

"어떻게 할까? 내일 집으로 돌아가, 말아? 너는 너희 숲으로 나는 내 집으로?"

주머니쥐는 달아났다. 떠나라는 설득에 넘어가고 싶지 않은 모양이었다. 여기 이 공원에, 자동차와 사람들, 쓰레기통들 틈새에 그

278

들의 집이 있으니까.

해리는 울루물루에서 어느 바를 지나갔다. 아까 대사관에서 전화가 왔다. 나중에 다시 전화하겠다고 했다. 비르기타가 어떻게 생각할까? 그녀는 별말이 없었다. 그리고 그도 캐묻지 않았다. 비르기타는 생일에 관해 아무 말도 하지 않았다. 아마 해리가 어리석은 아이디어를 낼 줄 알았던 모양이다. 과감해지자고 조르거나. 아니면 터무니없이 비싼 선물을 안겨주거나 굳이 해야 할 필요 없는 말을 한다거나. 단지 마지막 밤이라고, 떠나야 할 사람이라 마음이 좋지 않다는 이유로. 비르기타는 아마 이렇게 생각했는지도 모른다.
"무슨 소용이람?"

크리스틴이 영국에서 돌아왔을 때처럼.

둘은 프롱네르 카페의 테라스에서 만났고, 크리스틴은 두 달 동안 집에서 지낼 거라고 했다. 햇볕에 잘 그을린 그녀는 맥주잔을 앞에 두고 예전처럼 조용히 웃었고, 그는 무슨 말을 하고 어떻게 할지 정확히 알았다. 잊은 줄 알았던 옛 노래를 피아노로 연주할 때처럼, 머릿속은 텅 비어도 손가락이 저절로 움직이듯이. 둘 다 취했지만 그때는 술에 취해도 비교적 멀쩡했던 때라 나머지 일도 전부 기억했다. 그들은 전차를 타고 시내로 들어갔고, 크리스틴은 웃으며 사르디네스 클럽 앞에 늘어선 줄을 지나쳐서 클럽 안에 두 사람 자리를 잡았다. 밤이 되자 춤을 추느라 땀에 젖은 그대로 택시를 잡아타고 다시 프롱네르로 돌아왔다. 야외 풀장의 담을 타고 들어가 아무도 없는 공원에서 10미터 높이에 걸친 다이빙대 위로 기어 올라가, 크리스틴이 가방에서 꺼낸 와인 한 병을 나눠 마시면서 오슬로를 내려다보고 서로에게 앞으로 무엇이 되고 싶은지 말했는데 매번 전에 한 말과는 달랐다. 그리고 둘은 손을 잡고 뛰어가 다이빙대 끝에서 뛰어내렸다. 떨어지면서 그녀가 날카로운 비명을 질렀는데 그의 귀에는 아름답고 통제 불가능한 화재 경보로 들렸다. 그가 풀장 옆에 누워서 웃고 있으면 그녀는 물에서 나와 옷이 몸에 달라붙은 채 다가왔다.

다음 날 아침, 그들은 그의 침대에서 뒤엉킨 채 땀에 젖어 숙취에 시달리고 흥분이 가시지 않은 상태로 눈을 떴고, 해리가 발코니 문을 열고 과음으로 발기한 그대로 덜렁거리면서 침대로 돌아오면 그녀는 신이 나서 기꺼이 맞아주었다. 해리는 어리석고 영악하고 열정적으로 그녀와 섹스를 했고, 뒤뜰에서 뛰노는 아이들 소리가 잠잠해질 무렵이 되자 화재 경보도 꺼졌다.

그때야 그녀는 선문답 같은 질문을 던졌다.

"무슨 소용이람?"

그들 사이에 아무것도 존재하지 못한다면 무슨 소용일까? 그녀가 다시 영국으로 돌아간다면, 그가 그토록 이기적이라면, 둘이 너무나 달라서 결혼해서 아이도 낳고 집도 짓고 살 생각이 없다면? 더는 아무 데도 가지 못한다면?

"지난 24시간도 나름의 이유가 되지 않을까?" 해리가 말했다. "내일 당장 네 가슴에 멍울이 발견되면 그건 무슨 소용인데? 아이도 낳고 같이 사는 집에서 멍든 눈으로, 네가 잠들기 전에 남편이 먼저 잠들기만 바라고 산다면 그건 무슨 소용인데? 정말로 너의 그 인생계획으로 행복을 붙잡을 수 있을 것 같아?"

그녀는 그를 부도덕하고 얄팍한 쾌락주의자라고 부르면서 인생에는 섹스 말고 다른 것도 있다고 말했다.

"넌 다른 모든 걸 원해." 해리가 말했다. "그런데 결혼의 낙원으로 난 길을 한발 먼저 앞서갈 필요가 있을까? 어차피 양로원에 들어앉아 있으면 결혼선물로 받은 그릇세트가 무슨 색이었는지는 기억나지 않겠지만, 장담컨대 다이빙대와 풀장 옆에서 사랑을 나눈 장면은 선명할걸."

두 사람 가운데 진정한 보헤미안으로 살아야 할 사람은 그녀였다. 그런 그녀가 쿵쿵 발소리를 내며 걸어나가 문을 쾅 닫으면서 마지막으로 남긴 말은, 그는 아무것도 이해하지 못하고 철이 덜 들었다는 말이었다.

"무슨 소용인데?" 해리가 고함을 지르자 하며 가를 걷던 남녀 한 쌍이 돌아보았다.

비르기타도 무슨 소용인지 몰랐던 걸까? 해리가 내일 떠날 예정이라 감당하지 못할까 봐 겁이 났던 걸까? 그래서 생일파티로 스웨덴과 통화하는 쪽을 택한 걸까? 물론 솔직하게 물어봤어야 하지만 예전에도 그랬듯이 다 무슨 소용이란 말인가?

해리는 피로가 느껴지지 않아 잠이 오지 않을 걸 알았다. 발길을 돌려 바로 돌아갔다. 천장에 매달린 네온등 안에 죽은 벌레가 들어 있고 벽에는 슬롯머신이 늘어서 있었다. 그는 창가 쪽 테이블에 앉아 서빙을 기다리면서 아무도 오지 않으면 주문하지 않기로 마음먹었다. 그냥 앉고 싶었을 뿐이다.

그 남자가 다가와 해리에게 뭘 시킬지 물었고, 해리는 음료 메뉴판을 한참 열심히 들여다보고는 콜라를 주문했다. 유리창에 비친 두 겹의 상을 보면서 앤드류가 지금 여기에 있어서 함께 사건 얘기를 나누면 좋겠다고 생각했다.

앤드류는 그에게 오토 레흐트나겔이 잉게르 홀테르를 죽였다고 말하려고 했을까? 그렇다면 왜지? 어째서 앤드류가 알리려 한 걸 알아채지 못했을까? 첫 만남, 거짓 보고서, 님빈에서 에반스 화이트를 본 목격자가 있다는 빤한 거짓말, 그 모든 것이 에반스에게서 눈을 돌려 진실을 '보게' 하려고 꾸민 일이었을까?

앤드류는 이 사건에 끼어들어 외국인과 한 팀을 이뤄 마음대로 주무를 수 있도록 손을 썼다. 하지만 어째서 앤드류가 직접 오토를 막지 않았을까? 오토는 앤드류와 연인이었을까? 그래서 막지 못한 걸까? 오토가 실연당하고 괴로워한 상대가 앤드류였을까? 그렇다면 왜 경찰이 오토를 체포하려던 순간에 죽었을까? 그때 어느 술 취한 여자가 비틀거리며 그의 자리에 와서 합석하려 했고 해리는 거절했다.

그리고 어째서 오토를 살해하고 스스로 목숨을 끊었을까? 앤드류는 무사히 빠져나갈 수도 있었다. 아니, 과연 그럴 수 있었을까? 조명 담당이 앤드류를 보았고, 해리는 그가 오토와 친구라는 사실을 알았고, 게다가 범행시간 동안의 알리바이가 없었다.

그래, 어쩌면 결국 엔딩 크레디트가 올라갈 시점이었는지도. 젠장.

뱃속에서 개 떼가 짖어댔다.

해리와 다른 경찰들이 오토를 체포하기 전에 앤드류는 위험을 무릅쓰고 오토를 잡았다. 해리는 머릿속이 쿵쾅거리고 두통이 심해지면서 이제는 누군가 그의 머리통을 모루*로 쓰는 느낌이었다. 눈 안쪽에서 불꽃이 쏟아지는 와중에 한 번에 한 가지 생각을 붙잡아보려 했지만 새로운 생각이 줄기차게 튀어나와 모두 끝으로 빠져나가려 했다. 어쩌면 맥코맥이 옳았는지 모른다. 어쩌면 어느 오

---

* 대장간에서 불린 쇠를 올려놓고 두드릴 때 받침으로 쓰는 쇳덩이.

작동을 일으킨 영혼에게 그저 더운 날이었는지 모른다. 차마 다른 가능성은 생각할 수도 없었다. 뭔가가 더 있을 가능성. 앤드류 켄싱턴이 이따금 남자들과 놀아나는 것 말고, 은폐하거나 도망쳐야 할 더 심각한 일이 있었을 가능성.

그림자 하나가 그에게 내려오고 그는 고개를 들었다. 웨이터의 머리가 조명을 가려 검은 형체로 보였고, 해리에게는 앤드류의 푸르스름한 검은 혓바닥이 나오는 것처럼 보였다.

"더 필요하신 거 없습니까, 손님?"

"블랙 스네이크라는 술이 있는 것 같은데……."

"짐 빔하고 콜라예요."

개들이 저 아래서 미쳐 날뛰었다.

"좋아요. 더블 블랙 스네이크, 콜라 빼고."

35

오랜 적이 깨어나다

해리는 길을 잃었다. 앞에는 계단이 몇 칸 있고 뒤로는 바다와 계단이 더 있었다. 혼돈이 점점 심해지고 해안가 돛대들이 한쪽에서 다른 쪽으로 휙휙 방향을 틀었다. 어떻게 여기까지 왔는지 도무지 생각나지 않았다. 해리는 올라가 보기로 했다. "계속 전진이다." 아버지가 하시던 말씀이었다.

몸을 가누기가 힘들었지만, 담장을 버팀목 삼아 한 계단 한 계단 꾸역꾸역 올라갔다. 샬리스애비뉴라는 도로 표지판이 붙어 있었지만 해리에게는 아무 도움이 되지 않아 계속 곧장 앞으로 갔다. 손목시계를 보려고 했지만 시계가 없었다. 거리는 어둡고 사람 하나 보이지 않아 꽤 늦은 시간인가보다 하고 짐작할 뿐이었다. 계단을 더 올랐고 거기가 끝인가 싶어 왼쪽으로 돌아 맥클레이 가로 들어갔다. 오래 걸었는지 발뒤꿈치에 땀이 났다. 아니다, 뛰고 있었던가? 바짓가랑이 왼쪽 무릎 부분이 찢어진 걸 보면 넘어졌을지도 모른다.

바와 레스토랑 몇 군데를 지나쳤지만 모두 닫혀 있었다. 늦은 시간이긴 하지만 시드니처럼 큰 도시에서는 분명 술을 마실 방법이 있을 터였다. 그는 도로변을 걸어 등을 켠 택시를 세웠다. 택시 운전사가 브레이크를 밟았다가 생각을 바꾸고 그냥 지나갔다.

제길, 내 꼴이 그렇게 심한가? 해리는 낄낄댔다.

좀 더 걷다 보니 사람들이 하나둘 보이고 점차 왁자하게 떠드는 소리가 났고 자동차 소음과 음악이 들렸다. 모퉁이를 돌면서 문득 다시 어디로 돌아왔는지 깨달았다. 이럴 수가, 킹스크로스잖아! 그의 앞에는 시끌벅적하고 떠들썩한 달링허스트로드가 뻗어 있었다. 이제는 아무 데나 골라 들어갈 수 있었다. 첫 번째 바에서 거절당하고 어느 작은 싸구려 중국 술집에 겨우 들어갔다. 그 집에서는 길쭉한 플라스틱 잔에 위스키를 따라주었다. 실내는 비좁고 어두우며 사방에 놓인 도박 기계에서 참을 수 없을 정도로 시끄러운 소음이 들려서 해리는 술을 단숨에 들이켜고 다시 거리로 나섰다. 그는 전봇대를 붙잡고 떠다니듯 지나가는 차들을 보면서 그날 밤 술집 바닥에 토했던 흐릿한 기억을 애써 눌렀다.

그렇게 서 있는데 누가 등을 툭 쳤다. 홱 돌아보니 큼직한 붉은색 입이 벌어져 있고 송곳니가 빠진 자리에 구멍이 보였다.

"앤드류 얘기 들었어요. 유감입니다." 그 입이 말했다. 그리고 껌을 씹었다. 입의 주인은 샌드러였다. 해리는 무슨 말인가 했지만 샌드러가 못 알아듣겠다는 표정인 걸 보면 발음이 뭉개진 모양이었다.

"시간 있어요?" 그가 한참 있다가 물었다.

샌드러가 웃었다. "네, 하지만 지금 못 하실 것 같은데."

"꼭 해야 하나?" 해리가 힘들여서 겨우 말했다.

샌드러가 주위를 둘러보았다. 해리는 으슥한 곳에 숨은 번쩍이는 양복을 얼핏 본 것 같았다. 테디 몬가비가 멀리 있지 않았다.

"이봐요, 나 지금 일하는 중이에요. 집에 가서 한숨 주무시고 내일 얘기해요."

"돈은 낼게요." 해리가 지갑을 꺼냈다.

"치워요!" 샌드러가 지갑을 밀쳤다. "같이 가줄게요, 돈을 내야 하지만 여기선 안 돼요, 알아들어요?"

"내 호텔방으로 가요, 저기 저 모퉁이만 돌면 나와요, 크레센트 호텔."

샌드러가 어깨를 으쓱했다. "어디든."

가는 길에 주류 판매점이 보여서 해리는 짐 빔 두 병을 샀다.

크레센트 호텔의 야간 도어맨은 그들이 프런트로 향하는 동안 샌드러를 머리끝부터 발끝까지 뜯어보았다. 도어맨이 무슨 말을 하려는 순간 해리가 선수를 쳤다.

"위장근무 중인 여형사 본 적 있어요?"

양복 차림의 젊은 아시아인인 야간 도어맨은 우물쭈물하며 웃었다.

"음, 이 여자 본 건 잊고 내 방 열쇠나 줘요. 우린 할 일이 있으니까."

도어맨은 혀가 꼬인 채 늘어놓는 해리의 핑계를 믿는 것 같지는 않았지만 그래도 군말 없이 열쇠를 내주었다.

방에 들어가 해리는 미니바를 열고 술이란 술은 모조리 꺼냈다.

"난 이걸로 할게요." 해리가 미니어처 짐 빔을 꺼내며 말했다. "나머지는 마음대로 마셔요."

"위스키를 진짜 좋아하나 봐요." 샌드러가 맥주 뚜껑을 따면서 말했다.

해리는 그녀를 보았고 혼란스러운 기분이었다. "그런가?"

"사람들은 자기만의 독이 있잖아요. 기분전환으로, 안 그래요?"

"아, 그래? 당신도 술 마시나?"

샌드러가 머뭇거렸다. "별로. 줄이려고요. 다이어트 중이라."

"별로라." 해리가 말했다. "그럼 당신은 무슨 뜻인지도 모르고 떠드는 거예요. 니콜라스 케이지가 나오는 '라스베가스를 떠나며' 본 적 있어요?"

"에?"

"아니에요. 어느 알코올중독자가 술을 마셔서 죽으려고 하는 내용일 거예요. 그런 얘기는 믿을 수 있지, 암. 문제는 그 친구가 닥치는 대로 아무거나 마신다는 거예요. 진, 보드카, 위스키, 버번, 브랜디…… 모조리 다. 다른 대안이 없다면야 할 수 없겠지. 그런데 그 친구는 세계에서 최고로 좋은 라스베이거스 바에 있었고, 돈도 엄청 많았는데, 딱히 선호하는 게 없다는 거야. 빌어먹을 선호하는 게 없다니! 아무 술이나 막 마시는 술꾼은 본 적이 없어. 자기만의 독을 발견하면 그것만 찾지 않나? 그런 자식이 오스카까지 받았다니까."

해리는 상체를 젖혀 미니어처 술병을 비우고는 발코니로 가서 문을 열었다.

"가방에서 술 꺼내서 이리로 와요. 발코니에 같이 앉아서 시내 구경이나 해요. 방금 기시감이 들었어요."

샌드러가 술잔 두 개와 술병을 들고 그의 옆에 앉아 벽에 등을 기댔다.

"그 인간이 살아서 뭘 했는지는 잠시 잊자고. 앤드류 켄싱턴을 위해 건배나 해요." 해리가 술잔을 채웠다.

그들은 말없이 앉아서 술을 마셨다. 해리가 웃음을 터트렸다.

"리처드 매뉴얼만 해도 그래. '밴드'의 뮤지션 말이에요. 그 친구는 문제가 아주 심각했어요. 술 때문만이 아니라…… 흠, 인생 전체가. 끝까지 버티지 못하고 호텔방에서 스스로 목을 맸어요. 그 친구 집에서 술병이 이천 병이나 나왔는데 전부 같은 브랜드였어요. 그랑 마니에라고. 그것밖에 없었다더군. 뭔 말인지 알아요? 빌어먹을 오렌지향 독주! 그 친구야말로 자기만의 독을 찾은 거예요. 니콜라스 케이지, 푸! 우리가 사는 세상이 얼마나 희한하냐면……."

그는 별이 총총한 시드니의 밤하늘에 손을 휘저었고, 두 사람은 술을 더 마셨다. 해리가 눈을 껌뻑거리자 샌드러가 그의 뺨에 손을 댔다.

"이봐요, 해리. 나 일하러 가야 해요. 당신도 눈 좀 붙여야 할 것 같아."

"하룻밤에 얼만데?" 해리가 위스키를 더 들이켰다.

"안 될 것 같아요……."

"가지 마요. 술 다 마시고 합시다. 약속해요. 금방 끝낼게." 해리가 피식 웃었다.

"안 돼요, 해리. 가볼게요." 샌드러가 일어나 팔짱을 끼고 섰다. 해리는 휘청거리며 일어서려다 중심을 잃고 발코니 난간 쪽으로 두어 걸음 뒷걸음질쳤다. 샌드러가 해리를 붙잡자 해리는 그녀의 앙상한 어깨를 끌어안고 그녀에게 기대어 속삭였다. "나 좀 봐줄래요, 샌드러? 오늘 밤만. 앤드류를 위해. 아니, 내가 지금 무슨 소리 하는 거지? 날 위해서."

"테디가 어디 갔나 할 텐데……."

"그 사람한테 돈 주고 입을 막아버리면 되잖아요. 제발?"

샌드러가 잠시 가만히 있다가 한숨을 내쉬며 말했다. "좋아요, 그런데 먼저 이 누더기 같은 것 좀 벗길게요, 홀리 씨."

그녀는 조심스럽게 해리를 침대로 데려가 신발을 벗기고 바지를 끌어내렸다. 그는 기적적으로 혼자서 셔츠 단추를 풀었다. 잠깐 새 샌드러의 검은 미니스커트가 머리에 씌어 있었다. 옷을 벗은 그녀는 훨씬 더 앙상하고 어깨와 엉덩이가 툭 튀어나왔으며 작은 젖가슴 아래 빨래판 같은 갈비뼈가 있었다. 그녀가 불을 끄러 갈 때 해리는 등과 허벅지 뒤의 멍 자국을 보았다. 그녀는 그의 옆에 누워서 해리의 털 없는 가슴과 배를 어루만졌다.

샌드러한테서 희미하게 땀 냄새와 마늘 냄새가 났다. 해리는 가만히 천장을 보았다. 이런 상태에서도 냄새를 맡을 수 있다는 게 놀라웠다.

"냄새 말인데." 해리가 물었다. "그거 당신 거야, 아니면 오늘 밤 같이 잔 남자들 거야?"

"둘 다, 아마도." 샌드러가 대답했다. "거슬려요?"

"아니." 성급히 대답하긴 했지만 샌드러가 냄새를 말하는 건지 다른 남자들을 말하는지 확실히 알아들은 건 아닌 듯했다.

"너무 취했어요, 해리. 안 해도 괜찮……."

"느껴봐요." 해리는 뜨겁고 축축한 그녀의 손을 잡아 그의 가랑이 사이에 넣었다.

샌드러가 웃었다. "취했어요. 우리 엄마 말이, 술 마시는 남자는 입만 살았다고 했어요."

"난 그 반대예요. 술 마시면 혀는 굳지만 거기는 커지거든. 진짜예요. 왜 그런 건지는 몰라도 늘 그랬어요."

샌드러가 해리 위에 올라타 얇은 팬티를 옆에 벗어놓고 그를 단숨에 빨아들였다.

해리는 그녀의 몸이 오르내리는 걸 보았다. 그녀는 그의 눈을 마주보면서 잠깐 웃고는 고개를 돌렸다. 전철에서 무심코 누군가를 너무 오래 봤을 때 짓는 그런 미소였다.

해리는 눈을 감고 침대가 박자에 맞춰 삐걱대는 소리를 들으며 이게 꼭 현실은 아닐 거라고 생각했다. 술은 모든 걸 마비시킨다.

금방 될 거라고 약속하게 했던 감각은 사라져버렸다. 샌드러가 땀을 흘리며 애쓰는 동안 해리의 생각은 이불 밖으로, 침대 밖으로, 창문 밖으로 스르르 빠져나갔다. 그는 뒤집힌 별이 총총한 하늘 아래를 여행하면서 바다를 건너 바닷가 새하얀 모래밭에 이르렀다. 아래로 내려가는 사이 바닷물이 해변에 닿는 모습이 보이고, 더 내려가자 예전에 가봤던 도시가 보이고, 낯익은 여자가 백사장에 누워 있는 모습이 보였다. 그녀는 잠들어 있었고, 해리는 그녀를 깨우지 않으려고 조용히 옆으로 내려갔다. 그리고 옆에 누워 눈을 감았다. 눈을 떴을 때는 해가 저물고 옆에 아무도 없었다. 뒤쪽으로 난 산책로에는 아는 얼굴인 것 같은 사람들이 한가하게 거닐었다. 그중 몇은 예전에 본 영화에 나오지 않았던가? 어떤 사람들은 선글라스를 쓰고 아주 작고 빼빼 마른 강아지를 줄에 매달아 산책시키면서 건너편의 높은 호텔 앞을 지나고 있었다.

해리는 조용히 물가로 내려가 물속에 뛰어들려다가 해파리가 우글거리는 걸 보았다. 해파리들은 수면에 떠서 빨간색의 긴 실 같은 것을 뻗었고, 해리는 부드럽고 물컹거리는 거울에 비친 모습에서 얼굴들의 윤곽을 알아보았다. 모터보트가 수면 위로 탕탕거리며 점점 가까이 다가왔고, 해리는 퍼뜩 잠에서 깼다. 샌드러가 그를 깨우고 있었다.

"누가 왔어요!" 그녀가 속삭였다. 문을 탕탕 두드리는 소리가 들렸다.

"빌어먹을 프런트에서 왔나 보군!" 그는 베개로 앞을 가리고 벌떡 일어나 문을 열었다.

비르기타였다.

"안녕!" 그녀는 싱긋 웃다가 해리의 일그러진 얼굴을 보고 표정이 굳어버렸다.

"왜 그래? 무슨 일 있어, 해리?"

"응." 해리가 말했다. "무슨 일이 있지." 머릿속이 쿵쾅거리고 맥박이 뛸 때마다 머리가 텅 비었다. "왜 왔어?"

"전화가 안 와서. 기다리고 또 기다리다가 집으로 전화했더니 아무도 안 받는 거 있지. 시간을 잘못 알아서 나 일하는 동안 전화했더라고. 서머타임 때문에 시차를 혼동했겠지. 우리 아빠가 원래 그러셔."

그녀는 아주 빠르게 말했고, 한밤중에 호텔 복도에서 안으로 들여보낼 생각이 없는 남자에게 시시콜콜 주절거리는 행동이 마치 세상에서 제일 자연스러운 일인 것처럼 태연하게 굴었다.

그들은 마주보고 서 있었다.

"안에 누구 있어?" 그녀가 물었다.

"응." 해리가 말했다. 철썩, 마른 가지가 부러지는 것 같은 따귀 소리가 났다.

"당신 취했구나!" 그녀의 눈에 눈물이 차올랐다.

"들어봐, 비르기타……."

그녀는 해리를 거칠게 안으로 떠밀고는 뒤따라 들어왔다. 샌드러는 벌써 미니스커트를 입고 침대에 걸터앉아 신발을 신고 있었다. 비르기타는 갑자기 복통이 난 사람처럼 웅크렸다.

"야, 이 창녀야!" 그녀가 소리쳤다.

"척 보면 아시네." 샌드러가 심드렁하게 대꾸했다. 그녀는 그들보다 훨씬 덤덤히 받아들이면서도 얼른 빠져나가려 했다.

"네 물건 챙겨서 당장 꺼져!" 비르기타가 잠긴 목소리로 악을 쓰며 의자에 놓인 핸드백을 샌드러에게 던졌다. 핸드백이 침대에 떨어지고 안에 있던 물건들이 쏟아졌다. 해리는 방 한가운데 알몸으로 불안정하게 비틀거리고 서 있었는데 놀랍게도 침대 위에 페키니즈* 한 마리가 보였다. 솜털이 보송보송한 페키니즈 옆으로 빗, 담배, 열쇠, 번쩍이는 초록색 크립토나이트 덩어리, 그리고 해리가 평생 본 것 중 가장 많은 콘돔이 있었다. 샌드러는 눈을 부라리고 페키니즈의 꾀죄죄한 목덜미를 잡아 다시 핸드백에 집어넣었다.

"자기야, 돈은?" 그녀가 말했다.

해리가 꿈쩍도 않자 샌드러는 그의 바지를 집어들어 지갑을 꺼냈다. 비르기타는 의자에 주저앉았고, 한동안 들리는 소리라고는 샌드러가 조용히 집중해서 돈을 세는 소리와 비르기타가 애써 억누르며 흐느끼는 소리뿐이었다.

"난 갑니다." 샌드러가 떠나면서 만족한 듯 말했다.

"잠깐!" 해리가 다급히 그를 불렀지만 이미 늦었다. 쾅 하고 문이 닫힌 뒤였다.

"잠깐?" 비르기타가 말했다. "지금 잠깐이라고 했어?" 비르기타가 빽 소리를 지르며 벌떡 일어났다. "매춘부하고 놀아나는 술주정 뱅이 주제에. 당신한테는 아무런 권리가……."

---

* 중국 황실에서 기르던 몸집이 작은 애완견.

해리는 그녀를 안으려고 했지만, 그녀는 주먹질을 해대며 그를 밀쳤다. 그들은 레슬링선수처럼 마주보았다. 비르기타는 최면에 걸린 사람 같았다. 두 눈이 게슴츠레해지면서 증오로 눈이 멀었고, 분노로 입술이 부들부들 떨렸다. 그럴 마음만 있었다면 그 순간 그 자리에서 망설임 없이 그를 죽였을 것 같았다.

"비르기타, 난……."

"술이나 처먹고 죽어버려. 내 인생에서 꺼져줄래!" 그녀는 돌아서 뛰어나갔다. 방 안이 흔들리도록 쾅 하고 문이 닫혔다.

전화벨이 울렸다. 프런트였다. "무슨 일 있습니까, 홀리 씨? 옆방 부인께서 전화하셔서……."

해리는 수화기를 내려놓았다. 갑자기 걷잡을 수 없는 분노가 치밀어 주위를 둘러보며 깨부술 물건을 찾았다. 테이블에 놓인 위스키 병을 움켜잡고 벽에 집어던지려다 마지막 순간에 생각을 바꿨다.

평생 훈련된 자제력인 걸까. 해리는 생각하며 병을 따고 입에 들이부었다.

36
룸서비스

열쇠가 달가닥거리고 문이 열리는 소리에 해리는 잠에서 깼다.

"지금은 룸서비스 필요 없어요. 나중에 다시 와요!" 해리가 얼굴을 베개에 파묻은 채 소리쳤다.

"홀리 씨, 저는 이 호텔의 관리 책임자입니다."

해리가 돌아누웠다. 정장을 입은 두 사람이 방에 들어와 있었다. 예의를 차린다는 뜻으로 침대에서 약간 떨어져 서 있었지만 분위기가 자못 딱딱했다. 해리는 두 사람 중에서 간밤에 프런트에서 본 접수원을 알아보았다. 다른 한 사람이 말을 이었다.

"손님께서는 저희 호텔 규정을 어기셨습니다. 죄송한 말씀이지만 최대한 빨리 숙박료를 정산하고 호텔에서 나가주시길 바랍니다, 홀리 씨."

"호텔 규정이라뇨?" 해리는 금방이라도 토할 것 같았다.

정장 차림의 남자가 기침을 했다. "방에 여자를 데려오셨어요. 저희가 보기엔…… 매춘부 같더군요. 뿐만 아니라, 소란을 피워서 같은 층 투숙객 절반을 깨우셨습니다. 여긴 점잖은 호텔이라 그런 행동은 허용하지 않습니다. 부디 양해하시리라 믿습니다, 홀리 씨."

해리는 대답 대신 끙 하고 앓는 소리를 내면서 그들을 등지고 돌아누웠다.

"좋소, 관리 책임자님. 어차피 오늘 나갈 겁니다. 체크아웃할 때까지 잠 좀 잡시다."

"체크아웃은 진작 하셨어야죠, 홀리 씨." 어제 본 접수원이 말했다. 해리는 눈을 가늘게 뜨고 손목시계를 확인했다. 2시 15분이었다.

"저희가 계속 깨워드렸습니다만."

"비행기……."

해리는 침대에서 다리를 한꺼번에 끌어내리려 했다. 두 번의 시도 끝에 겨우 바닥에 발을 디디고 일어섰다. 알몸인 걸 잊은 터라 접수원과 관리 책임자가 깜짝 놀라 물러섰다. 현기증이 나서 천장이 두어 바퀴 빙빙 도는 바람에 다시 침대에 걸터앉아야 했다. 그러고는 속을 게워냈다.

THE BAT

버버
bubbur

37 두 명의 문지기

'버번 앤드 비프'의 웨이터는 손도 대지 않은 에그 베네딕트를 치우면서 측은한 얼굴로 손님을 보았다. 일주일 동안 매일 아침 이 식당에 들러 신문을 보고 아침식사를 한 손님이었다.

가끔 지쳐 보이는 날도 있었지만 오늘 같은 모습은 본 적이 없었다. 더구나 2시 반이 다 돼서야 식당에 들어섰다.

"어젯밤에 힘드셨나 보네요?"

손님은 옆에 여행 가방을 내려놓고 앉아 멍하니 허공을 응시했다. 눈이 빨갛고 수염도 깎지 않은 채였다.

"그래요. 예, 아주 힘들었어요. 많이…… 했거든요."

"잘하셨어요. 그러라고 킹스크로스에 오는 거잖아요. 또 뭐 필요하신 거 없습니까?"

"없어요. 비행기를 타야 해서……."

웨이터가 섭섭한 표정을 지었다. 조금 외로워 보이기는 하지만 친절하고 팁도 많이 주는 얌전한 노르웨이 손님에게 어느새 정이 들기 시작한 터였다.

"그러게요, 여행 가방이 있네요. 오늘을 마지막으로 당분간 못 오

298

신다면 제가 한잔 쏠게요. 진짜로. 버번이든, 잭 다니엘이든 안 드실 거예요? 마지막으로 한잔, 어떠세요?"

노르웨이 남자는 놀란 얼굴로 웨이터를 바라보았다. 미처 생각해내지 못한 걸 방금 웨이터가 제안하기라도 한 것처럼, 그리고 줄곧 너무도 당연한 선택이었다는 듯이.

"그럼 더블로 하죠."

크리스틴은 몇 년 후 오슬로로 돌아왔다. 친구들한테 주워들은 바로는, 두 살배기 딸을 하나 데리고 영국인 남자는 런던에 남겨두고 왔다고 했다. 그러던 어느 날 밤에 사르디네스에서 그녀를 보았다. 가까이 다가가서 보니 그녀가 얼마나 달라졌는지 알 수 있었다. 피부는 창백하고 머리는 치렁치렁 풀어헤쳤다. 그녀는 해리를 알아보고는 표정이 일그러지며 두려움에 사로잡힌 미소를 지었다. 해리는 그녀의 옆에 있던 샤르탄에게 인사를 건넸다. '뮤지션 친구'인가 보다 하고 생각했다.

그녀는 시시콜콜한 이야기를 무엇에 쫓기는 사람처럼 아주 빠르게 늘어놓으며 해리가 던질 만한 질문으로 넘어가지 못하게 막았다. 그리고 앞으로의 계획을 말하긴 했지만 더는 눈에 불꽃이 일지 않았고, 해리의 기억처럼 열정적으로 손을 흔들지 않고 그저 시큰둥하게 천천히 움직일 뿐이었다. 어느 순간 그녀가 울고 있다고 생각했지만 그때는 이미 취한 상태라 확실하지 않았다.

샤르탄은 어디론가 갔다가 돌아와서 그녀의 귀에 뭐라고 속삭이고는 그녀의 포옹을 풀면서 해리에게 시건방진 미소를 보냈다. 얼마 후 모두가 떠나고 해리와 크리스틴은 아무도 없는 방에서 담뱃갑과 깨진 유리 파편 틈에 앉아 있다 쫓겨났다. 누가 누굴 부축해서 밖으로 나왔는지, 누가 먼저 호텔 얘기를 꺼냈는지는 생각나지 않지만 여하튼 그들은 결국 사부아로 들어가 미니바를 후딱 비우고 침대로 기어들어가다. 해리는 의무감에 그녀의 안으로 들어가려 해봤지만 너무 늦었다. 물론 그들은 너무 늦었다. 크리스틴은 머리를 베개에 파묻고 흐느꼈다. 해리는 눈 뜨자마자 몰래 빠져나와 택시를 잡아타고 포스트카페로 갔다. 마실거리를 파는 보통 가게들보다 한 시간 일찍 문을 여는 곳이었다. 그는 그저 카페에 앉아 얼마나 늦었는지 곰곰이 생각했다.

스프링필드 로지의 주인은 조라는 이름의 뚱뚱하고 서글서글한 사내로, 항상 근검절약하면서 킹스크로스에서 스무 해 가까이 작고 조금은 옹색한 숙박시설을 운영했다. 이 지역 숙박요금 가격대에서 저렴한 축에 속하는 호텔들에 비하면 나을 것도 없고 모자랄 것도 없고 불만신고도 거의 들어오지 않는 곳이었다. 불평을 듣지 않는 데는 앞서 말한 대로 조가 서글서글한 사람인 것도 한몫했다. 또 하나는 항상 손님들에게 방을 먼저 보여주고 이틀 이상 투숙하면 5달러를 깎아주었기 때문이다. 마지막으로 결정적인 이유는 배낭족과 술꾼, 마약중독자와 매춘부는 거의 받지 않았기 때문이다.
투숙하지 못한 사람들도 조를 좋아하지 않기란 어려웠다. 스프링필드 로지에서는 아무도 눈을 흘기거나 당장 꺼지라고 명령하지 않았기 때문이다. 그저 안타깝다는 듯 미소를 띠면서 죄송하지만 방이 다 차서 다음 주에 취소하는 고객이 생길지 모르니 그때 다시 와달라고 말했다. 조는 사람들 얼굴만 보고도 신속하고 정확하게 분류할 줄 알았기에 잠시도 망설이지 않고 즉각 대처했다. 덕분에 시비가 붙은 적이 거의 없었다. 다만 아주 드물게 손님을 평가하다

실수를 범해서 땅을 치고 후회하는 일들이 생겼다.

조는 두어 번 그런 기억을 떠올리면서, 앞에 서 있는 키 큰 금발 남자가 풍기는 모순된 인상을 보고 단박에 종합적으로 평가했다. 수수하고 질 좋은 옷차림을 보면 돈은 있지만 괜히 남한테 이끌려 돈을 쓰지 않는 부류였다. 외국인이라는 점은 중요한 이점이었다. 말썽을 일으키는 쪽은 주로 오스트레일리아 사람이었다. 침낭을 짊어진 배낭족들은 시끌벅적하게 파티를 열거나 수건을 훔쳐가기 일쑤였는데, 지금 이 남자는 여행 가방을 들고 왔고 가방 상태가 좋은 걸로 봐서는 계속 이동하는 사람처럼 보이지는 않았다. 사실 면도를 안 한 게 걸리기는 하지만 이발소 구경한 지 오래된 머리는 아니었다. 더구나 손톱이 깨끗하고 깔끔하게 손질된 상태였으며 동공 크기도 비교적 정상이었다.

이렇게 종합적으로 인상을 평가한 데다 남자가 방금 비자 카드와 노르웨이 경찰신분증을 카운터에 올려놓은 탓에 다른 때처럼 '죄송하지만'이라는 말이 목구멍에 걸려 나오지 않았다.

남자는 분명 술에 취해 있었다. 아니, 술이 떡이 된 상태였다.

"한잔 걸친 건 맞습니다." 남자는 조가 망설이는 걸 눈치채고는 발음이 꼬이지만 아주 완벽한 영어로 말했다. "내가 방에 올라가서 미친 짓을 한다고 칩시다. 만약에 말입니다. 텔레비전을 부수고 욕실에서 거울을 깨고 카펫에 토하고. 전에도 그런 일이 있었을 거 아니에요? 보증금으로 1천 달러를 걸어두면 될까요? 어차피 난 취하면 시끄럽게 떠들지도 않고 다른 손님들을 짜증 나게 만들지도 않고 복도나 프런트로 나오지도 않아요."

"죄송하지만 이번 주는 다 찼어요. 아마……."

"'버번 앤드 비프'의 그렉이 여길 소개하면서 조에게 안부 전해달라던데요. 당신인가요?"

조는 남자를 찬찬히 뜯어보았다.

"제가 후회하게 만들지 말아주세요." 조는 73번 방 열쇠를 내밀었다.

"여보세요?"

"안녕, 비르기타, 나 해리야. 나……."

"손님 있어, 해리. 지금 좀 그래."

"이 말만 할게. 그러려던 게 아니라……."

"있잖아, 해리. 나는 화도 안 났고 상처받지도 않았어. 다행히 만난 지 일주일도 안 된 남자한테 상처받는 데는 한계가 있더라. 그래도 이제 전화하지 말아줘. 알았어?"

"음, 아니, 잘 모르겠……."

"말했잖아. 손님 있다고. 그러니까 여기 있는 동안 잘 지내고 노르웨이로 무사히 돌아가길 바랄게. 잘 가."

"……."

"잘 가."

테디 몬가비는 샌드러가 스칸디나비아 경찰하고 하룻밤 보낸 걸 못마땅해했다. 문제가 생길 것 같은 악취가 난다고 생각했다. 테디는 그 경찰이 두 팔을 축 늘어뜨리고 비틀거리며 달링허스트로드로 걸어가는 모습을 보고 본능적으로 뒤로 물러나 인파 속으로 숨어들었다. 하지만 호기심이 발동해서 팔짱을 끼고 정신 못 차리는 노르웨이 남자 앞을 막아섰다. 남자는 그냥 돌아서 지나가려 했지만 테디가 그의 어깨를 붙잡고 돌려세웠다.

"옛 친구한테 인사도 안 하시나, 마잇?"

남자는 풀린 눈으로 테디를 바라보았다. "포주……."

"샌드러가 그쪽 기대에 부응했기를 바랍니다, 경찰 나리."

"샌드러? 어디 보자…… 샌드러 좋았지. 어디 있어요?"

"오늘 밤은 쉬는 날이요. 하지만 경찰 나리라면 다른 걸로 유혹할 수 있는데요?"

해리는 휘청거리며 중심을 잡으려 했다.

"좋아. 좋아. 어이, 포주. 날 유혹해보쇼."

테디는 웃었다. "이쪽이에요, 경찰 양반." 그는 술 취한 경찰을 부축해서 계단 아래 클럽으로 데리고 들어가 무대가 보이는 자리에 앉혔다. 테디가 손가락을 가볍게 튕기자 옷을 거의 걸치지 않은 여자가 곧바로 나타났다.

"맥주 두 잔 갖다줘, 에이미. 그리고 페리한테 춤 좀 추라고 해."

"다음 공연은 8시예요, 몬가비 씨."

"서비스로 춰주면 되잖아. 얼른, 에이미!"

"좋아요, 몬가비 씨."

경찰은 바보처럼 헤벌쭉 웃었다. "누가 올지 알아. 살인자야. 살인자가 올 거야."

"누구?"

"닉 케이브."

"닉 누구?"

"금발머리 가수하고. 그 여자도 가발을 쓰는 것 같던데. 잘 들어요……."

쿵쾅대는 디스코 음악이 끊기고 경찰이 양손의 검지를 들어 심포니 오케스트라를 지휘할 준비를 했지만 아무 소리도 나오지 않왔다.

"앤드류 소식은 들었어요." 테디가 말했다. "참, 입에 담기도 끔찍하더군. 어휴, 무서워라. 듣자하니 직접 목을 맸다던데. 그렇게 호탕한 사람이 어쩌다 그런 짓을……."

"샌드러가 가발을 써요." 경찰이 말했다. "핸드백에서 나왔어요. 그래서 그 여자를 만났을 때 알아보지 못한 거예요. 바로 여기서! 앤드류랑 내가 저쪽에 앉아 있었어요. 그전에도 달링허스트에서 두어 번 본 적이 있지만 그땐 가발을 쓰고 있었거든요. 금발머리 가발. 요샌 왜 안 씁니까?"

"아하, 우리 경찰 나리 취향이 금발이구나. 그렇다면 좋아하실만한 게 있을 것도 같은데……."

"왜죠?"

테디가 어깨를 으쓱했다. "샌드러 말이에요? 글쎄, 얼마 전에 어떤 자식한테 좀 당했어요. 다 가발 때문이라면서 당분간 안 쓰기로 했다던데. 혹시라도 놈이 또 나타날까 봐."

"놈이 누군데요?"

"몰라요. 알아도 말 못 하죠. 우리 같은 일을 하는 사람들은 입이 무거워야 하거든. 경찰 나리도 잘 아시겠지만. 내가 사람 이름을 잘 기억하지 못하는데, 당신 이름이 로니 아니에요?"

"해리요. 샌드러하고 얘기해봐야겠군." 해리는 몸을 일으키려고 안간힘을 쓰다가 에이미가 가져오던 맥주 쟁반과 부딪칠 뻔했다. 그리고 테이블 위로 고꾸라졌다. "전화번호 있어요, 포주?"

테디가 손을 휘저어 에이미를 보냈다. "원칙적으로 손님들한테 아가씨들 주소나 전화번호를 알려주면 안 돼요. 안전상의 이유로. 아시죠?" 테디는 아까 직감을 따르지 않은 걸 후회했다. 술에 취한 까다로운 노르웨이 사람은 피하는 게 상책이다.

"알아요. 전화번호나 줘요."

테디가 웃었다. "말씀드렸다시피 우리는 알려주지 않는……."

"당장!" 해리는 테디의 번질번질한 회색 재킷의 옷깃을 움켜잡고 그의 얼굴에 위스키 냄새와 구토 냄새가 섞인 악취를 내뿜었다. 스피커에서 알랑거리는 분위기의 현악기 연주가 흘러나왔다.

"셋을 셉니다, 경찰 나리. 그때까지 이거 내려놓지 않으면 이반하고 제프를 부를 거요. 그럼 당신은 뒷문으로 튕겨나갈 겁니다. 뒷문 밖에는 계단이 있어요. 가파른 콘크리트 계단 스무 칸."

해리는 씩 웃으면서 목덜미를 더 단단히 거머쥐었다. "그런다고 내가 겁낼 줄 알아, 이 포주 새끼야? 날 봐. 지금 열 받아서 아무 감각도 없어. 날 때려잡을 새끼는 아무도 없어. 제프! 이반!"

그의 뒤에서 그림자가 어른거렸다. 해리가 고개를 돌리자 테디가 홱 움직여 해리의 손아귀에서 빠져나갔다. 테디가 밀치자 해리는 휘청거리며 뒤로 넘어갔다. 의자와 테이블에 부딪히고 우당탕 바닥에 떨어졌다. 일어나지 않고 그 자리에 누워 낄낄대자 제프와 이반이 들어와 테디에게 무슨 일이냐는 표정을 지었다.

"뒷문으로 끌어내." 테디는 이렇게 말한 뒤 경찰이 봉제인형처럼 들려서 야회복 재킷을 입은 덩치 큰 흑인의 어깨에 걸쳐지는 광경을 지켜보았다. "젠장, 오늘은 다들 머리가 어떻게 됐나." 테디가 주름 하나 잡히지 않은 양복 재킷을 펴면서 말했다.

이반이 앞장서서 문을 열었다.

"이 새끼, 뭐하는 거야?" 제프가 말했다. "정신없이 웃어서 몸이 다 떨리잖아."

"그럼 얼마나 오래 웃나 봐야겠군." 이반이 말했다. "여기다 내려

놔."

제프는 해리를 내려놓았고, 해리는 비틀거리며 두 남자 앞에
섰다.

"비밀 지켜줄 수 있나, 신사 양반?" 이반이 수줍게 웃으며 말
했다. "깡패들이 하는 빤한 소리인 줄은 알지만 사실 난 폭력을
싫어해."

제프가 옆에서 킬킬거렸다.

"닥쳐, 제프. 농담 아니야. 날 아는 사람들한테 물어보라고. 이반
그 친구는 그런 거 못 견딘다고 말해줄걸. 이반은 잠도 못 자고 우
울해한다고. 어떤 불쌍한 인간에게든 세상은 참 살기 팍팍한 곳이
지. 굳이 우리가 사지를 부러뜨려서 더 힘들게 만들지 않아도, 안
그래? 그래. 그러니까 곱게 집에 가라. 여기서 더 힘들게 하지 않을
테니, 알았냐?"

해리는 고개를 끄덕이고 주머니를 뒤적여 뭔가를 찾았다.

"오늘 밤에는 네가 깡패라고 해도." 이반이 말했다. "너!"

그는 검지로 해리의 가슴팍을 쿡 찔렀다.

"너!" 이반이 다시 조금 더 세게 밀었다. 금발머리 경찰은 쓰러질
것처럼 위태롭게 서 있었다.

"너!"

해리는 휘청거리며 서서 팔을 허우적댔다. 돌아보지 않고도 뒤
에 뭐가 있는지 벌써 알았다. 얼굴에 미소가 번지면서 그의 흐릿한
눈이 이반의 눈과 마주쳤다. 그는 뒤로 넘어가 첫 번째 계단에 닿으
며 신음했다. 그러고는 아무 소리도 내지 않았다.

스피디라 불리는 자

조는 문 앞에서 박박 긁는 소리를 듣고 창문으로 내다봤다. 새로 투숙한 손님이 웅크리고 서 있는 걸 보고는 자기가 좀처럼 범하지 않는 실수를 저질렀다는 사실을 깨달았다. 문을 열자 손님이 그에게 쓰러졌다. 조의 무게 중심이 낮지 않았다면 둘 다 넘어졌을 것이다. 조는 가까스로 해리의 팔을 어깨에 걸쳐 프런트 앞 의자에 끌어다 앉히고 가까이서 살펴보았다. 술 취한 금발머리는 처음에 체크인할 때도 멀쩡한 상태는 아니었지만 지금은 그야말로 처참한 몰골이었다. 한쪽 팔에 깊은 자상을 입고―찢어진 틈으로 벌건 살이 보였다―한쪽 뺨이 부어오르고 코피가 흘러 지저분한 바지에 떨어졌다. 셔츠가 찢어지고 숨을 쉴 때마다 가슴에서 달가닥 소리가 났다. 그래도 숨은 쉬고 있었다.

"무슨 일이에요?" 조가 물었다.

"계단에서 넘어졌어요. 많이 다치지 않았으니까 그냥 좀 쉬면 됩니다."

조는 의사는 아니지만 숨 쉬는 소리를 듣고 갈비뼈 한두 대가 나간 걸로 판단했다. 소독약과 반창고를 가져와 할 수 있는 한 꼼꼼히 붙이고 탈지면으로 한쪽 콧구멍을 틀어막았다. 조가 진통제를 주려고 하자 해리가 고개를 저었다.

"진통제는 방에 있어요." 해리가 헉 하고 숨을 내쉬었다.

"병원에 가야 해요." 조가 말했다. "제가……."

"병원엔 안 갑니다. 몇 시간만 있으면 괜찮아질 거예요."

"숨소리가 심상치 않아요."

"원래 그래요. 천식이에요. 한두 시간만 누워 있게 해주면 더는 귀찮게 하지 않을게요."

조는 한숨을 쉬었다. 그는 이제 두 번째 실수를 저지르려 하는 셈이었다.

"그럽시다." 그가 말했다. "이게 두어 시간 쉰다고 될 일입니까. 어쨌든 시드니 계단이 염병하게 높은 게 손님 탓은 아니니까. 아침에 오리다."

조는 손님을 부축해서 방으로 데려가 침대에 눕히고 신발을 벗겼다. 테이블에는 다 마신 짐 빔 세 병과 아직 따지 않은 두 병이 놓여 있었다. 조는 술은 입에도 대지 않는 사람이지만 오래 살다 보니 알코올중독자에게는 무슨 말을 해도 먹히지 않는다는 정도는 알았다. 그는 그중 한 병을 따서 침대 옆 테이블에 놓아두었다. 어찌 됐건 나중에 일어나면 끔찍하게 고통스러울 테니까.

"크리스틸 캐슬입니다. 여보세요."

"여보세요, 마거릿 도슨 씨와 통화할 수 있을까요?"

"전데요."

"아드님이 잉게르 홀테르를 죽인 걸 말씀해주신다면 제가 도울 수 있을 것 같은데요."

"뭐요? 누구세요?"

"친구예요. 절 믿으셔야 해요, 도슨 부인. 안 그럼, 아드님을 잃어요. 아시겠어요? 아드님이 잉게르 홀테르를 죽였죠?"

"누구세요? 지금 장난치는 거예요? 잉게르 홀테르가 누군데요?"

"에반스의 어머니시죠, 도슨 부인. 잉게르 홀테르에게도 엄마가 있습니다. 아드님을 도울 사람은 부인하고 저, 우리 둘뿐이에요. 아드님이 잉게르 홀테르를 죽인 거 맞잖아요! 제 말 듣고 계세요?"

"술 취한 것 같군요. 지금 경찰에 신고할 거예요."

"말해!"

"전화 끊습니다."

"말하라니까…… 나쁜 년!"

비르기타가 사무실에 들어갔을 때 알렉스 토마로스는 두 손을 뒤통수에 대고 의자에 기대앉아 있었다.

"앉아, 비르기타."

비르기타는 중간 크기의 책상 앞에 놓인 의자에 앉았고 토마로스는 그 틈을 타서 그녀를 좀 더 가까이서 살폈다. 그녀는 지쳐 보였다. 눈 밑 다크서클 때문에 짜증스러워 보이고 여느 때보다 더 초췌했다.

"며칠 전에 경찰한테 조사받았어, 비르기타. 분명 그 외국사람, 홀리 씨였어. 얘기하다 보니까 그 사람이 우리 직원들을 만나보고 정보를…… 음, 누군가 경솔하게 흘린 정보를 주워들은 것 같더군. 누군들 잉게르 홀테르를 죽인 범인을 찾는 데 관심이 없겠나? 다만 앞으로 그런 식으로 진술한다면…… 신용이 없는 사람으로 비칠 여지가 있다는 사실을 알려주고 싶어. 그리고 이런 말까지 할 필요는 없겠지만, 요즘처럼 장사가 힘들 때는 믿음이 가지 않는 사람에게 월급을 줄 여력이 없어."

비르기타는 아무 말도 하지 않았다.

"아까 어떤 남자한테 전화가 왔는데 어쩌다 내가 받았거든. 혀 꼬인 발음으로 목소리를 위장하려고 했지만 억양을 들으면 딱 알지. 또 홀리 씨더군. 비르기타 너랑 통화하고 싶다더군."

비르기타가 홱 고개를 들었다. "해리가요? 오늘?"

토마로스는 안경을 벗었다. "비르기타, 내가 자기한테 약한 거 알지? 솔직히 나 이번 일에…… 어, 살짝 기분이 상했어. 언젠가 우리도 좋은 친구가 되는 날이 오길 바랐는데. 어리석게 행동하면서 일을 그르치지 마."

"그 사람, 노르웨이에서 전화했어요?"

"그럼 오죽 좋겠냐만은 안타깝게도 시내 한복판에서 거는 것 같더군. 자기도 잘 알겠지만 난 정말 숨기는 거 하나 없어. 이번 사건하고는 전혀 상관이 없다고. 그 사람들이 찾는 게 그거 아닌가? 자기가 다른 시시콜콜한 얘기를 다 떠들어봐야 잉게르한테는 도움이 안 돼. 그럼, 믿어도 되겠지, 비르기타?"

"그런데 다른 얘기라뇨?"

토마로스는 놀라는 눈치였다. "잉게르가 다 얘기한 줄 알았는데. 태워다준 거."

"태워다줘요?"

"일 끝나고. 잉게르가 날 거부하지 않는 줄 알고 나도 모르게 그만. 그냥 집에 데려다주려던 거지 접줄 생각은 없었어. 난 그냥 장난 좀 친 건데 잉게르가 너무 심각하게 받아들여서."

"무슨 소린지 하나도 모르겠고, 꼭 알고 싶은지도 모르겠네요. 해리가 어디라고 했어요? 또 전화한댔어요?"

"이봐, 잠깐, 잠깐만. 서로 이름까지 부르는 사이인가. 그 사람 얘기만 나오면 얼굴이 빨개지고 그러네. 대체 어떻게 된 거야? 둘 사이에 뭐가 있나?"

비르기타는 손을 비비며 괴로워했다.

그가 책상에 기대고 손을 내밀어 그녀의 머리를 쓰다듬자 그녀는 신경질적으로 손을 쳤다.

"집어치워, 알렉스. 멍청한 자식, 내가 전에도 말했죠. 그 사람이 또 전화하면 그땐 제발 멍청하게 굴지 말아요. 그리고 어디 가면 만날 수 있는지 물어봐요, 네?" 그녀는 자리를 박차고 일어나 밖으로 나갔다.

스피디가 크리켓 바에 들어갔을 때 눈앞의 광경이 믿기지 않았다. 보로스가 카운터에서 어깨를 으쓱했다.

"벌써 두 시간이나 저러고 있어. 어지간히 취한 게 아니야."

평소 그들이 앉는 자리에는 그의 동료 둘에게 병원 신세를 지게 하는 데 간접적인 역할을 한 작자가 앉아 있었다. 스피디는 종아리 권총집에 든 HK.45 ACP의 감촉을 느끼면서 그쪽으로 다가갔다. 남자는 턱을 가슴에 묻고 졸고 있는 듯 보였다. 테이블에는 반쯤 남은 위스키 병이 놓여 있었다.

"안녕하쇼." 스피디가 큰 소리로 말했다.

남자는 천천히 고개를 들어 어디 모자란 사람처럼 히죽거렸다.

"당신을 기다렸어." 그가 혀 꼬인 발음으로 말했다.

"자리를 잘못 앉으셨네." 스피디가 일어섰다. 오늘 밤엔 할 일이 많아 괜히 이런 멍청이하고 실랑이를 벌이고 싶지 않았다.

금방이라도 고객들이 들이닥칠 터였다.

"그전에 뭘 좀 말해주면 좋겠어." 남자가 말했다.

"왜 그래야 하지?" 바짓가랑이 안에서 권총이 눌리는 감각이 전해졌다.

"여긴 당신이 장사하는 데니까. 방금 저 문으로 들어와서 물건을 가지고 있을 테니, 지금이야말로 당신이 제일 취약할 때니까. 여기 목격자들 앞에서 몸수색당하길 바라진 않겠지? 꼼짝 마!"

스피디는 그제야 남자가 무릎에 올려놓고 태연하게 그를 겨누고 있는 하이파워 총구를 발견했다.

"알고 싶은 게 뭐요?"

"앤드류 켄싱턴이 당신한테 얼마나 자주 물건을 사갔고 마지막으로 사간 건 언젠지 알고 싶어."

"녹음기 숨겨놨소, 경찰 양반?"

경찰이 웃었다. "안심해. 총구 앞에서 한 말은 증언으로 쳐주지 않으니까. 최악의 상황은 내가 당신을 쏴버리는 거지."

"알았어요, 알았어."

스피디는 식은땀이 나기 시작했다. 종아리 권총집까지 거리를 가늠했다.

"내가 들은 말이 거짓이 아니라면 그 양반은 죽었을 거요. 그러니 누구한테 해가 되진 않겠죠. 그 양반은 아주 신중했어요. 많은 양을 원한 것도 아니고. 일주일에 두 번, 한 번에 한 봉지씩 사갔어요. 매번 똑같았어요."

"그날 여기서 크리켓을 하기 전에 마지막으로 물건을 사간 건 언제였지?"

"사흘 전요. 원래는 그 이튿날이 물건을 사러 오곤 하는 날이었어요."

"다른 사람한테 산 적은 없나?"

"절대. 그건 장담해요. 이런 일은 아주 사적이에요. 그러니까 아주 은밀한 일이라고요. 더구나 그 사람은 경찰이라 노출될 위험을 무릅쓸 이유가 없었어요."

"그러니까 그 사람이 그날 여기 왔을 때는 약이 다 떨어졌겠네? 그런데 며칠 새 군이 전깃줄에 매달리지 않았어도 죽기에 충분할 만큼 약물 과다복용인 채로 발견됐다. 이 얘기 어떻게 생각하나?"

"병원에 있었잖아요. 약이 필요하니까 도망쳤겠죠. 혹시 모르죠, 예비로 조금 챙겨뒀을지도."

경찰은 기운이 빠진 듯 한숨을 쉬었다. "그 말이 맞아." 그는 재킷 안주머니에 권총을 넣고 술잔을 잡았다. "세상 모든 일이 이런 '혹시' 모를 우연에 지배받으니까. 어째서 다들 빌어먹을 헛소리는 집어치우고, 이건 이렇게 된 거다, 2 더하기 2는 뭐다, 저건 저거다, 하지 않지? 그러면 세상 살기 훨씬 편해질 텐데."

스피디는 바짓가랑이를 걷어 올리려다 생각을 바꿨다.

"그럼 주사기는 어떻게 된 걸까?" 경찰이 혼잣말처럼 중얼거렸다.

"뭐가요?" 스피디가 물었다.

"범행현장에 주사기는 없었어. 변기에 버렸을지도 모르지. 당신 말대로 신중한 사람이었으니까. 죽는 순간까지."

"한잔 얻어 마십시다." 스피디가 자리에 앉으며 물었다.

"당신 간 생각해." 경찰은 그대로 병을 비웠다.

39

행운의 나라

해리는 연기를 뚫고 좁은 통로로 뛰어들어 갔다. 밴드 연주가 시끄러워서 사방이 쿵쾅대며 진동했다. 시큼한 유황 냄새가 나고 구름이 낮게 걸려 있어서 구름에 자꾸 머리를 찧었다. 소음의 벽을 뚫고 어떤 소리 하나가 꾸준히 들렸는데, 끼익끼익 요란한 소리가 빈 주파수를 찾아 울렸다. 이를 가는 소리 같기도 하고 아스팔트에서 쇠사슬을 끄는 소리 같기도 했다. 그의 뒤에서 개 떼가 으르렁댔다.

통로가 점점 좁아지더니, 결국 두 팔을 앞으로 뻗고 뛰어야 우뚝 솟은 붉은 담장 사이에 끼지 않을 정도가 됐다. 그는 위를 보았다. 저 위로 벽돌담에 난 창문에서 조그만 머리통들이 나와 있었다. 그들은 초록색과 금색 깃발을 흔들면서 귀청이 떨어질 것 같은 음악에 맞춰 노래를 불렀다.

"여기는 행운의 나라*, 여기는 행운의 나라, 우리는 행운의 나라에 산다네."

---

* The Lucky Country, 애버리진 출신의 유명한 사회비평가 도날드 혼이 1964년 출간한 책의 제목에서 나온 말로, 오스트레일리아의 별명으로 불린다.

해리의 뒤에서 이를 가는 소리가 들렸다. 그는 비명을 지르며 굴러떨어졌다. 놀랍게도 주위는 깜깜했고, 그는 아스팔트 바닥에 처박히지 않고 계속 추락했다. 구덩이 같은 곳에 떨어진 모양이었다. 해리가 아주 천천히 떨어지는 건지 구덩이가 너무 깊은 건지는 몰라도 아직도 계속 떨어지고 있었다. 저 위 지상의 음악이 점점 아득해지고 어둠에 눈이 익자 구덩이 벽에 난 창문이 보이고 창문 안에 사람들이 보였다.

맙소사, 지금 나 지구 속으로 떨어지는 건가? 해리가 생각했다.

"스웨덴 사람이죠?" 웬 여자의 목소리가 들렸다.

해리는 주위를 둘러보았고, 그사이 빛과 음악이 돌아왔다. 해리는 밤의 광장에 서 있었고, 뒤로는 무대 위에서 밴드가 연주하고 있었다. 그는 쇼윈도, 정확히 말하면 텔레비전 대리점의 쇼윈도를 들여다보고 있었고, 열 몇 대나 되는 텔레비전에서 여러 채널이 나오고 있었다.

"오스트레일리아의 날을 기념하러 나오셨나 봐요?" 다른 목소리가 들렸다. 이번에는 남자가 익숙한 언어로 말했다.

해리는 돌아보았다. 어떤 커플이 힘내라는 듯 싱긋 웃었다. 해리는 입가에 미소를 띠자고 마음먹었고, 그 다짐을 지킬 수 있길 바랐다. 얼굴의 긴장이 느껴지는 걸로 봐서는 아직은 이런 신체 기능은 통제할 수 있는 모양이었다. 다른 쪽은 포기하지 않을 수 없었다. 그의 무의식이 저항했고, 지금은 단지 보고 듣기 위해 사투를 벌이는 중이었다. 뇌에서 안간힘을 쓰며 무슨 상황인지 파악하려 했지만 쉽지는 않았다. 왜곡되고 때로는 부조리한 정보에 폭격당하고 있었다.

"그건 그렇고 우린 덴마크에서 왔어요. 제 이름은 포울이고, 이쪽은 제 아내, 기나예요."

"왜 날 스웨덴 사람이라고 생각하죠?" 해리는 자신의 입에서 나오는 소리를 들었다. 덴마크인 커플은 서로를 바라보았다.

"혼잣말을 하고 있었잖아요. 그거 모르셨어요? 텔레비전을 보면서 앨리스가 곧장 지구를 뚫고 떨어지는지 혼잣말로 물었잖아요. 앨리스가 정말 떨어지지 않았나요? 하하!"

"아 그래, 그랬군요." 해리는 무척 당혹스러웠다.

"스칸디나비아의 한여름 밤하고는 다르죠. 아주 웃기는 것 같아요. 폭죽을 쏘아올린 소리는 들었는데 안개 때문에 아무것도 보이지 않아요. 우리가 아는 거라고는 폭죽이 고층건물로 날아갔을지 모른다는 것뿐이에요. 하하! 폭약 냄새 나요? 땅이 축축해서 바닥에 꽂을 수 있어요. 그쪽도 관광 오셨어요?"

해리는 잠시 생각에 잠겼다. 너무 오래 생각했는지, 대답하려고 보니 덴마크인 커플은 가고 없었다.

그는 다시 텔레비전 화면을 보았다. 한쪽 화면에는 불타는 숲이 나오고 다른 화면에는 테니스가 나왔다. 뉴스에서는 윈드서퍼 화면을 내보내면서 울고 있는 여자와 거대한 이빨 자국이 난 노란 잠수복을 보여주었다. 옆 화면에서는 파란색과 흰색의 경찰 테이프가 산기슭에서 바람에 흔들리고 경찰복 차림의 경관들이 가방을 들고 왔다 갔다 했다. 잠시 후엔 커다랗고 창백한 얼굴이 화면을 가득 메웠다. 예쁘지 않은 젊은 금발머리 여자의 예쁘지 않은 사진이었다. 눈에 어린 슬픔은 더 예쁘지 못해서 슬픈 심정을 드러내는 것 같았다.

"매력 있네." 해리가 말했다. "이상한 일이야. 그거 알아요……."

카메라 앞에서 인터뷰하는 경찰 뒤로 레비가 지나갔다.

"젠장." 해리가 소리쳤다. "빌어먹을!" 손바닥으로 쇼윈도를 쳤다. "소리 좀 켜봐! 거기 소리 좀 키워요! 누구……."

화면이 바뀌고 오스트레일리아 동부해안의 일기예보가 나왔다. 해리는 쇼윈도에 코가 짓눌릴 정도로 얼굴을 바짝 대고 꺼진 화면에 비친 존 벨루시* 같은 얼굴을 보았다.

"방금 본 그건 환각일까요, 존? 나 지금 아주 강한 환각제에 취한 거 맞잖아요."

"들어가게 해줘요! 저 여자랑 할 얘기가 있어요."

"집에 가서 잠이나 자요. 술주정뱅이를 들여보낼 순…… 이봐!"

"들어갈게요! 비르기타의 친구라니까요. 비르기타가 저 바에서 일한단 말입니다."

"우리도 알지만 우리가 하는 일은 당신 같은 사람들이 들어오지 못하게 막는 거요. 아시겠소, 금발머리?"

"아야!"

"잔말 말고 꺼지라니까. 아니면 팔을 분질러놓을 테니…… 아악! 밥! 밥!"

"미안해요. 이렇게 함부로 취급당하는 데도 신물이 나요. 안녕히 계쇼."

"왜 그래, 니키? 저기 저놈이야?"

"가게 놔둬. 쌍! 방금 나한테서 빠져나가면서 주먹으로 내 배를 쳤어. 나 좀 도와줄래?"

"이 도시가 파탄 나고 있어. 빌어먹을 멜버른으로 돌아갈 거야.

---

* John Belushi, 미국 출신의 코미디언으로 〈바람둥이 길들이기〉〈1941〉 등 많은 작품에서 유쾌한 배역을 맡아 이름을 떨쳤다.

뉴스 봤어? 강간당하고 목이 졸려 죽은 여자가 또 나왔대. 오늘 오후에 센티니얼파크에서 발견됐나 봐."

스카이다이빙

잠에서 깬 해리는 머리가 깨질 것처럼 아팠다. 햇빛에 눈이 부셨고, 담요를 덮고 누워 있다는 걸 깨달은 순간 몸을 옆으로 내밀어야 했다. 토사물이 뿜어져 나오고 위 속에 들어 있던 내용물이 돌바닥에 쏟아졌다. 그는 다시 벤치에 쓰러지고 코에 벗겨진 상처가 따갑다고 생각하면서 스스로 고전적인 질문을 던졌다. 대체 난 지금 어디 있는 걸까?

마지막으로 생각나는 기억은 그린파크에 갔고 황새 한 마리가 힐난하듯 그를 본 장면이었다. 지금은 원형의 공간 안에 있는 것 같았고, 벤치 몇 개와 커다란 나무 테이블 두 개가 놓여 있었다. 벽에는 연장, 삽, 써레, 정원 호스가 걸려 있고, 바닥 한가운데 배수구가 있었다.

"안녕하쇼, 백인 친구." 굵직한 음성이 들렸다. 아는 목소리였다. "아주 하얀 친구." 남자가 다가오면서 말했다. "거기 가만히 있어요."

조셉, 머리가 하얗게 센 크로우족 애버리진이었다.

조셉은 벽에 붙은 수도꼭지를 틀고 호스를 잡더니 토사물을 배수구로 흘려 보냈다.

"여기가 어디예요?" 해리가 질문으로 운을 뗐다.

"그린파크예요."

"그런데……."

"진정해요. 내가 여기 열쇠를 가지고 있으니까. 여긴 내 집이나 마찬가지요." 조섭이 창밖을 내다보았다. "날씨가 좋군요. 뭘 더 바라겠소."

해리는 조섭을 쳐다보았다. 부랑자치고는 기분이 아주 좋아 보였다.

"공원 관리인하고 알고 지낸 지 오래돼서 특별한 약속을 했어요." 조섭이 말했다. "가끔 그 친구가 거짓으로 병가를 내고 내가 대신 일을 봐줬지. 쓰레기를 줍고 휴지통을 비우고 잔디를 깎는 일 말이오. 대신 가끔 여기서 잘 수 있어요. 그 친구가 음식을 챙겨놓을 때도 있는데 오늘은 없는 것 같군."

해리는 '그런데'라는 말 말고 다른 말을 하려다 단념했다. 그사이 조섭은 말이 많았다.

"솔직히 그 친구랑 거래하면서 제일 좋은 건 할 일이 생겼다는 거요. 일하다 보면 하루가 금방 가고 딴 생각할 겨를이 없거든. 어떤 때는 내가 쓸모 있는 사람이 된 것 같은 기분까지 들지."

조섭은 환하게 웃으며 고개를 절레절레 흔들었다. 해리는 이 사람이 얼마 전까지만 해도 벤치에 앉아 잠에 곯아떨어진 바람에 어떻게 해봐도 대화를 이어가기가 힘들던 그 사람이 맞는지 믿기지가 않았다.

"어제 당신을 봤을 때 내 눈을 의심했지." 조섭이 말했다. "며칠 전에 말짱한 정신으로 똑바로 앉아 있고 내가 담배 몇 개비

얻어 피우던 그 양반이 맞나 싶었거든. 어제는 말도 걸기 힘들던 데. 하하!"

"내가 졌군." 해리가 말했다.

조셉은 밖으로 나갔다가 따끈한 감자튀김 한 봉지와 콜라를 들고 돌아왔다. 그는 간소하지만 효과적인 이 음식들을 해리가 조심 조심 섭취하는 모습을 지켜보았다.

"코카콜라의 전구물질은 미국의 어느 화학자가 숙취해소용 음료를 만들려다 발견했다더군." 조셉이 말했다. "그런데 실패한 줄 알고 8달러에 제조법을 팔았다는군요. 개인적으로 요놈보다 좋은 걸 발견한 사람은 없다고 봐요."

"짐 빔." 해리가 한입 크게 베어 물며 말했다.

"암요, 짐은 빼고. 그리고 잭하고 조니하고 또 몇몇 녀석들도 빼고. 하하. 좀 어떠쇼?"

"좀 낫네요."

조셉은 테이블에 병 두 개를 놓았다. "헌터밸리에서 제일 싼 레드와인이에요. 한잔하실래요, 백인 양반?"

"고마워요, 조셉. 근데 레드와인은 제 취향이 아니라…… 다른 건 없어요? 갈색 병이랄지?"

"내가 뭐 술을 쌓아놓고 사는 줄 아쇼?"

조셉은 해리가 그의 호의를 거절하자 조금 빈정 상한 것 같았다.

해리는 겨우 일어섰다. 스피디에게 총구를 겨눈 시점과 말 그대로 서로 목을 끌어안고 주저앉아 LSD를 조금 나눠먹던 시점 사이의 기억을 끼워 맞춰보았다. 어쩌다 잔뜩 들떠서 서로에게 끌렸는지는 생각나지 않았다. 굳이 말할 것도 없는 짐 빔을 빼고는. 그나마 앨버리에서 문지기에게 주먹을 날린 일은 기억났다.

"해리 홀레, 구제불능 술주정뱅이." 그가 중얼거렸다.

그들은 밖으로 나와 풀밭에 퍼질러 앉았다. 햇빛에 눈이 시렸고 간밤에 마신 술로 피부의 땀구멍까지 취해 있었지만 다른 건 나쁘지 않았다. 산들바람이 불어오고, 그들은 누워서 새털 같은 흰 구름이 하늘에 떠가는 모습을 바라보았다.

"뛰어내리기 좋은 날이군." 조셉이 말했다.

"난 뛰어내리고 싶은 마음 없어요. 꼼짝 않고 누워 있거나 정 안 되겠다 싶으면 발끝으로 살금살금 걸을 거예요."

조셉은 샛눈을 뜨고 햇빛을 보았다. "그렇게 뛰어내리는 거 말고. 스카이점핑, 스카이다이빙을 말하는 거요."

"어이쿠, 스카이다이빙까지 하십니까?"

조셉이 고개를 끄덕였다.

해리는 손차양을 만들어 하늘을 보았다. "구름은? 구름에 걸리지 않을까요?"

"전혀. 저건 권운이라고 새털구름인데 한 1만 5000피트 상공에 떠 있지."

"대단하시네요, 조셉. 스카이다이버가 꼭 어때야 한다는 건 아니지만 이런 분일 줄은 몰랐는데……."

"주정뱅이라고?"

"이를테면요."

"하하. 동전의 양면 같은 거요."

"무슨 뜻이에요?"

"하늘에서 혼자 있어본 적 있소, 해리? 하늘을 날아본 적 있느냐고 묻는 거요. 까마득한 높이에서 떨어지면서 공기가 날 받쳐주고 잡아주고 어루만져준다는 느낌을 받아본 적 있소?"

조셉은 벌써 한 병을 다 비우고 조금 풀어진 말투였다. 그는 눈빛을 반짝이면서 자유낙하가 얼마나 멋진 경험인지 설명했다.

"온몸의 감각이 다 열려요. 몸이 날 수 있다고 아우성치지. 귓가에 윙윙대면서 '내게는 날개가 없어!'라고 외치는 바람소리를 잊으려 한다고. 몸은 죽음을 확신하고 완전 경계태세에 돌입해요. 이를테면 모든 감각이 최대치로 깨어나서 어떻게든 살아남을 방법을 찾으려 하지. 우리의 뇌는 세상에서 가장 큰 컴퓨터라서 모든 걸 기록하거든. 가령 피부는 낙하하는 사이 체온이 올라가는 걸 느끼고, 귀로는 기압이 상승하는 걸 알아채고, 저 아래 펼쳐진 지도에서 고랑과 색조 하나하나까지 볼 수 있소. 지면에 가까워지면 지구의 **냄새**까지 맡을 수 있지. 그리고 지극히 인간다운 공포를 누를 수만 있다면, 해리, 그 순간만큼은 천사가 되는 겁니다. 40초 동안 제대로 살아보는 거요."

"공포를 떨치지 못하면?"

"완전히 떨쳐내라는 게 아니라 그냥 마음 한구석으로 밀어 넣으라는 겁니다. 공포는 반드시 존재해야 하거든. 선명하게 귀에 거슬리는 음처럼, 살갗에 닿은 찬물처럼. 우리의 감각을 깨우는 건 추락 자체가 아니라 인간적인 공포거든. 충격으로 시작해서 비행기에서 뛰어내릴 때는 아드레날린이 정맥을 타고 분출해요. 주사를 맞는 것처럼. 다음에는 혈액에 섞이면서 행복하고 강인해진 기분이 들죠. 그 상태에서 눈을 감으면 아름다운 독사가 거기 누워 뱀눈으로 지켜보는 기분이 듭니다."

"무슨 마약을 하는 것처럼 말씀하시네요, 조셉."

"마약이지!" 조셉은 어느새 열정적으로 손짓 발짓을 하면서 말했다. "마약 하는 거랑 똑같아요. 끝없이 추락하고 싶은 기분이 들거든. 스카이다이빙을 좀 하다 보면 갈수록 낙하산 줄을 잡아당기기가 싫어져요. 언젠가는 과다복용으로 줄을 잡아당기지 않다가 영원히 점프를 중단할 날이 올까 봐 겁이 나지. 그 순간, 중독되는 거요. 그걸 참고 살다 보면 서서히 무너지며 삶이 무의미하고 부질없게 느껴져서, 결국에는 작고 낡은 세스너* 조종석으로 비집고 들어가 영원 같은 시간을 올라간 후 1만 피트 상공에 떠서 모아둔 돈을 탕진하게 되는 거거든."

조셉은 숨을 깊게 들이쉬고 눈을 감았다.

"한마디로 말하면, 해리, 동전의 양면과 같소. 삶은 생지옥이 되어가지만 그 대안은 훨씬 더 끔찍하지요. 하하."

조셉은 팔꿈치로 짚고 일어나 앉아 와인을 한 모금 마셨다.

"나는 날지 못하는 새예요. 에뮤라고 아쇼, 해리?"

"오스트레일리아 타조잖아요."

"똑똑하시네."

해리가 눈을 감자 앤드류의 목소리가 들렸다. 앤드류가 옆에 누워서 무엇이 중요하고 무엇이 덜 중요한지 설교를 늘어놓고 있었다.

"에뮤가 날지 못하게 된 사연을 들어봤소?"

해리는 고개를 저었다.

"그럼, 잘 들어요, 해리. 꿈의 시대에는 에뮤도 날개가 있어서 날 수 있었소. 에뮤는 제 짝과 함께 호숫가에서 살았는데 그들의 딸이 자비루라는 황새와 결혼했다오. 어느 날 자비루 부부는 고기를 잡

* 미국제 경비행기로 '세스너'는 상표명이다.

으러 나가서 엄청 많이 잡아왔지. 허겁지겁 다 먹어치우느라 부모님께 좋은 고기를 남겨드리는 걸 잊었지 뭐요. 원래 다 그렇잖소. 딸이 남은 고기를 아버지 에뮤에게 가져다주자 아버지는 노발대발했지. '나는 사냥할 때마다 너희에게 제일 좋은 고기를 가져다주지 않더냐?' 그리고 몽둥이와 창을 잡고 자비루에게 날아가 흠씬 패주려고 했다오.

자비루는 저항 한 번 못 해보고 두들겨 맞고 싶지 않았고 큰 나뭇가지를 들고 몽둥이를 쳐서 떨어뜨렸지. 그리고 장인을 왼쪽으로 패대기쳤다가 다시 오른쪽으로 패대기쳐서 날개를 부러뜨렸다오. 에뮤는 발로 기어가 사위에게 창을 내던졌지. 창이 황새의 등을 뚫고 들어가 주둥이로 나왔고, 황새는 고통에 미쳐 날뛰며 습지로 날아갔는데 나중에 보니 작살로 고기 잡기 좋은 곳이었지. 에뮤는 마른 들판으로 갔다오. 지금도 날개가 부러진 흔적만 남은 채 뛰어다니면서 날지 못하는 에뮤를 볼 수 있답니다."

조셉은 병을 입에 댔지만 술이 몇 방울밖에 남아 있지 않았다. 그는 억울한 표정으로 병을 쳐다보다 코르크를 막았다. 그리고 두 번째 병을 땄다.

"어째 당신 사정하고 비슷한데요, 조셉?"

"글쎄요, 음······."

병에서 콸콸 소리가 났고, 그는 준비를 마쳤다.

"세스녹에서 8년간 낙하산 강사로 일했지. 같이 일하는 동료들도 다 좋고 분위기도 좋았다오. 큰돈을 벌지는 못했지만. 우리도 그렇고 사장도 마찬가지고. 우리 클럽은 순전히 열정만으로 돌아갔지. 사람들한테 낙하산을 가르쳐주고 번 돈을 고스란히 점프하는 데 썼다오. 난 꽤 유능한 강사였소. 나를 최고로 꼽는 사람도 있었고.

그런데도 한 번의 불의의 사고 때문에 자격증을 빼앗겼지. 어느 날 내가 수강생을 데리고 스카이다이빙을 하는 동안 술에 취해 있었다는 이유로. 내가 무슨 술 때문에 점프를 망칠 사람이라도 되는 것처럼!"

"그래서 어떻게 됐어요?"

"왜? 더 듣고 싶소?"

"뭐, 바쁜 일 있어요?"

"하하. 좋소, 얘기해주지."

술병이 햇볕에 반짝였다.

"좋아요, 이렇게 된 거요. 불운한 상황들이 정말 어이없게 한 점으로 수렴됐소. 한두 가지가 아니었지. 우선 날씨가 문제였어요. 출발할 때는 구름층이 약 8000피트 상공에 있었지. 그 정도로 높이 떠 있으면 문제될 것 없거든. 어차피 4000피트까지 내려오기 전에는 낙하산 줄을 당기지 않으니까. 중요한 건 수강생들이 낙하산을 펼치고 나서 땅을 보고 당황한 나머지 뉴캐슬로 날아가지 않게 해주는 겁니다. 땅에 있는 신호를 봐야 바람이나 지형에 따라 어떤 방향으로 조종해야 착륙지점에 안전하게 도착할지 판단할 수 있지 않겠소? 그날 이륙할 때 구름이 조금 몰려온 건 맞지만 아직은 거리가 있었어요. 문제는 우리 클럽은 고물 세스너로 비행하면서 청테이프, 그리고 기도와 호의로 굴러갔다는 데 있었지. 20분 이상 올라가야 점프할 수 있기에 알맞은 1만 피트에 도달했다오. 그날 이륙한 뒤에 바람이 더 세지고 8000피트 상공의 구름층을 지나갈 때 그 밑에 구름층이 하나 더 있었는데 그걸 보지 못했소. 이해가 가쇼?"

"지상하고 연락하지 않았어요? 아래쪽에 구름층이 있다고 알려주면 되잖아요?"

"무전기라, 그래요. 하하. 그건 또 다른 문제인데 나중에 은폐됐지. 있잖소, 우리 조종사는 1만 피트 상공으로 올라가면 항상 롤링 스톤스를 최고 볼륨으로 틀었다오. 수강생들을 뛰어내리게 하려고, 겁먹지 말고 저돌적으로 행동하게 하려고. 그러니 지상에서 메시지를 보낸다고 해도 못 받아요."

"뛰어내리기 전에 마지막 점검도 안 했어요?"

"해리, 얘기를 더 복잡하게 만들지는 마쇼. 예?"

"알았어요."

"두 번째로 고도계가 화근이었지. 고도계는 이륙하기 전에 0에 맞춰놔서 지상을 기준으로 상대적인 고도가 표시된다오. 점프하기 직전에 내 고도계를 아래 두고 온 걸 발견했지만 조종사가 늘 낙하산 장비를 구비하고 있어서 그걸 빌렸지. 조종사도 우리만큼이나 어느 날 갑자기 낡은 세스너가 부서질까 봐 걱정했거든. 이미 1만 피트 상공으로 올라가서 더 꾸물거릴 시간이 없었소. 당장 날개 쪽으로 이동해야 해서 내 고도계와 수강생 고도계를 맞춰볼 여유가 없었단 말이오. 물론 수강생 건 지상에서 0으로 맞춰놨고. 조종사의 고도계가 대충 맞을 줄 알았지. 이륙할 때마다 0으로 맞추는 게 아닌데도. 그런 건 신경 쓰지 않았소. 나처럼 오천 번 이상 점프를 해본 사람이면 아래를 내려다보고 육안으로도 얼추 가늠할 수 있거든.

우리는 날개 쪽에 서 있었고, 이미 세 차례 점프에 성공한 적이 있는 수강생이라 크게 걱정하지 않았지. 뛰어내릴 때는 아무 문제가 없었다오. 수강생이 팔다리를 벌리고 안정적으로 잘 떠서 우리는 첫 번째 구름층을 쏜살같이 뚫고 내려갔지. 그 아래 두 번째 구름층이 있는 걸 보고 놀라긴 했지만 거기까지 내려간 것처럼 다가가면서 높이를 가늠할 수 있을 줄 알았지. 수강생은 배운 대로 90도 턴을 하고 수평으로 나간 다음에 기본 X자형으로 돌아갔소. 내 고도계에 6000피트로 표시됐을 때 수강생이 낙하산 줄을 잡아당기려고 해서 내가 기다리라는 신호를 보냈어요. 수강생이 나를 보기는 했지만 두 뺨과 입술이 귀까지 출렁이며 거센 바람 속에서 빨랫줄에 걸린 젖은 이불보처럼 일그러진 얼굴에서 표정을 읽기란 쉽지 않았지."

조셉은 잠시 말을 멈추고 만족스럽게 고개를 끄덕였다.

"거센 바람 속에서 빨랫줄에 걸린 젖은 이불보 말이요. 아주 나쁘진 않지. 건배."

병이 비스듬히 기울어 올라갔다.

"내 고도계에 5000피트로 표시될 즈음 두 번째 구름층에 도달했어요." 조셉은 다시 호흡을 가다듬고 말을 이었다. "낙하산을 펼치려면 아직 1000피트 정도 남았었지. 나는 수강생을 꽉 붙잡고 혹시 구름이 짙어져서 구름 속에서 낙하산을 펴야 할 때를 대비해 고도계에서 눈을 떼지 않았는데 구름층을 금세 빠져나왔소. 그런데 갑자기 땅이 달려들어서 심장이 멎어버렸다오. 나무와 풀밭과 아스팔트가 카메라를 줌인하듯 달려들었지. 나는 우리 두 사람의 낙하산 줄을 한꺼번에 잡아당겼고. 기본 낙하산이 펼쳐지지 않았다면 보조 낙하산을 펼 시간은 없었을 겁니다. 나중에 보니까 아래쪽 구름층이 2000피트 정도밖에 되지 않았더군. 지상에 있던 사람들은 우리가 낙하산도 없이 구름을 뚫고 나오는 걸 보고 사색이 됐고. 더군다나 천치 같은 자식이 낙하산이 펼쳐진 이후에 겁에 질려 나무 쪽으로 방향을 틀었지 뭐요. 거기까지는 큰 문제가 아니었는데 그 자식이 4미터 높이에 매달려 있다가 구조를 기다리지 않고 혼자 줄을 끊고 바닥에 떨어진 바람에 다리가 부러졌어요. 그 수강생이 정식으로 불만을 접수하면서 나한테 술 냄새가 났다고 보고했고, 클럽 위원회에서 결정을 내렸지. 평생 정직시키는 걸로."

조셉은 두 번째 병을 비웠다.

"그래서 어떻게 됐어요?"

"이 꼴이 났지 뭐." 그가 병을 내던졌다. "사회보장연금에 의지해 살면서 질 나쁜 친구들하고 어울리고 싸구려 와인이나 마시고." 그는 아까부터 혀가 꼬였다. "그들이 내 날개를 꺾었소, 해리. 나는 크로우족 사람이오. 에뮤처럼 살면 안 되는 사람이라고."

공원의 그림자들이 웅크리고 모여들었다가 서서히 길어졌다. 해리가 눈을 떠 보니 조셉이 앞에 서 있었다.

"나 지금 집에 갑니다, 해리. 내가 가기 전에 아까 그 건물에서 챙길 물건이 있을 것 같아서."

"아 젠장, 맞아요. 내 총요. 재킷하고."

해리가 일어섰다. 이제 술을 마실 시간이었다. 조셉이 문을 잠근 후 둘은 엉거주춤 서서 군침을 삼켰다.

"그래, 조만간 노르웨이로 돌아갈 거요?" 조셉이 말했다.

"이젠 언제든, 그래요."

"이번엔 비행기를 놓치지 않으면 좋겠군."

"오늘 오후에 항공사에 전화할 생각이었어요. 직장에도. 아마 다들 나한테 무슨 일이 생겼나 할 겁니다."

"아, 맞다." 조셉이 이마를 치면서 말했다. 그는 다시 열쇠를 내밀었다. "내가 마시는 레드와인에 탄닌이 너무 많이 들었나 보오. 뇌세포를 좀먹거든. 불 끄는 걸 깜빡깜빡한다니까. 공원 관리인이 와서 불이 켜진 걸 알면 엄청 화낼 거요."

그는 문을 다시 열었다. 불은 꺼져 있었다.

"하하. 속속들이 잘 아는 곳에서는 어떻게 돌아가는지 잘 알아서 자동으로 불을 끄고도 기억에 없어요. 자기가 껐는지도 모르고…… 황당하지 않소, 해리?"

해리는 등줄기가 뻣뻣해져서 조셉을 바라봤다.

바로크풍 소파

세인트조지 극장 경비원은 믿기지 않는 듯 고개를 절레절레 흔들며 해리에게 커피를 따라주었다.

"여, 여태 이런 건 처음 봐요. 매일 밤 만석이에요. 단두대 공연만 올리면 관객들이 흥분해서 비명을 지르고 난리도 아니에요. 요샌 포스터에도 광고 문구를 찍어넣었어요. '죽음의 단두대, 텔레비전과 언론에서 소개한 그대로. 죽음 그 이후……'라고. 어휴, 여기 공연 중에서 제일 인기 있는 공연이 됐다니까요. 별일이래."

"별일이 맞네요. 그래, 오토 레흐트나겔 대신 무대에 오를 사람은 찾았답니까?"

"대충, 그래요. 이번처럼 흐, 흥행한 적은 없었으니까요."

"고양이가 총에 맞는 무대는 어때요?"

"그건 빠졌어요. 관심을 끌지 못했어요."

해리가 몸을 꼼지락거렸다. 셔츠 속에 땀이 비 오듯 쏟아졌다. "음, 애초에 왜 그걸 넣었는지 이해가……."

"오토의 아이디어였어요. 저도 소싯적에 과, 광대가 되려고 덤빈 적이 있어서 시, 시내에 서커스가 들어오면 무대가 어떻게 돌아가는지 봐두는 편인데, 전날 리허설까지도 그 무대는 없었던 것 같아요."

"그렇군, 오토와 관계가 있다는 느낌은 있었어요."

해리가 면도한 턱을 긁적이며 말했다.

"영 찜찜한 게 하나 있는데 혹시 도와줄 수 있습니까? 내가 잘못 짚었는지도 모르지만 내 얘기 좀 들어보고 당신 생각을 말해주세요. 그날 오토는 내가 객석에 있는 걸 알았어요. 그리고 내가 모르는 무언가를 말해주려고 했지만 공개적으로는 말할 수 없었어요. 여러 가지 이유로. 아마 그가 직접 얽힌 일이라 그랬을 겁니다. 그래서 날 위해 즉흥적으로 그 무대를 끼워 넣은 거예요. 오토는 내가 쫓는 사람은 바로 사냥꾼이라고, 그러니까 나와 같은 사람, 동료라고 말해주고 싶었던 겁니다. 좀 이상하게 들리겠지만 아시다시피 워낙 별난 사람이잖아요. 어떻게 생각해요? 오토가 그랬을 것 같아요?"

경비원은 한동안 해리를 살폈다.

"형사님, 커피 좀 더 드셔야겠는데요. 그 공연은 형사님께 뭔가 말하려던 게 아니에요. 잔디 잔다슈스키에서 저, 전통으로 내려오는 공연이에요. 서커스에 몸담은 사람이라면 누구나 그, 그렇게 말할 겁니다. 그 이상도 이하도 아니에요. 형사님 생각에 초를 쳤다면 미안한 일이지만, 그래도⋯⋯."

"천만에." 해리가 안심하는 표정으로 말했다. "사실은 그 말을 듣고 싶었어요. 그러면 방금 말한 가설을 마음 놓고 지워버릴 수 있으니까. 커피 더 있다고 했나요?"

해리는 단두대를 보여달라고 했고, 경비원이 소품실로 안내했다.

"아직도 여기에 들어오면 등골이 오싹해요. 그래도 지금은 그나마 바, 밤에 잠은 잡니다." 경비원이 열쇠로 문을 열었다. "그날 이후로 박박 문질러서 깨끗이 청소해놨어요."

문이 열리자 냉기가 훅 끼쳤다.

"옷 입어요." 경비원이 스위치를 켜면서 말했다. 단두대가 덮개에 덮인 채 우뚝 선 형상이 마치 어딘가에 기대선 디바 같았다.

"옷 입으라니요?"

"아, 그냥 농담이에요. 여기 세인트조지에서 카, 캄캄한 방에 들어갈 때마다 하는 말이에요."

"왜 그렇게 말해요?" 해리가 덮개를 젖힐 때 단두대의 칼날이 느껴졌다.

"아, 아주 오래된 이야기예요. 1970년대로 거슬러 올라가요. 당시 이 극장의 단장이 알베르 모쇼라는 벨기에 사람이었는데, 다혈질이긴 해도 밑에서 일하는 사람들이 다 단장을 좋아했어요. 진심으로 무대에 설 줄 아는 축복받은 사람이었어요. 아시다시피 무대에서는 사람들은 지독한 바람둥이에 나, 난봉꾼이라고 하는데 아마 그 말이 맞을지도 모릅니다, 흠, 전 그냥 사실대로 말하는 겁니다. 아무튼 당시 극단에 아주 잘생긴 유명배우가 하나 있었어요. 이름은 밝혀지지 않았지만 완전 색골이었어요. 여자들이 그 배우한테 사족을 못 쓰자 남자들은 질투심에 사로잡혔지요. 가끔 요청이 들어오면 순회공연도 다녔는데, 어느 날인가 안내인이 견학 온 아, 아이들을 소품실로 데려왔어요. 불을 탁 켜니까 그 배우가 테네시 윌리엄스의 〈유리 동물원〉 공연에 쓰는 바로크풍 소파 위에서 매점 여직원하고 그 짓을 하고 있었지 뭡니까.

물론 그 안내인은 아직 유명배우를 곤경에서 구해줄 수도 있었죠. 그때 그 모 배우가 엎드려 있었거든요. 그런데 그 안내인은 장

차 배우를 꿈꾸는 애송이이자 극단의 다른 사람들처럼 헛바람 들어간 얼빠진 녀석이었어요. 그래서 근시가 심한데도 안경을 쓰지 않았지요. 하여간에 본론으로 들어가자면 그 친구는 소파에서 벌어진 일을 보지 못하고 갑자기 사람들이 문 앞에 몰려든 건 자기가 기똥차게 말을 잘해서거나 하는 그런 이유 때문이라고 생각한 모양이에요. 안내인이 테네시 윌리엄스에 관해 장황하게 설명을 늘어놓는 동안 우리의 색골은 욕을 하면서 어떻게든 얼굴을 보여주지 않으려고 숨어서 털북숭이 엉덩이만 드러냈어요. 그런데 안내인이 그 배우의 목소리를 알아채고 큰 소리로 말했어요. '맙소사, 거기 브루스 리즐링턴 아닌가요?'라고."

경비원은 아랫입술을 깨물었다.

"어이쿠, 맙소사."

해리는 웃으며 손바닥을 들었다. "괜찮아요. 그 이름, 벌써 까먹었으니까."

"아무튼 그 이튿날 알베르 모쇼가 회의를 소집했어요. 간밤에 벌어진 일을 전하면서 아주 심각한 문제로 생각한다고 말했어요. '이런 일로 유명세를 치를 수는 없다. 그러니 안 됐지만 이런 가, 가, 가이드 투어를 즉각 금지한다'고 했어요."

경비원의 웃음소리가 소품실 벽에 부딪혀 울렸다. 해리는 억지웃음을 지었다. 강철과 나무로 만든 비스듬한 디바만이 말없이 범접하지 못할 분위기를 풍겼다.

"이제야 '옷 입어요'라는 말이 이해가 되는군요. 운 나쁜 안내인은 어떻게 됐습니까? 결국 배우가 됐나요?"

"그 친구에겐 불행한 일이지만 연극계로서는 고맙게도 배우가되진 못했어요. 그래도 연극계에 언저리에 남아 지금은 세인트조지 극장에서 조명 담당으로 일하고 있답니다. 아 맞다, 그 친구 만나보셨잖아요…….”

해리는 천천히 숨을 들이쉬었다. 뱃속에서 으르렁거리는 소리가 나면서 쇠사슬을 홱 잡아당겼다. 젠장, 빌어먹을, 푹푹 찌는군!

“아, 그래요. 아마 요즘은 콘택트렌즈를 끼겠죠?”

“아뇨. 무, 무대를 흐릿하게 봐야 일이 더 잘 된다던데요. 그래야 자잘한 부분에 주의를 빼앗기지 않고 전체에 집중할 수 있다네요. 참 별난 치, 친구라니까요.”

“별난 친구네요, 정말로.” 해리가 말했다.

“네?”

“너무 늦게 전화해서 미안해요, 레비. 나 해리 홀리예요.”

“해리? 맙소사, 노르웨이는 지금 몇 시예요?”

“몰라요. 잘 들어요, 나 지금 노르웨이에 있는 거 아니에요. 항공편에 문제가 있었어요.”

“무슨 문제요?”

“그냥 일찍 출발했다고 해두죠. 다음 항공편을 잡기가 쉽지 않았고. 도움이 필요해요.”

“얼른 말해봐요.”

“오토 레흐트나겔 아파트에서 만납시다. 자물쇠 딸 자신이 없으면 쇠지레를 가져오고.”

“알았어요. 지금이요?”

“그럼 좋고. 고마워요, 마잇.”

“어차피 잠도 안 왔어요.”

"여보세요?"

"엥겔손 박사님? 시체에 관해 물어볼 게 있습니다. 전……."

"당신이 누구든 관심 없소, 지금이…… 새벽 3시 아니오. 지금 당직인 한손 박사한테 물어보면 되잖아요. 끊습니다."

"당신 귀먹었소? 내가 끊는다고 말했을……."

"저 해리 홀리예요. 전화 끊지 말아요, 제발."

"……지난번 그 홀리?"

"드디어 제 이름을 기억해주셔서 다행입니다, 박사님. 앤드류 켄싱턴의 시체가 발견된 아파트에서 흥미로운 걸 발견했습니다. 앤드류를 좀 봐야겠어요. 정확히 말하면 사망 당시 입었던 옷을 확인하고 싶습니다. 아직 보관하고 있겠지요?"

"그래요, 하지만……."

"30분 후 영안실 앞에서 만납시다."

"미안하지만 홀리 씨, 그건 좀 곤란……."

"같은 말을 또 하게 만들지 말아주세요, 박사님. 오스트레일리아 의사협회에서 제명당하고 동료들에게 고발당하고 신문 헤드라인에 오르내리면 어떨 것 같습니까? ……계속할까요?"

"흠, 30분 안에는 못 갑니다."

"이렇게 야심한 시각에는 도로에 차가 거의 없습니다만. 꼭 오실 수 있을 거라는 느낌이 드는군요."

42

방문자

맥코맥은 사무실에 들어가 문을 닫고 여느 때처럼 창가에 서 있었다. 시드니의 여름 날씨는 변화무쌍했다. 간밤엔 밤새 비가 왔다. 맥코맥은 예순이 넘고 경찰 정년퇴직 연령도 넘긴 터라 여느 노령 연금으로 사는 사람들처럼 혼잣말하는 버릇까지 생겼다.

대체로 일상의 자잘한 부분을 관찰하고는 남들도 자기만큼 제대로 인식하는지 의문을 품었다. 가령 이런 식이었다. "오늘도 날이 갤 것 같군, 아무렴." 그는 몸을 앞뒤로 흔들고 서서 시내를 내려다보았다. 혹은 이런 식이었다. "오늘도 맨 먼저 도착했어, 오 예."

그는 책상 뒤 옷장에 재킷을 걸다가 비로소 소파에서 인기척을 느꼈다. 누군가 몸을 일으켜 앉았다.

"홀리?" 맥코맥이 깜짝 놀라 쳐다봤다.

"죄송해요, 국장님. 소파 좀 빌렸는데 괜찮을지……."

"여긴 어떻게 들어왔나?"

"출입증을 반납할 시간이 없었습니다. 야간 경비원이 들여보내 줬습니다. 국장님 사무실 문이 열려 있었고, 꼭 드릴 말씀이 있어서 여기서 잠깐 눈 좀 붙였습니다."

"지금쯤 노르웨이에 있어야 하지 않나. 자네 상사한테 전화가 왔더군. 꼴이 엉망이군, 홀리."

"제 상사한테는 뭐라고 하셨나요, 국장님?"

"켄싱턴의 장례식 때문에 남아 있다고 해뒀어. 노르웨이 대표로."

"그런데, 어떻게……."

"항공사에 여기 번호를 남겼더군. 자네가 공항에 나타나지 않고 출발 30분 전에 여기로 전화했을 때 대충 감을 잡았지. 크레센트 호텔에 전화해서 호텔 매니저와 통화한 뒤 정확히 파악했고. 자네를 찾으려고 백방으로 알아봤지만 다 소용이 없었네. 어떤 기분인지는 나도 안다네, 홀리. 하지만 더는 소란피우지 않았으면 해. 그런 일을 겪고 흔들리는 건 당연해. 그래도 얼른 마음 추스르고 비행기를 타야지."

"고맙습니다, 국장님."

"고맙긴. 내 비서한테 항공사에 연락해놓으라고 하지."

"그전에 몇 가지 드릴 말씀이 있습니다. 저희가 밤새 조사를 좀 했습니다. 정확한 결과야 과학수사반 사람들이 가서 확인해주기 전까지는 알 수 없지만요. 그래도 확신이 듭니다."

고물 선풍기는 윤활유를 치고도 결국 사망했고 더 크고 조용한 새 선풍기가 그 자리를 차지했다. 해리는 그가 없어도 세상이 여전히 잘 돌아간다는 걸 새삼 확인했다.

그 자리에 모인 사람 중에서 자세한 내막을 모르는 건 왓킨스와 용수뿐이었지만 해리는 그래도 처음부터 이야기를 시작했다.

"저희가 앤드류를 찾았을 땐 대낮이라 전혀 생각하지 못한 게 있습니다. 사망 시각을 알고 나서도 미처 생각하지 못했고요. 한참 지나서 저희가 오토 레흐트나겔의 아파트에 가보았을 때 전등이 꺼져 있었다는 데 생각이 미쳤습니다. 저희가 추정한 바로는 이런 순서였을 겁니다. 앤드류가 문 옆 스위치를 끄고 헤로인에 취한 채 더듬으며 의자로 가서—새벽 2시면 방 안이 아주 캄캄했을 테니까요—흔들리는 의자에 올라가 중심을 잡고 전깃줄 고리를 목에 겁니다."

정적이 흐르는 동안 제아무리 신기술이 나와도 조용히 윙윙대는 정도의 짜증스런 소음조차 나지 않는 선풍기는 생산하기 어렵다는 사실이 명백해졌다.

"그게 말이 되나." 왓킨스가 말했다. "혹시 아주 캄캄하지 않았을 지도 모르지, 가로등이라든가 외부에서 빛이 들어왔을 수도 있지 않을까?"

"레비하고 제가 새벽 2시에 가서 확인해봤습니다. 거실이 무덤처럼 어두웠습니다."

"혹시 처음 거기 도착했을 때 전등이 켜져 있었던 걸 못 알아챘을 수도 있지 않나요?" 용수가 물었다. "아무튼 대낮이었다면서요. 경찰이 나중에 껐을지도 모르니까요."

"우리가 칼로 전깃줄을 끊고 앤드류를 내렸어요." 레비가 말했다. "감전될지 몰라서 전등이 꺼져 있는지 확인했고요."

"좋아." 왓킨스가 말했다. "그럼 그 친구가 캄캄한 데서 목을 매달았다고 치자고. 켄싱턴이야 워낙 별난 친구니까. 다른 소식이라도?"

"켄싱턴은 어둠 속에서 스스로 목을 매달지 않았습니다." 해리가 말했다.

맥코맥이 회의실 뒤에서 기침을 했다.

"이건 저희가 오토 레흐트나겔 아파트에서 찾은 겁니다." 해리가 전구를 들었다. "갈색 얼룩 보이시나요? 레이온이 그을린 자국입니다." 그리고 흰옷을 들었다. "그리고 앤드류가 발견될 때 입고 있던 셔츠입니다. 레이온이 60퍼센트 함유된, 다림질이 필요 없는 옷입니다. 레이온은 섭씨 260도에서 녹습니다. 전구 표면이 450도 정도 됩니다. 셔츠 주머니에 난 갈색 얼룩이 보이십니까? 저희가 앤드류를 발견했을 때 전구가 닿은 자리입니다."

"물리학 얘기가 인상적이군, 홀리." 왓킨스가 말했다. "그럼 이제 어떻게 됐다는 건지 말해봐."

"두 가지 가능성이 있는데 우선은요." 해리가 말했다. "누군가 저희보다 먼저 도착해서 앤드류가 전선에 매달린 걸 보고 불을 끄고 떠났을 가능성이 있습니다. 문제는 아파트 열쇠가 두 개밖에 없는데 하나는 오토의 몸에서 나오고 다른 하나는 앤드류에게서 발견됐다는 겁니다."

"그 아파트는 용수철식 자물쇠 아닌가?" 왓킨스가 말했다. "어쩌면 그 사람이 문을 따고 열쇠를 앤드류의 주머니에 넣었을…… 아니다, 그러면 앤드류가 들어갈 수 없잖아." 왓킨스가 얼굴을 붉혔다.

"아직 틀린 말은 아닙니다." 해리가 말했다. "제 생각에 앤드류는 아파트 열쇠를 가지고 있지 않았습니다. 누군가 먼저 안에 있었거나 같이 도착한 사람, 남은 열쇠 하나를 가지고 있던 사람이 들여보낸 겁니다. 그리고 그 사람은 앤드류가 사망할 때 현장에 있었습니다. 나중에 앤드류의 주머니에 열쇠를 넣어 앤드류가 혼자 아파트에 들어간 것처럼 보이게 만들었습니다. 아파트 열쇠가 열쇠꾸러미에 걸려 있지 않은 걸 보면 알 수 있습니다. 그리고 불을 끄고 문을 닫고 나간 겁니다."

침묵.

"앤드류 켄싱턴이 살해당했다는 건가?" 왓킨스가 물었다. "그럼 어떻게?"

"제 생각에 앤드류는 강압에 의해 자기 몸에 헤로인을 다량 주사했을 겁니다. 아마 옆에서 총을 겨누고 있었겠죠."

"아파트에 도착하기 전에 그랬을 가능성은 없을까요?" 용수가 물었다.

"첫째, 앤드류처럼 신중하고 노련한 중독자가 어느 날 갑자기 아무 이유 없이 과잉 투여할 가능성은 없습니다. 둘째, 앤드류는 과잉 투여할 만큼의 약을 가지고 있지 않았습니다."

"그럼 왜 앤드류의 목을 매달았을까요?"

"마약을 다량 투여해서 죽이는 건 그다지 과학적인 방법이 아닙니다. 장기간 약에 중독된 몸이 어떻게 반응할지 예측하기가 쉽지 않으니까요. 어쩌면 살아서 누군가에게 발견될 수도 있어요. 미리 약을 다량 투여해서 전깃줄로 목을 감은 채 의자에 서게 할 때 저항하지 못하게 만들었다는 쪽이 더 그럴듯합니다. 아, 전선. 레비?"

레비는 입꼬리에 이쑤시개를 물고 혀와 입술을 놀려 자유자재로 움직였다.

"저희가 과학수사반에 전깃줄을 확인해달라고 요청했거든요. 천장 전등에 매달린 전선은 닦을 일이 거의 없잖아요. 그래서 지문이 잘 찍혀 있겠다 싶었어요. 그런데 아주 깨끗…… 어……." 레비가 손을 흔들었다.

"아주 깨끗했단 말이죠?" 용수가 거들었다.

"맞아요. 지문은 저희 것밖에 없었어요."

"그래, 앤드류가 목을 매달기 전에 전선을 닦은 게 아니라면." 왓킨스가 말을 받았다. "손으로 잡지 않고 전깃줄 고리에 목을 쓱 집어넣었거나 아니면 누가 대신 했겠지. 이런 뜻인가?"

"그런 것 같아요, 반장님."

"그런데 자네들이 알아낸 대로 영리한 자라면 불은 왜 끄고 나갔지?" 왓킨스가 손바닥을 펼치고 회의실에 있는 사람들을 하나씩 돌아보았다.

"왜냐면요." 해리가 말했다. "자동반응이에요. 별생각 없이 그런 겁니다. 우리가 집을 나설 때 자연스럽게 하듯이. 아니면 열쇠를 가지고 있는, 마음대로 드나드는 공간에서 그러듯이."

해리가 의자에 기대앉았다. 그는 돼지처럼 땀을 흘렸고, 술이 들어가지 않고 얼마나 더 버틸 수 있을지 자신이 없었다.

"저희가 찾는 자는 오토 레흐트나겔이 몰래 만나던 애인인 것 같습니다."

엘리베이터에서 레비가 해리 옆에 와서 섰다.

"점심 먹으러 가요?" 레비가 물었다.

"그럴까 합니다."

"같이 가도 될까요?"

"물론."

레비는 말을 많이 하고 싶지 않을 때 같이 있기 좋은 사람이었다.

그들은 마켓 가에 위치한 사우스스로 들어가 자리를 잡았다. 해리는 짐 빔을 주문했다. 레비가 메뉴판에서 고개를 들었다.

"배러먼디 샐러드 두 접시, 블랙커피 한 잔, 갓 구운 맛있는 빵, 이렇게 주세요."

해리가 놀라서 레비를 쳐다봤다. "전 그냥 오늘은 됐어요." 해리가 웨이터에게 말했다.

"그대로 주문할게요." 레비가 씩 웃었다. "여기 제 친구도 이 집에서 배러먼디를 맛보면 생각이 바뀔 겁니다."

웨이터가 가고 해리가 레비를 살펴보았다. 레비는 두 손을 테이블에 올려놓고 손가락을 쫙 펼쳐서 비교하듯이 하나씩 살펴보았다.

"어렸을 때 히치하이킹으로 해안선을 따라 케언스까지 여행한 적이 있는데 그레이트배리어리프를 따라 올라갔었어요." 레비가 매끈한 손등을 보면서 말했다. "그때 배낭족을 위한 호스텔에서 세계일주를 하던 독일 여자 둘을 만났어요. 그 여자들은 시드니에서 자동차를 렌트해 거기까지 왔는데, 어디 어디를 들렀고 거기서 얼마나 머물렀고 왜 머물렀으며 앞으로 어떻게 여행할지 자세히 얘기하더라고요. 우연에 이끌려 여행할 여지가 전혀 없어 보였어요. 아마 독일인의 사고방식이겠죠. 제가 여행 중에 캥거루를 본 적이 있느냐고 물었더니 그들은 웃으면서 당연히 본 적이 있다고 말했어요. '할 일' 리스트에서 찾아 체크했겠죠. '캥거루에게 먹이를 줘봤나요?'라고 물었더니 그들은 어리둥절한 표정으로 서로 바라보다 저를 보더군요. '아뇨, 그러지 않았죠!', '왜요? 귀엽잖아요.', 'Aber, zey vere dead!(하지만 죽은 애들이었는데요!)'"

해리는 레비의 긴 독백을 듣고 너무 놀라 웃는 것도 잊었다.

웨이터가 해리 앞에 짐 빔을 놓았다. 레비가 술잔을 보았다.

"그저께 어떤 아가씨를 봤어요. 어찌나 예쁜지 볼을 어루만지고 그녀가 얼마나 아름다운지에 대해 속삭여주고 싶었어요. 스물 몇 살쯤 됐고 파란색 드레스를 입었으며 스타킹을 신지 않은 맨다리였어요. 그런데 죽은 여자였어요. 아시다시피 금발머리고 강간당한 뒤 목이 졸려 죽어서 목에 멍 자국이 나 있었고요.

어젯밤에는 정말 무의미하게 어리고 헛되이 아름다운 여자들이 오스트레일리아 전역에, 시드니에서 케언스까지, 애들레이드에서 퍼스까지, 다윈에서 멜버른까지, 온 나라의 길거리를 가득 메우는 꿈을 꾸었어요. 한 가지 이유밖에 없었어요. 우리가 진실을 보지 못하고 눈을 감아버려서. 아직 다 해보지 않았어요. 스스로 나약한 인간이 되어버린 겁니다."

해리는 레비가 무슨 말을 하고 싶은지 알아들었다. 웨이터가 생선요리를 가져왔다.

"해리, 당신은 놈에게 제일 가까이 다가간 사람이에요. 지금껏 땅바닥에 귀를 대고 있었으니 놈이 또 다가오면 발소리를 알아챌지 몰라요. 사람이 취하는 데는 오만 가지 이유가 있겠지만 호텔방에 처박혀 포기해버리면 아무한테도 도움이 되지 않아요. 놈은 인간이 아니에요. 그러니까 우리도 인간이 되면 안 돼요. 인내심을 발휘해서 얼마나 버틸 수 있는지도 보여줘야 해요." 레비가 냅킨을 펼쳤다. "일단 드세요."

해리는 위스키 잔을 입에 대고 레비를 바라보면서 천천히 마셨다. 빈 잔을 내려놓고 얼굴을 찡그리고는 포크와 나이프를 잡았다. 그리고 둘 다 말없이 식사를 했다.

43

월척

샌드러는 평소 그 자리에 서 있었다. 그가 가까이 다가갈 때까지도 알아보지 못했다.

"또 보네요. 반가워요." 샌드러가 다른 생각을 하는지 동공이 작아졌다.

그들은 버본 앤드 비프까지 걸어갔고, 웨이터가 얼른 뛰어와서 샌드러를 위해 의자를 빼주었다.

해리는 샌드러에게 뭘 마실지 물어보고 콜라와 위스키 더블을 주문했다.

"젠장, 웨이터가 날 쫓아내는 줄 알았네." 샌드러가 안도한 표정으로 말했다.

"여기 내 단골이에요." 해리가 말했다.

"여자친구는 잘 지내요?"

"비르기타?" 해리는 말이 없었다. "몰라. 나랑 말도 안 해요. 괴로워하길 바랄 뿐이에요."

"왜 괴로워하길 바라요?"

"날 사랑해주면 좋겠으니까, 당연히."

샌드러는 쉰 목소리로 웃었다. "그럼 당신은 잘 지내요, 해리 홀리?"

"괴로워요." 해리가 슬프게 웃었다. "그래도 살인범을 잡으면 훨씬 나아질지 모르죠."

"내가 도움이 될 거라고 믿는 거죠?" 샌드러가 담배에 불을 붙였다. 그녀의 얼굴은 전보다 훨씬 더 창백하고 핼쑥해 보였고 눈가가 붉었다.

"우리, 닮았구나." 해리가 테이블 옆 검은 창에 비친 두 사람을 보았다.

샌드러는 아무 말도 하지 않았다.

"기억이 또렷하진 않지만, 그날 비르기타가 당신 가방을 침대에 던졌을 때 내용물이 쏟아졌어요. 처음에는 가방에 웬 페키니즈를 넣고 다니나 했어요." 해리가 잠시 말을 멈추었다. "말해줘요. 금발 머리 가발은 뭐하러 갖고 다녀요?"

샌드러가 물끄러미 창밖을 내다봤다. 그녀는 창문을, 아마도 창에 비친 그들을 보고 있었을 것이다.

"손님이 사줬어요. 만날 때 써달라면서."

"누군데……?"

샌드러가 고개를 저었다. "아니에요, 해리. 말 못 해요. 우리 일에 규칙이 많지는 않지만 손님에 관해서 비밀을 지키는 건 얼마 안 되는 규칙 중 하나예요. 바람직한 규칙이고요."

해리가 한숨을 쉬었다. "당신은 두려운 거야." 해리가 말했다.

샌드러의 눈에 섬광이 빛났다. "괜히 힘 빼지 말아요, 해리. 나한텐 아무 말도 못 들어요, 네?"

"말하지 않아도 돼요. 누군지 아니까. 당신이 그를 언급하는 걸 무서워하는지 먼저 확인하고 싶었을 뿐이에요."

"**나도 알아요.**" 샌드러가 입 모양으로 말하면서 공포에 휩싸인 얼굴이 되었다. "그럼 당신은 어떻게 아는데요?"

"그날 당신 가방에서 쏟아진 돌을 봤어요. 초록색 크리스털. 돌에 새겨진 상징을 알아봤어요. 놈이 당신한테 줬겠지. 놈의 어머니 가게, 크리스털 캐슬에 있던 거예요."

샌드러는 커다란 검은 눈동자로 해리를 바라보았다. 붉은 입술이 굳어서 보기 싫게 비웃는 얼굴이 되었다. 해리는 샌드러의 팔에 조심스럽게 손을 얹었다.

"왜 그렇게 에반스 화이트를 겁내요, 샌드러? 어째서 놈을 우리한테 넘기지 않는 겁니까?"

샌드러는 팔을 빼냈다. 다시 창문으로 고개를 돌렸다. 해리는 잠자코 기다렸다. 샌드러가 훌쩍이자 해리는 손수건을 건넸다. 어떻게 거기 들어갔는지는 몰라도 주머니에 손수건이 들어 있었다.

"세상엔 괴로워하는 사람이 많아요." 샌드러가 한참 있다가 조용히 입을 열었다. 아까보다 더 붉어진 눈으로 해리를 돌아보았다. "이게 뭔지 알아요?" 그녀는 원피스 소맷자락을 걷어 올리고 하얀 팔뚝에 난 지저분한 붉은 자국과 군데군데 딱지가 앉은 모습을 보여주었다.

"헤로인?"

"모프. 모르핀이에요. 시드니에서 이걸 구할 수 있는 사람은 많지 않아요, 그래서 다들 결국에는 헤로인에 손을 대지요. 그런데 난 헤로인 알레르기가 있었어요. 몸에서 받지 않아요. 한번 해보다가 죽기 직전까지 간 적도 있어요. 그래서 나의 독으로 모르핀을 택한 거예요. 작년에는 킹스크로스에서 딱 한 사람에게서만 원하는 만큼 구할 수 있었어요. 그리고 그 사람은 약값 대신 어떤 롤플레잉을 요구했어요. 나보고 화장하고 하얀 가발을 쓰라고 했어요. 난 상관없어요, 그 사람이 그걸로 어떤 쾌감을 얻는지는 눈곱만큼도 관심 없으니까. 내가 필요한 걸 얻으면 그만이었죠. 아무튼 자기 엄마처럼 입어달라는 남자보다 더 해괴한 정신병자들도 많으니까."

"엄마?"

"엄마를 싫어하는 것 같아요. 아니면 보통 사람보다 더 끔찍이 사랑하거나. 둘 중 하나인데, 확실히는 모르겠어요. 그 사람도 말해주지 않았고 나도 쥐뿔도 알고 싶지 않았으니까!" 그녀는 공허하게 웃었다.

"그 사람이 왜 엄마를 싫어하는 것 같아요?"

"마지막에 몇 번인가는 다른 때보다 거칠게 나왔어요. 멍까지 들었으니까."

"목 주위에?"

샌드러가 고개를 저었다. "그것도 해봤어요. 노르웨이 여자를 목 졸라 죽인 사건이 신문에 나고 나서였는데, 손으로 내 목을 잡더니 겁먹지 말고 가만히 누워 있으라고 했어요. 그런데도 나중에 그 일을 생각하지 못했어요."

"어째서?"

샌드러가 어깨를 으쓱했다. "사람들은 자기가 읽고 본 것에 영향을 받잖아요. 〈나인 하프 위크〉가 극장에 걸렸을 때도 그랬거든요. 우리한테 옷 벗고 바닥을 기라고 시켜서 그걸 보러 오는 손님이 부쩍 늘었죠."

"더러운 영화군." 해리가 말했다. "그래서 어떻게 됐어요?"

"그 사람이 내 목을 쥐고 엄지로 목울대를 찾아내려갔어요. 거칠게 하진 않았어요. 하지만 난 가발을 벗고 그런 놀이는 하고 싶지 않다고 말했어요. 그 사람도 정신을 차리더니 알았다고 했고요. 그냥 생각나서 해본 것 같아요. 특별히 의미가 있는 행동은 아니었어요."

"당신은 놈을 믿어요?"

샌드러가 어깨를 으쓱했다. "당신은 독립심이 조금만 생겨도 세상을 보는 시야가 얼마나 달라지는지 몰라요." 그녀가 위스키를 비웠다.

"내가 모른다고요?" 해리는 입도 대지 않은 콜라병을 보면서 못마땅한 투로 되물었다.

맥코맥이 초조한 듯 손가락으로 책상을 두드렸다. 선풍기가 강풍으로 돌아가는데도 해리는 땀을 줄줄 흘렸다. 오토 레흐트나겔의 옆집 여자는 할 말이 많던 차였는데 때마침 용수가 나타나주었다. 말이 많아도 너무 많았다. 안타깝게도 여자가 한 말 중에 건질 만한 건 없었다. 용수는 그렇게 비호감인 여자의 말을 들어주는 것 자체가 힘들다는 사실을 깨달은 모양이었다.

"뚱돼지요." 왓킨스가 그 여자한테 어떤 인상을 받았느냐고 묻자 용수의 입에서 튀어나온 말이었다.

"센티니얼파크의 여자에 관해서는 새로운 소식 있나?" 맥코맥이 물었다.

"시원찮아요." 레비가 말했다. "그런데 눈에 넣어도 안 아픈 그런 딸은 아닌 것 같았습니다. 마약도 하고 킹스크로스 스트립쇼 극장에서 일을 시작했더군요. 집에 돌아가는 길에 당했고요. 목격자가 둘인데 여자가 공원으로 들어가는 걸 봤답니다."

"다른 건?"

"아직은 없습니다."

"해리." 맥코맥이 땀을 닦으며 말했다. "자네 생각은 어떤가?"

"최근 생각 말이야." 왓킨스가 다 들리게 큰 소리로 중얼거렸다.

"글쎄요." 해리가 입을 열었다. "잉게르 홀테르가 살해당한 날 밤 님빈에서 에반스 화이트를 봤다는 목격자를 앤드류가 알려줬지요. 그런데 그런 사람을 못 찾았습니다. 지금까지 알아낸 건 화이트가 금발머리 여자를 좋아하는 정도가 보통 수준을 넘고 상당히 불안정한 유년기를 보냈다는 사실입니다. 그러니까 어머니와의 관계를 들여다보는 것도 흥미로울 듯합니다. 화이트는 한 번도 안정된 직장을 가져본 적이 없고 일정한 거처도 없었습니다. 그래서 그의 행적을 따라가는 데 애를 먹었습니다. 오토 레흐트나겔하고 남몰래 관계를 맺었을 가능성이 전혀 없지 않으며 오토의 순회공연단을 따라다녔을 가능성을 고려해볼 수도 있습니다. 순회공연단이 머무는 지역에서 호텔방을 잡고 희생자를 물색했을지도 모릅니다. 지금까지는 다 가설입니다, 물론."

"어쩌면 오토가 연쇄살인범일지도 모르겠군." 왓킨스가 말했다. "오토와 켄싱턴을 죽인 누군가는 다른 살인 사건과는 상관이 없을지도 모르잖나?"

"센티니얼파크는요." 레비가 말했다. "그것도 연쇄살인범 소행이에요. 제가 가진 전부를 걸겠습니다. 걸 만한 게 별로 없긴 하지만……."

"레비 말이 맞습니다." 해리가 말했다. "아직 놈은 어딘가에 있습니다."

"좋아." 맥코맥이 말했다. "우리의 친구 홀리가 드디어 '가능성이 전혀 없지 않다'든가 '가능성을 고려해 볼 수 있다'라는 표현까지 써가면서 가설을 세우기 시작했군. 현명한 처사야. 자만하다망하지. 게다가 이제 우리가 상대하는 놈은 머리가 아주 비상하게 돌아가는 녀석이라는 게 확실해졌어. 자신만만한 놈이기도 하고. 놈은 우리가 찾는 답을 준비해놓고 범인을 은쟁반에 담아 내밀었어. 그러면 우리가 열을 식히고 사건이 해결된 걸로 생각할거라고 본 거지. 범인이 스스로 목숨을 끊었으니까. 켄싱턴을 찔러주면 우리가 사건을 덮을 거라고 판단한 거야. 솔직히 영리한 생각이야."

맥코맥은 해리를 흘끗 보면서 말을 이었다.

"우리에게 유리한 점은 놈이 지금 안전하다고 생각한다는 거야. 안전하다고 믿으면 방심하게 마련이니까. 자, 이제부터 사건을 어떻게 풀어갈지 결정해야 해. 새로운 용의자가 등장했고, 이제는 실수가 용납되지 않아. 물을 너무 많이 튀기면 월척이 겁먹고 달아날테니까. 쇠도 씹어 먹겠다는 자세로 꼼짝 않고 버텨야 해. 월척이 발밑에 확실히 보일 때까지, 아주 또렷해서 착각하지 않고 놓치지도 않을 때까지. 그런 다음에, 반드시 그때 기다렸다가 작살을 던져야 해."

맥코맥은 한 사람 한 사람을 똑바로 쳐다보았다. 다들 고개를 주억거리며 그의 생각이 반박할 여지없이 좋은 의견이라고 확인해주었다.

"그러기 위해선 방어태세를 취하면서 묵묵히 일사불란하게 일을 처리해야 한다."

"꼭 그런 건 아닙니다." 해리가 말했다.

모두 해리를 돌아보았다.

"물보라를 일으켜서 고기를 잡는 방법도 있지 않습니까. 낚싯바늘에 미끼를 조금 끼워서 던져놓으면 놈이 덤벼들 겁니다."

44

상자해파리

바람이 먼지구름을 앞장세우고 회오리를 일으키며 자갈길을 따라 불어왔다. 곧이어 묘지를 둘러친 나지막한 돌담을 넘어 조촐히 모인 조문객들 사이를 헤집었다. 해리는 눈에 흙먼지가 들어오지 않도록 눈을 꼭 감아야 했고, 바람이 사람들의 셔츠와 재킷 자락을 잡아채서 멀리서 보면 꼭 거기 모인 사람들이 앤드류 켄싱턴의 묘지에서 춤을 추는 걸로 보였다.

"지옥에서 온 바람이야." 목사가 설교하는 동안 왓킨스가 툴툴 댔다.

해리는 왓킨스가 선택한 어휘를 곱씹으면서 그가 틀렸기를 바랐다. 바람이 어디서 불어오는지는 알 수 없지만 서두르는 건 분명했다. 앤드류의 넋을 데려가려고 온 거라면 임무를 소홀히 한다고 말할 사람은 아무도 없을 터였다. 찬송가 책장이 팔랑거리고 무덤가에 덮어둔 녹색 방수포가 퍼덕거렸다. 모자를 쓰지 않아 붙잡을 일이 없는 사람들은 대머리를 감추려고 빗질해 넘긴 머리와 그밖에 머리모양이 흐트러지는 모습을 구경했다.

해리는 목사의 설교를 듣지 않고 가늘게 뜬 눈으로 무덤 건너편을 바라보았다. 비르기타의 머리카락이 제트기가 뿜어내는 빨간 불꽃처럼 뒤로 흘날렸다. 비르기타의 텅 빈 얼굴이 그와 마주쳤다. 머리가 희끗희끗한 노파가 지팡이를 무릎에 올려놓고 앉아서 부들부들 떨었다. 누리끼리한 피부색에 나이가 들어도 영국인 특유의 말상은 감춰지지 않았다. 바람에 모자가 살짝 옆으로 넘어갔다. 해리는 노파가 앤드류의 양어머니일 거라고 짐작했지만, 노파는 늙고 허약해서 해리가 교회 앞에서 건넨 조의를 거의 알아듣지 못했다. 그저 고개를 끄덕이며 뜻 모를 말만 중얼거렸다. 노파 뒤에는 체구가 작고 눈에 잘 띄지 않는 검은 피부의 여인이 양손에 여자아이를 하나씩 잡고 서 있었다.

목사가 루터교회의 의식에 따라 무덤에 흙을 뿌렸다. 해리는 앤드류가 성공회 신자라는 말을 들은 적이 있었다. 성공회는 가톨릭과 함께 단연 오스트레일리아의 최대 교회였다. 하지만 해리는 장례식에 참석해본 적이 많지 않아서 이곳의 예배가 노르웨이와 얼마나 다른지 판단이 서지 않았다. 날씨까지 똑같았다. 어머니를 땅에 묻던 날 푸르스름한 회색의 성난 구름이 묘지 위에서 서로 쫓고 쫓겼지만 다행히 너무 급히 쫓아다니느라 묘지 위에는 비를 뿌리지 않았다. 로니를 묻던 날에는 해가 났다. 하지만 그때 해리는 병원에서 블라인드를 내리고 있었다. 햇빛을 보면 두통이 일어나는 탓이었다. 꼭 오늘처럼 경찰관들이 장례식장의 대다수를 차지했다. 아마 맨 끝에는 "내 주를 가까이!" 같은 찬송가를 불렀을 것이다.

장례식이 끝나자 다들 각자의 차로 돌아갔고 해리는 비르기타를 따라 걸었다. 그녀는 걸음을 멈추고 해리가 가까이 올 때까지 기다렸다.

"아파 보여." 그녀가 눈을 들지도 않고 말했다.

"나 아플 때 어떤지 모르면서." 그가 말했다.

"아플 땐 아파 보이지 않나? 난 그냥 아파 보인다고 한 것뿐이야. 아파?"

세찬 바람에 해리의 넥타이가 펄럭이다 얼굴을 덮었다.

"조금 아픈 것도 같아." 해리가 말했다. "많이는 아니고. 넌 무슨 해파리처럼 머리카락이 사방으로 흩날려…… 내 얼굴에까지." 해리가 입안에 들어간 빨강머리 한 가닥을 끄집어냈다.

비르기타가 빙긋 웃었다. "그래도 고맙게 생각해. 상자해파리가 아닌 게 어디야." 그녀가 말했다.

"응?" 해리가 물었다.

"상자해파리. 오스트레일리아 바다에 지천이야. 걔들은 침이 보통 해파리보다 훨씬 세, 틀림없이……."

"상자해파리요?" 뒤에서 귀에 익은 목소리가 들렸다. 해리가 돌아보았다. 투움바였다.

"안녕하세요?" 해리가 인사를 건네며 비르기타의 머리카락이 그의 얼굴에 날아들어서 하는 말이라고 설명했다.

"글쎄요, 상자해파리였다면 얼굴에 붉은 줄무늬가 남고 볼기짝을 스무 대쯤 맞는 사람처럼 비명을 질렀을걸요." 투움바가 말했다. "몇 초 만에 의식을 잃고 쓰러지고 독이 퍼져서 호흡기가 마비되어 호흡곤란을 일으키죠. 당장 도움을 받지 못하면 극심한 고통에 시달리다 죽어요."

해리가 방어하듯이 손바닥을 들어 보였다. "고맙지만, 죽음이라면 오늘은 이만하면 됐어요."

투움바가 고개를 끄덕였다. 검은색 실크 스모킹 재킷에 나비넥

타이를 매고 있었다. 그는 해리의 눈길을 알아챘다.

"제 옷 중에서 그나마 양복처럼 생긴 건 이거밖에 없어서요. 게다가 저분한테 물려받은 옷입니다." 그는 묘지 쪽으로 고개를 끄덕였다. "최근이 아니라 오래전에. 앤드류가 옷이 작아졌다면서 줬어요. 하긴 말도 안 되는 소리죠. 그분은 인정하지 않았지만 오스트레일리아 선수권대회가 끝나고 열리는 연회에서 입으려고 산 옷이에요. 정작 본인은 한 번도 입어보질 못했지만 제가 입기를 바라신 것 같아요."

그들이 자갈길을 걸어 내려오는 사이 차들이 천천히 옆을 지나갔다.

"투움바, 개인적인 질문 하나 해도 될까요?" 해리가 물었다.

"그러세요."

"앤드류가 결국 어떻게 될 것 같아요?"

"무슨 뜻이에요?"

"앤드류의 영혼이 위로 올라갔을까요, 아래로 떨어졌을까요?"

투움바는 진지한 표정이 되었다. "전 단순한 사람이에요, 해리. 그런 건 잘 모르고 영혼이 뭔지도 몰라요. 그래도 앤드류 켄싱턴에 관해 좀 아는데, 만약 저 위에 뭔가가 있고 아름다운 영혼을 원한다면 앤드류도 그리로 올라갔을 겁니다." 투움바가 빙그레 웃었다. "하지만 저 아래 뭔가가 있다면 아마 앤드류는 그쪽을 더 좋아할 것 같군요. 따분한 곳이라면 질색했거든요."

그들은 나지막이 낄낄거렸다.

"그런데 개인적인 질문이라고 해서 말인데요, 해리. 개인적인 대답을 할게요. 앤드류의 부모님이나 저희 부모님 말씀이 일리가 있는 것 같아요. 그분들은 죽음을 냉철하게 보셨거든요. 여기도 사후 세계를 믿은 부족이 많은 건 사실이지만 어떤 부족은 환생을 믿어서 영혼이 한 인간에게서 다른 인간에게로 옮겨간다고 믿었고, 어떤 부족은 죽은 사람의 혼령이 다시 사람의 정신으로 되살아난다고 믿었어요. 어떤 부족은 죽은 자의 넋이 하늘의 별처럼 떠 있을 수 있다고 믿었고요. 그 밖에도 많아요. 그래도 공통점이 있어요. 인간은 머잖아 모든 무대에서 내려와 완전하고 궁극적인 최후의 죽음을 맞는다는 겁니다. 그걸로 끝이라고 믿었어요. 돌무더기가 됐다가 사라지는 거죠. 저는 어쩐지 이런 식의 생각이 좋아요. 영원을 생각하면 너무 피곤하잖아요?"

"들어보니 앤드류가 당신한테 스모킹 재킷만 물려준 건 아니네요. 제가 보기엔 그래요." 해리가 말했다.

투움바가 웃었다. "잘 알아들으시네요?"

"스승님의 목소리잖아요. 성직자가 되셨어야 할 분이에요."

그들은 먼지 덮인 작은 차 옆에 섰다. 투움바의 차가 분명했다.

"저기, 앤드류를 잘 아는 사람이 필요할 것 같아요." 해리가 어떤 직감에 이끌려 말했다. "앤드류가 어떤 식으로 생각하는지. 왜 그런 짓을 했는지."

해리는 자세를 꼿꼿이 했고, 그들의 눈길이 만났다.

"누가 앤드류를 살해한 것 같아요." 해리가 말했다.

"말도 안 돼!" 투움바가 버럭 소리를 질렀다. "그런 것 같은 게 아니라 뭔가 아시는군요! 앤드류를 아는 사람이라면 그가 스스로 파티장을 떠날 사람이 아닌 걸 알죠. 앤드류에게는 삶이야말로 가장 성대한 파티였어요. 앤드류만큼 삶을 사랑한 사람은 본 적이 없어요. 삶이 그에게 무슨 짓을 했든. 삶을 끝내려고 했다면 그전에 기회는 많았어요. 이유도 충분했고요."

"그러면 우린 같은 생각이군요." 해리가 말했다.

"보통 때는 이 번호로 연락하면 돼요." 투움바가 성냥갑에 숫자를 휘갈겨 썼다. "휴대전화예요."

투움바는 북쪽을 향해 낡은 흰색 홀덴을 타고 덜컹거리며 멀어졌다. 비르기타와 나란히 서서 바라보다가 해리는 동료 차를 얻어 타고 시내로 들어가자고 말했다. 하지만 다들 벌써 떠나고 없는 것 같았다. 그러다 아주 크고 낡은 뷰익 한 대가 그들 앞에 멈추더니 운전자가 창문을 내리고 벌건 얼굴을 내밀었다. 유독 코가 눈에 들어왔다. 감자의 한 종류처럼 덩이줄기 몇 가닥이 자라서 하나로 뭉친 형상이고, 가느다란 실핏줄이 얽히고설켜 얼굴보다 더 빨갰다.

"저기요, 시내로 가십니까?" 벌건 코가 이렇게 물으며 그들에게 타라고 했다.

"제 이름은 짐 코널리예요. 이쪽은 제 아내, 클라우디아." 그들이 널찍한 뒷좌석에 앉자 운전자가 말했다. 작고 까무잡잡한 얼굴이 환하게 웃으면서 앞좌석에서 돌아보았다. 그녀는 인도인처럼 보였고, 체구가 어찌나 작은지 앞좌석 머리 받침대 위로는 보이지도 않았다.

짐은 백미러로 해리와 비르기타를 살폈다.

"앤드류 친구분들이신가? 아니면 동료?"

고물 자동차가 자갈길을 조심조심 내려가는 동안 해리는 그들의 관계를 설명했다.

"그러니까 당신은 노르웨이에서 오셨고, 이쪽 분은 스웨덴에서 오셨군요. 멀리서도 오셨네. 하긴, 여기 사람들이 대부분 멀리서 오긴 했어요. 클라우디아만 해도 베네수엘라 출신이에요. 미스 유니

버스가 죄다 거기 출신이잖아요. 몇 명이나 배출했다고 했지, 클라우디아? 당신까지 합쳐서. 하하." 어찌나 크게 웃던지 두 눈이 잔주름에 파묻혔고, 클라우디아도 덩달아 웃었다.

"전 오스트레일리아 사람이에요." 짐이 말을 이었다. "우리 할아버지의 할아버지의 할아버지가 아일랜드에서 건너왔고요. 살인범에 도둑이었어요. 하하하. 어떤 때 보면 다들 자기네가 죄수의 후손이란 걸 인정하길 싫은 것 같아요. 거의 200년이나 지난 일인데도. 저야 늘 자랑스럽게 생각했죠. 그분들이랑 선원과 병사들이 이 나라를 세웠으니까. 좋은 나라이기도 하고요. 우린 여길 행운의 나라라고 불러요. 그래요, 그래. 세상은 변해요. 요즘은 죄수들에게서 뿌리를 찾는 게 '유행'이라더군요. 앤드류 일은 참 안됐죠?"

짐은 속사포처럼 떠들었다. 해리와 비르기타가 끼어들 틈도 없이 다시 짐이 말을 이었다. 말이 빨라질수록 속도는 느려졌다. 해리의 낡은 카세트에서 흘러나오던 데이비드 보위의 목소리 같았다. 오래전에 아버지에게 배터리를 넣는 카세트 플레이어를 받았는데 볼륨을 키울수록 테이프가 느리게 돌았다.

"앤드류하고 저는 예전에 짐 치버스 순회공연단에서 같이 복싱을 했어요. 있잖아요, 앤드류는 한 번도 코를 부러뜨린 적이 없어요. 단 한 번도. 아무도 권투선수로서 그 친구의 가치를 떨어뜨리지 못했어요. 애버리진 친구들은 코가 납작해서, 아무도 그럴 엄두를 못 낸 것 같아요. 그래도 앤드류는 몸도 튼튼하고 마음도 건강했어요. 심지도 굳고 코도 멀쩡했어요. 음, 태어나자마자 국가에 유괴당했지만 누구보다 정신이 건강했어요. 그런데 멜버른에서 오스트레일리아 선수권대회 중에 싸움에 휘말린 뒤로는 마음이 건강하지

않았어요. 그 얘긴 들었겠죠? 그때 아주 크게 졌어요." 이제는 속도
가 40킬로미터도 되지 않았다.

"캠벨이라는 챔피언과 그 친구의 여자친구. 그 여자가 앤드류를
쫓아다니면서 무릎까지 꿇고 매달렸어요. 그렇게 눈부시게 아름다
운 여자는 아마 살면서 거절 같은 건 당해본 적이 없을 거예요. 그
런 경험이 있었다면 상황이 아주 달랐겠죠. 하지만 그날 밤, 그 여
자가 앤드류의 호텔방에 노크하고 앤드류가 정중하게 가달라고 말
했을 때, 여자는 감당하지 못한 겁니다. 남자친구한테 쪼르르 달려
가서 앤드류가 자기 몸을 더듬었다고 일러바쳤어요. 그들이 앤드
류 방에 전화해서 주방으로 내려오라고 했어요. 그날 밤에 벌어진
싸움에 관해서는 지금도 소문이 돌 정도예요. 그날 이후 앤드류도
내리막길을 걸었어요. 그런데 그들도 앤드류의 코는 어쩌질 못했
어요. 하하하. 두 분은 사귀는 사이인가요?"

"꼭 그렇진 않아요." 해리는 짐짓 태연한 척 말했다.

"아닌 것 같은데." 짐이 백미러로 그들을 보면서 말했다. "아마
본인들은 아직 모르시나 본데, 날이 날인지라 조금 가라앉은 감이
있긴 해도 어떤 감정이라는 게 있어요. 제 말이 틀렸으면 틀렸다고
말해보세요. 당신네는 꼭 클라우디아와 내가 젊었을 때 사랑에 빠
진 모습, 처음 20년, 아니 30년 동안 우리 모습 같아요. 하하하. 우린
지금도 사랑에 빠져 있지만. 하하하.

저는 순회공연단에서 클라우디아를 만났어요. 아내가 거기서 곡
예를 했죠. 요즘도 봉투처럼 몸을 접을 수 있답니다. 이렇게 큰 뷰
익을 왜 끌고 다니나 싶어요. 하하하. 1년 넘게 매일 쫓아다니고서
야 겨우 입을 맞출 수 있었어요. 나중에 자기도 처음 본 순간부터
날 사랑했다고 털어놓더군요. 그 말에 어찌나 충격을 받았던지, 코

를 흠씬 두들겨 맞은 느낌이더라고요. 그렇게 길고 고통스러운 1년 내내 얌전한 고양이 행세를 했다니. 여자들은 가끔 진짜 무서울 때가 있다니까. 어떻게 생각합니까, 해리?"

"흠." 해리가 말했다. "무슨 말인지 알겠군요."

그는 비르기타를 보았다. 그녀는 살포시 웃었다.

20분이면 올 거리를 45분 동안 달리고서야 시청 앞에 도착했고, 해리와 비르기타는 태워다줘서 고맙다고 말하고 차에서 내렸다. 시내에도 바람이 거세졌고, 그들은 세찬 바람을 맞으며 서로 무슨 말을 해야 할지 모르는 표정으로 서 있었다.

"아주 이상한 부부야." 해리가 말했다.

"응." 비르기타가 말했다. "행복해 보여."

회오리바람이 공원에 있는 나무 하나를 흔들었고, 해리는 잽싸게 숨어드는 털북숭이 그림자 하나를 언뜻 본 것 같았다.

"우리 이제 뭐 하지?" 해리가 물었다.

"나랑 집에 가자."

"그래."

45

보복

비르기타는 해리의 입에 담배를 물리고 불을 붙였다.

"충분히 자격이 있어." 그녀가 말했다.

해리는 생각에 잠겼다. 기분이 아주 나쁘지는 않았다. 그는 이불을 위로 끌어당겼다.

"쑥스러워?" 비르기타가 웃었다.

"당신이 날 음탕한 눈으로 봐서 부담스러울 뿐이야. 믿고 싶지 않을지 몰라도 난 기계가 아니라고."

"정말?" 비르기타가 장난스럽게 아랫입술을 깨물었다. "내가 속을 줄 알고? 피스톤 운동이……."

"알았어, 알았다고. 꼭 그렇게 음탕하게 굴어야겠냐? 이렇게 행복한 마당에, 자기?"

그녀는 그를 꼭 끌어안고 머리를 그의 가슴에 얹었다.

"얘기 더 해주기로 했잖아." 그녀가 속삭였다.

"그랬지." 해리가 숨을 깊이 들이쉬었다. "어디 보자. 그래 이렇게 시작하지. 8학년일 때 어떤 여학생이 우리 학년으로 전학왔어. 이름은 크리스틴. 3주도 안 돼서 테르예라고 내 단짝이자 우리 학

362

교에서 치아가 제일 하얗고 밴드에서 기타를 치는 친구와 사귄다고 정식으로 밝혔어. 문제는 그 애가 내가 평생 기다려온 여자였다는 거야." 그가 말을 끊었다.

"그래서 어떻게 했어?"

"아무것도. 계속 기다렸어. 그사이 나는 크리스틴과 친구가 되었고, 그 애는 나하고는 세상의 모든 일에 관해 나눌 수 있다고 생각한 것 같아. 테르예랑 사이가 틀어질 때마다 나한테 털어놓으면서 친구라는 자식이 내심 쾌재를 부르면서 끼어들 틈을 엿보는 줄은 몰랐겠지."

그는 씩 웃었다.

"어휴, 나 정말 나쁜 놈이네."

"충격이다." 비르기타가 다정한 손길로 그의 머리를 쓰다듬으며 속삭였다.

"친구 녀석 하나가 할머니 댁의 빈 시골집으로 우리를 초대했는데, 그 주에 테르예의 밴드는 공연이 있었어. 집에서 담근 와인을 마시면서 크리스틴이랑 나는 소파에 앉아 밤늦도록 이야기를 나눴어. 얼마 있다가 우리는 집 안을 탐험하기로 하고 다락방에 올라갔지. 잠긴 문이 하나 나왔는데 크리스틴이 고리에 걸려 있던 열쇠를 찾아서 문을 열었어. 우리는 아주 작은 기둥 네 개가 달린 침대에 나란히 누웠어. 움푹 들어간 자리마다 검은색의 뭔가가 줄줄이 늘어서 있는 거야. 그게 죽은 파리인 걸 알고 벌떡 일어났지. 수천 마리는 됐을걸. 그때 내 얼굴에 아주 가까이 붙어 있던 크리스틴의 얼굴을 보았어. 하얀 베개 위, 죽은 파리들에 둘러싸인 얼굴이 창밖의 아주 크고 둥근 달의 푸르스름한 달빛을 받아 아주 투명해 보였어."

"쳇!" 비르기타는 해리 위에서 몸을 돌렸다. 그의 눈길은 비르기타에게서 떠나지 않았다.

"우리는 시시콜콜 다 이야기하면서도 정작 아무것도 말하지 않았지. 그냥 가만히 누워 아무것도 아닌 것에 귀를 기울였어. 한밤중에 차 한 대가 지나가고 헤드라이트 불빛이 천장을 훑으면서 별별 기괴한 그림자들이 살금살금 방 안을 돌아다녔어. 크리스틴은 이틀 후 테르예랑 헤어졌어."

그는 옆으로 돌아누워 비르기타를 등졌다. 그녀는 그에게 바짝 달라붙었다.

"그래서 어떻게 됐는데, 발렌티노?"

"크리스틴과 난 몰래 만났어. 남들이 다 알게 될 때까지."

"테르예는 어떻게 나왔어?"

"흠. 사람들은 가끔 정석대로 반응해. 테르예는 친구들에게 선택하라고 했어. 자기인지 나인지. 압도적인 승리였던 것 같아. 학교에서 제일 하얀 이를 가진 소년이 유리했지."

"죽을 맛이었겠는데. 당신, 외로웠어?"

"누가 더 괴로웠는지 모르겠어. 누굴 더 불쌍히 여겨야 할지. 테르예인지 난지."

"그래도 당신이랑 크리스틴한테는 서로가 있었잖아."

"맞아, 그런데 어떤 마법 같은 게 사라졌어. 이상형이던 소녀는 사라지고 없었어."

"무슨 뜻이야?"

"내 옆에는 남자친구의 제일 친한 친구하고 눈이 맞아 남자친구를 버린 여자애가 있었어."

"그리고 소녀에게 당신은 뻔뻔하게도 친한 친구를 이용해 자기한테 접근한 소년이었겠지."

"맞아. 그리고 내내 그 생각을 떨쳐내지 못했어. 겉으로는 드러나지 않았지만 내심 서로를 경멸하면서 속은 부글부글 끓었을 거야. 마치 추악한 살인에 책임을 나눠 진 공범처럼."

"그래서 당신은 아쉬운 대로 완벽하지 않은 관계를 지켜야 했겠네. 현실에 발을 들여놓으셨군!"

"내 말 오해하진 말아줘. 우리가 함께 저지른 죄가 우리를 더 가까이 묶어준 것 같아. 한동안은 진심으로 사랑했던 것 같아. 어떤 때는…… 완벽했어. 마치 물방울처럼. 아름다운 그림처럼."

비르기타가 웃었다. "당신이 말할 때가 좋아, 해리. 그런 이야기를 할 때는 눈이 빛나는 것 같아. 꼭 그곳으로 돌아간 것 같거든. 돌아가고 싶어?"

"크리스틴한테?" 해리가 물었다. "우리가 함께였던 시절로 돌아가고 싶은 것 같기는 해, 그렇지만 크리스틴에게로? 사람은 변해. 우리가 그리워하는 그 사람은 이제 존재하지 않아. 젠장, 다들 변하잖아. 어떤 일을 경험하고 나면 이미 늦어, 처음 그 일을 겪은 그때의 감정을 되찾을 수는 없어. 슬프지만 현실이 그래."

"처음, 사랑에 빠질 때 말이야?" 비르기타가 조용히 속삭였다.

"사랑에 빠질 때처럼…… 처음으로." 해리가 그녀의 볼을 어루만졌다. 그러고는 한 번 더 숨을 깊이 들이마셨다.

"물어볼 게 있어, 비르기타. 부탁이 있어."

귀가 먹먹할 정도로 음악이 쿵쾅대서 해리는 상대의 말을 들으려고 몸을 내밀어야 했다. 테디는 떠오르는 샛별 멜리사에 관해 떠들었다. 열아홉 살의 멜리사가 요즘 그곳에서 가장 뜨거운 호응을 얻고 있다는데, 결코 과장이 아니라는 걸 해리도 알 것 같았다.

"소문이에요. 소문이 관건이라니까요." 테디가 말했다. "광고나 홍보는 마음대로 해볼 수 있지만 결국에 팔리는 건 하나밖에 없어요. 가십란."

소문이 제 몫을 톡톡히 했는지, 간만에 클럽에 손님들이 꽉꽉 들어찼다. 멜리사의 카우보이와 올가미 공연이 끝나자 남자들은 의자 위로 올라서고 몇 안 되는 여자들도 점잖게 박수를 쳤다. 테디가 말했다. "봤죠. 저 친구가 아주 새로운 공연을 선보여서 저런 반응이 나오는 게 아니에요. 원래 있던 스트립쇼인 걸 모르는 사람은 아무도 없어요. 똑같은 공연을 하는 아가씨들이 열 명도 더 되지만 흥미로운 공연을 하는 친구는 없어요. 저 친구 공연은 뭔가 달라서 저런 반응이 나오는 거예요. 순수와 감성이 있거든요."

그러나 테디는 오랜 경험으로, 아쉽지만 이런 인기는 지나가는 바람과 같다는 걸 알고 있었다. 어떻게 보면 대중이란 늘 새로운 걸 찾아다니기 때문이기도 하고, 또 한편으로 이쪽 업계는 제 새끼를 잡아먹는 추악한 성향이 있어서였다.

"좋은 스트립쇼에는 열정이 있어야 해요." 테디는 디스코 리듬 너머로 소리쳤다. "여기 애들 중에서 열정을 간직하는 애들은 많지 않아요. 아무리 열심히 해도. 하루에 공연을 네 번이나 하거든요. 흥미도 잃고 관객도 눈에 보이지 않아요. 그런 애들을 무수히 봐왔어요. 아무리 유명해도, 노련한 눈으로 보면 언제 별이 꺼질지 알 수 있어요."

"어떻게요?"

"글쎄요, 쟤들은 춤추는 애들이잖아요. 음악을 듣고 음악에 빠져들어야 해요. '초조'해하면서 박자를 조금씩 앞질러가면 열정이 넘

366

처흘러 그런 줄 알지만 실은 그게 아니에요. 오히려 정반대죠. 진력이 났고 빨리 끝내고 싶다는 신호예요. 게다가 무의식중에 동작을 빠트리면서 완벽을 기하지 않고 좀 더 외설적인 쪽으로 흘러가죠. 사람들이 같은 농담을 너무 많이 할 때랑 비슷해요. 결정적인 대목에서 웃게 만드는, 사소하지만 아주 중요한 부분을 빼먹기 시작하거든. 이런 건 어떻게 손쓸 방법이 없어요. 보디랭귀지는 거짓말을 하지 않기 때문에 관객한테 그대로 전달되죠. 여기 애들도 이런 문제를 잘 알기에 공연에 양념을 치고 분위기를 띄우려고 몇 잔 걸치고 무대에 올라가요. 가끔은 몇 잔이 너무 과해질 때도 있고. 그리고……." 테디는 손가락으로 한쪽 콧구멍을 누르고 코를 벌름거렸다.

해리는 고개를 끄덕였다. 낯설지 않은 이야기였다.

"그리고 가루를 알게 되죠. 술과는 달리 기분이 붕 뜨고 다이어트에도 도움이 된다고들 하니까. 한번 시작하면 밤마다 최고의 공연을 보여주기 위해 더 많이 흡입하게 되고 황홀경에 빠지죠. 그러고 나면 그거 없이는 아예 공연을 못 해요. 곧 효과가 표면으로 드러나서 집중력을 잃고 술에 취해 환호하는 사람들한테 혐오감을 느끼기 시작해요. 그러다 어느 날 밤에는 무대를 뛰쳐나가죠. 울고불고 화내면서 뛰쳐나가요. 매니저랑 싸우고 일주일 휴가를 갔다가 다시 돌아옵니다. 하지만 더는 분위기를 '느끼지' 못하게 되고 시간을 딱딱 맞추게 도와주는 내면의 감각도 되찾기 힘들어요. 관객들은 몸으로 반대의사를 표하다가 결국 다른 클럽으로 옮깁니다."

맞다, 테디가 맥을 잘 짚었다. 하지만 모두 앞으로 언젠가 벌어질 일이었다. 지금은 젖소에게서 젖을 짤 때였다. 이 순간만큼은 커다란 눈망울과 터질 듯 빵빵한 젖통을 달고 무대에 오르는 아주 행복한 젖소였다.

"우리의 신예 재주꾼들을 보려고 어떤 분들이 찾아오는지 알면 믿지 못할 겁니다." 테디가 옷깃을 털면서 낄낄댔다. "개중에는 당신과 같은 일을 하는 사람도 있어요. 말해도 될지 모르겠지만. 더구나 지위가 그리 낮지 않은 사람들이에요."

"스트립쇼 좀 본다고 큰일 나는 건 아니니까."

"글쎄올시다." 테디가 말했다. "거야 모를 일이지. 하긴 나중에 잘 덮으면야 어디 조금 긁혔다고 큰일 나진 않겠지만."

"그게 무슨 소리예요?"

"별거 아니에요. 이런 얘긴 그만합시다. 헌데 무슨 일로 예까지 행차하셨나요, 형사 나리?"

"두 가지 일로 왔어요. 센티니얼파크에서 발견된 여자는 겉보기만큼 순진한 사람은 아니더군요. 혈액 샘플에 암페타민이 다량 검출돼서 더 캐보니까 여기로 연결되더군요. 아닌 게 아니라 실종 당일 밤에 여기 무대에 올랐던 걸로 드러났습니다."

"바브라, 맞아요. 끔찍한 일 아닙니까." 테디는 짐짓 애도하는 표정을 지으려 했다. "훌륭한 스트리퍼는 아니었어도 좋은 아가씨였어요. 뭐 찾아낸 거라도 있습니까?"

"우릴 도와주면 좋겠어요, 몬가비 씨."

테디는 매끈하게 빗어넘긴 머리를 초조하게 쓸어넘겼다.

"미안합니다, 형사 양반. 제가 데리고 있던 애가 아니라서. 새미를 만나봐요. 좀 있다 올 거예요."

새틴에 가린 큼직한 젖가슴이 그들 사이로 잠깐 들어와 시야를 가렸다가 사라지고 해리의 앞에 화려한 색깔의 칵테일이 놓였다.

"두 가지라고 하지 않았나요, 형사님. 두 번째는 뭡니까?"

"아, 그래요. 순전히 개인적인 일이에요, 몬가비 씨. 저쪽에 있는 내 친구를 전에도 본 적이 있나요?" 해리는 카운터 쪽을 가리켰다. 스모킹 재킷 차림의 키 큰 검은 형체가 그들을 향해 손을 흔들었다. 테디는 고개를 저었다.

"정말 확실해요, 몬가비 씨? 꽤 유명한 사람인데. 머지않아 오스트레일리아 복싱 챔피언이 될 사람이에요."

그리고 잠시 말을 멈췄다. 테디 몬가비의 눈에 얼핏 찔리는 기색이 스쳤다.

"대체 용건이 뭔지……?"

"헤비급요, 말 안 해도 알겠지만." 해리는 과일주스에 담긴 우산과 레몬조각 사이에서 빨대를 찾아 빨았다.

테디는 억지웃음을 지었다. "이봐요, 형사님, 제가 뭐 잘못 알고 있나요? 그냥 편하게 얘기나 나누자는 줄 알았는데요?"

"아까는 그랬지요. 헌데 어디 살면서 다 편하기만 하답니까. 편한 시간은 끝났어요."

"저기요, 홀리 형사님, 나도 요즘 일어나는 일에 관해서는 형사님만큼 마음이 좋지 않아요. 안타깝게 생각합니다. 하긴 일말의 죄책감을 느끼기는 해야겠죠. 오늘 밤 여기 들어와서 앉아 계신 걸 보고, 우리가 같은 생각인 줄 알았어요. 다 지난 일이라고 생각하시는 줄로. 여러 가지로 저랑 같은 생각이라고. 형사님하고 나, 우리 서로 말이 통하잖습니까."

두 번째로 침묵이 찾아왔을 때 디스코 음악이 뚝 끊겼다. 테디가 머뭇거렸다. 요란한 쿠르륵 소리와 함께 남은 과일주스가 빨대를 타고 사라져버렸다.

테디가 침을 꿀꺽 삼켰다. "멜리사는 그날 밤 특별한 계획이 없었던 걸로 알아요." 그는 해리를 향해 애원하는 표정을 지었다.

"고맙소, 몬가비. 얘기 잘 들었어요. 그런데 지금은 시간이 없군요. 이거 먼저 마무리하면 난 갑니다."

그는 재킷에서 검은색 경찰봉을 꺼냈다.

"젠장, 무지 바빠서 당신을 제대로 죽일 시간이나 있는지 몰라." 해리가 말했다.

"이게 뭔데요……?"

해리가 일어섰다. "제프하고 이반이 오늘은 비번이 아니면 좋겠군요. 저기 내 친구가 녀석들 만나기를 학수고대하던데."

테디가 간신히 몸을 일으켰다.

"눈 감아." 해리가 몽둥이를 날렸다.

46

미끼

"에?"

"여보세요, 에반스예요?"

"아마도. 누구쇼?"

"안녕하세요, 비르기타라고 해요. 잉게르 친구. 앨버리에서 몇 번 마주쳤어요. 긴 금발에 약간 빨강머리요. 기억나요?"

"물론 기억하지. 잘 지내요? 내 번호는 어떻게 알았지?"

"난 잘 지내요. 조금 힘들지만. 아시잖아요. 잉게르 일로 조금 우울하긴 하지만 그 일로 귀찮게 하려는 건 아니고. 번호는 잉게르한테 받았어요. 걔가 님빈에 가 있을 때 연락할 일이 있을까 봐서요."

"그렇군."

"네, 실은 나한테 필요한 게 그쪽한테 있다고 해서요, 에반스."

"에에?"

"물건이요."

"그렇군. 실망시키긴 싫지만 그쪽이 찾는 게 나한테 없는 것 같군. 이봐요, 비르기타……."

"모르시겠어요? 꼭 만나야 해요!"

"진정해요. 그쪽한테 필요한 걸 대줄 사람은 부지기수예요. 이건 보안이 보장된 전화도 아니니까 제발 부탁인데 하면 안 되는 말은 입에 올리지 말아줘요. 미안하지만 도와주기 힘들어요."

"내가 원하는 건 '모'로 시작해요, '헤'가 아니라. 그리고 그걸 가진 사람은 당신밖에 없어요."

"웃기는 소리."

"그래요, 몇 명 더 있을지는 몰라도 아무도 못 믿겠어요. 여러 명분을 살게요. 많이 사고 값도 후하게 쳐줄게요."

"지금 좀 바빠요, 비르기타. 다시는 이리로 전화하지 마요."

"잠깐만! 저…… 아는 게 좀 있어요. 당신이 좋아할 만한 걸 알아요."

"예를 들면?"

"당신이…… 진짜로 좋아하는 거. 스릴을 느낄 만한 거."

"……."

"……."

"미안, 방금 누구 좀 내보내야 해서. 정말 골치 아프군. 그래, 내가 뭘 좋아한다는 거지, 비르기타?"

"전화로는 말 못하지만…… 나 금발이에요. 그리고 나도…… 그거 좋아해요."

"맙소사. 여자들이란! 시도 때도 없이 날 놀라게 하는군. 잉게르는 그런 걸 떠벌리지 않을 줄 알았는데."

"언제 만날 수 있어요, 에반스? 급해요."

"모레 시드니로 갈 예정인데 조금 빠른 비행기를 알아봐야 하나 싶네……?"

"그래요!"

"흠."

"우리 언제……."

"쉿, 비르기타, 생각하는 중이잖아요."

"……."

"좋아, 잘 들어요. 내일 저녁 여덟 시에 달링허스트로드로 걸어와 요. 왼쪽으로 헝그리잭스 앞에서 멈춰요. 그리고 선팅한 검정 홀덴 을 찾아요. 8시 반까지도 차가 보이지 않으면 그냥 가도 됩니다. 그 리고 머리를 볼 수 있게 해줘요."

데이터

"마지막에? 음, 크리스틴이 어느 날 밤에 불쑥 전화를 했어. 술을 좀 마신 것 같았어. 무슨 일로 날 다그쳤는데 무슨 일이었는지는 기억이 안 나. 내가 자기 인생을 망쳤다는 얘기였을 거야. 크리스틴은 공들여 세운 계획을 옆에 있는 사람들이 망친다고 생각하곤 했거든."

"어릴 때 혼자 인형 놀이만 하면서 자란 여자애들은 원래 그래."

"아마도. 하지만 아까 말했듯이 기억이 안 나. 나도 맨정신인 날이 거의 없었거든."

해리는 팔꿈치를 짚고 일어나 앉아 바다를 유심히 살폈다. 파도가 일어나 끝에 하얀 포말이 생기더니 잠깐 공중에 머물러 깨진 유리처럼 햇살에 반짝이다가 본다이비치 저편의 절벽을 때렸다.

"그래도 한 번 더 만났어. 사고 나고 병원에 있을 때 찾아왔더라고. 처음에는 눈을 떴을 때 꿈꾸는 줄 알았어. 침대 옆에 앉은 크리스틴이 창백하게, 거의 투명하게 보였거든. 우리가 처음 만났을 때처럼 아름다웠어."

비르기타는 그의 옆구리를 꼬집었다.

"너무 무거운 얘길 늘어놨나?"

"전혀. 계속해." 그녀는 배를 깔고 엎드리며 피식 웃었다.

"왜 웃어? 내가 옛사랑 얘기하면 조금 질투해야 하는 거 아냐? 그런데 어째 지나간 사랑 얘기를 하면 할수록 좋아하는 것 같아."

비르기타가 선글라스 너머로 빼꼼 쳐다보았다.

"터프가이 경찰에게도 감정이 있었다던 얘기를 듣는 게 좋아. 좀 지난 얘기라도."

"좀 지난 얘기라고? 그럼 우린 뭔데?"

그녀가 웃었다. "이건 성숙하고 신중하게 생각할 줄 아는 휴가지의 로맨스지. 너무 깊이 빠지지는 않고 섹스를 많이 해서 노력한 대가를 받아내는."

해리는 고개를 저었다. "그렇지 않아, 비르기타. 알면서."

"응, 알아. 그래도 괜찮아, 해리. 지금은 상관없어. 얘기나 계속해. 너무 사적으로 흘러간다 싶으면 말할게. 뭐 나도 옛날 남자친구 얘기로 갚아주면 되니까." 그녀가 뜨거운 모래밭에서 만족스러운 표정으로 꼼지락거렸다.

"옛날 남자친구들 말이야."

해리는 그녀의 하얀 등에서 모래를 털어주었다.

"너무 많이 태우는 거 아니야? 여기 햇빛이 당신 피부하고는……."

"선탠로션 발라준 사람이 누구였더라, 홀레 씨!"

"난 그냥 차단지수가 충분한가 싶어서. 알았어, 됐어. 그냥 당신이 너무 많이 탈까 봐."

해리는 햇빛에 민감한 그녀의 피부를 가만히 바라보았다. 그의 부탁에 그녀는 두말없이 승낙했다. 조금도 망설이지 않았다.

"걱정하지 마세요, 아빠. 얘기나 계속 해."

선풍기가 돌아가지 않았다.

"제길, 새로 산 거 아냐!" 왓킨스가 선풍기 목을 치면서 스위치를 껐다 켰다 했다. 아무 소용이 없었다. 전기도 들어오지 않는 조용한 알루미늄 덩어리에 지나지 않았다.

맥코맥이 으르렁거리듯 말했다.

"냅둬, 왓킨스. 로라한테 새 걸로 갖다놓으라고 해. 오늘이 디데이니까, 중요한 일에 집중해야 하지 않나, 왓킨스?"

왓킨스는 짜증을 내면서 선풍기를 치웠다.

"준비 다 됐습니다, 국장님. 그 지역에 차량 세 대를 대기시켰습니다. 비르기타 엔퀴스트 양에게 무전기를 달아서 언제 어디 있는지 파악할 수 있고, 마이크도 같이 설치해 상황을 듣고 판단할 수 있습니다. 엔퀴스트 양이 놈을 아파트로 데려가기로 했고, 아파트에는 해리와 레비, 제가 침실 옷장과 발코니, 복도에서 잠복할 계획입니다. 차 안에서 무슨 일이 생기거나 차가 다른 곳으로 이동하면 저희 차량 세 대가 쫓아갈 겁니다."

"전술은?"

용수가 안경을 바로잡았다. "엔퀴스트 양이 할 일은 놈이 살인에 관해 털어놓도록 유도하는 겁니다, 국장님. 잉게르 홀테르가 놈의 성적 습관에 관해 해준 말을 경찰에 알리겠다고 압박을 가할 겁니다. 엔퀴스트 양이 빠져나갈 구멍이 없다는 확신이 생기면 놈도 가면을 벗겠죠."

"얼마나 기다렸다 들어가지?"

"증언을 충분히 확보할 때까지 기다릴 겁니다. 최악의 시나리오

376

는 놈이 엔퀴스트 양을 건드리는 순간에 들어가는 겁니다."

"위험은?"

"물론 위험하지 않다고 보기는 어렵습니다만 사람을 목 졸라 죽이는 일은 금방 끝나지 않습니다. 저희가 언제든 몇 초 안에 들이닥칠 겁니다."

"놈이 무기를 가지고 있다면?"

용수가 어깨를 으쓱했다. "저희가 파악한 결과, 그건 그놈답지 않은 행동입니다, 국장님."

맥코맥은 자리에서 일어나 작은 회의실 안을 서성이기 시작했다. 해리는 어릴 때 동물원에서 본 늙고 살찐 표범을 떠올렸다. 우리가 너무 좁아서 몸의 앞부분이 먼저 돌고 뒷부분이 따라 돌았다. 왔다 갔다. 왔다 갔다.

"놈이 섹스부터 해야 말을 하든 뭘 하든 하겠다고 나오면?"

"엔퀴스트 양이 거부할 겁니다. 마음이 바뀌었다면서 모르핀을 구하려고 거짓말을 했다고 할 겁니다."

"그럼 그 후엔 놈이 제 갈 길 가게 놔두나?"

"놈을 확실히 잡을 수 있을 때까지는 소란을 피우지 않을 겁니다, 국장님."

맥코맥이 아랫입술로 윗입술을 빨았다. "엔퀴스트 양은 왜 이런 일을 하겠다는 거지?"

침묵.

"강간범과 살인범이 싫어서랍니다." 해리가 한참 있다 말했다.

"그야 그렇다 치고"

더 긴 침묵이 흘렀다.

"제가 부탁했어요." 해리가 한참 후 말했다.

"용, 방해 좀 해도 될까요?"

용수가 웃으면서 컴퓨터에서 고개를 들었다. "그럼요, 마잇."

해리가 의자에 털썩 앉았다. 용수는 분주히 키보드를 두드리면서 한쪽 눈으로 화면을 보고 다른 눈으로 해리를 보았다.

"우리끼리 비밀로 하면 좋겠는데요. 확신이 들지 않아요."

용수는 타이프를 치던 손길을 멈췄다.

"에반스 화이트에게 쓸데없이 힘 빼는 건지도 몰라요."

용수는 얼떨떨한 표정이었다. "왜요?"

"설명하기 어렵긴 한데, 한두 가지 자꾸 걸리는 게 있어요. 앤드류가 병원에서 나한테 하려던 말이 있거든요. 그전에도 그렇고."

해리는 말을 끊었다. 용수는 계속 말하라는 몸짓을 했다.

"앤드류는 내가 생각보다 해답에 가까이 다가가 있다고 말해주려고 했어요. 내 생각에 범인은 무슨 이유인지는 몰라도 앤드류가 직접 잡아들이지 못하는 사람이에요. 그래서 외부인이 필요했던 거고. 나 같은 사람, 잠깐 왔다가 다음 비행기로 떠날 노르웨이 사람. 아마 그래서 내가 오토 레흐트나겔을 살인범으로 생각했던 것 같아요. 앤드류와 친한 사이라서 다른 사람이 대신 막아주길 바란다고 판단한 겁니다. 그런데 거슬리는 뭔가가 내 마음속 깊은 곳에 도사려요. 이젠 앤드류가 잡으려 한 사람이 오토가 아닌 걸로 밝혀졌으니, 다른 누구이겠죠."

용수는 헛기침을 했다. "저도 여태 얘기한 적은 없는데요, 해리, 솔직히 앤드류가 목격자를 내놓았을 때 조금 놀랐어요. 잉게르가 살해당하던 날에 님빈에서 에반스 화이트를 봤다던 목격자 말이에요. 지금 와서 생각해보면 앤드류에게는 어쩌면 에반스 화이트에게서 관심을 떼어놓을 다른 동기가 있었는지도 몰라요. 그자가 앤드류의 급소를 쥐고 있었다든가. 에반스 화이트는 앤드류가 헤로인중독이란 걸 알았으니까 경찰에서 쫓겨나게 만들고 감옥에 집어넣을 수도 있었어요. 이렇게는 생각하고 싶지 않지만 혹시 앤드류하고 에반스가 모종의 거래를 했을 가능성은 없을까요? 앤드류가 혹시 화이트에게 빠져나갈 구멍을 만들어준 건 아닐까요?"

"그러면 더 복잡해지지만요……. 흠, 그래요, 그런 가능성도 생각해봤어요. 그리고 그건 접었어요. 사진에서 에반스 화이트를 알아보고 그자를 찾게 해준 사람이 앤드류였으니까."

"흠." 용수는 연필로 뒤통수를 긁었다. "앤드류가 아니었어도 알아냈을 거예요. 시간이 더 걸리긴 했겠지만. 살인 사건에서 피살자의 배우자가 범인일 가능성이 얼마나 되는지 알아요? 58퍼센트. 당신이 편지를 해석한 후 우리가 잉게르 홀테르의 연인을 찾는 데 엄청난 자원을 투입하리라는 걸 앤드류는 알고 있었죠. 그러니까 앤드류가 정말로 화이트를 보호하면서 동시에 숨겨주고 싶었다면 도와줬을 수도 있어요. 겉보기엔 그렇단 말입니다. 가령 앤드류가 담벼락 몇 개를 보자마자 예전에, 한 100년 전에 약에 취해 살았던 곳을 알아본 게 놀랍지 않나요?"

"용, 당신 말이 맞을지도 모르겠군요. 하긴 다들 할 일이 뭔지 잘 아는 마당에 의심의 씨앗을 이렇게 많이 뿌리는 게 무슨 의미가 있겠어요. 만에 하나 어쩌면 정말로 에반스 화이트가 범인일지도 모르니까. 하지만 정말로 이번 작전에 확신이 들었다면 비르기타한테 도와달라고 부탁하지 않았을 겁니다."

"그럼 누가 범인이라는 건가요?"

"이번엔 또 누구라고 생각하느냐는 거죠?"

용수가 웃었다. "대충 비슷해요."

해리가 턱을 문질렀다. "난 이미 비상벨을 두 번이나 눌렀어요. 소년이 세 번째로 '늑대다!'라고 외쳤을 때는 아무도 와주지 않았잖아요. 이번엔 100퍼센트 확신이 들어야 해요."

"왜 저한테 이런 얘길 하는 거죠, 해리? 반장님이나 국장님께 하지 않고요?"

"당신이 해줄 일이 몇 가지 있어요. 몰래 조사해서 필요한 자료 몇 개만 찾아줘요. 이 건물에서 아무도 눈치채지 못하게 해야 돼요."

"아무도 모르게?"

"위험한 말인 건 잘 알아요. 그리고 당신은 누구보다 잃을 게 많다는 것도 알지만 당신밖에 도와줄 사람이 없어요, 용. 어떻게 할래요?"

용수는 해리 얼굴을 뚫어질 듯 한참이나 쳐다보았다.

"범인을 잡는 데 도움이 될까요, 해리?"

"그러길 바랍니다."

계획

"브라보, 나와라."

무전기가 지글거렸다.

"무전기는 잘 터져요." 레비가 말했다. "그쪽은 어때요?"

"잘되네요." 해리가 답했다.

해리는 깔끔하게 정돈된 침대에 앉아 침대 옆 테이블에 놓인 비르기타의 사진을 가만히 들여다보았다. 견진성사 사진이었다. 어리고 진지하고 조금 낯설었다. 곱슬머리에 주근깨가 없었는데 노출과다로 찍은 사진이라 그런 것 같았다. 표정은 좋지 않았다. 그 사진을 거기 두는 이유는 운수가 나쁜 날에 힘을 내기 위해서라고, 모든 어려움을 이겨내고 발전해온 증거로 삼기 위해서라고, 비르기타가 말해준 적이 있다.

"일정이 어떻게 되나?" 레비가 무전기로 불렀다.

"비르기타가 15분 안에 일을 마친다. 지금 앨버리에서 마이크랑 무전기를 붙이고 있다."

"차로 달링허스트로드까지 데려다줄 건가?"

"아니다. 우린 화이트가 어디 있는지는 모른다. 비르기타가 차에서 내리는 걸 보면 의심할지 모른다. 앨버리에서 걸어간다."

왓킨스가 복도에서 들어왔다.

"잘되고 있는 것 같아. 내가 출입구 뒤쪽 모퉁이 뒤에 서 있다가 두 사람에게 들키지 않고 뒤쫓을 수 있어. 가는 내내 엔퀴스트 양에게서 눈을 떼지 않으면 돼, 홀리. 듣고 있나, 홀리?"

"안에 있습니다, 그렇다면 다행이군요, 반장님."

"무전은, 레비?"

"연결됐어요, 오버. 모두 각자 위치에 있어요. 그냥 기다리면 됩니다."

해리는 고민하고 또 고민했다. 모든 측면에서 신중히 검토했다. 혼자 논쟁도 해보고 모든 각도로 고민한 끝에, 그녀가 형편없이 진부하다고 여기든 유치한 표현이라고 생각하든 손쉽게 도망치기 위한 수법으로 여기든 상관하지 않기로 했다. 그는 아까 사온 들장미의 포장을 벗겨서 침대 옆 테이블 위 물컵에 꽂았다.

그는 망설였다. 괜히 이것 때문에 비르기타가 산만해지면 어쩌지? 에반스 화이트가 침대 옆 장미를 보고 꼬치꼬치 캐물으면 어쩌지? 그는 가시에 검지를 댔다. 아니야. 비르기타는 내가 용기를 주는 거라고 받아들이고 고마워할 거야. 장미를 보면 더 강인해질 거야.

해리는 손목시계를 확인했다. 8시였다.

"자자, 어서 해치웁시다!" 그가 거실을 향해 소리쳤다.

49 공원 산책

뭔가 잘못됐다. 그들이 무슨 말을 하는지 알아듣기 힘들었지만 거실에서 무전기가 치직거리는 소리는 들렸다. 그리고 그 소리가 너무 많이 들렸다. 모두가 할 일을 명확히 숙지하고 상황이 계획대로 돌아간다면 무전기로 할 얘기가 많지 않았다.

"젠장, 젠장, 젠장." 왓킨스가 벌컥 화를 냈다. 레비가 헤드폰을 벗고 해리를 돌아봤다.

"여자가 나타나지 않았어요." 레비가 말했다.

"뭐라고요?"

"8시 15분 정각에 앨버리에서 나갔어요. 거기서 킹스크로스까지는 걸어서 10분밖에 안 걸려요. 그런데 벌써 25분이나 지났어요."

"비르기타를 계속 지켜본다고 했잖아요!"

"만나기로 한 장소부터 그런다고 했죠. 아니 누가⋯⋯."

"마이크가 있잖아요? 앨버리에서 나올 때 마이크를 달고 있었을 거 아닙니까?"

"연결이 끊겼어요. 처음에는 잘 들리더니 나중에는 아무 소리도 나지 않는답니다. 찍 소리 하나 없대요."

"지도 있어요? 어느 길로 갔습니까?" 해리가 재빨리 물었다.

레비가 가방에서 지도책을 꺼내 해리에게 건넸고, 해리는 패딩턴과 킹스크로스가 나오는 면을 펼쳤다.

"어느 길로 갔을 것 같나?" 레비가 무전기에 대고 물었다.

"가장 단순한 길. 빅토리아 가."

"여깁니다." 해리가 말했다. "옥스퍼드 가에서 모퉁이를 돌아 빅토리아 가로 내려가다 세인트 빈센트 병원을 지나고 왼쪽으로 그린파크를 가로질러 교차로에 이르러서 달링허스트로드가 시작하는 지점까지 갔다가 그 길 따라 다시 200미터 정도 더 가면 헝그리잭스가 나와요. 이보다 빠른 길은 없어요!"

왓킨스가 무전기 마이크를 잡았다. "스미스, 빅토리아 가로 차량 두 대 보내서 여자를 찾아라. 앨버리 사람들한테도 도움을 요청한다. 한 대는 여자가 나타날 경우에 대비해 헝그리잭스 앞을 지킨다. 신속히 움직여라. 소란 피우지 말고. 무슨 일 있으면 재깍 보고하도록." 그는 마이크를 내팽개치듯 내려놓았다. "젠장, 젠장, 젠장! 뭐가 어떻게 된 거야? 차에 치이기라도 했나? 강도를 당했나? 아님 강간? 빌어먹을, 제기랄!"

레비와 해리는 흘끗 눈길을 주고받았다.

"혹시 에반스 화이트가 빅토리아 가를 달리다가 여자를 발견하고 차에 태웠을 수도 있지 않을까요?" 레비가 의견을 냈다. "둘이 앨버리에서 마주친 적이 있다니까 여자를 알아봤을지도 모르잖아요."

"무전기요." 해리가 말했다. "분명히 아직 작동할 겁니다!"

"브라보, 브라보! 여긴 왓킨스다. 여자 무전기에서 신호가 잡히는가? ……그래? ……앨버리 방향이라고? 그럼 멀리 있지 않단 말이지. 어서, 빨리, 서둘러! 좋았어! 오버!"

세 사람은 말없이 앉아 있었다. 레비가 해리를 흘끔 보았다.

"화이트의 차를 봤는지 물어봐요." 해리가 말했다.

"브라보, 나와라. 여긴 레비다. 검은색 홀덴은 어떤가? 그 차를 본 사람은 없는가?"

"없다."

왓킨스가 벌떡 일어나 슬슬 걸으면서 나직이 욕을 내뱉었다. 해리는 거실로 나온 뒤로 줄곧 쭈그리고 앉아 있어서 이젠 허벅지 근육이 부들부들 떨렸다.

무전기가 지글거렸다.

"찰리, 브라보다. 나와라."

레비가 스피커 버튼을 눌렀다. "여긴 찰리, 브라보. 말하라."

"여기는 스톨츠다. 그린파크에서 무전기와 마이크가 든 가방을 발견했다. 여자가 흔적도 없이 사라졌다."

"가방이라뇨?" 해리가 말했다. "테이프로 몸에 붙인다고 하지 않았습니까?"

왓킨스가 움찔했다. "내가 깜빡하고 말을 안 했나 보군. 놈이 여자를 부둥켜안으면…… 어, 그러니까 끌어안으면 어떻게 할지 상의했어. 그래서 조치를 취한 거야. 엔퀴스트 양도 장비를 가방에 넣는 편이 더 안전할 거라고 동의했고."

해리는 벌써 재킷을 입었다.

"어디 가려고요?" 레비가 물었다.

"놈은 비르기타를 기다리고 있었어요." 해리가 말했다. "앨버리에서 따라붙었을 겁니다. 비명 한번 지를 틈도 없이. 아마 디에틸에테르를 묻힌 헝겊을 사용했을 겁니다. 오토 레흐트나겔 때처럼."

"길거리에서요?" 레비가 그럴 리가 없다는 투로 말했다.

"아니요. 공원에서. 지금 갈게요. 거기 아는 사람이 있어요."

조셉은 연신 눈을 깜빡거렸다. 술에 취해 제정신이 아니었다.

"저기서 서로 껴안고 키스하고 그랬던 것 같아, 해리."

"그 얘기는, 네 번이나 했잖아요, 조셉. 그 사람들, 어떻게 생겼어요? 어디로 갔습니까? 남자가 차를 몰고 왔나요?"

"미케하고 내가, 우리가 그랬지. 남자가 여잘 끌고 지나갈 때 여자가 우리보다 훨씬 더 취한 것 같다고 말이야. 그래서 미케가 샘을 냈던 것 같아. 히히. 미케랑 인사 나눠. 핀란드에서 온 친구야."

다른 벤치에 누워 있던 미케는 완전히 맛이 간 상태였다.

"이봐요, 조셉. 나 좀 똑바로 봐요! 그 여잘 찾아야 해요. 아시겠어요? 그 자식이 살인범일지 모른다고요."

"나도 애쓰고 있잖아, 해리. 나도 진짜 노력하는 중이라고. 염병, 나도 도와주고 싶어."

조셉은 눈을 꼭 감고 끙끙거리며 주먹으로 이마를 쳤다.

"여긴 가로등이 너무 어두워서 자세히 보지 못했어. 덩치가 꽤 컸던 것 같아."

"뚱뚱하단 겁니까? 키가 커요? 금발? 아니면 흑발? 다리를 절었어요? 안경은? 수염은? 모자는?"

조셉은 대답 대신 눈알을 굴렸다. "담배 있나, 마잇. 그거면 생각이 잘 날 것 같은데."

하지만 세상의 담배란 담배는 다 갖다줘도 조셉의 뇌를 둘러싼 뿌연 알코올을 날려 없애진 못할 터였다. 해리는 남은 담배를 다 주면서 미케가 정신이 돌아오면 기억나는 게 있는지 물어봐달라고 부탁했다. 건질 게 많을 거라고 기대하진 않았다.

해리가 비르기타의 아파트로 돌아왔을 때는 벌써 새벽 2시였다. 레비는 무전기 옆을 지키고 앉아 동정 어린 눈길로 해리를 바라보았다.

"Gave it a burl*? 잘 안 됐나 보군요?"

해리는 무슨 말인지 알아듣지 못했지만 그렇다는 뜻으로 고개를 끄덕였다.

"잘 안 됐어요." 해리는 의자에 주저앉았다.

"경찰서 분위기는 어때요?" 레비가 물었다.

해리는 담배를 찾아 더듬다 조셉에게 다 줘버린 걸 깨달았다.

"아수라장이 되기 일보 직전이에요. 왓킨스가 길길이 날뛰면서 폭발하기 직전이고, 경찰차들은 머리 잘린 닭처럼 시드니를 질주하면서 사이렌을 전력 추격 모드로 맞춰놓고 울려대고 있어요. 화이트에 관해 파악한 거라고는, 놈이 오늘 아침 일찍 님빈의 아파트를 나섰고 4시 비행기를 타고 시드니로 들어왔다는 사실 뿐입니다. 그 뒤로 본 사람이 아무도 없어요."

해리는 레비에게 담배를 빌렸고, 둘 다 말없이 담배를 피웠다.

"잠깐 집에 들러서 몇 시간 자고 와요, 레비. 오늘 밤에 비르기타가 돌아올지도 모르니까 여긴 내가 남아 있을게요. 무전기를 켜놓고 계속 소식 전해주시고."

"여기서도 잘 수 있어요, 해리."

---

* 오스트레일리아 영어로 '한번 시도해보다'라는 뜻이다.

해리는 고개를 저었다. "집에 가요. 무슨 일 생기면 전화할게요."

레비는 반질반질한 머리에 시드니 베어스 모자를 썼다. 그리고 문 앞에서 꾸물거렸다.

"꼭 찾을 겁니다, 해리. 느낌이 와요. 그러니 꿋꿋이 버티세요, 마잇."

해리는 레비를 보았다. 레비가 정말로 그렇게 믿어서 하는 말인지는 알 수 없었다.

해리는 혼자 남자 창문을 열고 건물들 너머 저편을 응시했다. 날은 선선해졌지만 공기는 여전히 훈훈하고, 온 세상의 도시와 사람들과 음식의 냄새가 섞여 있었다. 지상에서 가장 아름다운 도시의 지상에서 가장 아름다운 여름밤이었다. 해리는 별이 빛나는 밤하늘을 쳐다보았다. 까마득히 멀리서 깜빡이는 작은 별빛, 가만히 한참 올려다보면 그 빛이 살아서 고동치는 것 같았다. 얼마나 무의미한 아름다움인가.

해리는 어떤 감정인지 생각해보았다. 지금은 감정에 무너질 시간이 없다. 아직은, 지금은 안 돼. 우선, 좋은 감정. 두 손에 느껴지는 비르기타의 얼굴, 두 눈에 어린 웃음기. 나쁜 감정.

나쁜 감정과는 일정한 거리를 두어야 하는데도, 자꾸 그 느낌이 떠올라 휘둘리려 했다.

해리는 깊고 깊은 바다 밑바닥에 가라앉은 잠수함 속에 있는 기분이었다. 바닷물이 밀려들고 있었다. 벌써부터 사방에서 삐걱거리고 쿵쾅대는 소리가 들리기 시작했다. 선체가 버텨주기만을, 평생 연습해온 자제력이 진가를 보여주기를 바랄 뿐이었다. 해리는 지상의 껍데기가 죽어서 별이 된 영혼들을 떠올렸다. 어느 한 별을 찾지 않으려고 안간힘을 썼다.

수탉 요인

사고 후, 해리는 운명을 바꿀 수만 있다면 바꿀 것인지 여러 번 자문했다. 그래서 쇠르케달스베이엔에서 울타리 기둥을 들이받은 사람이 그이기를, 영광스럽게도 경찰 전체가 애도하고 부모님이 자리한 장례식의 주인공이 그이기를, 그뢴란 경찰서 복도에 걸린 사진의 주인공이 그이기를, 시간이 흐르고 동료와 지인들의 기억에 어렴풋하지만 소중하게 남아 있는 사람이 그이기를 바라는지 물었다. 살아남아 여러모로 죄책감과 수치심을 인정하는 것 이상으로, 훨씬 굴욕적으로 살아야 한다는 거짓말에 대한 솔깃한 대안이었을까?

하지만 해리는 운명을 바꾸지 않았을 거라는 사실을 알았다. 살아남아서 기뻤다. 매일 아침 병원에서 눈을 뜨면서 약 기운에 정신이 몽롱하고 생각이 텅 비어버린 순간마다, 무언가가 잘못되었다는 느낌이 들었다. 대체로 잠깐 몽롱하다가 이내 기억이 되살아나서 그가 누구이며 어디에 있는지를 알려주고 그를 위해 끔찍하게 무서운 상황을 재구성해주었다. 그러다 살아 있다는 자각이 들었다. 그는 여전히 진행 중이고 끝나지도 않았다는 자각.

퇴원한 뒤로는 정신과 의사와 상담했다.

"사실상 조금 늦었습니다." 의사가 말했다. "당신의 무의식에서 이미 사건을 어떻게 받아들일지 선택한 다음에는 우리가 무의식이 택한 최초의 결정에 어떤 영향을 주기는 어렵습니다. 가령 무의식에서 사건을 억압하기로 선택했는지도 모릅니다. 다만 그런 선택을 했다고 해도 생각을 바꾸도록 유도할 수는 있겠지요."

해리가 아는 거라고는, 그의 무의식은 살아 있어서 기쁘다고 외치고 정신과 의사가 그의 결정을 바꾸려는 위험을 감수할 생각이 없다는 것뿐이었다. 그때가 처음이자 마지막으로 정신과를 찾은 날이었다.

그 후로 며칠간 해리는 모든 감정과 한꺼번에 맞붙어 싸우는 건 결코 좋은 전략이 아니라는 걸 깨우쳤다. 첫째, 그는 스스로 어떤 감정인지 정확히 파악하지 못했다. 어쨌든 전체적인 그림을 모르는 상태였으므로 생전 본 적이 없는 괴물과 맞붙어 싸우는 기분이었다. 둘째, 이길 가능성을 높이려면 소규모 전투로 쪼개서 어느 정도 적을 파악하고 적의 약점을 알아낸 다음 서서히 무너뜨려야 했다. 파쇄기에 종이를 넣는 것과 같았다. 한꺼번에 너무 많이 집어넣으면 기계가 공황상태에 빠져 기침을 하고 쾅쾅거리다 먹통이 된다. 결국, 다시 시작해야 한다.

동료의 친구 중에, 해리가 어쩌다 한번 나간 저녁 모임에서 만난 지방의회 소속 정신과 의사가 있었다. 해리가 감정과 싸우기 위한 그의 전술을 설명하자 의사는 어리둥절한 얼굴이었다.

"전쟁이라뇨?" 의사가 말했다. "파쇄기라고요?" 그는 진심으로 관심을 보이는 것 같았다.

해리는 눈을 떴다. 아침 첫 햇살이 커튼 새로 조금씩 스며들었다. 시계를 보니 6시였다. 무전기가 지지직거렸다.

"여기는 델타. 찰리, 나와라."

해리는 소파에서 벌떡 일어나 마이크를 잡았다.

"델타, 여기는 홀리. 무슨 일입니까?"

"에반스 화이트를 찾았다. 익명의 여자가 킹스크로스에서 놈을 목격했다고 제보해서 경찰차 세 대를 보내 잡아들였다. 현재 심문 중이다."

"뭐라고 하던가?"

"혐의를 전면 부인해서 우리가 엔퀴스트 양과 통화한 녹음테이프를 들려줬다. 8시 이후 헝그리잭스 앞을 흰색 혼다를 타고 세 번 지나갔다고 한다. 여자가 나타나지 않아 포기하고 빌린 아파트로 돌아갔다고. 나중에 나이트클럽에 갔고 거기서 우리한테 잡혔다. 그런데 제보자가 자네 안부를 묻던데."

"그럴 줄 알았다. 그 여자 이름은 샌드러다. 놈의 아파트는 수색했나?"

"그래. Nada, Zilch*. 스미스도 놈의 흰색 혼다가 헝그리잭스 앞을 세 번 지나가는 걸 봤다고 한다."

"어째서 예정대로 검은색 홀덴을 타고 오지 않았는가?"

"누가 함정을 파놓았을까 봐 엔퀴스트 양한테 거짓말을 했다고 한다. 한두 바퀴 돌면서 정말로 아무도 없는지 확인해본 것이다."

"좋다. 지금 가겠다. 나머지 사람들도 전화해서 깨울 건가?"

"다들 두 시간 전에 집에 갔다, 홀리. 밤을 꼬박 새웠어. 왓킨스

---

* Nada, Zilch, '없다' 혹은 '0'을 뜻하는 속어.

말로는……."

"반장이 뭐라 했든 상관없다. 모두에게 전화하라."

전에 있던 선풍기가 다시 나왔다. 고장 난 덕에 무슨 혜택을 누렸는지는 모르지만, 은퇴 후 다시 불려나온 선풍기는 항거하듯 삐걱거렸다.

회의는 끝났지만 해리는 회의실에 앉아 있었다. 셔츠 겨드랑이 부분이 큼직하게 젖었고, 앞에는 전화기가 놓였다. 그는 눈을 감고 혼자 뭐라고 중얼거렸다. 그리고 수화기를 들어 번호를 눌렀다.

"여보세요?"

"해리 홀리예요."

"해리! 일찍 일어났군요. 반갑네요. 좋은 습관이에요. 전화 기다렸어요. 혼자 있어요?"

"혼자야."

전화선 양쪽 끝에서 무거운 숨소리가 들렸다.

"날 쫓는 거 아닌가, 마잇?"

"알아챈 지 좀 됐다, 맞아."

"잘했군, 해리. 지금은 당신이 원하는 게 나한테 있어서 전화했겠지?"

"맞아." 해리가 땀을 닦았다.

"내가 그 여자를 데려가야 했다는 건 이해하겠지, 해리?"

"아니. 아니, 이해할 수 없어."

"이봐, 해리, 당신은 멍청이가 아니야. 누가 내 뒤를 캐고 다닌다는 말을 듣고 당신일 줄 알았어. 당신을 위해서라도 이번 일에 입

다물고 있을 만큼 똑똑하면 좋겠군. 그런가, 해리?"

"입 다물지."

"그렇다면야 빨강머리 친구를 다시 만날 가능성이 있지."

"어떻게 한 거야? 어떻게 데려갔어?"

"언제 퇴근하는지 아니까 앨버리에서 차로 기다렸다가 뒤를 밟았지. 그 여자가 공원으로 들어가기에 늦은 밤에는 공원으로 들어가지 않는 게 좋겠다고 말해줘야겠다는 생각이 들더군. 그래서 냅다 차에서 내려 쫓아갔어. 준비해간 헝겊으로 코를 막아 숨을 들이마시게 하고 부축해서 차로 데려왔지."

해리는 그가 가방 속에 있던 무전기를 발견하지 못했다는 걸 알아챘다.

"내가 어떻게 하길 바라나?"

"긴장했나 본데, 해리. 진정하라고. 내가 원하는 건 대단하지 않아. 당신이 할 일은 살인범들을 잡아들이는 일이고, 그게 내가 요구하는 바야. 당신은 그냥 당신 일을 계속 하면 돼. 저기 말이야, 비르기타 말로는 주요 용의자가 마약상이라던데, 무슨 에반스 화이트인가 하는. 그자가 유죄든 무죄든 상관없어. 그런 놈들은 매년 내가 죽인 사람보다 더 많은 사람을 죽이니까. 결코 적은 수가 아니야. 하하. 더 자세히 얘기할 필요는 없겠지? 내가 당신한테 바라는 건, 에반스 화이트가 자기 죄로 유죄판결을 받게 하는 거야. 내가 지은 죄 한두 건을 더 엎어서. 결정적인 증거로, 잉게르 홀테르의 혈흔이랑 피부조직이 화이트의 아파트에서 발견되면 되나? 당신이 검시관을 알 테니 필요한 증거 샘플을 구해서 범행현장에 갖다놓으면 되지 않나? 하하. 농담이야, 해리. 아마 내가 좀 갖다줄 수 있을 것도 같은데? 피살자들의 혈흔이랑 피부조직도 있고 그 특이한 머리

393

카락까지 비닐봉투에 고이 담아서 어딘가에 잘 모셔놨거든. 만약을 대비해서. 어쨌든 사람들을 엉뚱한 데로 보내려면 그런 게 필요한 날이 언제 올지 모르니까. 하하."

해리는 땀이 흥건한 수화기를 움켜잡았다. 생각을 집중하려고 했다. 이자는 아직 경찰이 아무것도 모른다고 생각하는 눈치였다. 비르기타가 납치된 것도, 그래서 경찰이 살인 용의자에 관한 가설을 바꾼 줄도 모르는 눈치였다. 그건 비르기타가 경찰에게 감시당하고 있었다는 말을 놈에게 털어놓지 않았다는 뜻이다. 놈은 경찰 십여 명이 보는 앞에서 비르기타를 납치하고도 아무것도 눈치채지 못했다.

목소리가 다시 들리자 해리는 그만의 생각에서 빠져나왔다.

"아주 멋진 방법이 아닌가, 해리? 살인자가 사회의 다른 암적인 존재를 감방에 처넣게 도와준다. 그래, 자주 연락하자고. 이젠…… 기소까지 48시간 남았어. 그럼 금요일 밤 텔레비전 뉴스에서 기쁜 소식 기다릴게. 그때까지는 빨강머리를 신사답게 대해주겠다고 약속하지. 하지만 그때까지 아무 소식도 없으면 빨강머리가 토요일까지 살아 있을지는 나도 장담 못해. 그 여자한테 지옥 같은 금요일 밤을 약속해줄 수는 있지."

해리는 전화를 끊었다. 선풍기에서 거칠게 으르렁대고 삐걱거렸다. 해리는 그의 손을 들여다보았다. 손이 덜덜 떨리고 있었다.

"어떻게 생각하십니까, 국장님?" 해리가 물었다.

화이트보드 앞에서 내내 미동도 않던 널찍한 등판이 움찔했다.

"개자식을 잡아야 한다고 생각하지." 맥코맥이 말했다. "다른 경관들을 불러들이기 전에 말해보게. 어떻게 저놈인 줄 알았지?"

"솔직히 확신은 서지 않았습니다. 머릿속에 떠오른 여러 가지 가설 중 하나일 뿐이고, 이번에도 처음엔 별다른 확신이 없었습니다. 장례식이 끝난 뒤에 짐 코널리라고 앤드류의 옛 복싱팀 동료에게 차를 얻어 탔습니다. 그 남자 옆에 부인이 있었는데 처음 만났을 때 서커스단 곡예사였다고 했습니다. 일 년 동안 매일 구애한 끝에 조금 진전이 있었다고 했고요. 처음에는 별생각 없이 들었는데 어쩌면 그 사람이 한 말이 문자 그대로일 수도 있겠다는 생각이 들었습니다. 그러니까 두 사람은 일 년 내내 매일 만날 수 있었던 겁니다. 그러다 문득 앤드류와 함께 리스고에 갔을 때 짐 치버스 복싱팀이 거대한 천막 안에 있고 그 안에는 축제마당도 같이 있었다는 사실이 떠올랐습니다. 그래서 용에게 부탁해 짐 치버스의 예약 담당한테 확인했습니다. 그리고 제 짐작이 맞았습니다. 짐 치버스의 순회 경기는 거의 언제나 서커스단 순회공연이나 축제마당의 일부였습니다. 오늘 아침에 용이 과거의 순회 일정표를 보내줬습니다. 근래에 짐 치버스가 참여한 축제마당에는 얼마 전까지도 서커스단이 함께 있었습니다. 오토 레흐트나겔의 서커스단 말입니다."

"좋아. 그러면 짐 치버스 선수들도 범행 날짜마다 현장에 있었다는 뜻이군. 그래도 앤드류가 아는 사람이 많았을 것 아닌가?"

"앤드류는 딱 한 사람만 저한테 소개했습니다. 그때 미해결 강간 사건을 보여주려고 저를 리스고까지 끌고 간 게 아니라는 사실을 눈치챘어야 했습니다. 앤드류는 저 친구를 아들처럼 생각했습니다. 비슷한 일들을 겪었고 둘 사이의 유대가 워낙 단단했어요. 고아로 자란 앤드류 켄싱턴이 진정한 가족으로 여긴 단 한 사람이었을 겁니다. 비록 인정한 적은 없었지만 앤드류는 내심 같은 종족에 대한 유대감이 강했고, 투움바를 누구보다 사랑했을 겁니다. 한 뿌리에서 나왔으니까요. 그래서 앤드류가 직접 잡아들이지 못한 겁니다. 타고난 도덕관념이 동족을 향한 충성심이나 투움바를 사랑하는 마음과 충돌한 겁니다. 얼마나 치열한 갈등이었을지 짐작도 안 됩니다. 그래서 제가 필요했던 겁니다. 앤드류가 끌어들일 수 있는 외부인."

"투움바?"

"투움바. 앤드류는 모든 살인 사건의 뒤에 이 친구가 있다는 사실을 알았습니다. 아마 투움바에게 버림받은 오토 레흐트나겔이 자포자기하는 심정으로 앤드류한테 털어놨을 겁니다. 앤드류는 오토에게 경찰에 신고하지 않겠다는 약속을 받아냈을 겁니다. 경찰을 끌어들이지 않고 사건을 해결하겠다고 약속했겠죠. 그런데 오토가 비밀을 누설하려고 했던 것 같습니다. 이유는 충분했어요. 서서히 자기 목숨이 걱정됐을 겁니다. 투움바는 그의 정체를 밝힐 수 있는 옛 애인이 살아서 돌아다니기를 원치 않았을 테니까요. 투움바는 오토가 저를 만난 사실을 알고는 머지않아 게임이 끝날 거라고 판단했을 겁니다. 그래서 공연 중에 오토를 살해하기로 계획한 겁니다. 함께 순회공연을 다니면서 거의 똑같은 공연을 봐온 터라 정확히 언제 치고 들어갈지 알았을 겁니다."

"어째서 오토의 아파트에서 살해하지 않았을까? 어쨌든 열쇠가 있었잖아."

"그 문제도 생각해봤습니다." 해리가 잠시 말을 끊었다.

맥코맥이 손을 휘저었다. "해리, 지금까지 자네가 해준 얘기만도 늙은 경찰이 소화하기엔 버겁네. 그러니 어떤 얘길 더 해줘도 이거든 저거든 별 차이가 없을 것 같네."

"수탉 요인이에요."

"수탉 요인?"

"투움바는 단지 사이코패스만이 아니라 수탉이기도 했습니다. 수탉의 허영심을 과소평가해서는 안 됩니다. 성적인 동기에서 저지른 살인 사건에서는 강박행동이 나타난 반면, 광대 살인에서는 많이 달랐어요. 합리적으로 필요한 살인이었습니다. 광대 살인에서 놈은 갑자기 자유 행동을 보이면서 이전에 다른 살인에서 중요하게 작용했던 정신증에 휘둘리지 않았습니다. 진실로 화려하고, 평생의 역작으로 화룡점정을 찍을 만한 기회였어요. 놈이 살해한 여자들이 사람들의 기억에서 지워지고 오랜 세월이 흘러도 광대 살인은 기억에 남을 테니까요."

"좋아. 그럼 앤드류는 우리가 오토를 체포하려는 걸 알고 경찰을 막으려고 병원에서 도망친 거지?"

"아마 곧장 오토의 아파트로 달려가서 얘기하려고 했던 것 같습니다. 당분간은 투움바의 비밀을 밝히면 안 된다고 설득하려고요. 어차피 그의 계획에 따라 투움바는 곧 체포될 테니 걱정 말라고 진정시키려 했을 겁니다. 앤드류에게 시간이 있었다면. 제게도 시간이 있었다면. 그런데 일이 틀어진 겁니다. 뭐가 틀어진 건지는 모르겠습니다. 다만 마지막에 ·앤드류 켄싱턴을 떠나보낸 사람은 분명 투움바였습니다."

"왜지?"

"직감. 상식. 거기다 아주 사소한 한 가지요."

"그게 뭔가?"

"병원으로 앤드류를 만나러 갔을 때 그 이튿날 투움바가 오기로 했다는 말을 들었습니다."

"그런데?"

"생테티엔 병원 방문자는 누구나 접수처에서 이름을 남겨야 합니다. 용에게 부탁해서 제가 다녀간 이후로 앤드류를 찾아온 방문객이나 통화기록이 있는지 병원 측에 알아봐달라고 했습니다."

"이해가 잘 안 가는데, 해리."

"갑자기 무슨 일이 생겼다면 투움바가 앤드류에게 전화로 못 간다고 알렸을 겁니다. 그런데 알리지 않았어요. 접수처에 들르지 않고는 앤드류가 병원에 없다는 사실을 알 리가 없는데도. 물론 방문자 방명록에 이름을 남기지 않고는……."

"전날 밤에 제 손으로 앤드류를 죽였다면 모를까."

해리가 손바닥을 펼쳤다. "없는 줄 빤히 알면서 찾아가는 사람은 없을 테니까요, 국장님."

고달픈 하루가 벌써 시작됐다고, 해리는 생각했다.

다들 회의실에 모여앉아 소매를 걷어붙이고 각자의 재능을 발휘하려 했다.

"그래, 자네가 휴대전화로 전화했다고?" 왓킨스가 말했다. "그리고 놈은 집에 없을 거란 말이지?"

해리는 고개를 끄덕였다. "신중한 놈입니다. 비르기타를 다른 어딘가에 데려다놨어요."

"그 자식 아파트에 가서 누구든 놈이 비르기타를 데려간 곳을 알 만한 사람을 찾아볼 수도 있잖아요?" 레비가 제안했다.

"안 됩니다!" 해리가 말을 가로챘다. "우리가 놈의 아파트에 들어간 줄 알면 제가 정보를 흘리고 있고 비르기타도 그랬다는 사실을 놈이 눈치챌 겁니다."

"흠, 그 자식도 언젠가는 집에 들어가야 할 테니 우리가 기다리면 되잖아요." 레비가 말했다.

"놈이 그걸 예상하고 직접 가지 않고도 비르기타를 죽일 수 있게 해놨다면요?" 해리가 반박했다. "비르기타를 다른 어딘가에 묶어놓고 놈이 말하지 않으면요?" 그는 좌중을 둘러보았다. "비르기타가 시한폭탄을 깔고 앉아서 정확히 몇 시간 안에 스위치를 꺼야 하면요?"

"됐어, 그만해!" 왓킨스가 테이블을 쳤다. "이건 만화영화가 아니야. 에이, 빌어먹을. 어째서 그 새끼가 여자들 몇 명 죽였다는 이유로 폭탄 전문가로 둔갑하나? 시간은 자꾸 흐르는데 마냥 앉아서 기다릴 수만은 없어. 투움바의 아파트로 가서 잠복하는 것도 방법이야. 덫을 놓고 놈이 접근하면 덮치는 거야, 내 말 믿어!"

"그자는 멍청하지 않습니다!" 해리가 말했다. "비르기타의 목숨을 걸고 그런 모험을 할 수는 없어요. 아시겠어요?"

왓킨스는 고개를 저었다. "이렇게 말해서 미안하네만, 홀리, 자네는 납치당한 여자하고 사귀는 사이라, 지금 이성적으로 판단하는 건 무리야. 내 말대로 하게."

51

쿠카부라

오후의 햇살이 빅토리아 가의 나뭇잎 새로 반짝였다. 작은 쿠카부라* 한 마리가 두 번째 빈 벤치 등받이 위에 앉아 저녁의 콘서트를 준비하며 목을 풀었다.

"자네는 아마 오늘 같은 날 사람들이 웃고 다니는 게 이상하다고 생각하겠지." 조셉이 말했다. "해가 나뭇잎을 희롱하는 것만 봐도 마음이 아프겠지. 세상이 처참하게 무너지고 울부짖는 것 같은 지금 이 순간에 말이지. 음, 나의 친구 해리, 내가 무슨 말을 해줄 수 있을까? 세상은 그렇지 않아."

해리가 눈을 가늘게 뜨고 해를 보았다. "배고플 거예요, 고통스러울 거예요. 얼마나 무서울지 잘 아니까 미쳐버리겠어요."

"그래도 그 아가씨는 시험에 통과하면 훌륭한 아내가 될 거야." 조셉이 쿠카부라에게 휘파람을 불었다.

해리는 놀란 얼굴로 그를 돌아보았다. 조셉은 평소와 달리 술에 취하지 않았다.

---

* 오스트레일리아 지역에 서식하는 물총새로, 시드니 올림픽의 마스코트인 '올리'가 바로 이 새를 캐릭터화한 것이다.

"옛날 옛적에 어느 애버리진 여자가 세 번의 시험을 통과해야 혼인할 수 있었어." 조셉이 이야기를 시작했다. "첫 번째로 배고픔을 참는 시험이 있었지. 여자는 이틀간 먹을 것 하나 입에 대지 못한 채 사냥을 해야 했어. 그리고 육즙이 흐르는 캥거루 스테이크나 온갖 맛있는 음식이 준비된 모닥불 앞에 앉아야 했어. 여자가 절제하고 탐욕을 부리지 않으며 조금만 먹고 사람들 몫을 남길 줄 아는지 알아보는 시험이었어."

"제가 어렸을 때도 비슷한 일이 있었어요." 해리가 말했다. "그런 걸 식사예절이라고 합니다. 요즘은 아마 없어졌겠지만."

"두 번째 관문은 고통을 참을 수 있는지 알아보는 시험이었어. 양쪽 뺨과 코에 못을 찔러서 몸에 표식을 만들었지."

"그게 어때서요? 요새 여자들은 돈 주고도 그러는데."

"닥쳐, 해리. 마지막에는 모닥불이 꺼질 때쯤 그 위에 누워야 했어. 몸하고 잉걸불 사이에 나뭇가지 몇 개밖에 없었지. 그런데 세 번째 관문이 제일 힘들었어."

"무서워서요?"

"맞아, 해리. 해가 지고 부족 사람들이 모닥불 주위에 모이면 원로들이 돌아가면서 어린 여자에게 귀신 이야기나 둔갑하는 악귀 물다르페에 관한 무섭고 섬뜩한 이야기를 들려주었어. 어떤 때는 아주 무시무시한 이야기가 나오기도 했지. 그런 다음에 외딴곳이나 조상들 무덤 옆에서 자야 했어. 모두 잠든 밤에 원로들이 얼굴에 하얀 점토를 칠하고 나무껍질 가면을 쓴 채 여자에게 살금살금 다가가서는……."

"바닷가에 모래 챙겨가는 격이군요?"

"으스스한 소음을 냈지. 내 말을 귀담아 듣지 않는군, 해리?" 조셉은 기분이 상한 표정이었다.

해리는 얼굴을 문질렀다. "알아요." 한참 뒤에 말을 이었다. "미안해요, 조셉. 여기 온 이유는 내 생각을 입 밖으로 말해보고 그 자식이 혹시 단서를 흘리지 않았는지, 비르기타를 데려간 곳을 알려주는 실마리를 남긴 건 아닌지 생각해보기 위해서였어요. 그런데 아무것도 얻지 못했네요. 내 생각을 말하고 반응을 볼 상대는 당신밖에 없어요. 참 싸가지 없고 무심한 놈이다, 하시겠지만."

"자네는 혼자 온 세상에 맞서 싸워야 하는 사람인 줄 아나 보지." 조셉이 말했다. "가끔씩 가드를 내리지 않으면 팔이 금방 피로해져서 싸우지 못해."

해리가 웃었다. "정말로 형이 없는 거 맞아요?"

조셉이 껄껄 웃었다. "말했다시피 이제 와서 어머니께 물어보는 것도 뭣하고, 있었다면 말해주셨겠지."

"당신네 둘이 말하는 게 꼭 형제 같아서요."

"그 말을 지금 몇 번째 하나, 해리. 자네 잠 좀 자야겠어."

해리가 스프링필드 로지의 문을 열고 들어서자 조의 얼굴이 환해졌다.

"안녕하세요. 저기요, 홀리 씨? 오늘은 좋아 보이시네요. 손님께 소포가 하나 와있어요." 조는 회색 종이로 포장한, 대문자로 'Harry Holy'라고 적힌 상자를 내밀었다.

"어디서 온 겁니까?" 해리가 흠칫 놀라서 물었다.

"모르겠네요. 두어 시간 전에 택시 운전사가 가져왔어요."

해리는 방에 올라가 소포상자를 침대에 올려놓고 포장을 뜯고 상자를 열었다. 누가 보낸 건지 벌써 짐작했지만 안의 내용물을 보니 일말의 의심도 사라졌다. 하얀색 스티커가 붙은 작은 플라스틱 시험관 여섯 개였다. 그중 한 개를 들고 날짜를 확인해보니 잉게르 홀테르가 살해당한 날짜였다. 스티커에는 '음모陰毛'라고 적혀 있었다. 더 볼 것도 없이 나머지 시험관에는 혈액, 머리카락, 섬유 따위가 들어 있을 터였다. 그리고 짐작이 맞았다.

30분쯤 지나 전화 소리에 잠이 깼다.

"보내준 건 잘 받으셨나, 해리? 가급적 빨리 그 물건이 필요할 것 같아서 말이야."

"투움바."

"분부만 내리십시오. 하하."

"물건은 받았다. 잉게르 홀테르 거겠지, 아마. 투움바, 궁금한 게 있어. 어떻게 죽였지?"

"거야 아주 쉬웠지." 투움바가 말했다. "식은 죽 먹기였어. 내가 여자친구 아파트에 있을 때 그 여자가 밤늦게 전화를 했더군."

오토가 **여자친구**라고? 해리는 이렇게 물을 뻔했다.

"잉게르가 그 집에 사는 내 여자한테 개밥을 갖다주기로 했나보더군. 아니, 거기 '살았던'이라고 해야 하나? 아무튼 그 집에 들어가서 혼자 저녁 시간을 보냈고, 그사이 여자친구는 시내에 나갔어. 여느 때처럼."

해리는 놈의 목소리가 날카로워진 걸 알아챘다.

"그건 위험하지 않았나? 그 여자가 거기로…… 음, 네놈 여자친구 아파트로 가는 걸 누군가 알았을지도 모르잖아."

"그 여자한테 물어봤지."

"물어봐?" 해리가 믿기지 않는다는 듯 되물었다.

403

"가끔 보면 어이없게 순진해빠진 인간들이 있거든. 머리가 돌아가기도 전에 말부터 먼저 나와버리니. 안전하다고 믿으니 머리를 굴릴 필요를 못 느끼는 거겠지. 어쩌나 귀엽고 순진한 여자던지. '아뇨, 아뇨, 저 여기 온 거 아무도 몰라요, 왜요?'라고 하더라고. 하하. '빨간 모자 소녀'에 나오는 늑대가 된 기분이었어. 그래서 내가 시간 잘 맞춰 왔다고 했지. 아니, 잘못 맞춰 왔다고 했어야 맞나? 하하. 나머지 얘기도 듣고 싶나?"

해리는 마저 다 듣고 싶었다. 가능한 한 전부, 사소한 일 하나까지 소상히. 투움바가 어릴 때는 어땠는지, 처음 사람을 죽인 건 언제이고, 어째서 정해진 의식을 만들지 않았는지, 어째서 강간만 하고 끝낼 때도 있었는지, 사람을 죽이고 나면 기분이 어땠는지. 연쇄살인범들이 으레 그렇듯, 완벽하게 되지 않거나 상상하고 계획한 대로 되지 않아 황홀경에 도취된 직후 우울해졌는지도 알고 싶었다. 범행을 저지른 횟수, 시기, 장소, 방법, 도구까지 알아내고 싶었다. 그리고 감정을, 욕정을, 그러니까 광기를 일으키는 원동력이 무엇인지 알아내고 싶었다.

하지만 그럴 기운이 없었다. 지금은 아니었다. 당장은 잉게르를 강간한 게 죽이기 전이었는지 죽인 뒤였는지, 오토가 그를 홀로 남겨둬서 그 벌로 살인을 저지른 건지, 아파트에서 죽였는지 차에서 죽였는지를 따질 여력이 없었다. 잉게르가 울며불며 매달렸는지, 아니면 죽을 걸 알면서도 마지막 순간까지 투움바를 똑바로 바라보았는지 알고 싶지 않았다. 자꾸만 잉게르의 얼굴에 비르기타의 얼굴이 겹쳐 보이고, 그럴수록 마음이 약해져서 더는 알고 싶지 않았다.

"내가 지내는 곳은 어떻게 알았지?" 해리가 딱히 할 말이 없어서 대화를 이어가려고 물었다.

"해리, 슬슬 피곤해지는 건가? 지난번에 나랑 같이 나갔을 때 어디서 묵는다고 말해줬잖아. 아, 참, 그건 고맙게 생각해. 인사를 잊었군."

"이봐, 투움바……."

"사실 내가 곰곰이 생각해봤어, 해리. 어째서 그날 밤 나한테 전화해서 도움을 청했는지. 헬스보충제로 빵빵하게 몸을 불린 정장 재킷들을 조금 손봐준 건 그렇다 치고. 흠, 그건 좀 재밌었어. 그런데 그날 나이트클럽에 간 게 정말 그 포주한테 고맙단 말을 하기 위해서였나? 내가 사람 마음을 읽는 데 그리 능통한 건 아니지만 그래도 말이 안 되잖아. 한창 살인 사건을 수사하는 중에 클럽에서 흠씬 두들겨 맞은 걸 보복한답시고 시간과 노력을 허비하다니."

"그건……."

"그래, 뭐지?"

"꼭 그래서만은 아니었어. 센티니얼파크에서 발견된 여자가 하필 그 클럽에서 일했거든. 여자를 죽인 놈은 그날 밤 클럽 뒷문을 지키고 있다가 귀가하는 여자의 뒤를 밟았을 거라고 생각했지. 우리가 어디까지 캐냈는지 네놈이 알면 어떤 반응을 보이는지 보고 싶었어. 뿐만 아니라 네가 좀 튀는 외모니까 몬가비한테 보여주고 그날 밤 널 봤는지 확인하고 싶었지."

"별 소득이 없었나 보지?"

"그래. 그래서 네가 거기 가지 않았을 거라고 생각했어."

투움바가 낄낄댔다. "난 그 여자가 스트리퍼인 줄도 몰랐는걸. 공원으로 들어가는 걸 보고 밤에는 위험한 곳이라고 일러줘야겠구나 싶었을 뿐이야. 그리고 거기서 무슨 일이 벌어지는지도 좀 보여주고."

"흠, 그 의문은 풀렸군." 해리가 건조하게 말했다.

"너 말고 아무도 이런 기쁨을 모르다니 딱하지 뭐야." 투웁바가 말했다.

해리는 한발 더 나가보기로 했다.

"아무도 몰라서 하는 말인데, 오토의 아파트에서 앤드류를 어떻게 했는지도 말해줄 수 있나. 오토는 네놈 **여자친구**였잖아, 안 그래?"

전화선 저편이 조용해졌다.

"비르기타가 어쩌고 있는지는 궁금하지 않나?"

"아니." 해리가 말했다. 다급하지도 않고 언성을 높이지도 않으면서. "그 여자를 신사답게 대해준다고 약속했잖아. 널 믿어."

"양심의 가책을 느끼게 하려는 수작은 아니길 바라네, 해리. 어쨌든 아무 소용없는 짓이니까. 난 사이코패스야. 그건 나도 알아." 투웁바가 낮게 킬킬댔다. "무섭지 않아? 우리 사이코패스들은 원래 모르거든. 그런데 나는 늘 알았어. 오토도 알았고. 오토도 내가 가끔은 개들을 벌줘야 한다고 생각했어. 그런데 그 빌어먹을 아가리를 닫지 못하더라고. 벌써 앤드류한테 까발리고 무너지려 하기에 조치를 취해야 했어. 오토가 세인트조지 무대에 나오기로 한 날 오후였지. 그년이 집에서 나간 다음에 몰래 아파트로 숨어들어 가서 오토와 나의 관계를 알릴 만한 물건들, 사진이든, 선물이든, 편지든 뭐든 싹 치워버리려고 했지. 그때 초인종이 울린 거야. 침실 창문으로 슬쩍 보니 이게 누구야, 앤드류가 와 있는 거야. 처음엔 문을 열어주지 말아야 했어. 그런데 원래 세운 계획은 접어야겠구나 싶었어. 사실은 그 이튿날에 병원으로 앤드류를 찾아가서 몰래 티스 푼과 라이터, 일회용 주사기, 그리고 그 양반이 간절히 원하는 헤로 인에 내가 직접 조제한 혼합물을 섞은 작은 봉투를 기증하려고 했 거든."

"죽음의 칵테일."

"거, 이름 한번 좋군."

"앤드류가 그걸 먹을지 어떻게 자신할 수 있었지? 앤드류도 네 가 살인범인 걸 알았잖아."

"앤드류는 자기가 아는 걸 내가 알아챈 줄 몰랐어. 무슨 말인지 알겠나, 해리. 앤드류는 오토가 나한테 다 털어놓았다는 걸 몰랐어. 여하튼 약쟁이가 금단증상이 생기면 어떤 위험도 불사하는 법이거 든. 자기를 아버지로 따른다고 생각한 녀석을 믿는 위험 말이야. 아 무튼 그런 계획은 더는 의미가 없었어. 그 양반이 제 발로 병원을 빠져나와 바로 문 앞에 와 있었으니까."

"그래서 안으로 들여보내주기로 한 건가?"

"사람의 뇌가 얼마나 빨리 돌아가는지 아나, 해리? 우리가 밤새 지어내는 길고 난해한 꿈이 현실에서는 대뇌가 단 몇 초만 돌아가 면 실현된다는 거 알아? 모든 사건을 앤드류가 한 짓처럼 보이게 만드는 계획을 내가 얼마나 빨리 생각해냈는지 알아? 맹세코 그전 에는 꿈도 꾸지 않은 일이었어! 그래서 문을 열어주고 앤드류가 올 라오길 기다렸지. 마법의 헝겊을 들고 문 뒤에 서서……."

"디에틸에테르."

"……그리고 앤드류를 의자에 묶고 그 양반이 조금 꿍쳐둔 마약 을 찾아서 다 털어넣고 내가 극장에 다녀올 때까지 찍소리 못하게 만들었지. 돌아오는 길에 약을 더 구해서 앤드류랑 둘이서 진탕 파티를 벌였고. 그래, 아주 끝내줬어. 내가 떠날 때 앤드류는 천장에 매달려 있었지.”

다시 낮게 낄낄대는 소리가 들렸다. 해리는 차분히 호흡에 집중했다. 평생 그렇게 무서운 적은 없었다.

“**그들을 벌준다**는 게 무슨 뜻이지?”

“뭐라고?”

“아까 그들을 벌줘야 한다고 했잖아.”

“아, 그거. 그래, 잘 알겠지만 사이코패스는 자주 피해망상에 시달려. 아니면 다른 망상에 시달리거나. 내 망상은 말이야, 일생일대의 과업으로 내 동족을 위해 복수하는 거야.”

“백인 여자들을 강간하는 방법으로?”

“**아이 없는** 백인 여자.”

“아이 없는?” 해리가 어리둥절해서 되물었다. 희생자들의 공통된 특징인데도 수사과정에서 집어내지 못했다. 왜 그랬을까? 젊은 여자들에게 아이가 없는 건 이상할 게 없었으니까.

“그래, 맞아. 정말 몰랐어? 테라 눌리우스, 해리! 당신들은 이 땅에 처음 와서 우리가 땅에 씨를 뿌리지 않는다는 이유만으로 우리를 재산권 없는 유목민으로 취급했어. 우리가 시퍼렇게 두 눈을 뜨고 보는 앞에서 우리 땅을 빼앗고 유린하고 난도질했어.” 투움바는 굳이 언성을 높일 필요가 없었다. 한마디 한마디에 거친 울림이 있었다. “이제는 당신들의 아이 없는 여자들이 나의 테라 눌리우스야, 해리. 아무도 씨를 뿌리지 않았으니 누구의 소유도 아닌 셈이지. 난 단지 백인 남자들의 논리에 따라 그들이 하는 대로 했을 뿐이야.”

“그렇지만 네놈도 그걸 망상이라고 하잖아, 투움바! 얼마나 정신

408

병자 같은 짓인지 알잖아!"

"물론 정신병자 같지. 하지만 병적인 게 정상이야, 해리. 병적인 부분이 사라지면 위험해져. 그러면 유기체가 싸움을 멈추고 맥없이 쓰러질 테니까. 그런데 **망상**은 말이야, 해리, 망상을 얕잡아보지 말아줘. 어떤 사회든 망상을 품을 가치가 있어. 당신들의 망상을 예로 들어보자고. 기독교 세계에서 신앙을 갖는 것이 얼마나 어려운지, 아무리 똑똑하고 독실한 성직자라도 의심이 싹터서 얼마나 괴로운지 솔직하게 논의하잖아. 그런데 의심을 인식한다는 말은 당신네가 평생 의지하기로 선택한 신앙이 망상이라는 걸 인정한다는 뜻 아닌가? 망상을 그렇게 쉽게 버리면 안 되지, 해리. 무지개 너머에 보상이 있을지 모르잖아."

해리는 침대에 기댔다. 비르기타를 생각하지 않으려고, 그녀에게 아이가 없다는 걸 생각하지 않으려고 안간힘을 썼다.

"여자들한테 아이가 없는 건 어떻게 알았지?" 그는 목소리가 쉬었다.

"물어봤지."

"어떻게……?"

"어떤 애들은 애가 있다고 해. 새끼들을 줄줄이 낳아서 먹여 살려야 한다고 애원하면 내가 살려줄 줄 아는 거지. 30초 동안 증명해야 해. 아이 사진을 가지고 다니지 않는 엄마는 엄마도 아니잖아. 내 생각엔 그래."

해리는 침을 꿀꺽 삼켰다. "왜 금발이지?"

"꼭 그래야 한다는 철칙이 있는 건 아니야. 우리 종족의 피가 한 방울이라도 섞일 가능성을 최소한으로 줄이려는 것뿐이야."

해리는 비르기타의 우윳빛 피부를 떠올리지 않으려 했다. 투움바는 나직이 킬킬댔다.

"알고 싶은 게 많은 건 알겠는데, 해리, 휴대전화는 요금이 비싸. 나 같은 이상주의자들은 부자가 아니거든. 뭘 하고 뭘 하지 말아야 하는지 감을 잡았을 거야."

그리고 전화가 끊겼다. 통화하는 동안 어느새 땅거미가 내려앉아 방 안으로 잿빛 어둠이 성큼 들어와 있었다. 바퀴벌레 한 마리가 더듬이 한 쌍을 빙빙 돌리며 문간의 갈라진 금을 찌르면서 장애물이 없는지 살피고 있었다. 해리는 이불을 머리끝까지 끌어당기고 몸을 웅크렸다. 창밖의 지붕 위에서 바퀴벌레 한 마리가 홀로 저녁의 콘서트를 시작했고, 킹스크로스는 또다시 긴 밤을 기약하며 하루를 마무리했다.

해리는 꿈에서 크리스틴을 보았다. 한 2초간의 렘수면 중에 꾼 꿈이지만, 어쩌면 반평생 동안 씨름해온 문제이니 더 길었을지도 모른다. 크리스틴이 초록색 가운을 걸치고 나타나 그의 머리를 어루만지더니 같이 가자고 했다. 어디로 가느냐고 물었지만 그녀는 반쯤 열린 베란다 문 앞에 서서 펄럭이는 커튼에 휘감겼고 뒤뜰에서 아이들이 시끄럽게 떠들면서 뛰노는 소리 때문에 그녀가 뭐라고 답하는지 들리지 않았다. 그녀는 간간이 눈부신 햇살에 휩싸여 보이지 않았다. 그는 침대에서 빠져나가 크리스틴에게 더 다가가 뭐라고 하는 건지 들으려고 했지만, 그녀는 웃으면서 베란다로 뛰어나가 난간을 훌쩍 뛰어넘더니 초록색 풍선처럼 떠올랐다. 옥상으로 떠오르며 이렇게 소리쳤다. '여기요, 여러분! 여기요, 여러분!' 그리고 그는 이리저리 뛰어다니면서 그가 아는 모든 사람에게 어디서 파티가 열리는지 물었지만, 아는 사람이 없었고 벌써 다들 떠나버렸다. 그는 프롱네르 야외 풀장으로 내려갔지만 표를 살 돈이 없어서 담장을 넘었다. 담을 넘은 뒤에야 몸이 찢긴 걸 알았다. 피가 뚝뚝 떨어져 잔디밭에, 타일에, 10미터 높이의 다이빙대로 올라가는 계단에 핏자국이 남았다. 다이빙대 위에는 아무도 없었다. 그는 그 위에 바로 누워 하늘을 보면서, 핏방울이 저 아래 풀장 가장자리에 떨어져 작은 물보라를 일으키는 소리에 귀를 기울였다. 높이 떠올라 해를 향해 올라가는 형체, 그는 둥둥 떠오른 초록색 형체를 알아볼 수 있을 것 같았다. 양손을 쌍안경처럼 눈에 대자 그녀가 아주 또렷이 보였다. 눈부시게 아름답고 투명에 가까웠다.

그는 총성일지 모를 탕 소리에 눈을 떠 가만히 누워서 빗소리와 킹스크로스의 활기찬 소리에 귀를 기울였다. 잠시 후 다시 잠이 들었다. 그리고 다시 크리스틴 꿈을 꾸거나 밤새 그녀를 상상했다. 아주 잠깐 그녀가 빨강머리를 하고 스웨덴 말을 했다.

52
컴퓨터

9시.

레비는 문에 이마를 대고 눈을 감았다. 검은 방탄조끼를 입은 경관 둘이 옆에서 엄호했다. 그들은 총을 겨누고 있었다. 그들 뒤로 계단에는 왓킨스와 용수, 해리가 있었다.

"됐어요!" 레비가 아주 조심스럽게 자물쇠를 빼냈다.

"명심해, 집 안이 비어 있어도 아무것도 건드려선 안 돼." 왓킨스가 목소리를 낮춰 경관들에게 지시했다.

레비가 옆으로 물러나며 문을 열어주고 경관 둘이 교본대로 두 손으로 총을 잡고 아파트 안으로 진입했다.

"경보장치가 없는 거 확실해요?" 해리가 속삭이듯 말했다.

"시내의 모든 보안업체에 확인해봤는데 이 아파트가 등록된 곳은 없었어." 왓킨스가 말했다.

"쉿, 저 소리는 뭐죠?" 용수가 말했다.

모두 귀를 쫑긋 세웠지만 별다른 소리는 들리지 않았다.

"폭탄 전문가의 예상은 물 건너갔네." 왓킨스가 슬쩍 한마디 던졌다.

경관 하나가 밖으로 나왔다. "괜찮습니다." 다들 안도의 한숨을 쉬고 안으로 들어갔다. 레비가 현관 불을 켜려고 했지만 켜지지 않았다.

"이상한데." 작지만 깨끗하고 단정한 거실에서도 불을 켜봤지만 역시 켜지지 않았다. "퓨즈가 나갔나."

"신경 쓸 거 없어." 왓킨스가 말했다. "여긴 충분히 밝아서 수색하는 데는 문제가 없어. 해리, 자네는 주방을 뒤져. 레비, 자넨 욕실을 맡고. 용?"

용수는 거실 창문 옆 책상에 놓인 컴퓨터 앞에 서 있었다.

"느낌이⋯⋯." 용수가 말했다. "레비, 손전등 가지고 가서 현관 두꺼비집을 확인해봐요."

레비가 밖으로 나간 후 바로 불이 들어오고 컴퓨터도 다시 부팅되었다.

"젠장." 레비가 거실로 돌아왔다. "퓨즈에 실이 감겨 있어서 그거 먼저 풀어야 했어요. 실이 있던 벽을 따라가봤더니 현관문이 나왔고요."

"그걸 전자 잠금장치라고 하지 않나요? 퓨즈가 잠금장치에 연결돼서 우리가 문을 열었을 때 전기가 나간 겁니다. 아까 제가 들은 건 컴퓨터 팬이 꺼지는 소리였고요." 용수가 키보드를 두드리며 말했다. "이 컴퓨터엔 신속 재개 기능이 있어서 전원이 꺼지기 전에 어떤 프로그램이 돌아가고 있었는지 확인할 수 있어요."

모니터에 지구 사진이 나타나고 스피커에서 찰랑거리는 소리가 경쾌하게 울려 퍼졌다.

"이럴 줄 알았지!" 용수가 말했다. "교활한 자식. 여기 보세요!" 용수는 화면에 뜬 아이콘을 가리켰다.

"용, 제발, 지금은 이 빌어먹을 물건에다 시간을 허비하지 말자."
왓킨스가 말했다.

"반장님, 휴대전화 잠깐 빌려주시겠어요?" 용수는 대답을 기다리지 않고 왓킨스의 노키아를 빼앗았다. "이 집 전화번호가 어떻게 되죠?"

해리가 컴퓨터 옆 전화기에 적힌 번호를 불러주고 용수는 그 번호를 눌렀다. 그리고 통화버튼을 눌렀다. 전화가 울리자 컴퓨터에서 윙윙대는 소리가 나면서 화면 위의 아이콘이 점점 커지며 방방 뛰었다.

"쉿." 용수가 말했다.

몇 초 뒤, 삐 소리가 났다. 용수는 얼른 휴대전화를 껐다.

왓킨스의 미간에 깊은 주름이 잡혔다. "용, 대체 뭐하는 거야?"

"반장님, 투움바가 저희를 위해 경보장치를 설치해둔 것 같습니다. 이제 다 꺼졌고요."

"알아듣게 설명 좀 해봐!" 왓킨스의 인내력이 바닥났다.

"프로그램 뜨는 거 보셨죠? 일반 자동응답 서비스이고, 모뎀을 통해 전화선에 연결돼 있어요. 투움바가 집을 나서기 전에 이 마이크에 대고 컴퓨터에 환영 메시지를 읽어요. 누가 전화하면 프로그램이 작동하고 투움바의 메시지가 나오고 방금 들은 삐 소리가 나면 컴퓨터에 메시지를 남길 수 있어요."

"이봐, 나도 자동응답기가 뭔지는 알아. 요점이 뭔가?"

"반장님, 방금 제가 전화를 걸었을 때 삐 소리가 나기 전에 메시지를 들으셨습니까?"

"아니……."

"메시지를 남기긴 했지만 저장되지 않은 겁니다."

왓킨스도 대충 가닥을 잡았다.

"그러니까 자네 말은, 전원이 나가고 컴퓨터가 완전히 꺼지면 자동응답 메시지도 자동으로 꺼진다는 말이지."

"맞습니다." 가끔 용수는 범상치 않은 반응을 보일 때가 있었다. 지금처럼. 그의 얼굴에 희색이 돌았다. "이게 바로 놈의 경보장치입니다, 반장님."

해리는 끔찍한 사태가 벌어질 기미를 알아채서 웃음이 나지 않았다. "그러니까 투움바가 집으로 전화해서 메시지가 지워졌는지 확인하면 침입자가 있는지 알 수 있다는 뜻이군요."

방 안이 침묵에 휩싸였다.

"놈은 전화를 먼저 해보지 않고는 나타나지 않을 겁니다." 레비가 말했다.

"젠장, 젠장, 젠장." 왓킨스였다.

"언제 전화할지 모르는군요." 해리가 말했다. "시간을 벌어야 합니다. 좋은 방법이 없을까요?"

"글쎄요." 용수가 입을 열었다. "전화회사에 연락해서 이 집 번호를 차단하고 오류메시지를 띄울 수 있어요."

"그자가 전화회사에 전화하면요?"

"이 지역 케이블이 고장 났다고 하고, ……음, 땅을 파다가 그렇게 됐다고 하면."

"그건 수상한 냄새가 나요. 이웃집에 전화할지 몰라요." 레비가 말했다.

"이 지역 전체의 전화선을 끊어야 합니다." 해리가 말했다. "그럴 수 있을까요, 반장님?"

왓킨스가 귓등을 긁었다. "한바탕 난리가 나겠군. 왜 꼭 그렇게……."

"긴급 상황입니다, 반장님!"

"젠장! 전화 줘봐, 용. 맥코맥 국장님이 해결할 문제야. 어떻게 되든 한 지역 전체에서 오래 전화선을 끊을 수는 없어, 홀리. 다음엔 어떻게 할 건지 계획을 세워놓아야 한다고. 젠장, 젠장, 젠장!"

11시 30분.

"아무것도 없어." 왓킨스가 절망적으로 말했다. "빌어먹을 아무것도 없어!"

"흠, 어차피 놈이 여자를 어디로 데려간다고 쪽지라도 남겼을 거라고 기대하진 않았잖습니까." 해리가 말했다.

레비가 침실에서 튀어나왔다. 그는 고개를 저었다. 용수는 건물을 샅샅이 뒤지고도 보고할 거리를 찾지 못했다.

그들은 거실에 앉았다.

"솔직히 좀 이상해요." 해리가 말했다. "우리도 서로 아파트를 뒤져보면 뭐라도 나오기 마련이거든요. 흥미로운 편지든, 난잡한 포르노 잡지든, 옛 애인 사진이든, 침대 시트의 얼룩이든, 뭐든. 그런데 이 자식은 연쇄살인범인데도 놈에게 '생활'이 있었다고 볼만한 흔적이 티끌 하나 나오지 않잖아요."

"남자 혼자 사는 집이 이렇게 깨끗한 건 본 적이 없어요." 레비가 말했다.

"깨끗해도 너무 깨끗해요. 섬뜩할 정도로." 용수가 맞장구쳤다.

"분명 뭔가 놓친 게 있어요." 해리가 천장을 살폈다.

"샅샅이 뒤졌잖아." 왓킨스가 말했다. "만에 하나 단서를 남겼더라도 여긴 없어. 그 새끼가 여기서 한 일이라곤, 먹고 자고 싸고 텔

416

레비전 보고 컴퓨터에 메시지를 남긴 것밖에 없다고."

"맞습니다." 해리가 끼어들었다. "여긴 살인자 투움바가 사는 곳이 아니에요. 여기 사는 사람은 비정상적으로 정리정돈을 잘하는 남자로, 가까이서 누가 감시해도 걱정할 것 없는 사람이에요. 그럼 다른 데는 어떨까요? 다른 곳이 있을 수 있잖아요? 아파트라든가, 시골집이라든가?"

"놈의 이름으로 등록된 곳은 없어요." 용수가 말했다. "아까 출발하기 전에 확인했거든요."

휴대전화가 울렸다. 맥코맥이었다. 전화회사에 조치를 취했다고 했다. 생사가 걸린 사건이라고 하니까 전화회사 쪽에서는 그 지역에서 구급차를 불러야 할 환자가 생기면 그것도 생사가 걸린 일이라는 식으로 나왔다고 했다. 하지만 맥코맥이 겨우 시장실의 도움을 받아 저녁 7시까지 전화선을 차단하도록 해두었다.

"이제 여기서 담배 피워도 뭐라 할 사람은 없겠군요." 레비가 가느다란 담배 한 개비를 뽑았다. "카펫에 담뱃재를 떨어뜨려도 되고 현관에 큼직한 발자국을 남겨도 돼요. 불 있는 분?"

해리가 성냥을 몇 개 찾아서 하나를 그었다. 그는 가만히 앉아서 성냥갑을 들여다보며 뭔가에 정신이 팔려 있었다.

"이 성냥갑이 뭐가 특이한지 아십니까?" 해리가 물었다.

다들 고분고분 고개를 저었다.

"방수라고 씌어 있어요. 산과 바다에서 쓰는 용도라고 표시되어 있고요. 혹시 어디서 방수 성냥갑 본 적 있어요?"

다들 더 크게 고개를 저었다.

"그럼 이건 전문점에서만 살 수 있고 보통 성냥에 비해 조금 비쌀 거라고 봐도 틀린 말은 아니겠죠?"

다들 어깨를 으쓱했다.

"어쨌든 일반 성냥은 아니죠. 본 적은 없지만." 레비가 말했다.

왓킨스가 성냥갑을 찬찬히 살폈다. "우리 처남이 배를 탈 때 이런 성냥갑을 가지고 있던 것 같아."

"이건 투움바한테 받은 거예요." 해리가 말했다. "장례식장에서."

침묵이 흘렀다.

용수가 기침을 했다. "현관에 요트 사진이 있던데요." 그가 머뭇거리며 말했다.

1시.

"도와줘서 고마워요, 리즈." 용수가 전화를 끊었다. "찾았어요! 레이디베이의 헤르트 판 후스라는 요트장에 등록된 배랍니다."

"좋았어." 왓킨스가 말했다. "용, 자네는 여기 남아 있어. 투움바가 나타날지 모르니까. 레비하고 해리는 지금 나하고 그리로 출발하고."

도로에 차가 많지 않아 레비의 새 도요타는 만족스럽게 부르릉거리며 시속 120킬로미터로 뉴사우스 헤드로드를 달렸다.

"지원 병력은 없습니까, 반장님?" 레비가 물었다.

"놈이 거기 있기만 하면 우리 셋으로 충분해." 왓킨스가 말했다. "용의 말대로라면, 무기 허가증을 발급받은 적이 없고, 내 느낌에도 무기를 쓸 새끼는 아니야."

해리가 참지 못하고 불쑥 내뱉었다.

"그게 무슨 느낌입니까, 반장님? 아파트에 쳐들어가야 한다고 알려준 느낌요? 무전기를 가방에 넣으라고 했을 때의 그 느낌요?"

"이봐, 난……."

"그냥 물어보는 겁니다. 반장님의 느낌을 기준으로 지금까지 일어난 일을 돌아보면 놈이 총을 들고 설칠 거라는 뜻이니까요. 그걸……."

해리는 언성이 높아진 걸 깨닫고 입을 닫았다. 지금은 이럴 때가 아니라고 스스로 다독였다. 아직은 아니야. 목소리를 낮춰 말을 이었다.

"마음에 둔 건 아닙니다. 그러니까 제가 놈에게 총알을 박아 넣을 수도 있다는 뜻입니다."

왓킨스는 대답하지 않기로 하고 뚱한 얼굴로 창밖만 내다보았다. 그들은 말없이 달렸다. 해리는 백미러 속에서 레비가 신중하게 뜻 모를 미소를 짓는 걸 보았다.

1시 30분.

"레이디베이비치." 레비가 손으로 가리켰다. "꼭 맞는 이름이군, 역시. 여기가 시드니 최고의 게이 비치거든요."

그들은 요트장 담장 밖에 차를 세우고 수풀이 무성한 언덕을 따라 작은 항구로 걸어서 내려가기로 했다. 좁은 수상 플랫폼 양옆으로 돛대들이 옹기종기 모여 있었다. 문 앞에는 경비원이 햇볕에 빛바랜 파란 유니폼 셔츠를 입고 있었다. 왓킨스가 번쩍이는 경찰배지를 내밀자 경비원은 벌떡 일어나 헤르트 판 후스의 배가 정박한 위치를 알려주었다.

"배 안에 누가 있습니까?" 해리가 물었다.

"제가 알기로는 없는데요." 경비원이 말했다. "여름이라 일일이 파악하긴 어렵지만 한 이틀 아무도 없었던 것 같아요."

"최근에 누가 온 적은 없습니까?"

"네, 제 기억으로는, 있었어요. 판 후스 씨가 지난주 화요일에 왔어요. 보통 해변 가까이에 차를 세워요. 그날 밤 늦게 다시 떠났어요."

"그 뒤로는 아무도 안 왔단 겁니까?" 왓킨스가 물었다.

"제가 경비를 보는 중에는. 하지만 다행히 경비원이 몇 명 있어요."

"그 사람이 혼자 왔었습니까?"

"제 기억엔 그래요."

"배로 가져간 건 없었습니까?"

"그럴걸요. 기억이 잘 안 나네요. 보통은 짐이 있으니까요."

"판 후스 씨 인상착의를 말해줄 수 있습니까?" 해리가 말했다.

경비원이 머리를 긁적였다. "글쎄요, 아뇨, 솔직히 못 할 것 같네요."

"왜 못해요?" 왓킨스가 놀라 물었다.

경비원은 당황한 기색이었다. "솔직히 제 눈에 애버리진은 생긴 게 다 거기서 거기라."

햇살이 요트장 안쪽의 수면 위에 반짝였지만 정박지 밖으로 저 멀리서는 큰 파도가 육중하게 밀려들었다. 그들이 수중 플랫폼을 따라 조심스럽게 접근하는 사이 해리는 그쪽의 바람이 더 상쾌하다는 느낌을 받았다. 배의 이름은 애들레이드였고 옆면에는 페인트로 등록번호가 적혀 있었다. 애들레이드는 정박지에 떠 있는 배들 중 큰 축에 들지는 않았지만 정성껏 관리한 것처럼 보였다. 용수는 원래 일정한 크기 이상의 엔진을 장착한 배들만 등록해야 하기 때문에 사실 그들은 아주 운이 좋았다고 설명했다. 해리는 운이 너무 좋아서 그들에게 할당된 운을 다 써버린 건 아닌지 불길했다. 비르기타가 배 안에 있을지 모른다는 생각에 가슴이 쿵쾅거렸다.

왓킨스는 레비에게 먼저 들어가라는 신호를 보냈다. 해리가 총의 안전장치를 풀고 라운지로 들어가는 해치를 겨누는 사이, 레비는 조심스럽게 후갑판에 발을 들여놓았다. 왓킨스가 닻줄에 발이 걸려 넘어져 쿵 하고 갑판 위로 떨어지면서 배 안으로 들어갔다. 그들은 동작을 멈추고 귀를 기울였지만 들리는 소리라고는 바람소리와 파도가 선체에 부딪혀 출렁이는 소리뿐이었다. 라운지 해치와 후갑판 선실 해치 모두 큼직한 자물쇠가 채워져 있었다. 레비가 자물쇠 따는 장비를 꺼내 작업을 시작했다. 몇 분 후 양쪽 모두 자물쇠가 풀렸다.

레비가 라운지 해치를 열자 해리가 먼저 기어들어갔다. 내부가 어두워서 해리는 총을 앞에 겨눈 채 쭈그리고 앉았다. 그리고 왓킨스가 내려와 커튼을 젖혔다. 수수하지만 멋스러운 가구로 장식한 배였다. 라운지가 마호가니로 만들어졌지만 그것 말고는 딱히 사치를 부린 흔적은 없었다. 둘둘 말린 해도海圖가 테이블에 놓여 있었고 그 위에는 어린 권투선수의 사진이 걸려 있었다.

"비르기타!" 해리가 소리쳤다. "비르기타!"

왓킨스가 그의 어깨를 토닥였다.

"여기 없습니다." 레비가 선수부터 선미까지 샅샅이 뒤지고 돌아와 말했다.

왓킨스는 후갑판에서 서서 상자 여러 개 중 하나에 머리를 집어넣어 살펴보고 있었다.

"여기 있었던 것 같아요." 해리가 바다를 살폈다. 바람이 거칠어지고 파도의 끝이 하얗게 부서졌다.

"과학수사반을 불러 조사하라고 해야겠어." 왓킨스가 몸을 일으키며 말했다. "우리가 모르는 어딘가에 있다는 말밖에 안 돼."

"아니면……." 해리가 말했다.

"쓸데없는 소리! 다른 곳에 데려다놨어. 우리는 찾기만 하면 된다고."

해리가 주저앉았다. 바람이 그의 머리카락을 헝클어뜨리며 희롱했다. 레비는 가느다란 담배에 불을 붙이려고 두어 번 시도하다 말았다.

"그럼 이제 어쩌죠?" 해리가 물었다.

"빨리 이 배에서 나가자." 왓킨스가 말했다. "놈이 이쪽 길로 온다면 도로에서 우릴 볼 수 있으니까."

그들은 일어나서 해치를 걸어 잠갔고, 왓킨스는 또 넘어지지 않으려고 닻줄을 풀쩍 뛰어넘었다.

레비가 꼼짝 않고 멈춰 섰다.

"왜 그래요?" 해리가 물었다.

"그게." 레비가 말했다. "제가 배 전문가는 아니지만 원래 이런가요?"

"뭐가요?"

"정박할 때 선수와 선미 양쪽에 닻을 내리나요?"

그들은 서로 빤히 쳐다보았다.

"도와줘요. 이걸 끌어올리게." 해리가 말했다.

53

도마뱀들이 노래하다

3시.

그들은 도로를 질주했다. 하늘에서 구름이 달려들었다. 도로변의 나무들이 휘청거리며 손짓했다. 길가의 풀이 눕고 무전기가 지글거렸다. 태양이 빛을 잃고 그림자들이 쏜살같이 바다를 가로질러 달려왔다.

해리는 뒷좌석에 있었지만 폭풍우가 일어나 그들을 에워싸는 건 못 보았다. 오직 끈적끈적한 푸른 밧줄이 경련을 일으키듯 흔들리며 바다에서 끌려 올라오는 광경만 보았다. 물방울이 반짝이는 수정처럼 바다로 떨어지고 깊은 물속에서 하얀 형체가 서서히 그들을 향해 올라왔다.

어느 여름방학에 아버지는 그를 노 젓는 배에 태우고 나가서 큼직한 넙치를 잡았다. 하얗고 어마어마하게 큰 놈으로, 그때도 해리는 입안이 타들어가고 손이 떨렸다. 엄마랑 할머니는 손뼉까지 치면서 좋아했다. 잡아온 고기를 곧바로 부엌으로 가져가 크고 번쩍이는 칼을 들어, 피 흘리며 싸늘하게 누워 있던 고기를 손질하기 시작했다. 그해 여름 내내 해리는 커다란 넙치가 눈알이 튀어나오고 충격으로 얼어붙어 배 위에 널브러진 꿈을 꾸었는데, 넙치는 죽어가는다는 사실이 믿기지 않는 표정이었다. 그해 크리스마스 식탁에 젤리 같은 음식이 올라왔고, 아버지는 해리와 함께 이즈피오르덴에서 넙치를 잡았던 무용담을 자랑스레 떠들었다. "올해 크리스마스에는 새로운 요리를 해보면 좋겠다 싶었어요." 엄마가 말했다. 음식에선 죽음과 부패의 맛이 났고, 해리는 눈물이 그렁그렁한 눈으로 분노에 치를 떨면서 자리를 박차고 나갔다.

지금 해리는 달리는 차 안 뒷자리에 앉아 있었다. 눈을 감자 그가 바닷속을 들여다보면서 물속에서 대형 해파리를 닮은 무언가가 밧줄에 매달려서 밧줄을 끌어당길 때마다 빨간 촉수를 오므리고 멈추었다가 촉수를 다시 펼쳐서 새로운 영법을 선보이는 모습을 지켜보는 장면이 선명했다. 수면에 이르자 촉수가 부채꼴로 퍼지면서 물속의 벌거벗은 하얀 몸뚱이를 가리려 했다. 밧줄이 그녀의 목을 휘감았고 생명이 빠져나간 육체는 이상할 정도로 낯설고 해리와 아무런 관계가 없는 것처럼 보였다.

그런데 시신을 뒤집어 바로 눕히자 그때의 느낌이 되살아났다. 그해 여름방학에 본 표정이었다. 흐릿한 두 눈이 놀라서 비난하듯 마지막 질문을 던졌다. 이게 끝이야? 정말 이렇게 끝나려고 그런 거였어? 삶과 죽음이 정말 이렇게 시시해?

"그 여잔가?" 왓킨스가 물었고, 해리는 아니라고 답했다.

왓킨스가 재차 물었을 때 해리는 그녀의 견갑골과 벌건 살갗 옆으로 비키니 톱을 입었던 자리에 생긴 가느다란 흰 줄을 보았다.

"햇볕에 탔네요." 해리가 서늘하게 답했다. "등에 선크림을 발라달랬는데. 절 믿는다면서. 그런데 탔네요."

왓킨스가 해리 앞에 서서 두 손으로 그의 어깨를 잡았다. "자네 잘못이 아니야, 해리. 내 말 들리나? 어떻게든 벌어졌을 일이야. 자네 탓이 아니라고."

날이 눈에 띄게 어두워졌다. 세찬 돌풍이 막강한 힘으로 몰아쳐 유칼립투스 나무가 정신없이 가지를 흔들어댔다. 마치 존 윈덤의 트리피드*처럼 땅에서 뽑혀 나와 느릿느릿 돌아다니면서 앞에서 불어오는 폭풍을 맞고 되살아나려는 것 같았다.

"도마뱀들이 노래하는군요." 뒷좌석에서 해리가 불쑥 말했다. 그들이 차에 탄 후 나온 첫 마디였다. 왓킨스가 돌아보고 레비는 백미러로 보았다. 해리는 기침을 했다.

"앤드류가 해준 얘기예요. 도마뱀과 도마뱀족 인간에게는 노래를 불러서 비와 폭풍을 일으키는 위력이 있대요. 대홍수는 도마뱀족이 노래를 부르고 돌칼로 제 몸을 자르면서 오리너구리를 물에 빠트리려고 일으킨 사건이라고 했어요." 해리는 희미하게 웃었다. "오리너구리는 거의 몰살됐어요. 하지만 몇 마리는 살아남았죠. 그래서 어떻게 했는지 알아요? 물속에서 숨 쉬는 법을 터득했어요."

처음에는 굵은 빗방울이 흔들리며 창유리에 부딪혔다.

"시간이 얼마 없어요." 해리가 말했다. "투움바도 곧 우리가 쫓는 걸 알아채고 쥐새끼처럼 땅속으로 숨어버릴 겁니다. 그 자식하고 끈이 닿은 사람은 저밖에 없어요. 다들 지금 제가 감당하지 못할까 봐 걱정하시는군요. 흠, 뭐라고 할까요? 그 여자를 사랑한 것 같습니다."

---

* Triffid, 공상과학 소설에 등장하는 머리가 셋 달린 거대한 식물 괴수.

왓킨스는 심란한 얼굴이었다. 레비는 천천히 고개를 끄덕였다.

"그래도 전 물속에서 숨 쉴 겁니다." 해리가 말했다.

3시 30분.

회의실 선풍기의 구슬픈 노래를 알아채는 사람은 없었다.

"좋아요, 우린 누굴 잡아들여야 하는지 압니다." 해리가 말했다. "그리고 놈은 경찰이 모른다고 생각합니다. 아마 제가 에반스 화이트에게 불리한 쪽으로 증거를 조작할 거라고 생각할 겁니다. 하지만 지금은 단지 일시적인 상황입니다. 가정집 전화를 오래 끊을 수도 없고, 더군다나 고장이 났다는데 수리하지 않으면 슬슬 의심스러울 겁니다.

놈이 집에 나타날 때를 대비해서 경찰들을 배치했습니다. 디토가 배를 지키고 있습니다. 하지만 제 생각에 놈은 신중에 신중을 기하느라 위험이 완전히 사라졌다고 확신하지 않으면 절대로 섣불리 움직이지 않을 겁니다. 현실적으로 보면 오늘 밤 안으로 우리가 놈의 아파트에 침입한 사실을 알아챌 겁니다. 두 가지 방법이 있습니다. 경보를 발하고 텔레비전에 생방송으로 내보내서 놈이 숨기 전에 잡을 수도 있습니다. 헌데 우리가 아파트에서 본 경보장치를 뚝딱 만들어낼 수 있는 놈이라면 분명 대비책을 세워뒀을 겁니다. 텔레비전에서 자기 얼굴을 본 순간 당장 땅속으로 숨어들겠지요. 두 번째 방법은, 우리에게 주어진 얼마 안 되는 시간을 잘 활용해서 우리가 코앞에서 숨죽이고 지켜보는 걸 들키기 전에, 놈이 어느 정도 의심을 풀고 있을 때 잡아들이는 겁니다."

"잡으러 가는 쪽에 한 표 던질게요." 레비가 어깨에서 머리카락을 떼어냈다.

"잡으러 간다고?" 왓킨스가 말했다. "시드니에는 400만 명 넘게 살고 있고, 우린 지금 놈이 어디 있는지 전혀 몰라. 시드니에 있는 지조차 모른다고!"

"시드니에 있는 건 확실합니다." 해리가 말했다. "놈은 분명 지난 한 시간 반 동안 시드니에 있었어요."

"뭐? 목격자라도 있단 말인가?"

"용." 해리가 항상 웃는 얼굴의 용수에게 발언권을 넘겼다.

"휴대전화요!" 용수가 입을 열었다. 보고서를 읽으라고 강의실 앞으로 불려나온 학생 같았다.

"휴대전화 통화는 모두 기지국, 그러니까 신호를 수신하고 전송하는 곳으로 연결됩니다. 전화회사에서는 여러 기지국으로 들어온 신호가 어느 가입자에게서 온 것인지 알 수 있습니다. 기지국은 반경 약 10킬로미터 이내의 통신량을 관리합니다. 통신이 잘 터지는 구역에서는, 가령 시가지 같은 곳에서는 대개 전화기 한 대의 신호를 두 곳 이상의 기지국에서 동시에 잡습니다. 무전기하고도 조금 비슷해요. 그러니까 사용자가 통화하는 동안 전화회사에서는 반경 10킬로미터까지 사용자의 위치를 추적할 수 있다는 얘깁니다. 기지국 두 곳에서 동시에 찾아낸다면 그 두 곳의 범위가 중첩되는 구역으로 범위가 좁혀듭니다. 세 곳에 신호가 잡히면 범위는 더 좁아지는 식이죠. 그러니까 휴대전화로는 일반 전화처럼 어느 한 주소를 추적할 수는 없지만 신호는 잡을 수 있어요.

지금도 전화회사 직원 셋이 투움바의 신호를 쫓으면서 저희와 긴밀히 연락하고 있어요. 지금 여기서 공개 통화로 연결할 수 있습니다. 현재 기지국 두 곳으로 동시에 신호가 들어오고 있고, 겹치는 구역은 시내와 항구와 울루물루의 절반이에요. 좋은 소식이 있다면 놈이 이동 중이라는 겁니다."

"우리한테 필요한 건 행운의 지점입니다." 해리가 끼어들었다.

"놈이 세 곳 이상의 기지국이 겹치는 좁은 구역으로 들어오기를 바라야죠. 그렇게만 되면 당장 우리가 확보한 민간 차량을 총동원해서 놈을 찾는다는 일말의 희망이 있습니다."

왓킨스는 못 미더운 눈치였다. "그래서 놈이 지금 누군가와 통화를 했고, 한 시간 반 전에도 통화했고, 두 번 다 신호가 시드니 시내 기지국에서 잡혔단 말이지? 그리고 우리는 놈이 계속 그 빌어먹을 휴대전화로 통화하는 데만 의지해서 놈을 찾아야 하고? 그럼 놈이 통화하지 않으면?"

"우리가 전화하면 되잖아요?" 레비가 말했다.

"훌륭하시네요!" 왓킨스가 말했다. 두 뺨이 시뻘겋게 달아올랐다. "아주 좋은 생각이네요! 15분마다 전화해서 시각 안내 전화를 흉내 내든가 아무 말이나 지껄이자는 게지! 그럼 놈은 휴대전화를 쓰는 건 위험하구나, 할 테고!"

"그럴 필요가 없어요." 용수가 말했다. "꼭 누구랑 통화하지 않아도 됩니다."

"어떻게……?"

"전화기를 켜놓기만 해도 됩니다." 해리가 말했다. "투움바는 잘 모르는 것 같은데, 휴대전화는 30분마다 자동으로 삐 소리를 내면서 아직 살아 있다고 알리거든요. 삐 소리가 나면 통화할 때처럼 기지국으로 신호가 들어갑니다."

"그럼……."

"전화선을 열어두고 커피나 내리면서 여기 앉아서 좋은 일이 일어나길 기도합시다."

54

밝은 귀

금속성의 목소리가 전화기 스피커에서 흘러나왔다.

"놈의 신호가 3번과 4번 기지국으로 들어오고 있어요."

용수가 화이트보드에 붙은 시드니 지도를 가리켰다. 지도 위에 동그라미를 치고 번호를 붙여서 여러 기지국의 관할구역을 표시해 두었다.

"피어몬트, 글리브, 그리고 발메인 일대요."

"제기랄!" 왓킨스가 욕을 했다. "너무 넓잖아. 몇 시야? 놈이 집으로 전화를 해봤나?"

"6시예요." 레비가 말했다. "한 시간 동안 두 번 전화했습니다."

"얼마 안 가서 뭔가 잘못 돌아가고 있는 걸 눈치채겠군." 맥코맥이 다시 일어섰다.

"아직은 모릅니다." 해리가 조용히 말했다. 해리는 지난 두 시간 동안 뒤쪽 벽에 놓인 의자에 몸을 파묻은 채 꼼짝 않고 앉아 있었다.

"새로 들어온 기상경보는?" 왓킨스가 물었다.

"기상상태가 더 악화될 거라는 말밖에 없습니다." 레비가 말했다. "오늘 밤 강풍급, 허리케인급 바람이 분답니다."

째깍째깍 시간이 흘렀다. 용수가 커피를 더 가지러 갔다.

"여보세요?" 전화기 스피커였다.

왓킨스가 벌떡 일어났다. "네?"

"가입자가 방금 전화를 썼습니다. 3번, 4번, 7번 기지국에 잡혔습니다."

"잠깐!" 왓킨스가 지도를 봤다. "거긴 피아몬트랑 달링하버 사이 아닙니까?"

"맞습니다."

"젠장! 9번하고 10번 사이에도 걸렸으면 잡는 건데!"

"누구와 통화했습니까?" 맥코맥이 물었다.

"저희 중앙 교환대로 걸었습니다." 금속성의 목소리가 말했다. "집 전화에 무슨 문제가 있느냐고 물었습니다."

"젠장, 젠장, 젠장!" 왓킨스의 얼굴이 시뻘겋게 달아올랐다. "놈이 빠져나가려 해! 이제 경보를 울려요!"

"닥쳐요!" 날카로운 목소리였다. 회의실 안이 조용해졌다. "말을 함부로 해서 죄송합니다, 반장님." 해리가 말했다. "하지만 다음번 알림음이 울릴 때까지 기다렸다가 그때 서둘러요."

왓킨스는 눈알이 튀어나올 것처럼 해리를 노려봤다.

"홀리 말이 맞아." 맥코맥이 말했다. "자리에 앉게, 왓킨스. 한 시간 안에 통화차단이 풀릴 거야. 그러니 아직 한 번, 많게는 두 번까지 신호가 들어올 거야. 그러면 투움바도 자기 집 전화만 계속 차단된 걸 알아채겠지. 피아몬트와 달링하버 사이라면 지도상으로 넓은 구역은 아니지만 오늘 밤 시드니에서 가장 번화한 중심지야. 그쪽으로 차량을 대거 파견하면 혼란만 가중시키고 투움바는 그 틈을 타고 도망칠 거야. 일단 기다리자."

6시 40분에 스피커로 메시지가 들어왔다.

"3번, 4번, 7번 기지국에 신호가 들어왔습니다."

왓킨스가 끙 하고 신음했다.

"고마워요." 해리가 대답하고 마이크 연결을 끊었다. "아까와 같은 구역입니다. 이제 움직이지 않는다는 뜻이에요. 그런데 놈이 어디 있을까요?"

다들 지도 앞으로 모였다.

"복싱 훈련을 하고 있을지도 몰라요." 레비가 말했다.

"좋은 의견이야!" 맥코맥이 말했다. "그쪽에 체육관이 있나? 그자가 훈련하는 곳이 어딘지 아는 사람?"

"확인해보겠습니다, 반장님." 용수가 대답하고 나갔다.

"다른 의견은?"

"그쪽 동네에는 밤늦게까지 문을 여는 관광명소가 즐비해요." 레비가 말했다.

"어쩌면 중국정원에 있을지도 몰라요."

"이런 날씨라면 실내에 있겠지." 맥코맥이 말했다.

용수가 고개를 절레절레 흔들며 돌아왔다. "트레이너한테 전화해봤는데요. 말해주지 않으려고 해서 하는 수 없이 경찰이라고 밝혔어요. 투움바가 다니는 체육관은 본다이 교차로에 있대요."

"아주 잘했어!" 왓킨스가 말했다. "트레이너가 투움바 휴대전화로 경찰이 왜 당신을 찾느냐고 묻는 데 얼마나 걸릴까?"

"긴급 상황입니다." 해리가 말했다. "제가 투움바에게 전화해보겠습니다."

"지금 어디인지 물어보려고?" 왓킨스가 비꼬았다.

"어떻게 돌아가는지 알아보려고요." 해리가 수화기를 들었다. "레비, 녹음기 좀 켜줘요. 다들 조용히!"

모두 꼼짝도 하지 않았다. 레비가 낡은 녹음기를 흘끔 보고는 해리에게 엄지를 들어올렸다. 해리는 침을 꿀꺽 삼켰다. 번호를 누르는 손가락에 아무 감각이 없었다. 전화벨이 세 번 울린 후 투움바가 받았다.

"여보세요?"

그놈 목소리⋯⋯. 해리가 숨을 죽이고 수화기를 귀에 댔다. 배경에 사람들 소리가 들렸다.

"누구요?" 투움바가 목소리를 낮췄다.

배경으로 아이들이 신나서 떠드는 소리가 들렸다. 그리고 투움바가 낮은 목소리로 차분하게 웃었다.

"어이, 해리 아니신가. 당신이 전화를 다 하다니 이상하네. 안 그래도 당신 생각하고 있었거든. 우리 집에 무슨 문제가 생긴 것 같아서 혹시 당신하고 관계가 있는 건 아닌지 궁금해서 말이야. 아니길 바라네, 해리."

다른 소리가 들렸다. 해리는 온 신경을 모았지만 무슨 소린지 알아들을 수 없었다.

"아무 말도 안 하니까 신경 쓰이잖아, 해리. 아주 거슬려. 뭘 원하는지는 모르지만 일단 전화를 꺼야 할 것 같군. 그런가, 해리? 날 추적하는 중인가?"

이 소리는⋯⋯.

"쌩!" 해리가 소리쳤다. "전화를 끊었어." 해리가 의자에 털썩 주저앉았다. "투움바가 저인 줄 알았어요. 대체 어떻게 알았을까요?"

"테이프를 돌려봐." 맥코맥이 말했다. "가서 마르케스 데려와."

용수가 회의실을 나가는 사이 그들은 테이프를 틀었다.

해리는 감정을 주체하지 못했다. 스피커로 투움바의 목소리를 다시 듣자 목덜미에 털이 곤두섰다.

"분명 사람이 많은 곳이에요." 왓킨스가 말했다. "저기 탕 소리는 뭐지? 들어봐요, 애들 소리. 축제인가?"

"다시 돌려봐." 맥코맥이 말했다.

"누구?" 투움바의 목소리가 다시 나오고 이어서 시끄러운 소음과 아이들 떠드는 소리가 들렸다.

"뭐지……?" 왓킨스가 입을 열었다.

"엄청 시끄럽게 첨벙대는군요." 문 앞에서 누군가가 말했다. 모두 돌아보았다. 조그만 구릿빛 머리통에 검정 곱슬머리와 작은 콧수염을 달고 알이 두꺼운 작은 안경을 걸쳤으며, 그 아래 거대한 몸뚱이가 붙어 있었다. 자전거펌프로 부풀려 금방이라도 터질 것 같은 모습이었다.

"헤수스 마르케스, 경찰서 최고의 귀." 맥코맥이 말했다. "장님이 아닌데도."

"장님이나 마찬가지예요." 마르케스가 안경을 고쳐 썼다. "그래서 무슨 일입니까?"

레비가 테이프를 재생했다. 마르케스가 눈을 감고 들었다.

"실내군요. 벽돌 벽이고. 창문이 있고. 소음을 줄여주는 장치가 없네요. 카펫도 없고 커튼도 없고. 사람들, 남자와 여자, 모두 젊은 사람이에요, 아마 젊은 가족인 것 같아요."

"시끄러운 소음을 잠깐 듣고 어떻게 그걸 다 알아내나?" 왓킨스가 미심쩍은 듯 물었다.

마르케스가 한숨을 쉬었다. 그런 식으로 의심받는 일이 한두 번은 아닌 모양이었다.

"귀가 얼마나 놀라운 기관인지 아십니까? 귀는 압력의 차이로 소리를 백만 가지나 구별할 수 있어요. 백만 가지요. 게다가 한 가지 소리에는 수십 가지 주파수와 성분이 들어 있을 수 있어요. 그러면 천만 가지나 됩니다. 일반 사전에는 표제어가 십여 만 개밖에 없지요. 천만 가지 중에서 나머지는 훈련으로 습득하는 겁니다."

"배경에 계속 들리는 소리는 뭐죠?" 해리가 물었다.

"100에서 120헤르츠로 나던 소리요? 그건 어려운데. 저희 스튜디오에서 다른 소리를 걸러내고 그 소리만 뽑아낼 수는 있지만 시간이 걸려요."

"여기 그런 게 어디 있나?" 맥코맥이 말했다.

"그런데 해리가 아무 말도 하지 않았는데 어떻게 해리인 줄 알았을까요?" 레비가 물었다. "직감일까요?"

마르케스는 안경을 벗고 멍하니 안경을 닦았다.

"흔히 직감이라고 하는 것도, 알고 보면 항상 감각 인상의 도움을 받습니다. 다만 이런 인상은 아주 미세하고 미묘해서 잠자는 중에 코밑에 깃털을 대는 정도의 감각이에요. 이런 연상에는 이름을 붙이기 어렵고, 그래서 뇌가 개입해 직감이라고 부르는 겁니다. 아마 이번에는…… 음, 해리가 숨을 쉬고 있었나요?"

"숨죽이고 있었어요." 해리가 말했다.

"전에 여기서 통화한 적 있습니까? 혹시 음향? 배경소음? 인간은 소음에 대한 감각 기억이 뛰어나서, 대개 스스로 인식하는 것보다 훨씬 잘 기억하거든요."

"여기서 한번 전화한 적이 있는데……." 해리가 낡은 선풍기를 돌아보았다. "맞아요. 그래서 저도 배경소음을 알아들은 겁니다. 거기 가본 적 있어요. 거품……."

해리가 돌아봤다.

"놈은 시드니 아쿠아리움에 있어요!"

"흠." 마르케스가 반짝이는 안경을 들여다보았다. "일리가 있네요. 저도 거기 가본 적이 있어요, 물론. 그렇게 첨벙대는 소리는 상당히 큰 솔티가 꼬리로 내는 소리예요."

그가 다시 고개를 들었을 때는 아무도 없었다.

55

스트레이트 레프트와 세 발의 총성

7시.

어쩌면 경찰서에서 달링하버로 내려가는 짧은 구간에서 시민들의 목숨을 위험으로 내몰았을지도 몰랐다. 폭풍우로 사람과 차들이 떠나 거리가 텅 비지 않았다면. 그래도 레비는 신중을 기했고, 차 지붕에 파란 등을 올린 덕분에 혼자 길을 걷던 사람이 마지막 순간에 뛰어서 목숨을 건지고 반대편에서 달려오던 차 두어 대가 안전하게 방향을 틀 수 있었다. 왓킨스가 뒷자리에서 줄기차게 욕을 해대는 동안 앞에 앉은 맥코맥은 시드니 아쿠아리움으로 전화해 경찰의 작전에 대비하라고 지시했다.

그들이 주차장으로 들어갈 즈음 항구의 깃발들이 눕다시피 기울여서 나부끼고 파도가 부두를 때리고 있었다. 경찰차 몇 대가 벌써 도착해서 경찰복 차림의 경관들이 출구를 봉쇄하고 있었다.

맥코맥이 최후의 명령을 내렸다.

"용, 우리 쪽 사람들한테 투움바 사진을 배포해. 왓킨스, 자네는 나하고 조정실에 남는다. 아마 거기에 수족관을 한눈에 감시하는 카메라가 있을 거야. 레비하고 해리, 자네들은 수색을 시작한다. 잠시 후 수족관이 봉쇄된다. 자, 무전기를 받아들고 귀에 플러그를 꽂고 마이크도 옷깃에 붙이고 당장 무전기가 잘 터지는지 확인한다. 우리가 조정실에서 지시하겠다, 알겠나?"

해리는 차에서 내리다 돌풍에 넘어질 뻔했다. 그들은 바람을 피할 곳을 찾아 뛰었다.

"다행히 평소와는 달리 사람이 많지 않아." 맥코맥이 말했다. 그는 잠깐 뛰었다고 벌써 거친 숨을 몰아쉬었다. "날씨 때문이겠지. 놈이 여기 있다면 우리가 잡는다."

보안 책임자가 그들을 맞아서 맥코맥과 왓킨스를 조정실로 안내했다. 해리와 레비는 무전기를 점검하고 매표소를 지나 복도를 따라 이동했다.

해리는 어깨 총집에 든 총을 확인했다. 지금은 수족관에 조명이 환하게 켜 있고 관람객들이 있어서 지난번에 왔을 때와는 전혀 달라 보였다. 비르기타와 함께 온 기억이 까마득해서 마치 다른 시대의 일처럼 느껴졌다.

해리는 그 생각을 떨쳐내려 했다.

"우린 위치로 왔다." 맥코맥의 낮고 차분한 목소리가 이어폰에서 흘러나왔다. "지금 카메라를 점검하고 있다. 용은 경관 둘을 데리고 화장실과 카페를 확인해라. 지금 그쪽이 보인다. 계속 가라."

수족관 복도는 원형으로 감아 돌아 관람객들이 처음 들어온 입구로 돌아나가게 만드는 구조였다. 해리와 레비는 시계 반대 방향으로 걸어가고 있었기에 관람객들의 얼굴이 그들에게 다가왔다. 해리는 심장이 쿵쾅거렸다. 입이 바싹 마르고 손바닥이 축축했다. 여기저기서 외국어가 들려서 마치 온갖 국가와 얼굴과 복장의 소용돌이를 뚫고 헤엄치는 기분이었다. 그들은 해리가 비르기타와 함께 밤을 보낸 해저터널을 지났다. 아이들이 유리벽에 코를 대고 바다 밑 세계의 평온한 일상을 들여다보고 있었다.

"여긴 <u>으스스</u>하네요." 레비가 속삭였다. 그는 한 손을 재킷 안에 집어넣고 걸었다.

"여기선 쏘지 않겠다고 약속해요." 해리가 말했다. "시드니 하버의 바닷물과 상어 떼가 나한테 달려드는 건 싫습니다, 네?"

"걱정 마세요." 레비가 답했다.

그들은 수족관 반대편으로 나왔고, 그곳에는 사람이 거의 없었다.

해리가 욕을 했다.

"매표소는 7시에 닫아요." 레비가 말했다. "여기 있는 사람들을 내보내야 해요."

맥코맥이 그들에게 연락했다. "새가 날아간 것 같다. 조정실로 돌아오는 게 좋겠다."

"여기서 기다려요." 해리가 레비에게 말했다.

매표소 앞에 낯익은 얼굴이 있었다. 유니폼 차림의 그를 해리가 붙잡았다.

"저기요, 벤, 저 기억해요? 비르기타하고 같이 왔었잖아요."

벤이 돌아서 보니 만화영화에 나올 것 같은 금발이 보였다. "암요, 기억하죠. 해리, 아닌가요? 예, 예, 또 왔어요? 다들 그럽디다. 비르기타는?"

해리는 마른침을 삼켰다. "저기요, 벤. 나 경찰이에요. 요즘 뉴스에서 봤겠지만 우리가 아주 위험한 자를 찾고 있어요. 아직은 못 찾았지만 여기 있을 거라는 느낌이 들어요. 당신만큼 여길 잘 아는 사람도 없잖아요. 그자가 숨을 만한 곳이 있을까요?"

벤의 얼굴에 생각에 잠긴 듯 굵은 주름이 잡혔다.

"글쎄요. 마틸다라고, 우리 솔티가 어디 있는지 알아요?"

"네."

"피들러레이라는 교활한 녀석이랑 거대한 바다거북 사이에, 아, 거북은 지금 옮겼네요. 웅덩이를 파서 프레시 몇 마리를 집어넣으려고……."

"거기 어딘지 알아요. 지금 급해요, 벤."

"맞아요. 몸이 건강하고 겁이 없다면 모퉁이에서 유리판을 뛰어넘어도 됩니다."

"악어가 사는 데로요?"

"그놈들은 주로 웅덩이 옆에서 졸면서 시간을 보내요. 그 모퉁이에서 대여섯 걸음만 가면 평소 마틸다를 목욕시키고 먹이를 줄 때 드나드는 문이 나와요. 그래도 잽싸게 움직여야 됩니다. 솔티는 아주 날랜 녀석이거든요. 뭐가 쳤는지도 모르는 새 놈이 2톤이나 되는 육중한 몸으로 덮쳐. 전에는 우리가……."

"고마워요, 벤." 해리가 급히 뛰어갔고, 인파가 양옆으로 갈라졌다. 그는 옷깃을 접어 마이크에 대고 말했다. "맥코맥, 홀리예요. 악어 우리 뒤쪽을 확인하러 갑니다."

해리는 레비의 팔을 잡아끌었다. "마지막 기회예요."

레비가 놀라서 눈이 휘둥그레진 사이 해리는 악어 앞에 멈췄다가 도움닫기를 했다. "날 따라와요." 해리는 유리벽을 뛰어넘어 안으로 들어갔다.

발이 바닥에 닿자 웅덩이 수면이 출렁였다. 흰 거품이 일고, 해리가 문 쪽으로 가는 사이 초록색 포뮬러 원이 물속에서 기어나오며 속도를 붙이고 몸통 양옆으로 지면에 붙은 작은 도마뱀 발이 거품

기처럼 돌아가는 모습을 보았다. 해리는 뛰다가 푸석푸석한 모래밭에서 미끄러졌다. 저 뒤에서 으르렁거리는 소리가 들려 곁눈질로 보니 포뮬러 원의 보닛이 열려 있었다. 해리는 다시 정신을 차리고 몇 미터를 질주해 문 앞으로 가서 손잡이를 잡았다. 아주 잠깐 문이 잠겨 있을지 모른다는 생각이 스쳤다. 그리고 다음 순간 그는 문 안으로 들어갔다. 불현듯 〈쥬라기 공원〉의 한 장면이 떠올라서 문에 빗장을 질렀다. 만일에 대비해서.

해리는 총집에서 총을 뺐다. 눅눅한 실내에는 세제와 썩은 생선 냄새가 뒤섞여 역겨운 냄새가 진동했다.

"해리!" 무전기에서 맥코맥의 목소리가 나왔다. "첫째, 그 사나운 짐승의 밥그릇을 가로지르지 않고도 지금 자네가 있는 곳까지 가는 더 간단한 길이 있다. 둘째, 거기 꼼짝 말고 침착하게 있어라. 레비가 돌아서 그리로 갈 때까지."

"안 들려요…… 잘 안 들리는 구…… 역, 국장님." 해리는 손톱으로 마이크를 긁었다.

"저 혼자 가…… 어요."

반대편으로 난 문을 열자 한가운데에 나선형 계단으로 이어져 있는 탑이 나왔다. 계단이 해저터널로 내려가는 것 같아서 위로 올라가는 방향을 택했다. 다음 층계참에서 문이 하나 더 나왔다. 계단 틈새로 살펴봤지만 그 위로는 문이 더 보이지 않았다.

해리는 왼손으로 손잡이를 돌려 살짝 밀고 총은 계속 앞을 겨누었다. 문 안쪽은 밤처럼 캄캄하고 생선 썩은 냄새로 숨이 막힐 지경이었다.

안쪽 벽에서 스위치를 찾으려고 왼손으로 더듬었지만 찾지 못했다. 그는 문 앞에서 조심스럽게 두 걸음 내디뎠다. 발밑에서 바드득

소리가 났다. 해리는 뭘 밟은 건지 생각하다가 소리 없이 다시 문쪽으로 뒷걸음질쳤다. 누군가 천장에 달린 전구를 깨부순 것이다. 그는 숨을 죽이고 귀를 기울였다. 안에 누가 있나? 환풍기가 윙윙거렸다.

해리는 슬그머니 다시 층계참으로 빠져나왔다.

"국장님." 그가 마이크에 대고 속삭였다. "놈을 찾은 것 같습니다. 저기요, 부탁 하나만 들어주십시오. 놈의 휴대전화로 전화를 걸어주세요."

"해리 홀리, 지금 어디야?"

"지금이요. 제발. 국장님."

"해리, 사적인 일로 복수할 생각이라면 당장 그만둬. 이건……."

"날이 덥습니다, 국장님. 도와주실 겁니까, 말 겁니까?"

맥코맥의 긴 한숨이 들렸다.

"좋아, 지금 전화하지."

해리는 발로 문을 받치고 두 다리를 벌리고 서서 양손으로 총을 잡아 앞을 겨눈 채 전화벨이 울리기를 기다렸다. 시간은 끝내 떨어지지 않을 물방울 같았다. 2초쯤 흘렀을까. 아무 소리도 없었다. 여기 없다고, 해리는 생각했다.

그런데 동시에 세 가지 일이 벌어졌다.

첫 번째로 맥코맥이 말을 시작했다. "놈이 전화기를 꺼놔서……."

두 번째로 해리는 자신의 그림자가 날짐승이 나는 형상으로 문앞에 비친 사실을 깨달았다.

세 번째로 그의 세계가 폭발하고 별과 붉은 반점이 망막에 쏟아졌다.

해리는 님빈으로 가던 길에 앤드류에게 들은 복싱 레슨이 단편적으로 떠올랐다. 프로 권투선수에게 훅을 맞으면 훈련을 받지 않은 사람은 대개 실신한다고 했다. 엉덩이를 움직여 상체 전체를 이용한 훅을 맞으면 무지막지한 주먹의 힘에 순간 뇌가 합선된다고 했다. 어퍼컷이 정확히 턱 끝에 꽂혀 몸이 붕 뜨고 곧장 꿈나라로 간다고 했다. 어김없이. 또한 오른손잡이 권투선수가 스트레이트 라이트를 날리면 상대는 다시 일어설 가능성이 희박하다고 했다. 그리고 무엇보다도 중요한 사실은, 주먹이 날아오는 걸 보지 못하면 몸이 방향을 틀지 못한다고 했다. 머리만 살짝 돌려도 주먹의 힘을 크게 상쇄시킬 수 있다. 그래서 권투선수가 자기를 쓰러뜨린 결정적인 한 방을 목격하는 경우는 거의 없다고 했다.

따라서 해리가 정신을 잃지 않은 건 어둠 속의 놈이 해리의 왼쪽에 서 있기 때문이었다. 해리가 문 앞에 있어서 옆에서는 해리의 관자놀이를 때리지 못한 것이다. 앤드류의 설명에 따르면 십중팔구 그랬을 것이다. 해리가 두 손으로 총을 잡고 정면을 겨누고 있어서 놈이 앞에서 훅이나 어퍼컷을 제대로 날리지 못했다. 스트레이트 라이트도 날리지 못했다. 그러려면 총구 앞에 서야 하기 때문이었다. 유일하게 남은 선택은 스트레이트 레프트였고, 앤드류가 '여자' 같은 펀치라고 폄하하는 펀치이자 길거리 쌈박질에서 상대를 자극하거나 기껏해야 타박상을 입히는 정도의 펀치였다. 앤드류의 말이 맞을지는 몰라도, 지금 스트레이트 레프트를 맞은 해리는 나선계단 쪽으로 날아가 등이 난간에 걸려 몸이 꺾일 뻔했다.

다시 눈을 떴을 때 해리는 아직 똑바로 서 있었다. 반대편 문이 열려 있었다. 투움바가 분명 그쪽으로 도망친 것 같았다. 그런데 철

커덕 소리와 함께 총이 계단으로 굴러 떨어지고 있었다. 해리는 일단 총을 잡으러 내려가기로 했다. 목숨을 걸고 아래 층계참으로 뛰면서 팔뚝과 무릎이 까지긴 했지만, 총이 계단 끝에서 튕겨나가 20미터 아래 바닥으로 곤두박질치기 직전에 잡았다. 간신히 무릎을 짚고 일어나 기침을 하면서 이 빌어먹을 나라에 온 뒤 두 번째로 이빨이 빠진 걸 알았다.

일어서자 순간 정신이 아득해졌다.

"해리!" 누군가 귀에 대고 소리쳤다.

발아래 어디선가 문이 벌컥 열리는 소리가 들리고 뛰어오는 발걸음에 계단이 흔들렸다. 해리는 앞에 있는 문으로 가서 그 방의 반대편으로 난 문을 보았고, 반쯤 그 문에 부딪히면서 해질녘 어스름 속으로 비틀거리며 나가다가 어깨가 빠진 느낌을 받았다.

"투움바!" 해리는 바람을 향해 소리를 질렀다. 그리고 사방을 둘러보았다. 앞에는 시내가 보이고 뒤로는 피어몬트 다리가 있었다. 그는 수족관 옥상에서 비상계단 꼭대기를 붙잡고 서서 거센 돌풍을 맞았다. 항구에서 바닷물이 몰아쳐 하얗게 부서지고 바람에서 짠맛이 났다. 발아래 비상계단에 검은 형체가 보였다. 그 형체는 잠시 멈추고 주위를 돌아보았다. 계단 왼쪽에는 경찰차 한 대가 경광등을 깜빡이며 서 있었다. 그 앞 담장 너머로 시드니 아쿠아리움에서 튀어나온 수조 두 개가 보였다.

"투움바!" 해리가 소리치고 총을 들려고 했다. 어깨가 말을 듣지 않아 직접 사격이 불가능했고, 해리는 고통과 분노가 치밀어 비명을 질렀다. 검은 형체는 사다리에서 뛰어내려 급히 담장으로 달려가 담을 타고 오르기 시작했다. 순간 해리는 놈이 뭘 하려는지 알아챘다. 수조가 튀어나온 아쿠아리움 건물로 들어가 뒤로 빠져나가서 짧은 거리를 헤엄쳐 반대편 부두로 가려는 것이었다. 그쪽 부두에 도착하면 순식간에 인파 속으로 숨어들 수 있었다. 해리는 휘청거리며 비상계단을 내려왔다. 담장을 뚫을 기세로 돌진해서 한 팔로 매달렸다가 쿵 하고 시멘트 바닥에 떨어졌다.

"해리, 보고해!"

해리는 이어폰을 빼고 비틀거리며 건물로 향했다. 문은 열려 있었다. 뛰어들어 가다가 무릎을 꿇고 주저앉았다. 앞에 보이는 아치형 지붕 아래 강철 케이블에 매달린 전등이 수조를 비추고 있었는데, 그곳은 시드니 하버를 막아 만든 공간이었다. 수조 한가운데를 가로질러 좁은 부교가 걸쳐 있고 저 멀리 투움바가 있었다. 검정 목폴라 스웨터에 검정 바지를 입은 그는 좁고 흔들리는 부교에서 최대한 느긋하고 점잖은 자세로 달리고 있었다.

"투움바!" 해리가 세 번째로 외쳤다. "쏜다!"

해리는 몸을 앞으로 기울였다. 똑바로 서지 못해서가 아니라 팔을 들어 올리지 못해서였다. 그는 검은 형체를 포착하고 방아쇠를 당겼다. 첫 발은 투움바 앞쪽으로 작은 불꽃을 일으켰고, 투움바는 조금도 흐트러지지 않고 느긋하게 뛰어가는 것 같았다. 해리는 오른쪽으로 살짝 비켜 조준했다. 투움바의 등 뒤에서 번쩍했다. 이제 거리가 한 100미터 정도가 되었다. 문득 터무니없는 생각이 떠올랐다. 외케른의 복도에서 사격 연습을 하는 것 같은 느낌이었다. 천장의 조명, 벽과 벽 사이의 울림, 방아쇠를 잡은 손가락의 진동, 깊은 명상에 빠진 것처럼 집중하는 심리상태까지.

외케른 사격장에서 훈련받을 때처럼 해보자고 마음먹고 세 번째로 방아쇠를 당겼다.

투움바가 거꾸로 곤두박질쳤다.

해리는 나중에 진술하면서 총알이 투움바의 왼쪽 허벅지를 맞혔고 그래서 죽지는 않을 줄 알았다고 보고했다. 하지만 누구나 알았을 것이다. 그가 단지 어림짐작만으로 100미터나 떨어진 곳에서 총을 쏘지는 않았을 거라고. 반박할 사람이 아무도 없었기에 해리는 마음대로 진술할 수 있었다. 부검할 시신이 남아 있지 않았기 때문이다.

투움바는 비명을 지르면서 반쯤 물에 잠겼고, 그사이 해리는 부교를 따라 앞으로 뛰었다. 아찔하고 구역질이 나면서 모든 게 흐릿해 보였다. 물과 천장에 매달린 전등과 자꾸 옆으로 흔들리는 부교 때문이었다. 뛰어가면서, 사랑은 죽음보다 더한 신비라던 앤드류의 말이 생각났다. 그리고 그가 들려준 전설도 생각났다.

귀 쪽으로 갑자기 피가 몰렸다. 해리는 젊은 전사 왈라이고 투움바는 왈라가 사랑하는 여인 무라의 목숨을 앗아간 검정 뱀 버버였다. 그리고 이제 버버를 죽여야 했다. 사랑의 이름으로.

맥코맥은 나중에 진술할 때 총성이 나고 해리 홀리가 마이크에 대고 뭐라고 소리쳤는지는 말할 수 없었다.

"홀리가 뛰면서 뭐라 소리치는 걸 듣긴 했지만 노르웨이 말 같았습니다."

해리도 자기가 뭐라고 소리쳤는지 말할 수 없었다.

생사가 달린 경주를 뛰듯이 해리는 부교 위에서 전력 질주했다. 투움바의 몸뚱이가 휙 뒤틀렸다. 처음에는 어딘가에 부딪힌 줄 알았는데 나중에 보니 누군가 해리의 사냥감을 가로채고 있었다.

백상아리였다.

하얀 대가리를 수면 위로 내밀고 아가리를 쩍 벌렸다. 모든 광경이 느린 그림처럼 펼쳐졌다. 해리는 백상아리가 투움바를 집어삼킬 줄 알았지만, 녀석은 먹잇감을 제대로 물지 못했다. 그리고 비명을 지르는 몸뚱이를 물속으로 더 깊이 끌고 들어갔다가 다시 깊이 잠수했다.

해리는 팔이 없어서 그런가 보다고 생각하면서 아주 오래전에 온달스네스에서 할머니와 함께 보낸 생일을 떠올렸다. 물에 뜬 사과 먹기 놀이를 하면서 물을 채운 욕조에서 입으로 사과를 물려고 했고, 엄마는 어찌나 심하게 웃었던지 나중에 소파에 누워 있어야 했다.

30미터 남았다. 다 왔다고 생각한 순간 상어가 돌아왔다. 차가운 눈알을 굴리는 모습이 보일 정도로 가까이 다가와서 황홀경에 취한 듯 의기양양하게 두 줄의 이빨을 드러냈다. 이번에는 가까스로 한쪽 발을 잡아채고는 대가리를 좌우로 흔들었다. 물보라가 솟구치고, 투움바가 팔다리 없는 인형처럼 허공에 떠오르더니 비명이 뚝 끊겼다. 그리고 해리가 도착했다.

"빌어먹을 짐승, 그 새끼는 내 거야!" 그는 울부짖으며 총을 겨누고 탄창이 다 비도록 물속으로 총을 쏘아댔다. 물속에 불그스름한 색이 번져서 마치 붉은 과일주스 같았다. 물속 깊이 해저터널의 조명이 보이고 그곳에 어른과 아이들이 모여들어 피날레를, 생생한 공포가 펼쳐지는 실제 드라마를, 올해의 타블로이드 사건이 될 '광대 살인'을 종결짓는 향연을 관람하고 있었다.

문신

진 비노슈는 외모로나 말투로나 그가 어떤 사람인지 고스란히 드러나는 사람이었다. 한마디로 로큰롤의 삶의 방식을 온몸으로 체현하면서 살고 있으며 그의 여행이 끝날 때까지 중단할 생각이 없어 보였다. 그리고 훌륭히 그 길을 가고 있었다.

"세상에는 좋은 문신 기술자도 필요한 것 같아요." 진이 바늘을 살짝 찔렀다. "악마가 고문할 때 조금 다채로워서 고마워하지 않겠어요, 마잇?"

하지만 손님은 술에 취한 채 고개를 푹 수그리고 있어서 진의 철학적 성찰도 이해하지 못했고 바늘로 어깨를 찔러도 느낌이 없는 것 같았다.

처음에 진은 이 남자가 그의 작은 타투 숍에 들어와 술에 취해서 노래하듯 이상한 억양으로 요구사항을 읊었을 때 거절했다.

그런 상태로는 문신을 해주지 않는다면서 다음 날 술 깨고 다시 오라고 말했다. 하지만 손님은 150달러짜리 시술을 해달라면서 500 달러를 내놓았다. 사실 요 몇 달 장사가 시원치 않은 터라, 레이디 셰이브와 멘넨의 스틱형 데오도란트를 꺼내놓고 시술을 시작했다.

그래도 손님이 술병을 내밀었을 때는 단칼에 거절했다. 진 비노슈는 20년 동안 손님들에게 문신을 해주었고, 자신의 작업에 자부심이 있었으며, 진정한 프로는 일하는 중에는 술을 마시지 않는다는 소신이 있었다. 무슨 일이 있어도 위스키는 사절이었다.

시술을 마친 후 장미 문신에 휴지를 조금 붙여놓았다. "햇빛은 피하고, 일주일 정도는 물로만 씻으세요. 좋은 소식이라면 오늘 저녁쯤에는 통증이 가라앉고 내일이면 이걸 떼어내도 된다는 겁니다. 나쁜 소식은 문신을 또 하러 올 거라는 겁니다." 그는 이렇게 말하고 씩 웃었다. "꼭 다시들 오시거든요."

"난 이거 하나면 돼요." 손님은 비틀거리며 문을 나섰다.

57

4000피트와 결말

문이 열리고 포효하는 바람소리에 귀가 먹먹했다. 해리는 출입문 앞에 무릎을 꿇고 쭈그리고 앉아 있었다.

"준비됐나?" 누군가의 목소리가 귀청을 때렸다. "4000피트에서 낙하산 줄을 잡아당기고 꼭 숫자를 세야 해요. 3초 안에 낙하산이 펴지는 느낌이 들지 않으면 큰일 납니다."

해리가 고개를 끄덕였다.

"나 나갑니다!" 목소리가 외쳤다.

해리는 자그마한 몸집의 남자가 기어나가서 날개 밑 스테이 쪽으로 이동하는 사이 바람이 남자의 검은 옷을 잡아채는 걸 보았다. 헬멧 아래로 빠져나온 머리카락이 흩날렸다. 해리는 가슴에 붙은 고도계를 흘끔 보았다. 1만 피트가 조금 넘는 걸로 나왔다.

"고마워요!" 그는 조종사를 향해 소리쳤다. 조종사가 돌아보았다. "별말씀을, 마잇! 마리화나 밭이나 찍고 다니는 것보다는 훨씬 낫소!"

해리는 오른발을 내밀었다. 어릴 때 구드브란스달렌 계곡을 따라 온달스네스의 여름 휴가지로 가는 길에 창문을 열고 손을 내밀어 느끼던 '날아가는' 기분과 똑같았다. 바람을 향해 손바닥을 뒤집으면 바람이 손을 잡아채던 기억이 났다.

비행기 밖에서는 상상을 초월할 정도의 바람이 불었고, 해리는 발을 내밀어 스테이에 올려놓아야 했다. 조셉이 일러준 대로 마음속으로 '오른발, 왼손, 오른손, 왼발' 하고 되새겼다. 그는 조셉 옆에 서 있었다. 작은 구름 뭉치들이 그들을 향해 흘러오다가 속도를 높여서 그들을 에워싸고는 순식간에 지나갔다. 발밑에 초록과 노랑과 갈색이 다채롭게 어우러진 퀼트가 깔려 있었다.

"호텔 체크!" 조셉이 그의 귀에 대고 소리를 질렀다.

"체크인!" 해리가 소리치며 조종석을 흘끔 보았고 조종사가 엄지손가락을 들어올렸다. "체크아웃!" 잠깐 조셉을 돌아보니 헬멧과 고글 안에서 활짝 웃고 있었다.

해리는 스테이에서 밖으로 몸을 기울이고 오른발을 들었다.

"지평선! 위로! 아래로! 간다!"

다음 순간에 해리는 공중에 떠서 바람에 뒤로 떠밀렸고, 그사이 비행기는 흔들림 없이 앞으로 날아갔다. 곁눈질로 보니 비행기가 뱅글뱅글 돌고 있었는데 알고 보니 그가 돌고 있던 것이었다. 그리고 지평선을 보았다. 지구가 둥글게 휘어지고 하늘이 점점 파랗게 짙어지더니 이윽고 쿡 선장이 배를 타고 들어온 푸른 태평양과 만나서 한데 어우러졌다.

조셉이 단단히 잡아줘서 해리는 좀 더 마음 놓고 자유낙하 자세를 취했다. 고도계를 확인했다. 9000피트. 맙소사, 그들에게는 바다와 같은 시간이 있었다! 해리는 상체를 틀어 두 팔을 옆으로 벌려 반회전을 했다. 와우, 슈퍼맨 같았다!

정면에서 서쪽으로 블루마운틴이 보였다. 아주 특별한 유칼립투스 숲에서 푸른 빛깔 수증기가 올라오고 멀리서 보면 산 전체가 푸르게 보였다. 조셉이 들려준 얘기였다. 조셉은 또, 뒤로는 그의 조상이자 반⁺유목민인 원주민들이 고향이라고 부르는 곳이 있다는 말도 해주었다. 끝없이 펼쳐진 메마른 평원, 이 거대한 대륙에서는 오지가 가장 넓은 땅을 차지했다. 이렇게 비정한 용광로 같은 땅에서는 아무것도 살아남을 가능성이 없어 보이는데도 조셉의 선조들은 백인들이 들어오기 수천 년 전부터 이 땅에서 살아남았다.

해리는 아래를 내려다보았다. 고요하고 버려진 땅, 평화롭고 친절한 지구로밖에 보이지 않았다. 고도계에 7000피트라고 찍혔다. 조셉은 약속한 대로 해리를 놓아주었다. 훈련 규정을 위반하는 행동이긴 했지만 애초에 둘만 여기까지 올라 점핑하는 것부터가 규정 위반이었다. 해리는 조셉이 팔을 옆으로 뻗어 수평 속도를 회복하고 엄청난 속도로 급히 왼쪽으로 하강하는 걸 보았다.

그리고 해리 혼자 남았다. 삶이 늘 그렇듯이. 지상 6000피트 높이에서 자유낙하할 때는 더할 나위 없는 기분이었다.

크리스틴은 어느 흐린 월요일 아침 호텔방에서 결정을 내렸다. 아마도 아침에 눈을 뜨고 아직 시작되지도 않은 새로운 하루에 벌써 지쳐서, 창밖을 내다보고 이만하면 됐다고 판단했을 것이다. 그녀의 마음속에 무슨 일이 일어났는지 해리는 몰랐다. 인간의 정신은 깊고 어두운 숲과 같으며 모든 결정은 혼자서 내린다.

5000피트.

어쩌면 그녀의 선택이 옳았을지도 모른다. 약통이 비어 있던 걸 보면 적어도 그녀의 마음속에는 일말의 미련이 없었던 것 같았다. 어차피 언젠가는 끝이 나야 했다. 언젠가는 그때가 올 터였다. 어떤 특정한 방식으로 이 세상을 떠나려 하는 건 소수의 사람들만 가진 자만심, 즉 나약함 때문인 것으로 입증되었다.

4500피트.

다른 사람들은 그저 살아남을 만큼 나약했다. 단순하고 복잡하지 않은 사람들. 아니, 어쩌면 단순하고 복잡하지 않은 사람들뿐 아니라, 지금 이 순간 까마득한 저 아래 사는 모든 사람. 정확히 말해서 4000피트 아래 사는 사람들. 해리는 복부 오른쪽의 주황색 손잡이를 잡고 낙하산 줄을 단단히 비틀어 당기면서 숫자를 세기 시작했다. "천하나, 천……."

해리 홀레, 태동하다.

지난 2011년, 소설 《스노우맨》을 읽었을 때의 충격이 아직 생생하다. 북유럽 특유의 '백색 공포'에 홀려 후속작을 손꼽아 기다리던 기억도. 팬으로서 사랑해 마지않는 '마성의 작가' 요 네스뵈의 데뷔작이자 '해리 홀레 시리즈'의 모태가 된 《박쥐》를 작업한 지난 1년은 내게 그 어느 때보다 부담이 되면서도 즐거운 시간이었다.

알코올에 찌들어 사는 초췌한 중년의 해리(《스노우맨》)와 세상과 담을 쌓은 채 홍콩의 뒷골목에서 휘청거리던 해리(《레오파드》)를 보고 안타까워하던 내게 시드니 공항에 막 내린 해리 '홀리'는 반가우면서도 조금 낯설었다. 흑백사진에서 저벅저벅 걸어나온 듯한 그는 젊고(《박쥐》 속의 해리는 팔팔한 30대 초반이므로!) 심지어 건강하다. 그 후 17년간 역사와 인간의 추악한 이면과 싸우며 서서히 암흑 속으로 빨려 들어갈 운명의 해리 홀레. 그는 어떻게 탄생한 것일까.

1990년대 중반, 요 네스뵈는 낮에는 증권 중개인으로 일하면서 밤에는 록밴드 디 데레Di Derre의 싱어송라이터로 활동했다. 그러다 소설을 써보기로 마음먹고, 홀연 직장과 밴드를 접고 오스트레일리아 여행길에 올랐다. 그의 표현을 빌리자면 '백지'를 들고. 알코올에 중독된 거친 매력의 형사 '해리 홀레'가 처음 태동한 것은 오슬로에서 시드니로 날아가는 비행기 안에서였다고 한다. 오스트레일리아에 도착한 요 네스뵈는 해리와 함께 시드니와 북부 지방을 여행하면서 이채로운 애버리진의 문화와 전설에 매료되었다. 원주민의 전설에 숨은 미스터리를 발견한 그는 18세기 영국의 죄수 유형지로 지정돼 백인들이 이주해온 이후 200여 년간 핍박받은 애버리진의 역사를 심층적으로 만났고,《박쥐》의 스토리라인과 캐릭터를 연구했다. 그리고 6개월 만에 소설《박쥐》를 들고 노르웨이로 돌아와 유리열쇠상과 리버튼상을 동시 수상했다.

특유의 예리하고 번뜩이는 직관으로 사건을 풀어가는 후속작의 해리와 비교해《박쥐》의 해리는 아직 미완의 캐릭터라 할 수 있다. 그는 때로 이야기를 전달하는 화자에 머무르고, 대신 애버리진 출신의 수사관 앤드류 켄싱턴이 전면에 등장해 중요한 실마리를 던진다. 그러나 결정적인 순간 행간의 의미를 파고드는 인물은 당연히 해리이다. 그러므로 이 책은 몸만 큰 '소년'이었던 해리가 번뜩이는 형사이자 진짜 남자가 되기까지의 짧은 과정을 그린, 잔혹한 성장소설이기도 하다.

작업을 마친 후 해리와 함께 사건의 심연에 접근한 앤드류에게도 오랫동안 마음이 쓰였다. 그는 20세기 오스트레일리아의 반인륜적 역사의 피해자인 '도둑맞은 세대'를 대변하는 인물이다.《박쥐》가 출간된 1997년은 오스트레일리아 정부에서 'Bring Them Home'이라는 '도둑맞은 세대 특별위원회 보고서'를 발표한 해이

기도 하다. 1910년에서 1970년대까지 연방정부는 백인의 피가 섞인 아이들을 미개한 원주민 가정에서 구출해 문명화시킨다는 명목으로 '원주민 복지법령'에 의거하여 '합법적으로' 부모에게서 강제 격리시켰다. 혼혈아들 중에서도 원주민에 가깝게 생긴 아동은 농장이나 공장의 일꾼으로 보내고 백인에 가까운 아동은 신문광고를 통해 백인 가정에 입양시켰다. 이런 식으로 멀쩡한 가정을 두고 고아가 된 아동이 10만 명에 달했고, 이들을 일컬어 '도둑맞은 세대'라고 불렀다. 이들 중 대다수는 평생 정체성 혼란에 빠져 교육도 제대로 받지 못하고 변변한 직업도 구하지 못한 채 정신질환과 알코올중독에 시달렸다. 하지만 'Bring Them Home' 보고서가 발표된 후에도 피해자에 대한 정식 사과나 보상은 이루어지지 않았고, 그들의 도둑맞은 역사는 오늘날까지도 끝나지 않았다. 요 네스뵈는 이들 애버리진을 주요 등장인물로 내세워 4만 년 동안 구전된 애버리진의 '꿈의 시대'를 소개하는 동시에, 누구나 알지만 아무도 말하지 않는 슬픈 박해의 역사를 들려준다. 애버리진의 전설과 역사는 해리가 풀어야 할 연쇄살인 사건의 중요한 단서가 된다.

이 책의 배경이 되는 1990년대 중반, 나는 마침 오스트레일리아에 머물고 있었다. 이 작품을 처음 받아들었을 때 몇몇 장소들이 겹치는 것을 보고 반가우면서도 놀라웠고, 이런 생각도 들었다. 시드니의 어느 거리, 혹은 오지의 숲 속이나 바닷가, 아니면 마디그라스 축제의 현장에서 나는 어쩌면 요 네스뵈와 마주치지 않았을까? 아니면 형사 해리와 스쳐 지나가진 않았을까. 그때의 기억을 더듬으며 번역하던 중 가물가물하지만 또렷한 인상을 남긴 사건 하나가 떠올랐다. 오스트레일리아 남부의 애들레이드에서 서부의 퍼스로 향하는 장거리 버스 여행 중의 일이었다. 버스의 승객은 대부분 백인이고 애버리진 서너 명과 동양인 한 명(나)이었다. 황량한 들판 사진 몇 장을 이어 붙인 듯 단조로운 도로를 달리던 버스가 한나절 만에 나타난 작은 휴게소에서 멈춰 섰다. 다들 내려서 요기도 하고 볼일도 보고 다시 버스에 올라탔는데 중년의 백인 여자가 앞쪽에 앉은 애버리진 남자에게 소리를 질러댔다. 냄새가 지독하다는 게 이유였다(아닌 게 아니라 나도 난생처음 맡아본 냄새라 내내 머리가 지끈거렸다). 아무리 그래도 아줌마, 너무 무례한 거 아니야, 싶다가도 험상궂게 생긴 애버리진 남자가 받아칠까 봐 무서웠다. 그런데 여자가 어린아이 야단치듯 윽박지르는데도 남자는 한마디 대꾸도 없이 앉아만 있었다. 체념이 몸에 밴 사람 같았다. 17년이 흘러 이 책에서 앤드류와 투움바, 조셉 같은 애버리진들의 내면을 만나고서야 차창에 펼쳐진 황무지 저편에 사는 사람들, 오스트레일리아판 불가촉천민이자 꼬리칸 사람들로 기억 속에 남은 애버리진을 다시 보게 되었다. 적어도 그들에게는 목소리를 내려는 의지가 있었고, 네스뵈는 그것을 꿰뚫어보았다.

해리 홀레는 왜 그토록 술과 (짐 빔과!) 싸우게 되었는가. 왜 그는 여자를 좋아하지만 사랑에 서투른 남자로 남은 걸까. 그의 마음에 남은 트라우마들이 앞으로 어떻게 발전할까. 오스트레일리아의 사건을 해결한 경력이 이후 작품에서 어떤 역할을 하게 될까. 한 번쯤 궁금했을 해리의 지난날이 이 책에 살뜰히 들어 있으므로 해리 홀레 시리즈의 독자라면 '무조건' 이 책을 읽어볼 것을 권한다. 작가 특유의 작법과 해리의 태동 과정을 발견하는 즐거움을 맛보는 것은 물론 시리즈 전체의 퍼즐을 완성하는 짜릿함을 느낄 것이다.

문희경